SV

JUAN CARLOS ONETTI

Lassen wir den Wind sprechen

Roman
Aus dem Spanischen von
Anneliese Botond

SUHRKAMP VERLAG

Titel der 1979 in Madrid erschienenen Originalausgabe:
Dejemos hablar al viento

1. Auflage 1986
© Juan Carlos Onetti 1979
© der deutschen Ausgabe Suhrkamp Verlag
Frankfurt am Main 1986
Alle Rechte vorbehalten
Druck: Wilhelm Röck, Weinsberg
Printed in Germany

Do not move
Let the wind speak
That is paradise

E.P.

Für Juan Ignacio Tena Ybarra

ERSTER TEIL

1. KAPITEL

Ite

Der Alte verweste schon, und ich fand es seltsam, daß nur ich den schwachen süßsauren Geruch wahrnahm; daß weder die Tochter noch der Schwiegersohn darüber sprachen. *Sie* waren verpflichtet, zu wittern und die Nase kraus zu ziehen, denn sie waren seine Verwandten und ich nichts weiter als Krankenwärter, fast, angeblicher, gewesener Arzt.

Das war die erste der Arbeiten, die mir Frieda aussuchte, als ich in Lavanda ankam, sie Avenida Brasil 1597 schön und hart wie in den alten Zeiten wiederentdeckte und ihr Geld abzulocken versuchte – sie hatte mehr, als sie brauchte – oder die Unterstützung, die jedem Einwanderer unentbehrlich ist, der als ein würdiger Hahnrei nach einer neuen Gelegenheit verlangt.

Die Arbeiten und die Strafen. Das Sterben des alten Mannes zu pflegen war der erste in der Reihe ihrer Racheakte ohne zureichendes Motiv. Wir schliefen beide lieber mit Frauen, und in irgendeiner erinnerungslosen Nacht kamen wir uns in Santa María ins Gehege, und ich blieb nicht Sieger, weil ich es verdient hätte, sondern weil das fragliche Flittchen mehr Angst vor meinem Kommissarausweis hatte als Verlangen nach dem, was sie, Frieda, ihr in dem Restaurant an der Küste in Aussicht stellte, ohne die Absicht, das Versprechen zu halten. Es war ein Spiel; und spät im Morgengrauen verlor Frieda, spie einen Strahl Speichel in ihr Glas, schminkte sich und brachte es fertig, mich anzulächeln, ehe sie aufstand, um hinauszugehen und ihren Wagen zu suchen. Es war damals ein kleiner, offener cremefarbener Dedion Bouton. Wir hatten alle drei so herzlich am selben Tisch gesessen. Das Flittchen, jung, mager, schmutzig, blieb bei mir. Ich kann keinen anderen Grund finden, und selbst dieser ist undurchsichtig.

Das Beste an der Erfahrung, dem ersten Racheakt, war die Kühle jener Morgen, wenn ich, erregt und viril aus Mangel an Schlaf, am Gitter der argentinischen Botschaft lehnte und auf den Omnibus 125 wartete. Die besten von allen waren die Morgen jenes stürmischen Sommers mit Schmutz und braunen Blättern auf dem Boden, diese unruhige Luft, die frisch für mich geschaffen war, diese raschelnde Fröhlichkeit der alten Bäume in den Gärten um die kleinen Villen, die Herrenhäuser, die einmal Namen und Ansehen besessen hatten, dieser unentschlossene, wirblige Himmel.

Denn weder die Luft noch ich glaubten so ganz an das, was wir während der Nacht getan oder gesehen hatten; und wir begannen den Tag damit, die Aufgaben zu verachten und, spaßeshalber, die Liebe, die Freundschaft, die Sympathie wiederaufzubauen, das Scheinbild des Glaubens an die Menschen, ihre kurzlebigen und mörderischen Überzeugungen.

Trotz der Hitze, die auf die Nerven ging, war die Nacht ruhig gewesen, und die Riten hatten sich mit der gleichen peinlichen Genauigkeit wie immer wiederholt. Der Schwiegersohn, der Hauptmann, kam um neun mit seiner Frau, fast unmittelbar nachdem das Dienstmädchen mit meinem Essenstablett das Schlafzimmer verlassen hatte und ich die erste Injektion vorbereitete.

Ich löschte die Spiritusflamme, legte die Spritze in die schwarze Schachtel und setzte mich wieder in den Sessel, in der Hand ein Buch mit dem Titel ›Vicos zyklisches Denken‹. Ich zog es vor, Injektionen nicht ohne Zeugen zu geben. »Nächtlicher Begleiter«, hatte Frieda gesagt, und diesen Titel wiederholte Quinteros. »Zweihundert Drachmen pro Nacht, und die Arbeit ist nichts«, sagte er eilig, während er ungerührt eine flache Hand auf Friedas Knie stützte und mir apokryphe Stücke aus der Geschichte des todkranken Alten vortrug und den Gedanken an mögliche Entdeckungen im Schlafzimmer, den Möbeln, der Matratze, in Gesten und letztem Gelall nahelegte.

Quinteros, der einen Ahnherrn gehabt hatte, der sich den Namen Osuna erwählte, als die Katholischen Könige um 1500 eine kleine Säuberung vornahmen. Er aber setzte, außer bei Geschäften, den Quinteros durch, eine müßige und vielleicht befriedigende Herausforderung.

Ich weiß nicht genau, wann ich beschloß, die menschliche Dummheit, Santa María, Lavanda, den Rest der Welt, den ich nie kennenlernen würde, als unheilbar hinzunehmen. Mich jeglichen Widerspruchs zu enthalten. Ich weiß nicht, wann ich lernte, meine totale Nichtübereinstimmung mit Männern und Frauen schweigend auszukosten. Aber meine Begegnung mit Quinteros-Osuna, seiner potenten Dummheit, seiner unglaublichen Begabung, Geld zu verdienen, enthemmte mich, zwang mich, mit Begeisterung jene Form der Dummheit zu akzeptieren, die er mit überschwenglichem Lob, beinahe neidvoll, mir zusprach. Deshalb sagte ich ja zu allem und fügte Details, Retuschen, Verbesserungen an.

Aus diesem Grunde war ich auch imstande, wenn der Hauptmann-Schwiegersohn das Schlafzimmer betrat und mich über dem erfundenen Buch von Clausewitz antraf, leidenschaftlich und unvorsichtig diejenigen taktischen, strategischen und logistischen Punkte mit ihm zu diskutieren, bei denen es ihm nicht darauf ankam, andeutungsweise Konzessionen zu machen, wenn ich nur, im Gegenzug, staunend den Reden lauschte, die für die Militärgeschichte wie für die Weltgeschichte die Überzeugung hinterließen, daß er im Grundlegenden, im Wertvollen, in dem, was das Schicksal jedes vergangenen oder künftigen Krieges zurechtbiegen würde, niemals irrte.

Kam aber zuerst die Tochter des Sterbenden, Susana, dann las ich in einem der Romane, die sie ›krude‹ nannte und die, wie ein entwendeter Brief, auf Augenhöhe im Regal der Bibliothek versteckt waren. Manchmal fragte sie mich um meine Meinung, welchen sie mitnehmen solle, und jedesmal gab sie ihn mir mit einem Seufzer, einem Erbarmen, einem vor Langsamkeit kranken, vor Mitleid zähflüssigen »widerlich« zurück. Versteckt, zur Schau gestellt hatte die Bücher der sterbende Alte, und mich sah sie mit einem Bedauern, einer Neugier an wie die, die in den verletzlichen Stunden der Morgendämmerung ich empfand, wenn ich den unruhigen Alten betrachtete, der schüchtern und ungeschickt in dem langen Schlaf unterzugehen begann, dabei auf die delirierenden Inseln stieß, Worte stammelte, die in ausgeklügelter Unrichtigkeit auf Erinnerungen anspielten, die niemals die ganze Wahrheit waren, auf Ereignisse oder Lügen, die er, der Mann, der er gewesen war, nicht gekannt hatte und die er nun, um mich zu täuschen und abzulenken, auszudehnen versuchte in diesen neunzig Minuten, die die Nacht von einem weiteren Tag trennen, diese neunzig Minuten, in denen der Tod frei herumläuft, sich anbiedert und man selbst, Tradition oder Instinkt, Vergessensrituale ausführt, um nicht ja zu sagen und sich anheimzugeben. Und da sie die Gewohnheit hatte, sich zum Plaudern mit weit auseinandergestellten Füßen hinzupflanzen, konnte ich nicht umhin, an Feuchtigkeiten zu denken, an herzerquickliche Pölsterchen über starren, unzerstörbaren Gebeinen.

Ein Buch oder sonst eine Seite Gedrucktes, die Kaffeemaschine, das anhaltende eingebildete Bedürfnis zu urinieren, die Nase in der Kälte des einen Spalt geöffneten Fensters, der jähe Schrei von Vögeln in meinem Kopf.

Und wenn Pablo hereinkam, das nächste Waisenkind – jedes im Herauf- und Näherkommen vorangemeldet durch die Stimmen und unterschiedlichen Geräusche, die sie den Treppenstufen entrangen –, konnte ich nach dem Buch von Adler greifen, das ich seit der ersten Nacht bei mir hatte, und, einen vergessenen Finger zwischen den Seiten, die Augen heben. Denn Pablo, zwanzig Jahre, studierte Medizin, hatte mir eines Nachts aber bereits gestanden, wie wild herumrennend in diesem Zimmer, das jeden unvorhergesehenen

Augenblick ein Totenzimmer heißen konnte, rauchend, eine Zigarette anzündend an der andern, um dieser Sache, die noch sein Vater war, die stockende Atmung und das Ausruhen zu erleichtern, hatte mir gebeichtet, daß die allgemeine Medizin für ihn nur ein Sprungbrett sei, um anzukommen bei einem immer wiederkehrenden Kindertraum, den er Psychoanalyse nannte. Er hatte ein sauberes, ruhiges, intelligentes Gesicht und schüttelte gern das unordentlich in die Stirne fallende Haar.

Zu Beginn der Farce fühlte ich, daß von allen er der gefährlichste sei, von dem alten, zähen Sterbenden abgesehen. Doch nach einer Nacht der Geständnisse brachte er eine kleine Flasche Cognac mit, wußte ich, daß die Gefahr nicht in ihm lag.

Seit vielen Jahren war mir klar, daß man Katholiken, Freudianer, Marxisten und Patrioten in den gleichen Sack stecken muß. Ich will damit sagen, jeden, der an etwas glaubt, gleichgültig, woran; jeden, der argumentiert, weiß oder denkt, indem er gelernte oder ererbte Gedanken wiederholt. Ein Mensch mit einem Glauben ist gefährlicher als ein hungriges Raubtier. Der Glaube zwingt sie zur Tat, zur Ungerechtigkeit, zum Bösen; es ist gut, ihnen beipflichtend zuzuhören, unter vorsichtigem und höflichem Schweigen abzuschätzen, wie weit ihr Aussatz fortgeschritten ist, und ihnen jederzeit recht zu geben. Und der Glaube kann sich am Belanglosesten, Subjektivsten festmachen und entzünden: an der jeweils geliebten Frau, einem Hund, einer Fußballmannschaft, einer Nummer im Roulett, einer lebenslangen Berufung.

Der Aussätzige braust auf, sobald er aneckt, schwitzt angesichts des kleinsten oder vermuteten Widerspruchs Phosphorgerüche aus, sucht sich – den Glauben – zu behaupten, indem er Köpfe oder zarte, geheiligte Bande niedertritt. Alles in allem – ich denke an Pablo und sein Alter – gelangt ein vom Glauben jedweder Art angesteckter Mensch rasch dahin, diesen mit sich selbst zu verwechseln; dann ist es die

Eitelkeit, die angreift oder sich verteidigt. Mit Gottes Hilfe ist es besser, wenn solche einem nicht über den Weg laufen; mit eigener Hilfe ist es besser, den Gehsteig zu wechseln.

Und als Pablo mich eines Nachts herausfordernd und herablassend fragte, was denn aus der Welt, aus den Menschen geworden wäre oder werden würde, wenn sie nicht den nötigen Glauben besäßen, um fortzuschreiten, wiegte ich den Kopf und ermaß schweigend den Abstand, der die Mau-Maus von den Konzentrationslagern trennt, dem Genozid, den reißenden Tieren, die die Welt regieren.

Alle Nächte waren sich gleich, oder es war, die ganze Zeit über, eine einzige Nacht mit Stunden, markiert durch ein Gewitter, einen harten, gestirnten Himmel, einen Bleistift, der zu Boden fiel, die Schwankungen des Pulses und der Temperatur. Und in dieser einzigen Nacht desertierte ich angeödet aus dem Buch für den jeweiligen Besucher und besah mir die Landschaft mit der Neugier eines Menschen, der gerade angekommen ist.

Aus dem mottenzerfressenen Plüschsessel mit den ungleichen Sprungfedern betrachtete ich die Nachtlampe auf dem runden Tisch, den Schimmer der Gitterstäbe am übermächtigen Messingbett, die Formen der Arzneiflaschen, die dichten Schatten der Decke und des großen Kleiderschranks. Ich sah auf die Uhr und wartete auf die erste Helligkeit im morgens weinroten, jetzt schwarzen Fenstervorhang. Ich zerstreute mich, indem ich, mit scheußlicher Leichtigkeit, die Möbel und die Bilder zu erraten suchte, die durch das Licht von mir getrennt waren, untergetaucht in der Zone, wo der kranke Kopf ruhte oder sich bewegte.

Aber ich brauchte meine hundert Münzen pro Nacht. Irgendwann einmal würde ich auf Pablo stoßen und lügend Lügen beantworten. Jede Nacht, oder fast, trank der Hauptmann im Erdgeschoß Kaffee, und es war unmöglich, sein Lachen und seine Witze zu verachten.

Der denkwürdige Abend verlief so. Ein Viertel nach neun betrat er das Schlafzimmer mit Susana, seiner Frau, der

Schwester Pablos, Kind des Sterbenden wie dieser. Sobald sie kamen, vergrößerte der Entschlafene die Abstände zwischen dem Röcheln, und ich unterstellte ihm eine genüßliche Boshaftigkeit, eine plötzliche und unerwartete Stille zwischen den Seufzern. Er lebte noch und wußte.

Um ein Viertel nach neun in jener Nacht im April, der Hauptmann und Susana. Weit zurück Susana, das Dunkel und die Torheit eines kalten und starren Lächelns suchend, die Hände über dem Venusberg gefaltet. Weit voraus, militärisch ohne zusätzliche Grobheit, schritt der arme Tropf, der Hauptmann, ohne mich anzusehen, geradeaus bis an den Rand des Bettes und stand stramm.

Falls er denken konnte, schien der Hauptmann zu denken, indem er die Kinnlade in die Hand stützte und dabei den alten Mann oder eine Stelle darüber fixierte. Zum Spott oder aus Zuneigung begann der Halbtote den Kopf zu bewegen und bleckte abwehrend die Erinnerung an die falschen Zähne gegen das diffuse Gelärm, das die Welt ihm aufzwang.

Der Hauptmann gab die Besichtigung auf und wandte sich mir zu, um mich zu begrüßen.

Aber sie, Susana, die Tochter meines Toten, die Gattin des Hauptmanns, Pablos Schwester, war langsam und dunkel; ich bereute, sie mir anfangs töricht und zerstreut gedacht zu haben.

»Zu Befehl, General!« schrie beinahe Vélez, der Hauptmann, während er einen Stiefel an den andern schlug und sich leicht vor mir verbeugte. Er war fröhlich und sicher, wie es anno 1904 sein Großvater gewesen sein konnte, wenn er im Zelt neben einem mit Eukalyptuszweigen getarnten Lagerfeuer respektvoll grüßte. Die Nähe des jungen Tags grüßte gegenüber dem barbarischen, analphabetischen Caudillo – die Hautfarbe tut nichts zur Sache –, mit vorgewölbter Brust und zackigen Bewegungen, weil er der Überbringer guter oder schlechter Nachrichten, weil er Träger eines Stolzes war.

»n'Abend, Herr Hauptmann«, antwortete ich, das Buch kaum zur Seite legend.

Wie immer hatte ich das Gefühl, daß der sterbende Alte, wach und bei klarem Bewußtsein, sich über Hauptmann Vélez, uns alle mokierte; oder vielleicht hatten ihn die Jahre und die Krankheit in eine übererwachsene Zeit versetzt, die nichts mit dem Alter zu tun hatte, und schaute er uns von dort aus an und belustigten ihn alle unsere Worte und Bewegungen, weckten in ihm Geringschätzung und Zärtlichkeit, als beobachtete er zerstreut das Spiel von Kindern oder Insekten.

Obwohl er, fast lächelnd, zu mir gesprochen und mich dabei angeschaut hatte, wußte ich, daß die Worte des Hauptmanns Vélez kein Gruß waren und nur bei der verbrauchten, schenkellosen, lang im Bett ausgestreckten Sache ankommen wollten.

Ohne die Knie zu beugen, trainiert in Gymnastik und Logistik, bückte sich Hauptmann Vélez, bis er mit einem Ohr den stammelnden Mund des Kranken berührte. Im Profil konnte ich das genießerische Funkeln der kleinen schwarzen Augen sehen, den im Lächeln breitgezogenen Schnurrbart.

»Keine Sorge, General«, sagte er. »Wir werden den Reiterhaufen anführen. Und keine Angst wegen des Artillerieparks. Wir haben Kugeln und Truppen bereit, um all diese Schlappschwänze zu liquidieren.«

Wie so oft, aus Pflicht und aus Laster, war ich der Zuschauer. Und diesmal noch etwas anderes. Ich war das Medium, das der Hauptmann benützte, um Susana die geplante Botschaft zu übermitteln: ihr Vater würde noch zehn Jahre leben, jedenfalls nicht diese Nacht sterben. ›Wenn es ihm schlechtginge, wenn Gefahr bestünde, könnte ich, Ehrenmann weil Tressenträger, mich nicht so betragen, heiter sein, scherzen, ihm freundschaftlich die Knochen klopfen.‹

Wenn er von Taktiken und Schlachten sprach, von denen sein Großvater ihm erzählt hatte, wenn er von Mausern,

Brückenköpfen und Reiterei sprach, als hätte *er* dramatische Ereignisse erlebt und wäre traurig, weil all dies hinter ihm lag, kompensierte er zum Teil auch eine lange Kasernenhof-Demütigung, rettete er einiges vor der Frustration von Generationen, die theoretisch gelernt hatten, Kriege zu führen, um dann zu erfahren, daß die ihnen bekannten Arten von Kriegen mit der Zukunft nichts mehr zu tun hatten. Und vor allem waren seine Reden eine Aufforderung, jenen berufsmäßigen Mut zu vergessen, den ein widriges Geschick dazu verurteilt hatte, jungfräulich zu sterben, ohne sich bewähren oder versagen zu können. Dieses Jahr konnte er in Lavanda höchstens Arbeiter und Studenten niederknüppeln. Er tat seine Pflicht und verausgabte sich ohne echte Befriedigung.

Etwa in diesem Augenblick hievte Susana sich hoch und legte den Anflug eines Lächelns zwischen die Messingstäbe des Betts, in dem der Vater ihr wegstarb. Manchmal drehte sie sich mir zu, um mich anzuschauen, und ich erhielt mir meinen Frieden, stehend, eines der Bücher an den Bauch gelehnt – möglicherweise Psychologie und Kriegführung verwechselnd. Ich nickte leise, als wollte ich sagen, alles geht gut und jetzt gleich stirbt er.

Aber der Geruch nahm zu, der Geruch flatterte wie ein schwarzgrüner Falter, kam und ging, während alle vorgaben, ihn nicht wahrzunehmen.

Sie war schön, Susana, und die geborene Ehefrau für Vélez, denn ich wußte, es gibt eine Klasse, einen Typus von Mädchen oder Frauen, dazu geschaffen, sich mit ehrpußligen Soldaten zu vermählen; vielleicht ist es möglich, sie an der Entschlossenheit der Hüften zu erkennen oder an dem Abstand, der ihr Lächeln von den Augen und dem Leuchten der Zähne trennt. Am Ende wissen sie mehr von Charakter und Unterwerfung als ihre Männer.

Da, wiederhole ich, war der Hauptmann es leid, die gelbe Stirn des alten Mannes zu streicheln, und richtete den Körper auf, stramm. Er war in Zivil.

»Der Alte ist ungeheuer, Chef«, sagte er zu mir; ich wartete ungläubig, bis er sagte: »Er war in Masoller dabei.« Er trat heran, um mir die Schulter zu drücken, umtriebig, aufgeräumt, seiner selbst und der Welt sicher.

»Ja, diese Nacht ist er ein bißchen nervös. Aber ich würde sagen, es geht ihm besser.«

Denn Quinteros hatte unter dem Diktat Friedas von mir behauptet: »Zwei Jahre Medizin. Mit Goldmedaille hätte er das Examen bestanden, wäre nicht dieses Unglück gewesen, das im Grunde nichts anderes war als der Wille, Gutes zu tun.«

Das Unglück, das Frieda mir angedichtet hatte, um mich wochenlang am Bett des Kranken zu demütigen, half mir manchmal, meine Vergangenheit zu retuschieren. Es war realer als meine Fakten, als ich selber. Leichter als der blutüberströmten Beine, als des verrenkten Kiefers der Halbwüchsigen, die ich durch eine Perforation des Uterus soeben getötet hatte, erinnerte ich mich der feierlichen Langsamkeit, mit der ich im Haus der Gebärenden, dieser seltsamen Praxis mit Kanarienvögeln und Begonien, den Kittel auszog. Der zwanghaften Beharrlichkeit, mit der ich mir siebenmal die Hände wusch, der bestürzenden Entdeckung meiner Finger, des schweigenden Gebets an der Bahre, der Weigerung, Hilfe zu holen, der zeternden Hysterie der dikken Frau über den leeren Gummihandschuhen auf dem Boden. Eine Erinnerung, eine Lüge der Erinnerung.

»Haben wir ihm schon die Spritze gegeben, Chef?« fragte Vélez, als ob es ihm wichtig wäre.

Irgendwo habe ich gelesen oder hat jemand zu mir gesagt, die Tage vergingen nicht spurlos; erst recht nicht die Nächte; der arme Vélez wußte nicht und erfuhr nie, daß ich ihn in irgendeinem Augenblick vom Hauptmann zum Leutnant degradiert hatte.

»Noch nicht, ich wollte warten«. Die Spritze ist notwendig, aber ich mag nicht, daß er sie nötig hat. Verstehen Sie?« fragte ich.

Ich verstand nichts, aber der Leutnant schon.

»Klar«, erklärte er Susana. »Man darf keine Gewöhnung schaffen.«

Als sie fortgingen, war ich vergessen, und als sie die Treppe hinunterstiegen, sprachen sie von Elina, von Punta del Este und einem Verkauf.

Wir waren allein im Haus, als ich dem Alten die Spritze gab, und dabei erinnerte ich mich – oder ein anderer, bequem in mir aufgestützt, erinnerte sich – an die Hunderte von Spritzen, die ich in der Kommandantur von Santa María Betrunkenen, Hysterikerinnen und Verunglückten gegeben hatte, während ich darauf wartete, daß irgendein nebulöser Gerichtsmediziner erschien oder Doktor Díaz Grey kam, damals noch ledig und wach zu jeglicher Stunde, und mich jedesmal, ohne zu lächeln oder sich aufzuhalten, fragte:

»Kommissar, sind Sie sicher, daß es sich lohnt?«

Und ich ihm unfehlbar die Worte des verbrauchten Spiels wiederholte, das uns nie langweilig wurde:

»Es ist unsere Pflicht, Doktor.«

Und er tat, was getan werden mußte, und vergaß selten hinzuzusetzen:

»Ihre Bilder sind schlecht. Manchmal gefallen mir die Farben. Aber Sie haben nie richtig zeichnen gelernt. Dennoch, trotzdem: Warum schicken Sie nicht diesen ganzen Mist zum Teufel und leben von Almosen und wandern mit einer Staffelei und einer Schachtel Farben die Küste entlang?«

Ich richtete dem Alten die Kissen und die Wäsche und öffnete halb das Fenster auf die kühle und windstille Nacht. Als ich mich aufs Bett setzte, bewegte er sich, bis er fast aufwachte, bis er meine Augen fand; dann begann er den Kopf zu schwenken und geschwind Wortfetzen zu murmeln. Ich dachte, daß schon Millionen Todkranker das vor ihm getan hatten.

Fast von Anfang an hatte ich die Hoffnung und die Lust zu verstehen verloren; so daß ich mir, wenn Frieda und Quinteros mich um sechs Uhr abends weckten, ein Vergnügen daraus machte, phantastische, manchmal scharfsinnige, immer verblüffende Versionen zu übermitteln.

Ich sah meine Lügen sich über Quinteros' Gesicht bewegen; dann und wann die Vermutung, auf der Spur zu sein, dann wieder die Entmutigung. Das war, zwischen einem Gähnen und dem andern, meine tägliche kleine Rache.

Und zusätzlich bereitete ich mir ein großartiges, schmutziges Glück, indem ich die Wörter zu erraten suchte, von denen es Quinteros am liebsten gewesen wäre, daß der Sterbende sie gesagt hätte, und begeistert riskierte ich es, angeblich wörtliche, widersprüchliche Versionen zum besten zu geben, die ich mir irgendwann im Morgengrauen notiert hatte, um mir den Schlaf und die Langeweile zu vertreiben.

Ich glaube, daß meine ganze Literatur erneut das alte und dumme Bedürfnis bestätigte, einen Freund zu haben und zu vertrauen; auch anspielte auf das aufgezwungene Mißtrauen, das Geheimnis und die List.

Es genügte, das betrunkene oder müde Gesicht Quinteros' zur vermaledeiten Sechs-Uhr-Abendstunde zu sehen; seine Anzüge und Krawatten zu sehen; ihn von Freundschaft und Uneigennützigkeit reden zu hören; zu bedenken, wieviel er mir, immer pünktlich und ohne zu knausern, dafür zahlte, daß ich ihm das Gewaber im Kopf des Alten und die, wie ich vermute, in ihr Gegenteil verkehrten Kindheitserinnerungen erzählte, die aus dem schwarzen, zahnlosen Mund sprudelten.

Das und die Gegenwart Friedas, sie fast immer im Hintergrund, Gleichgültigkeit und Spott vortäuschend, genügten, um zu begreifen, daß es um Geld, um viel Geld ging.

Dann, ich weiß nicht wann, eines Spätnachmittags zur gewohnten Stunde, eingefügt in die einzige Nacht dieser ersten Strafe, kam ich an die Straße, die unerklärlicherweise *Agraciada*, Voll-der-Gnaden, heißt, und sah von der Ecke aus den Leichenwagen und begriff, daß etwas zu Ende gegangen war. Das erste der kurzen Leben, die ich in Lavan-

20

da hatte. Ich überquerte die Straße und setzte mich an einen Tisch vor einem passabel schmutzigen und durchsichtigen Fenster. Es nannte sich Café, und ich bestellte Kaffee und spähte zwischen Stadtstreichern und Neugierigen aus, was da mit berufsmäßiger Präzision im Haus gegenüber geschah, dem Haus, wo ich abwechselnd Clausewitz und Freud gelesen, wo ich nutzlose Spritzen gegeben und über meine Vergangenheit nachgedacht hatte, ohne daß es mir gelungen wäre, sie zu ordnen.

Als der Leichenwagen abfuhr, läutete ich hingebungsvoll bei Quinteros an, sicher, daß er eben seinen Rausch ausschlief. Ich dachte an das Schrillen des Telefons und verwechselte oder vermischte es mit den Injektionsnadeln. Nun nie mehr.

Ich ließ das Telefon läuten, bis er aufwachen und verblödet Antwort geben mußte. Ich sagte:

»Es ist achtzehn Uhr fünfunddreißig. Hier spricht Medina. Es wäre gut, wenn du dir Notizen machtest. Ich ging die Karte lochen und habe als erstes einen Leichenwagen gesehen, der mich traurig stimmte und bestürzte. Dann vier Kerle, die ich für mich nicht haben möchte, in Staubmänteln, grau oder hellblau, die Beleuchtung ist schlecht. Sie stiegen aus und trugen ein Kruzifix hinein, einen Überzieher aus Holz, sechs Kandelaber, ein Album, verlockend, einen Roman hineinzuschreiben oder das Tagebuch meines Lebens. Sie brachten andere, mysteriöse Dinge mit, die wohl unentbehrlich sind, weil der Tod immer ein Mysterium ist. Das Ergebnis wäre, denke ich, dasselbe. Hast du dir etwas notiert? In Wirklichkeit rufe ich dich aus Pflichtgefühl an. Um dir zu gratulieren und dir zu sagen, daß du deinem Schwesterchen an die Quadratwurzel gehen kannst.«

Ich hängte ein, um seine Stimme abzuwürgen, und seit dieser Nacht besserte sich unsere Freundschaft, ich verachtete ihn weniger. Natürlich kamen wir auf die Sache nie wieder zu sprechen; und als ich lange danach besessen war von dem

Gedanken an Heimkehr, war niemand geduldiger, gütiger und effizienter als Quinteros. Er tat es aber nicht, um mich für das unfreiwillige Stillschweigen zu bezahlen.

2. KAPITEL

Der Besuch

Vor langer Zeit, als wir alle noch zwanzig oder wenige Monate darüber waren, erlag ich der absurden, riskanten und sich in meinen Grenzen haltenden Versuchung, Gott zu sein. Es war in Santa María, in einem feuchten und schwülen März mit allenfalls Vorankündigungen, Androhungen von Gewittern, so als hätte das Wetter das Benehmen der Einwohner von drüben angenommen, der von Lavanda, überm Fluß.

Diese Versuchung, wenn sie echt ist, sucht vorzugsweise die Allerärmsten heim, die Aussichtslosen, die, die nicht in die Falle eines geregelten Lebens getappt sind.

Alles war so einfach und verkehrt wie eine Rechenaufgabe im ersten Schuljahr: mit dem, was ich mir versage, kann ich das Glück eines anderen machen.

Das Ergebnis war ein Seoane von siebzehn oder achtzehn Jahren, rechtmäßiger Emigrant aus Santa María, und seine Mutter. Seoane war der Nachname des Mädchens, der Frau, und ich erfuhr nie, ob das Kind, der Junge, mein Sohn war. Sie hatte immer das Spiel mit dem Zweifel, dem Mißverständnis, dem schlechten Scherz gespielt. Nun waren sie in Lavanda, und es erschien mir korrekt, an einem matt herabhängenden Finger ein Kuchenpaket tragend, sie einmal im Monat, jeden vollen Mond, zu besuchen.

Das hieß, mich nach eigenem Wunsch und Unwillen in die Erinnerung an Seoane als Kind zu versetzen, an das Zimmer, an die streunenden Bilder des Jungen in der düsteren, muffigen Wohnung, an die dicke Frau mit dem Kopf voller Schleifen, Plastikröllchen, Einsteckkämmen, an die gereizte Traurigkeit, die von uns, von den Möbeln ausging wie Schweiß.

Es muß schmerzlich sein und ist es, zum erstenmal sanft über Dinge wie das Alter, die Armut, die toten Vergangenheiten zu reden und so auch weiterhin von ihnen zu sprechen.

Mit María Seoane passierte mir das nie. Trotz der billigen Geschenke, die ich bei keinem meiner Besuche vergaß und für die sie sich höflich und beinahe spöttisch bedankte, um sie sogleich in der schmuddeligen Unordnung des Zimmers zu begraben, war die einzige Möglichkeit der Dialog, der Satz um Satz auf die Fehler der unwiederbringlichen Vergangenheit anspielte. Sie, die abstoßende Dicke, wußte besser Bescheid als ich, erwies sie sich doch als fähig, alles in einem Wort zusammenzufassen, das sie in Abständen, am Materöhrchen saugend, aufseufzend in das Gespräch fallen ließ:

»Das ist nicht mehr zu ändern.«

Und das traf zu für uns, für alle zum zweiten Mal sich begegnenden Liebenden, für alle Welt. Ich konnte dem nichts entgegensetzen als meinen Wunsch zu begreifen, indem ich halb an der intelligenten Bosheit Marías partizipierte, indem ich den neutralen, fast immer abwesenden Kopf des jungen Seoane heraufbeschwor, der vielleicht mein Sohn war, der sich vielleicht nur so stellte, als ob er tatsächlich der halbe Idiot und von dem unvermeidlichen, am rechten Ort und zur rechten Zeit sein Lager aufschlagenden Stamm von Zigeunern in der Wiege vertauscht worden wäre.

Nach einer meiner beschämenden Pilgerfahrten brachte ich für María Kuchen mit und für Seoane eine seidene Krawatte und eine Banknote, blau. Und da war ich nun nach María Seoanes begrüßendem »hola«, saß fest in der eingesperrten, unbeweglichen Hitze der Wohnung, verstrickt in die prätentiöse Armut, die halb kahle rote Plüschdecke mit Flecken aus lallenden Nächten und Flaschen, abgewetzt von Hunden, einem weit zurückliegenden, ungeduldigen Windhund. Eingeklemmt in eine kleine, erstickende, dunkle Welt mit Gauchos und holländischen Bäuerinnen aus Porzellan oder Gips, mit gerahmten Titelseiten von Illustrierten.

María dachte nicht so ausschließlich an mich, daß sie all diesen schlechten Geschmack mit dem Ziel angehäuft hätte, mir zuzusetzen. Sie und ihre Freunde. María vertraute auf andere, direktere und sicherer wirkende Mittel.

Ebensowenig hatte sie vorsätzlich dieses Untere-Mittel-klasse-Odeur herangezüchtet, diesen Geruch der täglichen Erfolglosigkeit, der schäbigen, vor zwanzig Jahren, ehe sie nach Lavanda kam, von unbekannten Leuten wiedergekäu-ten Wünsche, die sich an die Wände geheftet hatten und die ich heute vielleicht mit einem Fingernagel abkratzen konnte.

Natürlich hatten die Tapeten gewechselt, ein ums andere Mal, und mit ihnen die Hoffnungen. Aber der Geruch von alldem hatte dadurch nur zugenommen. Vor allem die sehr breiten Türrahmen, nacheinander grau, elfenbein, creme-farben, grau gestrichen, rochen rachsüchtig und pene-trant nach italienischen Sonntagmittagessen, nach Quittun-gen von Ersatzkrankenkassen, nach Rentenantragsformu-laren.

Ich wußte nicht, ob an jenem Festtag irgendein Seoane, siebzehn Jahre, erscheinen und sein Gesicht meinem lang-sam prüfenden Blick zeigen würde; ebensowenig wußte ich, ob ich ihn überhaupt zu Gesicht bekäme; ebensowenig, wiederhole ich, wußte ich, ob er mein Sohn war.

María ließ mich allein, um mich nach Belieben schauen, riechen, erfinden zu lassen, um ihrerseits das abgetragene dezente Kleid abzulegen und langsam wiederzukehren mit dem vergeblichen Lächeln der Rache oder kurzen Vergel-tung. Es überraschte mich nicht: ich war reichlich beglückt worden mit diesem Weibchenlächeln, von dem ich geglaubt hatte, ich hätte es mir ausgedacht, und dabei zeigten die Frauen es seit Jahrmillionen als neuestes Modell der Saison, soeben kreiert, ohne Vorgänger, ohne Gefahr des déjà-vu.

Es überraschte mich nicht, wiederhole ich. Ich habe Güte, Opfer und Ausnahmen kennengelernt. Aber sie kam zurück, wie jede beliebige Frau es getan hätte, um mir aufdringlich,

25

mit ihrem Kaliber an Zartgefühl ins Gedächtnis zu rufen, wer María Seoane mit achtzehn Jahren gewesen war, als ich mich bei jedem Treffen anstrengen mußte, ihren ausweichenden Blick zu suchen, und sicher war, den noch frischen Geruch eines anderen Kerls an ihr zu riechen. Das Lächeln sollte mir zeigen, was ich, unverantwortlicher Bundesgenosse ihrer angestammten Dummheit, aus ihr gemacht hatte.

Nun kam sie in einem schmutzigen, lumpigen Morgenmantel zurück; sie hatte es geschafft, alt zu werden, Abstand herzustellen.

»Wegen der Fliegen«, sagte sie mit ihrer taufrischen heiseren Stimme, während sie die Fenster hinter den eisernen Jalousien schloß. Sie legte sich langsam auf den Diwan, auf dem nachts Seoane schlief, mein möglicher Sohn; mit dem alten trägen Schwung entblößte sie die Hälfte eines Beins und bat mich um Zigaretten. Ich warf ihr ein Päckchen zu, eine Schachtel Streichhölzer.

Schade, dachte ich; eine alte, abstoßende Frau, wenig jünger als ich, die plump eine Rückkehr ihrer zwanzig Jahre inszeniert. Eine Weile, betäubt von Hitze und Schlaf, gestikulierte sie, Hilfe suchend bei der Dummheit und der Bosheit. Mich zu verletzen war leicht. Die Schwierigkeit war, etwas Neues zu finden, den Haß und die schweinische Höflichkeit im Gleichgewicht zu erhalten.

Sie holte Luft, blähte die großen Brüste, sprach, und es war, als begegneten wir uns wieder ohne Dach überm Kopf, im eintönigen, gleichmäßigen, windstillen Regen. Aber ihre Stimme war nicht nur die verhätschelte Tochter des Alkohols und des Tabaks; sie war rauh und tief, manchmal tot vor Tonlosigkeit, dann wieder trat sie kraft Willensanstrengung schrill aus dem Nichts, dem Schweigen hervor. Was sie wußte oder vermutete, tarnte sie mit Schluckaufs, vorsätzlicher Gedächtnisschwäche, Hustenanfällen und ausweichendem Lächeln. In meinem Ohr klang ihre Stimme fremd und geheimnisschwanger.

»Falls du gekommen bist, ich meine nur, um den Jungen zu sehen, verschwendest du vermutlich deine Zeit. Immer läuft er vor dir davon, es muß der Instinkt sein; aber manchmal, wenn er allein ist, ruft er nach dir und vermißt dich. Das weiß ich aus den Zeichnungen. Er verstellt sich, klar. Aber ich bin die Mutter. Er ist mit den Freunden weggegangen, dieser Sorte von Freunden, die er sich aussucht, um mit ihnen ins Kino zu gehen oder zum Basket oder zu sonst einem erlogenen Scheiß, der ihm gerade einfällt. Immer lügt er mich an, das kann ich beweisen, das regt mich nicht auf, ich höre nicht mal hin, wenn er antwortet. Oder er gibt überhaupt keine Antwort, und manchmal kommt er frühmorgens oder am Vormittag und hat Lust gehabt, sich zu besaufen. Es ist zwölf vorbei und er kommt nicht; und eines Tages werden sie ihn mir tot ins Haus bringen; ich gehe einen nach dem andern alle Unglücksfälle durch, so bereite ich mich vor. Erinnerst du dich noch an Heyward, der Samstagnacht immer in die Kommandantur kam und zu dir sagte... (Er sagte, er sei total betrunken, und jedesmal erkannte ich am Tonfall, am Lächeln, daß der Satz gestohlen war. Aber es stimmte, fast jeden Samstag um Mitternacht kam er in die Kommandantur, schmutzig, die Krawatte ein Strick; oder auch tadellos, blond, und ließ einen Ausdruck über sein Gesicht huschen, der alles überstrahlte, die Kleider, die klebrige Müdigkeit, die er an der Küste von einer Kneipe zur anderen geschleppt hatte, auf Suche, manchmal erfolgreich, nach einem Halbwüchsigen, der nach dem Aushandeln ja sagte. Heyward. Wenn er mich antraf, bat er mich mit einer Selbstverständlichkeit um Unterkunft, als käme er außer der Zeit ins Haus eines Freundes.)

»Ich steh auf der Kippe«, sagte er, schmutzig oder adrett. »Noch eine Stunde und ich verirre mich. Nicht in den Straßen; in mir, für mich. Wenn das passiert, das wissen Sie und ich, gibt es nur eine Lösung, ein Ende. Ein Bett mit Wanzen, und morgen gehe ich.«

Ich sagte jedesmal yes und gab ihm eine Zelle. Später, gegen

Mittag, legte er das Doppelte des Betrages, den er für eine Nacht im Plaza gezahlt hätte, auf den Tisch.

Sie redete weiter: und ihre heisere Stimme entsetzte alle, nur sie nicht: Alkohol und Tabak, vom Frühstück bis zum Schlafengehen.

»Aber werde nicht gleich nervös, ich habe nicht vor, dir zu wiederholen, daß er dein Sohn ist. Kein Grund zum Stolz, wenn du dich anschaust. Und keine Moneten zu holen. Zu allem Pech habe ich ihn Julián getauft und erst Jahre später erfahren, daß dieser Name das Unglück anzieht. Wenn du kannst, schau ihn dir an, sonst nichts. Hinterher sagst du mir Bescheid. Erinnerst du dich noch, du warst kleiner als er und hast sogar ein Bild vom Papst gemalt, ich weiß nicht mehr, wie er damals hieß. Ich wollte dich sprechen, aber dann wußte ich gleich, ich habe meine Geheimverbindungen und warte besser, bis sie mir sagen: jetzt ist der Augenblick gekommen. Er ist noch nicht gekommen, aber es ist zwecklos, du warst schon immer falsch, unfähig, meine ich, einer, der nie an irgendwas geglaubt hat. Ist ja egal, aber wenn du dich amüsieren willst...« Sie strich sich über das graue Haar, während sie, gestärkt, irgendeine abwesende Gestalt anlächelte. »Aber mach zuerst den Schrank auf und laß uns ein Glas geschmuggelten Anis trinken. Daran wirst du dich doch noch erinnern, daß ich in La Enramada lieber Anis getrunken habe und du Zuckerrohrschnaps aus Paraguay, in diesen Halblitergläsern.«

Ich schenkte Anis ein, während ich die Falle zu erraten suchte. Die Gläser waren winzig, ich konnte viele trinken, denn das Gesöff war gut und kaum süß.

Der Rauch der Zigaretten, fast gleichförmig in der Hitze der geblendeten Wohnung, wechselte gemächlich von Grau zu Hellblau.

»Tot«, sagte sie und ihre Stimme wollte minutenlang nicht sprechen; sie zündete sich eine Zigarette an, damit ihr leichter wurde, und gurgelte mit dem Anis.

»Tot eines Nachts, eines Morgens«, fuhr sie fort. »Ich weiß

nicht, ob ich dir gesagt habe, daß er sich jetzt alle Tage betrinkt, und eines Nachts werden sie ihn mir bringen, tot, und wenn er nicht betrunken ist, dann ist das Wichtigste für ihn, wichtiger als das Essen, mein weniges Geld auszugeben, denn er selber bringt fast, das kann ich dir sagen, fast keinen Peso nach Hause. Julián. Das bißchen Geld, das uns knapp zum Essen reicht, gibt er für Leinwand, Karton und Farben aus. Und ich, die eine Hälfte der Eltern, schwöre dir, so wahr ich hier sitze und aufgrund meiner Berechnungen, die absolut sicher sind, daß du der Vater warst, und wie du, der das Papstbild gemalt hat... tut er nichts außer malen und sich betrinken, und manchmal bringt er Geld nach Hause, von dem ich nicht weiß, woher er es hat. Manchmal geh ich und kaufe ihm eine Flasche, nur so, wenigstens malt er dann neben seiner Mutter. Ihr Männer.«

Der Anis war gut, reizte aber zu Übelkeit. Ich wiegte den Kopf, imitierte den Kummer, den Schmerz, den Zweifel, die Bitterkeit und das Mitleid.

»Wenn er sich nicht blicken läßt«, sagte ich, »könntest du mich die Zeichnungen ansehen lassen.«

Sie lächelte glücklich, als hätte sie diese Bitte erwartet.

»Umbringen würde er mich, hat er mir schon gesagt, wenn ich jemandem erlaube, sie anzusehen. Sie sind in der Dach-kammer. Wenn du mir zwischen fünfzig und hundert Pesos dalassen könntest.«

Ich schenkte ihr das Gläschen voll, stellte ihr die von der spanischen Regierung gestempelte Flasche hin und ging unschlüssig herum, bis ich im Patio die kaum gekrümmte Eisentreppe fand.

Ich zündete ein kümmerliches Licht an und konnte mit einiger Mühe sehen, daß Seoane unverfroren und bar jeden Talents alle Schulen und Genres der Malerei durchlaufen hatte, von den Bisons in Altamira, die laut Vertrag mit der französischen Regierung Picasso gemalt hat, bis hin zu den kaleidoskopischen Spielereien, die schon aus der Mode kamen.

Aber da entdeckte ich, schwitzend und mit schmerzendem Kreuz, einige Bilder – wenige, wie das immer der Fall ist –, die Julián für Seoane gemalt hatte. Ich trug sie ans Licht, spöttisch und neidvoll. Wie ich, konnte auch Seoane nicht zeichnen; aber der Umgang mit der Farbe war gekonnt, sicher, erstaunlich. Die Bilder waren nicht darauf aus, irgendwem irgend etwas zu sagen; sie waren verschwiegen, schwer, entzogen sich; sie waren für Seoane gemalt, für ihn und niemand sonst.

Als ich wieder nach unten ging, sagte die Frau:

»Ich dachte schon, du wärest für immer in der Dachkammer geblieben.«

Sie war schon ein wenig betrunken und hielt an der Würde fest, das winzige Glas zu füllen, ohne daß es überlief.

»Die Bilder gefallen mir«, sagte ich. »Ich möchte ihn sehen und mit ihm reden.«

»Er will dich nicht sehen. Ich habe ihm Lügen und Wahrheiten erzählt. Mir scheint, er haßt dich. Aber wir sprechen nicht mehr von dir. Wenn er diesen Quatsch malt, den keiner versteht, dann muß es sein, weil er dir nachschlägt, Papa. Aber das schönste ist, wenn ich das sagen darf, daß ihr beide nicht sicher sein könnt.«

Ihr, das waren wir zwei, alle Männer, eine Rasse, die zu hassen María Seoane sich mindestens fünfzehn Jahre abgeplagt hatte und die in ihren Augen nun soviel mit ihr gemeinsam hatte wie Ameisen oder Pferde.

Die Hitze nahm zu und ich wollte ihrer Aufforderung, den Sakko abzulegen, nicht nachkommen; ich fuhr fort, mich zu wehren, die Krawatte am durchgeschwitzten Hemdkragen zu ertragen, mich als Besuch zu benehmen, manchmal zu lächeln, sie betrunken zu sehen, mir ein reinigendes Leiden zu erfinden.

»Ihr Männer. Das Beste ist immer noch«, fuhr die Stimme, milder geworden, fort, »daß ihr mir einfach leid tut. Dann lasse ich mich wenigstens nicht zu einer Dummheit, einem Akt der Gerechtigkeit hinreißen. Der Junge ist genau wie du, nicht äußerlich, meine ich. Klar bin ich auf ihn stolz, wie jede Mutter. Aber glaub ja nicht, daß ich mir große Illusionen mache. Erstens hat er keine Charakterstärke, oder hat sie nur, wenn er Schlechtigkeiten begeht. Genau wie du. Ich habe ihn gehabt, ihn großgezogen.« Sie erhob das Lächeln der Plastikzähne zur Decke und tastete langsam mit einer Hand nach den Zigaretten; dann streckte sie die nackten Beine aus, und ich konnte ihren Monolog fast wörtlich vorausahnen.

»Ja, das erste Mal, als wir uns trafen und du mich zum Essen und zum Schlafen mitnahmst, da habe ich dir von Josesito erzählt. Ja, das erste Mal, eine Geste, die mir gut schien, solange sie gedauert hat; ich war ein junges Ding, ich konnte nicht nach Hause zurück und habe gelogen. Dann habe ich weiter gelogen. Mit dem Lügen ist es wie mit dem Bett: erst schämt man sich und später fängt es an, einem Spaß zu machen.«

»Die Armut«, sagte ich, um sie anzufeuern. »Anfangs hatte keiner die Schuld.«

»Du sollst nicht vom Anfang sprechen, sag ich dir«, schrie sie so erbost, daß der Kopf vom Kissen hochfuhr; noch eine Zigarette, ein Schluck aus der Flasche.

Ich hatte Lust, ihr mit einem einzigen Hieb, fast ohne mich zu bewegen, nur indem ich den Arm ausstreckte, die Nase einzuschlagen. Aber ich dachte und sagte:

»Schrei nicht, Liebe. Auch ich habe mein Teil gelitten.« Ich brachte es fertig, nicht zu lachen. Vielleicht war der Satz eine Minute vorher vorbereitet worden. Aber es konnte wahr sein, daß ich vor zwanzig Jahren, am nicht zu ortenden Anfang, mein Teil gelitten hatte; es war eine Zeit gewesen, geeignet, an vieles zu glauben.

In Wirklichkeit konnte María Seoane mir nur Schmerz zufügen, wenn sie Seoane unglücklich machte, meinen Sohn oder nicht Sohn. Das war nicht mehr wichtig. Und selbst dagegen hatte ich mich durch List zu verteidigen gelernt. Nun beschrieb sie die neuen Leiden, die sie mir aufbürden wollte. Denn da waren die anderen, war der immer bestürzende Vergleich mit der Erinnerung: der Verfall, die fremd anmutende Fettleibigkeit, die sie in die Mutter ihrer selbst verwandelte. Da war die zweifelhafte Aufmerksamkeit dieser unveränderlichen, tiefliegenden und hellen Augen, nun eingekreist von den zahlreichen kleinen Jämmerlichkeiten der gealterten Haut. Da waren die Erschöpfung, die Schwerfälligkeit, die ergreifenden Reste der Jugendfrische, das dicke, von Krampfadern durchzogene Bein, das sich krümmte, um der Heftigkeit der Beschuldigungen Nachdruck zu verleihen.

Aber vor allem waren da und regten sich beinahe greifbar die beschleunigte Trägheit ihres Gehirns, die groteske Nachahmung ihrer früheren guten Laune, die unbegreiflich gewordenen Echos ihrer Verhaltensweisen. Da war, in der stinkenden und vom Sommer gepeinigten Wohnung, der unzweifelhafte Beginn des Alters der María Seoane. Ihre zu neuen Zähne, die traurige Provokation ihres unruhigen Schenkels.

»Es ist mir schon egal«, sagte sie, »aber alles wäre anders, wenn du dich vor zwanzig Jahren wie ein richtiger Mann benommen hättest.«

Sie haßte die richtigen Männer, weil sie ohne sie nicht leben konnte. Sie sprach weiter, redete über mein vergebliches Warten auf den Jungen hinweg; vor zwanzig Jahren hatte ich aufgehört, ein richtiger Mann zu sein, weil ich sie nicht geheiratet hatte, weil ich schon zu erfahren war, um mich ohne Gegenwehr zwischen den dichten Lügen zu bewegen, die sie, rabiat und beharrlich, als wäre es eine Sucht, täglich erneuerte; vor zwanzig Jahren, weil ich nicht öffentlich und vor Gericht anerkannt hatte, daß der Ex-Fötus, den sie mir zeigte, mein Sohn sei. Weil ich mir das violette Gesicht des stinkenden und wimmernden Wurms, den sie wie eine Trophäe vor mir schwenkten, angesehen hatte; weil ich Zweifel geäußert und gelacht hatte.

Jedenfalls würde Seoane nicht mehr kommen, und sie

konnte die Abwesenheit des Jungen dazu mißbrauchen, die alte Litanei aufzusagen.

»Denn ich gebe ja zu, daß am Anfang weder du noch ich schuld hatten. Wir konnten uns ja nicht mal die Nasen putzen, sozusagen, man mußte uns erst noch beibringen, daß ihr, die Männer, einen Pimmel habt und wir nicht.« (Der Friedensrichter und die Nachbarinnen waren sich über die Ähnlichkeit einig; aber ich ließ mir eine neue Flasche ins Gericht bringen, behielt mein Lächeln bei, sagte nein, hängte dem Säugling nicht nachweisbare und anrüchige Ähnlichkeiten an. Als ich sagte, die Nase des Kindes und die des Herrn Friedensrichters legten den Gedanken an eine künftige Ähnlichkeit nahe, wurde auf das Fehlen von Beweismaterial erkannt, und danach war kein Kraut mehr gewachsen gegen die möglichen Ähnlichkeiten und das Namen herbeizerrende Getuschel. Man darf nicht vergessen, daß Brausen mich als über Vierzigjährigen und bereits Kommissar, bereits Chef der Kommandantur nach Santa María gebracht hat. Es gab eine Vorgeschichte. Als ich ungefähr zehn und Fürst Orlow mein Lehrer war, verschwand ich von der Bildfläche, weilte bis um die Vierzig im Limbus. Ich spreche von Jahren, wie sie an manchen Orten ablaufen, hier in Lavanda zum Beispiel.)

»Ah, ja; sie hatten ein Pimmelchen und wir nicht.« Sie war nun bedeckt vom Morgenmantel, leicht berauscht, blickte lächelnd, sich wiegend, auf die schmutzige, diffuse Nässe der Fenster. Sie schien Mittelpunkt zu sein in einem literarischen Salon, Freitag von fünf bis neun. »Und wir mußten es glauben, weil es stimmte. Wie oft zwanzig Jahre? Spaß beiseite. Ich habe das Glück kennengelernt, echte Liebe, mehrmals, über längere Zeit und immer seltsam. Die Männer: den anderen gegenüber so liebenswürdig und gütig. Mit einem selbst: immer überlegen: das Bett, das Schweigen, die Grobheit. Und wir Mädchen, die wir nicht wie sie frei leben können, keine Möglichkeit haben, zelten zu gehen oder Ausflüge zu planen, die wir uns nicht einmal Stunden, geschweige denn Tage freimachen können, ohne zur Mama heimzukehren. Und wenn du es deutlicher hören willst, wir Mädchen können nicht eine unangezündete Laterne dazu ausnützen, ihnen an ihr Paket zu langen; aber sie schon, sie können uns die Brüste und den Hintern betatschen. Und wir Mädchen, die wir solche Lust darauf hatten und im stillen das Gebet für den heiligen Thaddäus aufsagten, damit es passierte, wir mußten sagen: Was glauben Sie eigentlich und wofür halten Sie mich? Und wenn man heiratet oder sich einläßt und in neun von zehn Fällen an einen Dümmeren als man selber gerät, dann muß man sich noch blöd stellen, wenn es zur Sprache kommt, und sagen, darauf wäre ich von allein nie gekommen. Du hast recht. Später, das stimmt, setzen wir ihnen massenhaft Hörner auf und erzählen ihnen dafür das Märchen vom Ring, der Handtasche, die wir gefunden haben, oder von einem, der auf Kredit verkaufen kam und dann hat er vergessen zu kassieren. Das ist nur gerecht. Und für jedes Horn wird eine Kerze angezündet: in der Kathedrale, vor der allerheiligsten Jungfrau. Aber der Gehörnte ist nach wie vor der dumme Tropf, und der mit den Geschenken, den Lügen und dem Geheimnis ist genauso dumm wie der Ehemann. Also haben wir keine Männer; nur das, was manchmal besser ist: die erlogenen Geschenke, die geschwindelte Stunde, das Taxi an der Ecke und die schüchterne Feuchtigkeit, die uns an die echte denken läßt. Manchmal schön bis zum Gehtnichtmehr. Danach nichts mehr als die ständig wiederholte Erbärmlichkeit; danach nichts. Der rabiate Ehemann, die Scheiße in den Windeln, die Küche. Und immer, Medina, seit mir die Brüste gewachsen sind, steckt ihr, die Männer, beisammen und seid schnell fertig mit dem Urteil. Denn ein Mädchen, eine Frau ist kein Mensch, sondern wenn es hoch kommt und jedenfalls nicht mehr als ein Körper, eine Sache. So lange, bis sie einen Mann bekommt und die Geschichte, die ich dir erzählt habe, von vorne anfängt.«

Sie hörte auf zu sprechen. Wir schwiegen eine Weile, und sie nahm noch einen Schluck, zündete sich eine Zigarette an und lächelte selbstgefällig das Fenster an.

Ich erinnere mich anderer eintöniger Besuche, anderer wechselseitig gesprochener Sätze, mit oder ohne Seoane. Unsere Vergangenheit mochte schmutzig, vielleicht unumgänglich gewesen sein. Aber die Gegenwart war, wie gewöhnlich, schlimmer.

3. KAPITEL

Die Porträts

Das Bett, die Mahlzeiten oder das Geld fürs Essen, das Zimmer, die Dachkammer einer Wohnung in Gran Punta de las Carretas, einem feinen und teuren Wohnviertel. Jedenfalls versicherte Frieda, die Preise im Supermarkt seien doppelt so hoch wie die, welche die Einwohner anderer, nie betretener Stadtteile bezahlten. Und außerdem wurde sie böse, wenn jemand Wohnung oder Appartement oder Apartment sagte anstatt der richtigen Bezeichnung: penthouse.

So daß ich also in einem penthouse in Gran Punta de las Carretas wohnte, und nicht einmal heute, in der Erinnerung, im Zurückdenken, wenn Denken möglich wäre, kann ich Friedas Motiv für diese Halbprotektion begreifen. Vermuten konnte ich allenfalls eine vage Angst vor Erpressung, vor dem betrunkenen und zerstreuten Wort; aber ich war, bin mir sicher, daß Frieda mir jede größere Gemeinheit zutrauen konnte, diese niemals.

Und ebensowenig bedurfte sie meiner im Bett, obwohl sie mich jederzeit gehorsam, jederzeit neugierig wußte. Was mich betraf, so war meine damalige Selbstaufgabe nahezu unerklärlich, wenngleich, vermutlich, leicht zu verstehen.

Von Santa María getrennt aufgrund einer Krise des Stolzes, ging ich herum, war mehr oder weniger da zwischen den Einwohnern von Lavanda, mit einer Fähigkeit zu Trennung, Kritik, Geduld und Hingabe, die mich monatelang glücklich oder nicht-leidend machte. Ich schaute sie an und sah dabei immer auch mich; wenn ich sprach, sagte ich fast ausnahmslos die korrekten Sätze, und die Leute täuschten sich nicht oft.

Ich ging zwischen Körpern und Stimmen herum, ohne sie abzulenken von dem Weg, den sie eigensinnig und unfreiwillig sich auferlegt hatten, uneingedenk der Stunde ihres

Todes, Amen, nicht wissend, daß die Zeit nicht existiert, nicht ist. Ich aber wußte seit der Kindheit und hielt mein Geheimnis verborgen wie eine Krankheit.

Ich ging ziellos herum, spielte mit einem Bündel gleichzeitiger Voraussetzungen, das – ich ahnte es schon – nur in Santa María, der Verlorenen, gegeben sein konnte. Dennoch ließ ich nicht locker; unter vielem anderen stützte ich mich auf die gefährliche Kraft neu entstandener Vorurteile, die größere Macht besitzen als die ererbten. Mit den Lavandinern hatte ich nichts zu schaffen.

So standen die Dinge, als Frieda von Kliestein die zweite Aufgabe für mich erfand. Mehr oder weniger – es war eine Zeit der Ungenauigkeiten – lautete diese Aufgabe so:

»Auf Medina als Krankenwärter, Kindermädchen oder Hausarzt würde ich nicht noch einmal setzen. Ich weiß nicht. Was ich alles gesagt habe, um dir zu helfen.«

»Um mir zu helfen, ihn umzubringen, um mitzuhelfen, daß sie ihn umbringen.«

»Das, nicht mal im Spaß. Ich habe so viel erzählt, daß ich möglicherweise sogar von Harley Street und dem Baronet Medina gesprochen habe. Muß komisch gewesen sein, aber wer denkt noch daran? Das mit dem Baronet ist immer noch lustig. Ich habe gesetzt, verloren, und ich bereue nie. Eines ist sicher, habe ich gesagt, Medina war der Herr der Nacht in Santa María. Ein Kerl, dieser Medina, mit seinem Revolver unter der Achsel. Aber ich habe ihnen auch von dem Medina gesprochen, der seit seiner Kindheit Bilderchen gemalt hat. So lieb und so süß. Medina, versteht sich, ist ein Mann und kann zuschlagen, wenn ich aufmucke, und kann losschlagen gegen jeden, ohne mich um Erlaubnis zu bitten. Aber du hast versagt, nichts mehr zu machen, der Leichnam ist dir weggestorben, als du nicht da warst, ihn zu pflegen, ihn in Erfüllung der heiligen Pflicht anzuhalten, daß er anständig stirbt. Ich habe ein wenig geweint; geweint über das große Unglück und über dein Versagen. Ich weiß noch, daß ich gerecht aufgeteilt habe. Auch sie haben geweint, obwohl sie dir sicher inzwischen verziehen haben. Auf jeden Fall wirst du ein anderes deiner Talente aufbieten müssen, um dir deinen Lebensunterhalt zu verdienen. Ich habe dir von Anfang an oder von einem zweiten Anfang in diesem dreckigen Lavanda an gesagt, daß ich dir nur die Unterkunft geben kann, vielleicht Zigaretten, vielleicht ein paar Flaschen. Aber nicht das Essen. So daß du jetzt...«

»Verstanden, arme umgekehrte Hure. Ich gehe.«

»Ich werfe dich nicht hinaus. Ich quartiere dich um, nichts weiter.«

Der neue Plan stand, und aus unreiner Großmut und wegen der spaßigen Versuchung, Zeugen zu haben, wünschte ich, mit anderen an ihm teilzunehmen. Ich schob sie zum Diwan, und sie schien es erwartet zu haben, da sie sich kampflos ergab, mit Gestöhn, das der Wahrheit sehr nahe kam. Sie lachte erst, als sie wieder von der Kunst und meinen Bildern sprach.

Frieda ihrerseits schmierte sich Eiweiß ins Gesicht und nahm zweimal die Woche Gesangsstunden. Ich zog sie auf, indem ich das Teatro Colón und die Scala zitierte, sie Maria Callas nannte. Aber das regte sie nicht auf. Sie erhob nicht den Anspruch, in Opern zu singen, sie wollte zu Ruhm gelangen, indem sie auf Bühnen sang, das Mikrophon in der Hand, den Jazz beherrschend bis zum Delirium der Massen. Da sagte ich zu ihr:

»Adios, Bessie. Hau das Klavier nicht kaputt.«

Und wir verblieben in Frieden.

Abermals, fremd und ohne die Kraft weh zu tun, die Vergangenheit, die frühe Jugend, ein imaginierter Hochwürden Antón Bergner in Betrachtung des scheußlichen Porträts Seiner Heiligkeit, das ich auf das Drängen und Schöntun der alten Jungfer ohne Zukunft, die meine Tante war, gemalt hatte. Der Padre Bergner in Betrachtung des Bildes, das ein Drittel der Wandhöhe einnahm; es war ein Geschenk, es war schlecht und unangenehm anzuschauen. Er kannte mich

schon als Kind, erinnerte sich meines durch die Jahre verän-
derten und grundlos an das Knabenalter geklammerten
Gesichts. Und sie, meine Tante, Leiterin der Volksschule,
brachte das Bild in die Kirche und schenkte es ihr in der
ergreifenden Gewißheit, sich damit eine Belohnung zu
erkaufen, die ihr auf Erden niemand geben konnte. So, als
ob sie das Bild gemalt hätte, und vielleicht war es so. Aber
ich, der Neffe, existierte; das Jüngelchen, das beschlossen
hatte, mit dem Unerläßlichen an Kleidern, der Fahrkarte,
etwas gestohlenem Geld und ein paar Farbtöpfen von zu
Hause auszureißen. Der Padre Bergner wußte auch, daß ich
zurückgekehrt war, um mir auf dem Alten Markt von Santa
María ein Atelier zu improvisieren. Nie, weil die Zeit es
nicht wollte, hat er erfahren, daß Brausen anders verfügt
und ich das Atelier mit der Polizeikommandantur vertauscht hatte; er konnte nicht ahnen, daß ich eines Tages
in Lavanda auf einem anderen Alten Markt auftauchen
würde.
Vielleicht hatte Bergner von der Ankunft Orlows, des in
allen Künsten versierten Kunstphotographen, in der von
Brausen gegründeten Stadt gehört.
Orlow, auch er Fürst oder Großherzog, der tobte, wenn er
als Photograph bezeichnet wurde, überzeugte meine Tante
durch ein Album mit ausgeschnittenen Zeitungsartikeln in
verschiedenen Sprachen, durch seine Verachtung und die
Ruhe eines Zynismus, der legitim und ererbt zu sein schien.
Den Preis habe ich nie erfahren; aber Orlow erreichte, daß
er mein Lehrer wurde, und zweimal die Woche stieg ich die
irregulären Stufen seines Hauses hinauf, um die Malerei zu
erlernen.
Meine Kartons, meine Farbschachteln und Pinsel, meine
Zigarettenration schleppte ich jedesmal mit; in dem schmutzigen, nur durch ein Fenster mit Blick auf den Fluß gerette-
ten Zimmer konnte ich nichts zurücklassen, denn der Großherzog stahl, was er fand, lutschte die Farben auf, rasierte
die Schweinsborsten, mixte Terpentin mit Leinöl.

Nie, sagte ich, hatte ich einen anderen Lehrer, und kein anderer, ihm vergleichbarer, war vorstellbar. Denn Orlow empfing mich mit einer Verbeugung, rückte mir die Staffelei ans Fenster, bat mich um Zigaretten, duzte mich nicht und vergaß nie die Vorrede:

»Sie haben keinerlei Talent. Malen Sie jeden Mist, der Ihnen einfällt. Ich muß es eine Stunde lang ertragen, aber die Zeit vergeht schnell, wenn wir uns unterhalten.«

Dann holte er eine Flasche Schnaps aus der Dunkelheit und dem Schmutz seines Photolabyrinths, das auch Schlafzimmer war, und erzählte mir die schönsten aller Lügen, die ich je gehört habe: von den Märchen meiner Großmutter, den Schwindelgeschichten der armen Teufel, die ich in der Kommandantur in die Enge treiben konnte, bis zu den groben Täuschungen Friedas und des ganzen Packs, das ich heute ertragen muß.

So, langsam in seinem Erinnern, Staatsgeheimnisse flüsternd, die die Russische Revolution auf Null zurückdrehen würden, bückte sich Fürst Orlow, angeschwemmt von einem kleinen Vorspiel zur Hekatombe der Welt, und raffte vom fleckigen Boden das Komplott auf, das er mir am Nachmittag erzählen würde, manchmal betrunken, andere Male faselnd und auf der Hut. Ich erfuhr von der Zarin, von Michael, dem jungen Nikolaus, von Xenia, von Alexej, von Olga. Ich erfuhr von Tatjana und Anastasia, von Rasputin und Jussipow, von der unwandelbaren Treue des Großherzogs Orlow, heute in Santa María vor Anker, alleiniger Besitzer des Geheimnisses von Zarskoje Selo, von Jekaterinburg sowie des Geheimnisses, das einmal das des Admirals Koltschak gewesen war. Will sagen, alle tot, aber, dennoch, trotzdem: hier lachte Orlow, getarnt von seinem großen Schnauzbart, und sah mich voll Wut und Ekel an. Nie gab es einen nutzbringenden Morgen, nie schaute er sich meine Bilder an. Aber außer Zweifel stand, daß das Geheimnis aller Geheimnisse in jenen letzten Worten des Admirals Koltschak lag, die dieser als letzten möglichen Schlüssel zur

Restauration Orlow anvertraut hatte. Und der Großherzog oder Fürst, in Santa María versteckt wie eine Mikrobe, wie eine Wanze in der Matratze, schwieg besoffen und wartete besoffen auf den Befehl, der nicht mehr lange ausbleiben konnte.
Er lachte nur, wenn er wieder auf die Kunst und meine Bilder zu sprechen kam.

»Eine Werkstatt am Markt, der abgerissen werden soll«, sagte Frieda. »Der Schwur, dich mit Zigaretten und Flaschen zu versorgen, bleibt in Kraft. Möbel sind vorhanden, unten ist ein Restaurant, in La Platense hast du Kredit, um Leinwand und Farben zu kaufen und was dir sonst noch fehlt. Ich werde eine Freundin zu dir schicken, Olga, die dringend ein Porträt braucht, so dringend wie man, vermutlich, eine Abtreibung oder ein Päckchen Heroin braucht. Ich werde dir viele Freundinnen schicken, meine überzähligen.«

4. KAPITEL
Ein Duft von Teresa

Jetzt war er so leicht, traurig und fern wie ein Parfum, das in einem Taschentuch alt geworden ist. Er kam manchmal, nie kündigte er sich an. Meistens in Träumen: ich sah das Gesicht Teresas oder ihre Art und Weise, zu gehen. Die Orte waren bizarr und ihre Bauten verblüfften mich. Nie ein Wort, nie ein direkter Blick, der mein Gesicht gesucht hätte. In den stummen, farbigen Träumen sah ich sie vorüberge-hen, hob manchmal eine Hand, um nach der Botschaft zu greifen, die Teresa mir nicht hinterlassen konnte. Aber im wachen Erinnern sah ich sie immer auf eine grausame Weise, kaum verändert oder verblaßt, die mich mit rasender Wut und Blasphemien erfüllte.

5. KAPITEL

Gurisa

So kam es dank Friedas Magie und der Eurodollars, die ihr die Familie, aufgeschreckt von der Drohung, sie werde nach Hause zurückkehren, aus Santa María schickte, daß gegen Ende des Sommers das Wasser gegen die Fenster meiner Werkstatt am Markt schlug, hereinlief durch die mit Pappkarton schlecht verstopften Löcher. Ich wußte seit vielen Monaten, daß ich als Maler krank, ein hoffnungsloser Fall war. Ich wußte, daß für mich nur wichtig werden könnte, was ich erfand. Dennoch verbrachte ich Stunden in Betrachtung meiner Bilder, meiner aufständischen Bauern von beliebiger Hautfarbe, meiner Fischer, ihres Appells gewiß, überzeugt, daß ihr Elend ein Affront sei. Weil sie auf der Leinwand, auf der Staffelei, an den Wänden, in den dürftigen Refugien, die das Bett oder der Fußboden ihnen gewährten, noch nicht zum Sein gelangt waren, noch nicht lebten.

Die zwei baufälligen Zimmer der Werkstatt. Dort arbeitete ich – wenn Glück diese schmutzige Bezeichnung verdient –, dort schlief ich, kochte ich bisweilen. Und hier begann durch Zufall, eine Laune Gottes oder die List Friedas, was ich jetzt stockend zu erzählen versuche, weil es mir unmöglich war, es zu malen.

Treppen und Korridore, Schmieriges, Verwohntes, Zuglüfte, schlechte Gerüche, eine kurze, bedrohliche Stille, Schreie.

Und so, erinnere ich mich, begann das seltsame kleine Inferno, das man nicht zu lesen braucht, aber ich schreibe es. Durch den Dunst an den Fenstern drang zwischen acht, zehn oder zwölf Uhr der wankelmütige, feuchte Morgen an mein Gesicht. Auf dem Boden, rechts, eine tote Pfeife, ein lebendiges Buch, von einem Andalusier geschrieben. Mir blieb davon eine entbehrliche Unschuld zurück, spanische Dörfer trieben dahin, alte Señoritas, ausländischer Staub und Ehrfurcht ohne Ursache.

An einem Dienstag, Februar der fünfzehnte, streckte ich mich im Bett, um zu mir zu kommen und schweigend auf das Klopfen und das Pseudogeheimnis der Tür zu schimpfen. Nun bereits wach, angeekelt, wieder in einen neuen Tag gestellt. Die Stunde war da, die liebevolle Dummheit, die beharrliche Frau auf der Leinwand über den gespreizten Beinen, die Farce des Arbeitens, die Hoffnung auf Gesellschaft und Wein.

Der Hund sprach. Ich fuhr in die Hose und öffnete die Tür für Olga.

Nicht sehr hoch über der Fäulnis, dem sauren Ferment und dem unruhigen Geruch der Ratten, zwischen Treppen und Korridoren, Altem und Bröckelndem, den schrillen Stimmen.

Dies fürs erste, damit jeder sich selbst den Markt aufbauen kann, der nicht mehr existiert und den Frieda mir geschenkt hat.

Nie wollte ich wissen, wer Olga den verbeulten und stotternden Ford lieh, den sie benutzte, um unerbittlich anzukommen, sich nackt auszuziehen im Markt, Studio, Atelier oder Haus; das Auto, das sie mir so oft anbot, um mich an Plätze zu bringen, die es nie gab.

Das Schlimme, das Gute war, daß ich in diesen denkwürdigen Monaten es jedwedem Angebot der Außenwelt vorzog, das von Frieda dringend erbetene Bild zu malen. Das Porträt Olgas.

Nun war sie da, leiblicher jeden Tag, pünktlich zur Mittagszeit, ein bißchen verzweifelt manchmal, sich vorspielend, sie würde sich betrinken an den halbvollen Flaschen, die sie mitbrachte oder bei mir fand. Ich hörte ihr zu, sagte ja, dachte an das Aktporträt, behielt sie möglichst lange neben mir. Sie war eine groß und kräftig gebaute Frau mit einem blonden Bäuerinnenkopf und breiten, männlichen Händen.

Ja, Olga hatte geheiratet, hatte keinen Mann mehr, und es gelang mir, die Einzelheiten der Geschichte zu überhören, obwohl ich das Geräusch der unter Tränen gesprochenen Sätze vernahm. Ich malte ein zaghaftes und verkorkstes Bild von ihrem Gesicht. Es verschwand unter allen übrigen Dingen. Eine Büste im Profil, ungenau; ich erinnere mich, daß Einzelheiten der teilweise erfundenen Spitzenbluse wichtiger waren als Olgas Gesicht.

Beide wußten wir: es war nicht der Kopf, den wir suchten, sondern der Akt. Und zwar ein spezieller, gewidmeter Akt. In meiner Erinnerung weicht das Gesicht auf dem ersten Bild einen Schritt zurück und bekennt nicht. Es zeigte sich kaum, war verwechselbar.

Zu allem übrigen wußten wir. Wie zwei begossene Pudel sahen wir uns in die Augen; ohne Hoffnung auf eine andere Unterkunft wußten wir, daß Frieda unzählig war, daß von irgendeinem Sitz des Gelächters herab sie die winzige Geschichte lenkte.

Und dann kam oder träumte ich das als Chinesin verkleidete Mädchen, das mit angelernter Sanftmut lächelte, um unsere Fragen und Dankbarkeiten nicht zu verstehen. Klar, daß ich sie salbte mit den schwebenden Schalen einer süßen Frucht, deren Namen wir nicht erraten konnten. Sie, die Chinesin, war in langes Schwarz gekleidet, trug das Haar über die Ohren gelegt, die ganz damit bedeckt waren: das half ihr zu lächeln; nicht zu begreifen; langsam, kaum den Kopf schüttelnd, zu verneinen.

Ob sie da war oder nicht, alles einerlei. Mit Olga sprach ich nicht von ihr, denn ich hatte an jenem Nachmittag, oder vorher, die Hoffnung aufgegeben und akzeptierte die Schamhaftigkeit – jedwede Erklärung, die nicht der Wahrheit entsprach – der unbeholfenen Antworten Olgas.

Zwei oder drei Schlechtwetterwochen lang, im November, mit Kälte und Wärme, Regen und Nebel, kam sie mich besuchen, um zu weinen, um sich über die Farbtafeln der Kunstbände zu beugen, als wären sie ihr tatsächlich wichtig, als betrachtete sie ein Geheimnis. Wir sprachen nicht vom Akt, ich deutete ihn nicht einmal an, er war vergessen. Ich malte von Ernten vergoldete Bauern, die niemals die Revolution machen würden, geometrische Hände, schwarze, offene Münder, erhobene Arme.

Bis sie eines Nachmittags das Lächeln beibehielt, das mich einlud, und meinen Vornamen sagte. Ich wandte den Kopf, um mich zu täuschen, ich glaubte zu verstehen. Ich ließ die zwischen Ähren wild gewordene Frau auf der Staffelei stehen und ging langsam zum Diwan.

»Was ist los jetzt«, sagte ich, während ich einen Spachtel säuberte, das Schmutzallerlei des Lappens betrachtete, ihn einzurahmen gedachte, und es wäre der todsichere Erste Preis im Staatlichen Salon.

»Ich dachte, jetzt oder nie, Dummkopf. Ich will den Akt. Ich brauche ihn, und du hast es immer gewußt. Das ist ähnlich schwierig, wie dich um Geld oder ein Geschenk zu bitten. Ein Ding. Aber das Bild ist meines, und dir bleibt wenig Zeit.«

»Gut«, sagte ich ohne Freude.

Wir standen da, schauten auf den Regen am schmutzigen Fenster und den, der über den Fußboden rann, wir tranken aus demselben Glas, bis es zu dunkeln begann.

»Wir hatten ein weißes Pferd, das wir Grauschimmel riefen, es fraß uns aus der Hand, ohne uns zu beißen«, sagte Olga. »Nie sind wir darauf geritten; ich weiß nicht, was nachher war. Typisch Papa, von dem ich immer fand, daß er seltsam war.«

»Es war ein Stutfohlen, Olga. Heute nicht. Morgen fangen wir das Bild an.«

Ich mußte sie nackt denken, ehe ich sie sah. Es interessierte mich nicht, zu wissen, warum ich mich darauf eingelassen hatte, wozu sie das Bild haben wollte, brauchte. Ich dachte sie nackt, bis es Morgen wurde, und, immer unschlüssig, den Vormittag über. Unschlüssig war auch das Wetter, als wir zur frühen Nachmittagsstunde zusammenkamen.

Und plötzlich, am zweiten Tag, wenn ich mich recht erinnere, gelang es ihr, sich gehenzulassen und das Lächeln zu entspannen, das auf die Decke, auf mein Gesicht, auf unruhige Erinnerungen gerichtet war.

Sie begann, den Regen und die kurzen Momente kalten Sonnenscheins freundschaftlich anzuschauen. Sie schlug ein Bein übers andere und bemühte sich, schöner, gewaltiger, weißer und abgerundeter zu sein. Sie wurde auch pünktlich. Sie kam zur frühen Nachmittagsstunde, beschrieb ein wenig wahrscheinliches, eben eingenommenes Mittagessen, aß langsam die Reste, die sie fand. Ich hörte sie schwatzen, der Luft, der Werkstatt Gerüchte über Projekte kleiner Theaterchen erzählen, die die Kultur Lavandas unsterblich machen würden, Tratsch von Komikern und Autoren, von ungeboren zu frühem Tod verurteilten Größen. Ich rauchte liegend meine Pfeife, um zerstreut ihr zuzuhören und zu warten.

Nie konnte ich genau ermitteln, was die Ursache, das auslösende Moment war, das sie gegen drei Uhr nachmittags verstummen ließ und auf die Füße stellte wie einen Soldaten beim Zapfenstreich.

»Entschuldige«, um sich auszuziehen.

Oft und oft wollte ich meine Empfindung verändern, sie vollkommen machen oder näher der Wahrheit. Aber noch heute empfinde ich dasselbe: sie entblößte sich, als zöge sie die Hülle von einem fremden Möbel, als schälte sie Kartoffeln oder Obst für ein Nachtmahl, das wir nicht haben würden.

Dann warf sie sich auf das alte, von Erinnerungen überquellende Polster des Diwans und zündete sich eine Zigarette an. Alle paar Minuten hob sie den Kopf, um ihren Körper anzuschauen, den mädchenhaften Brustkorb, die langen, kräftigen Beine.

Fragte die sanfte, arme Unglückliche häufig:

»Ist es gut so? Fehlt noch viel?«

Sie wollte, brauchte das Bild für sich, um es als trojanisches Pony zu verschenken, um eine unwirksame Art der Rache zu erproben. Aber beide wußten wir nicht, wie glorreich es ist, um eine Niederlage zu kämpfen, und ließen nicht locker.

Während ganzer Nachmittage von unmenschlicher Hitze zog sie es vor, sich nackt in der Werkstatt am baufälligen Markt auszustrecken. Sie sprach von ihren Vormittagen und ihren Stränden – diesen kurzen Glücksmomenten, die einen mit Lavanda versöhnten –, aber ich war in der Lage, sie nicht zu hören, ich hatte sie wieder. Ich trat zu dem wachsenden weißen Körper, ordnete ausgefallene, nutzlose Posen an. Die Hitze mischte Olga in die Gerüche des Terpentins und des vor sich hin faulenden Marktes.

Dezember war's, als ich einen gemeinsamen Vater und zwei Mütter erdachte. Meine war unbekannt und neunundzwanzig Jahre alt. Für Olga genügte es, eine harmlose und sanfte Frau mit Dauerlächeln ohne bestimmten Adressaten zu erfinden. Sie glich Olga durch den Knochenbau und den Hunger nach Glauben. Meine war schwieriger und schneller.

Meine junge und nie gesehene Mutter hätte sich nicht vorstellen können, wie gleichgültig das alles war: eine nackte Frau vor einem Mann, der nicht ihr Gatte war, einem Mann, der ohne Anstrengung ihren Körper auf dem langen, von Farben und so vielem sonst befleckten Diwan hin- und herschob. Nackt in der Höhle des Marktes, ausgekühlt oder schwitzend, friedvoll und gelehrig.

Sie hatte nichts versprochen, was ich wortlos von ihr verlangt hätte: das Bild nicht ohne Erlaubnis anzusehen. Das Bild war anfangs ein glorreicher Kitsch in Weiß und Rosa, der von allein hochkletterte, bis er auf der Leinwand lag, ein Paar Augen, ein nicht überzeugendes Lächeln, skizziertes Zottelhaar, das bis auf die Schultern reichte. Aber nach zehn Tagen wußte ich, daß es das nicht war, daß ich – oder der nackte Körper – auf dem Holzweg war. In einer Nieselregen- und Besäufnisnacht warf ich das Bild auf die Straße, und wir fingen von vorne an. Wenigstens ich fing an.

Olga stellte keine Fragen. Sie ließ die Zeit verstreichen, und eines Nachmittags sagte sie, tonlos, fast resigniert:

»Ich weiß schon, warum das Bild nie fertig werden kann. Ich

weiß, daß Frieda es von dir verlangt hat, und Frieda lügt mich nicht an. Aber die ganze Zeit hast du irgend etwas zwischen uns gelegt. Das Schlimme ist, daß du es versprochen hast und ich es bald brauche, früher, als ich dachte.«

»Manchmal kommt eine Sache gut, manchmal verquer. Nun aber, leider. Nun werde ich das machen, woran mir nichts liegt, was ich nicht wollte. So ist es leicht und geht schnell, und der Mann wird in der Hochzeitsnacht deinen Körper haben. Auf andere Weise, klar. So wie sich Kinder an ihren Eltern rächen. So lächerlich, so rührend, so nutzlos.«

Sie lachte, erzeugte das lange Murmeln eines Lachens. Manchmal verglich ich meine unwahrscheinliche Erinnerung an das kleine Mädchen mit der schweren Frau, die auf dem Diwan versuchte, sich gehenzulassen.

Drei Tage lang wurde sie häßlich und fand dann zu ihrer massiven Schönheit zurück, stellte fast exakt die Linien und Farben des Bildes wieder her, die glaubhafte Haltung.

Wir verglichen auch, denke ich, ihre sehr kurze, fast durchweg eingestehbare Vergangenheit als Kind mit der kleinen, zwanghaft, unlogisch schmutzigen Welt – Gedächtnislükken, Lügen, verwirrte Schamhaftigkeit–, die sie ertragen und jetzt noch verstärken mußte.

Sie lachte von neuem, so als wäre sie unendlich viel älter als ich, so als gäbe sie zu erkennen, daß sie mein Geheimnis entdeckt hatte. Ich schaute sie eine Weile an, überrascht, dankbar, daß die Welt noch Staunen und Unschuld für mich bereithielt.

»Wenn es doch darum geht«, feilschte sie.

Das Wetter war wieder schlecht geworden, und das Nachmittagslicht kam mir mit Vorspiegelungen falscher Tatsachen entgegen. Ich schaute sie auf dem Bild und auf dem Diwan an. Die linke Hinterbacke schimmerte grün und rosa; die andere suggerierte eine Erinnerung an Haar im Schatten; der Hals ragte heftig auf, stützte sich vertrauensvoll auf das Unglück.

Langsam, während Donnerschläge explodierten, trat ich

heran, dachte an die toten Jahre, die keiner beerdigt, konzentrierte mich auf die glückliche und ergebene Körperwärme des Diwans, den flüchtigen Geruch des Gewitters, der die Fäulnis des Marktes überlagerte und verstärkte. Und sehr vage, während sie die Beine aufmachte und den Mund öffnete, ahnte ich auch den Geruch des Mädchens, und alles zwang mich, mich über sie zu werfen. Olga stöhnte, ehe ich berührte; ihre Augen verdrehten sich, wurden starr, und ein flehender Geifer fiel auf eine ihrer Wangen.

Ich wußte nun, daß sie das mütterliche und bäuerliche Tier war, das ich vermutet hatte. Auch danach sprachen wir nicht von uns. Noch von dem Akt in Öl, der pünktlich am Hochzeitstag ins Haus der Braut kommen sollte.

Von der Tür aus, angekleidet, fragte sie. Ich lag auf dem Diwan, die zurückeroberte Pfeife im Mund, horchte auf den Regen.

»Triffst du dich noch mit Frieda?«

»Wenig. Viel weniger als du.«

Sie ging, ohne die Tür zuzuschlagen. Es regnete noch immer, und ich dachte wieder an sie, sanft und schläfrig. Ich glaubte nicht, daß ich sie glücklich gemacht hätte, ich erinnerte mich ihrer Tränen in meinem Arm, ich sah mich nach einem Farblappen greifen, um ihr Wangen und Nase zu trocknen, um sie zu schützen vor dem Regen auf dem Dach, vor dem Geschrei auf dem Markt, vor der Ungerechtigkeit und Blindheit des Lebens.

Der Nachmittag wiederholte sich, mit seinen Befürchtungen und Vorlieben, während der Akt auf der Staffelei vorankam und Olga Fortschritte machte, ihm ähnlich zu werden. Ich brauchte nicht mehr die Augen einzukneifen, um sie anzuschauen und abzumalen.

Ich spreche jetzt von der unvermeidlichen Intelligenz Olgas. Sie hatte sie vielleicht in den Jochbeinen, im ruhigen Glanz ihres Blicks. Ich spreche davon auf gut Glück, denn damals sprach sie mir nie von Liebe. Nackt, gewaltig und kindlich, die Arme um die Knie geschlungen, sprach sie nur von dem Idioten, der eine gebildete Jungfrau mit Geld ihr vorzog.

Aber ich kannte Roa, den Ex-Liebhaber, ich hatte ihm zwei Bilder verkauft, und er bezahlte mir beinahe ein drittes. Er hatte nichts von einem Idioten; ich konnte ihn nicht mit dem Mann verwechseln, den Olga beharrlich, sich wiederholend, mir beschrieb.

Olga, nackt, verdrossen, groß wie eine Mutter, schimpfte und aß, stippte Brot in Öl mit Knoblauch und Thymian, bewegte kaum das Glas, um Wein zu verlangen. Sie sprach nur von dem Bild und – nun ohne ihn bei Namen zu nennen – von Roa. Aber ich überwachte ihre geheime Wut, ihre Art, die Zigarette zurechtzuklopfen, bevor sie sie anzündete. Denn sie wußte immer und dachte daran, daß ich mit Frieda im Haus in den Dünen gewesen war oder außer der Reihe allein meinen Ausflug dorthin gemacht hatte, um die Küste nach Schaumkämmen abzusuchen, um Muscheln zu sammeln und mich über mich selbst zu mokieren. Das, der Spott, entspannt, hilft, reinigt.

Eines Abends fragte ich sie:

»Möchtest du Gurisa heißen?«

»Das ist kein Name eines Christenmenschen.«

»Stimmt. Möchtest du, daß ich dich Gurisa nenne?«

»Ja, was du willst. Alles, nur kein Schimpfwort.«

Der Akt war fertig und verpackt und kam am Tag der Hochzeit ins Haus von Roas Braut samt dem Kärtchen mit seiner Aufschrift in Druckbuchstaben, die lautete: Es ist gut, Vergangenheit und Zukunft miteinander zu vergleichen.

6. KAPITEL
Eine Reise

Quinteros sagte oder sagt noch, daß die Idee, die fünf Sinne ordentlich anzuwenden, mir dazu verhelfen könnte, einen Sanmarianer ausfindig zu machen, ebenso landflüchtig, ebenso bar an Papieren und zu Furcht und Verstellung verurteilt wie ich.

Quinteros lügt. Das ist kein Vorwurf, denn die Lüge ist integrierender Bestandteil seiner Persönlichkeit und vervollständigt sie. Aber ich möchte betonen und schriftlich hinterlassen, daß Idee und Wahnsinnsperiode ausschließlich meine waren. Er hat mir lediglich geholfen und meine diversen Delirien zu seiner Belustigung angeheizt.

Ich suchte einen Bruder, einen Entwurzelten, einen wie ich heimatlosen Gesellen; einen, der ohne die Erlaubnis von Brausen, aus Abscheu vor Brausen und allem, was von ihm ausging, aus Santa María geflohen war. Und ich vertraute darauf, daß einer meiner fünf Sinne mir dazu dienen würde, das zu entdecken, was ich verfolgte, mir bei meiner Spionagearbeit hilfreich sein würde als heimlicher Ratgeber, als Hundenase.

Wie jeden Montag, Mittwoch, Freitag lehnte ich eines milden Oktoberabends zwischen sieben und acht mit aufgeknöpftem Mantel an einer Vitrine der Apotheke Palomino in der Calle Isla de Flores oder Carlos Gardel und wartete darauf, daß im Hinterzimmer das Wasser mit der Injektionsspritze zum Kochen käme. Gelangweilt, bewegungslos die Kundinnen betrachtend, die sich drängten, nach Beruhigungsmitteln, Gesundheit, Schönheit und ewiger Jugend verlangten, um befriedigt zu verschwinden und sich alsbald zu erneuern. Als während einer kurzen Leere zwischen mir und dem Telefoneckchen und der kaputten Waage, die unwandelbar zehn Kilo und zweihundert Gramm anzeigte, das Mädchen erschien. Ich erinnere mich – und bin mir nur darin sicher, nicht zu lügen – an das Licht ihrer quadratischen weißen Zähne, an die fügsame und spöttische Neigung ihres Kopfes während des Wartens. Das Sympathische der kleinen, kindlichen Nase, die ausgewaschene blaue Hose und der eben sich ausformende Körper können in meiner Erinnerung nicht ausschließlich ihr gehören. Aber bestimmt ihr gehörte dieser Tupfer von Vulgarität, der die Oberlippe ein wenig hob: wie eine leichte Schwellung, eine unveränderliche Schwangerschaft.

Ich täuschte mich eigensinnig von Anfang an, seit dem Klimpern der Münze, mit der sie, rufend, begleitend, den Schlager klopfte, an den sie von ihrer Vitrine aus dachte. Es war, wiederhole ich ohne Wut und Enttäuschung, nicht das, wonach ich in Lavanda ohne Daten, ohne Hilfe, ohne auch nur über plausible Pläne oder wirkliche Ausdauer zu verfügen, so lange schon suchte. Es geschah, ehe mir Quinteros oder der Mister über den Weg liefen, war in einer Zeit der Entwurzelung, der Ungeschicklichkeiten des frisch Zugereisten, mit Stunden und Tagen, so lang, daß sie mir die Minuten nach dem Erwachen in einem fremden Schlafzimmer ersetzten.

Es war nicht das, aber es war das Mädchen, eine Kategorie für sich, nicht entstanden aus einer geringen Anzahl von Jahren, eine Kategorie, die kein Mann je zu erklären versuchen wird, der auserwählt ist für jene Verletzungen ohne Gegenwehr, welche die Gegenwart der Mädchen, ihr Vorübergehen, Lachen, kurzer Selbstmord, herausfordernder Blick ihnen zufügt. Die, die verstehen können, wissen es, die anderen werden es nie verstehen und sind überdies nicht wichtig:

»Ach, Medina, mit über vierzig Jahren und den Kläglichkeiten des alten Mannes und Ausländers. Doch jetzt nicht mehr, Medina, nicht noch einmal, nicht einmal dieses.«

Aber der Sinn Nummer sechs sagte mir, daß ja doch, daß noch einmal Santa María, daß der magere, vorgeneigte und unebenmäßige Körper die Zauberkraft eines Leuchtturms besaß, die Spur in sich barg, die Querverbindung, die Abkürzung, die mich auf den Heimweg bringen könnte.

Hinten, zwischen Kisten und Paketen, in der stickigen, spärlich erleuchteten Kammer kam das Wasser für meine Spritze nicht zum Kochen, wollten die unbekannten Flüssigkeiten und Pülverchen für ihr Rezept sich nicht mischen. In der prekären Einsamkeit, in der plötzlich einfallenden Stille rezitierte ich, an den bläulichen Widerschein gewandt, den das erleuchtete Apothekenkreuz auf dem Gehsteig bildete: »Montag, Mittwoch, Freitag zwischen sieben und acht.« Ich sprach, als erzählte ich einen Kummer, der schon so alt war, daß er mich nicht mehr schmerzen konnte. Und ich war sicher, daß mir das Erkennungszeichen gegeben würde, unzweifelhaft und klar, durch den Geruchssinn.

Im Frühling mußte ich zwangsläufig Santa María heraufbeschwören, seinen Fluß, der so anders als dieser war, der als Meer bezeichnet wurde, meinen Fluß mit dem sichtbaren anderen Ufer, seiner Insel in der Mitte, der Pünktlichkeit des Fährschiffs oder Ferry, der genauen Aufteilung der Farben zwischen Schaluppen, Schuten, Jachten, Booten, Köpfen von Schwimmern. Hier, in diesem Zimmerchen, das sich Apotheke nannte, bewegungslos, halb liegend, wartend auf die Spritze und die Hoffnung, so angeödet manchmal, daß der Ekel Menschen und Dinge rasch welken zu lassen schien, rief ich mir die freundliche Geräumigkeit der Apotheke Barthés ins Gedächtnis, die vegetabilische Frische des mit Tüten und Kisten vollgestopften Kellers, sein fettes, weißes, unbeständiges Gesicht verheißungsvoll zwischen einer roten Flasche und einer blauen, tröstend mit seiner schmeichelnden Eunuchenstimme.

Bis eines nächsten Montags, Mittwochs oder Freitags der Typ, der die Spritzen gab, mit leisem Lächeln das Terrain erkundend, während ich mir den Gürtel schloß, zu mir sagte:

»Anscheinend hat Ihnen die Kleine neulich gefallen?«
»Welche?«

»Sie wissen schon, welche, die mit der Handpflegecreme und dem Hustensaft, die mit den Münzen den Takt von diesem Lied klopfte: ›Komm mit ins Bett, jeder muß mal schlafen‹.«

»Intelligent«, sagte ich.

Der Pharmazeut ohne Titel, der Medizin studiert hatte, war blond und klein, mit langen, hängenden Schnurrbartspitzen und einer Mißbildung, einer Wolke im linken Auge.

»Intelligent«, sagte ich ganz ruhig und mild. »Ich wette, Ihnen auch. Ihnen wäre es auch lieber, sie an meiner Stelle hier zu haben, die abgestreifte Unterwäsche, die Hinterbakken und, mit einiger List, noch etwas mehr zu sehen und sich das unschuldige Vergnügen zu bereiten, auf einen Schlag die Nadel in sie einzustechen und zu spüren, daß sie ein bißchen leidet. Aber dieses Tierchen sieht nicht so aus, als ob es Spritzen brauchte.«

Nach fünf Minuten speichelnasser Variationen über das Thema Apostolat im Apothekerstübchen und Geschlechtslosigkeit der Kranken, Mühseligen und Beladenen gab er zu:

»Klar, daß man deswegen nicht aufhört, ein Mann zu sein.«

Und verschaffte sich den didaktischen Genuß einiger kleiner Racheakte.

»Glauben Sie nur nicht, daß die nicht manchmal Injektionen braucht, allerdings keine Vitamin-, sondern Hormonspritzen. Sie muß Sie nicht gut gehört haben, neulich, als Sie beide einen Augenblick allein waren und ich im Labor zu tun hatte. Denn sie war gestern da, und nicht mal zwischen sieben und acht, sondern am späten Nachmittag. Ein importiertes deutsches Produkt, das, soviel ich weiß, noch immer angeschlagen hat. Zwei Ampullen zu je einem Kubikzentimeter, verabreicht im Abstand von vierundzwanzig Stunden. Vorausgesetzt, daß sie oder die Freundinnen, oder wer immer die Ecke bewacht, mit den Schmiergeldern nicht im Rückstand sind, finden Sie sie nach Anbruch der Dunkelheit an der Plazoleta del Gaucho oder an der Schmalseite des Seminars, genau zwischen sieben und acht, wie Sie gesagt haben, und deshalb habe ich in meinem Labor gelacht. Das neulich war eine Ausnahme; Sie konnten nicht wissen, daß sie mir das Zeichen machte und außer der Creme und dem Hustensaft auch ein Päckchen Tampons mitnahm.«

›Und ich‹, begann ich zu denken, ›der ich geschworen hätte…‹ Aber ich ließ nicht locker, scharrte wütend in meinem Vorgefühl, in den vermischten Gerüchen der Apotheke, in der acht Tage alten schlechten Laune, die zunahm mit meinem Bedürfnis nach Tabak. Seit der Begegnung mit dem Mädchen beschränkte ich mich auf fünf Zigaretten täglich, um den jahrelang malträtierten Geruchssinn zu stärken. Es war nicht die durch die Erkenntnis verletzte Eitelkeit, daß das Hosenmädchen diesen Blick nicht auf meine Person, den Mann und Macho, sondern auf einen Kunden hatte fallen lassen. Nicht deshalb war ich eine Zeitlang auf den Spritzenmenschen wütend. Es war mein alter Widerwille, Abscheu – und manchmal Haß – auf die Huren, die süße kleine Hure in diesem Fall, und ihre Fähigkeit, für jedermann die Ehe mit dem vom Bett gewährten Glück zu brechen. Und im Geist sah ich mich in Santa María die gelben Ausweise mit den immer veralteten Photos und falschen Daten unterschreiben, die die freie Ausübung der Prostitution innerhalb der Anstands- und Gebietsgrenzen gestatteten.

Der Spritzenkerl mußte ahnen, daß es sich um einen Abschied für immer handelte, daß ich nie wiederkommen würde, um ihm Dank abzustatten oder Enttäuschung zu zeigen, denn mit einem melancholischen Blick auf die Kanten der Regale fügte er hinzu:

»Diese verdammten Hurensöhne haben die Löhne eingefroren. Aber vielleicht sind gerade deshalb die Dirnen von der Maßnahme ausgenommen. Ich kann es Ihnen nicht sagen. Vor ein paar Monaten lag sie bei dreihundert plus das Zimmer. Sie nennen sie Victoria.«

Ich war gerührt. Während unserer kurzen Beziehung hatte er nie versucht, witzig zu sein. Da stand er, noch blonder und zerbrechlicher als sonst, pathetisch, die Spritze noch zwischen den Fingern, und versuchte den Abschied mit einem nicht überzeugenden Lächeln zu mildern.

»Ich verstehe«, paßte ich mich gelehrig und brüderlich an. »Eine Sache der Verwandtschaft. Nepotismus, schreibt die Oppositionspresse.«

Es kostete mich zwei Nächte, unter unzähligen, durch Gewohnheit und Schminke erstarrten Gesichtern, buntscheckigen, unglaublichsten Bekleidungen, hohen und massigen, von geduldigen Tischlern konstruierten Frisuren zu suchen; zu suchen, ohne verweilen zu können, gezwungen, meine Schritte und die Versuchung, mich zu irren, unter Kontrolle zu halten, im Halbschatten der grauen Seminarmauern oder im Blinklicht einer Leuchtreklame auf dem Pferd und seinem lanzenbewehrten Reiter auf dem kleinen Platz. Das Pendel der dunklen Handtaschen am langen Henkel, Metronom, Anruf, Muster ohne Wert dessen, was ich dir antun könnte. Dann wiederzuerkennen: in dem verwechselbaren, huschenden Hürchen, das in der Gruppe der Kolleginnen kam und ging, an der Straßenecke plötzlich zur Ruhe kam, allein und geringschätzig, immer bereit zu Flucht, Schimpfwort oder Gegenwehr, mit verbrauchtem Jubel das Mädchen aus der Apotheke wiederzuerkennen, Victoria, die Verheißung Santa Marías, der Vergangenheit, der Heimkehr, trotz allem, in das Mysterium des bloßen Daseins an einem bestimmten Ort der Erde.
Ich roch sie, während wir sprachen. Noch immer dreihundert plus das Zimmer, Sonderpreis für mich, Trinkgelder inbegriffen.
Ich roch sie ohne ostentatives Begehren, während wir drei oder vier rasche Blocks weit die Straße hinuntergingen, auf die Pension zu. Im Zimmer sah ich, daß sie kaum verändert war: sie trug auch jetzt eine Hose, eine ockerfarbene dies-

mal, dazu eine Jacke; ich bräuchte ihr nur das Gesicht zu waschen und die Frisur zu zerstören und hätte sie wieder, leicht vorgeneigt, mir ihre Kindernase zeigend, den spöttischen, jetzt aktiven, jetzt angeschwollenen, wachsenden, sich ergießenden Mund, den Tupfer von Vulgarität und Zynismus, der mich eine Sekunde lang durchschauert hatte, an einem Montag, Mittwoch oder Freitag in der Apotheke der Isla de Flores.

Frenetisch, ohne es zu zeigen, verschlungen in den von Berufs wegen enttäuschend aseptischen Körper, überdies gezwungen, mich durch die ordinären synthetischen Parfums durchzuarbeiten, die abgehoben, abgelöst werden mußten wie dicker, durchsichtiger Schorf, glaubte ich in Atem, Achselhöhlen, Geschlecht, Müdigkeit die Worte, Wesen und Dinge wiederzuerkennen, die in den Büchern aufgezählt sind und wiederkehren werden.

›Es ist leicht, über die Namengebung hinaus eine Gebietskarte und einen Stadtplan von Santa María zu zeichnen; aber man muß auch in jedes Geschäftshaus, über jeden Hausflur, jede Straßenecke ein besonderes Licht legen. Man muß den niedrigen Wolken, die über dem Kirchturm und den Terrassen mit den cremefarbenen und rosa Geländern treiben, eine Form geben; man muß geschmackloses Mobiliar verteilen, muß akzeptieren, was man haßt, muß von irgendwoher Leute heranschaffen, damit sie wohnen, beschmutzen, rühren, glücklich sind und verschwenden.‹

Angestrengt meine Einsamkeit leugnend, die Glieder gelokkert über dem leichten Ekel, der leichten Erschöpfung, versteifte ich mich darauf, kaum verrauchte Gerüche je nach Eignung in Hausfluren, Straßenecken, Möbeln, Leuten, Eingeweiden unterzubringen. Nicht zu vergessen – ich vergaß ihn nicht – den diffusen Viehgeruch in den ländlichen Bezirken, den Milchgeruch der Ausländerkolonie.

»Alle sagen dir vermutlich das gleiche«, murmelte ich und legte eine Hand auf die Brust des Mädchens, Victoria, um zu hindern, daß sie aufstand, sich wusch und anzog. »Hiergeblieben, bitte. Da sind noch mal dreihundert. Aber ich sage es dir danach und nicht vorher. Ich sage nicht, daß ich mich an dich erinnere oder daß du jemandem gleichsiehst. Ich sage, daß du deiner Mutter oder deiner älteren Schwester gleichen könntest, irgendwem, einer Frau, die ich irgendwann einmal, weit von hier, in Santa María gekannt habe.«

»Santa María«, wiederholte sie.

»Dort. Da. Warst du nie in Santa María?«

Mir war, als hätte ich die Frau, statt sie zu mieten, verführt. Lächelnd und ruhig, so in Furcht vor einer falschen Bewegung, fühlte ich.

Santa María und die offenen Feuer, die an den Abenden im April das Harz brodeln machen und das tote Laub krümmen. Die Kuhfladen und dieser plötzlich stehende, kaum bedrohliche Geruch von Urin in der Abfallgrube. Das Hin und Her der Banknoten bei heimlich abgeschlossenen Geschäften, das den unverwechselbaren, schmierigen Geruch von Abgegriffenem freisetzt. Der Tabak und der dampfende Kaffee in meinem Büro in der Kommandantur, die Säuren im kleinen Labor, das Formalin und der Tod in der ebenfalls kleinen, aber ausreichenden Leichenschauhalle. Der Geruch der eingeschlossenen Mädchen, der sich zu verraten fürchtet. Ein Stück weiter, zur Kolonie hin – wenn Sie sehen könnten, wie sich das alles verändert hat, war mir gesagt worden – Geißblatt, Weideland im ersten Morgenlicht, Orangenblüten, die immer gnädige Erde, ein Rippenstück, röstend unter unsichtbaren Bäumen. Die großen Obstspeicher entlang dem Fluß, das verrostete Eisen der Werft, die hart gewordenen, abergläubischen Hosen der Fischer regungslos an der Mole. Die Leichtgläubigen und Ausdauernden, die beim ersten Anzeichen der guten Jahreszeit ihre Häuschen, Boote und Schaluppen am Strand von Villa Petrus neu streichen und Teer zum Kalfatern heiß machen. Drinnen in einem Haus nah am alten Hauptplatz, verlassen in dem Raum, den wir das Wohnzimmer nannten, das Nußbaumholz eines stummen Klaviers, ein Nähkästchen aus Korbgeflecht mit Garnrollen, Knöpfen, einem Stück ausgeleiertem Gummiband, einem zerstochenen Nadelkissen, einem Säckchen mit kraftlosem Lavendel.

Und über der kaum zerklüfteten Landschaft und unseren Stunden des Glücks, Unglücks oder wachen Bewußtseins der Konflikt – genau in der Mitte des Himmels – zwischen dem Grün, das von den Gütern kam, und dem wilden Bleigrau des Flusses, des trocknenden Korns, der toten Fische.

Und, wieder in meinem Büro, die laue, ekelhafte, unverwechselbare Luft rings um den Schweiß der Verhörten, Kind der Furcht und des Schreckens, die nach ein paar Stunden Fragen und Fangfragen, Mißhandlungen und gutem Zureden so phosphorartig wurde. Selbst ich, Medina, der nimmermüde Mann, machte Pausen, um mich zu waschen, zu rasieren und zurückzukehren mit parfümierten Wangen und frischen, umsichtigen Lügen. Oder einfach die Nacht von Santa María mit ihrem Mond oder Nieselregen und dem gemischten, unbegreiflichen Dunsthauch tausendfältigen gleichzeitigen Schlafs.

Ich atmete wieder die Luft, die wir geprägt hatten, und glaubte wieder. Ein kurzer Glaube, von exakt dem Ausmaß seiner Möglichkeiten. Denn sie war nie in der verlorenen Stadt gewesen; weder sie, Victoria, noch die Mutter oder mögliche Schwester, obwohl, stimmt ja, du hast recht, eine Freundin, aber die ist verheiratet und sie wollen keine Kinder haben, sie hat abgetrieben, und der Mann ist ein unwahrscheinlicher Typ, sonntags bringt er ihr das Frühstück ins Bett und geht einkaufen und macht die Soße für den Braten und fährt sie auf seinem Motorrad nach Haus und zur Arbeit, du machst dir keine Vorstellung, eine Freundin, genau die, Gioconda heißt sie, die war vor ein paar Jahren in Santa María, um Unterschrift zu leisten bei einem Nachlaß, aus dem sie zum Schluß nur ein paar müde Pesos bekam, und dann hat sie mir von dort ein paar Ansichtskarten geschickt, ich hab sie noch, aber auch die hat nie in Santa María gewohnt, und das Geld aus dem Testament kam ihr unverhofft von einer Tante ihres Mannes, der, wie gesagt, wie kein zweiter ist, einfach einmalig.«

Ich zog mich an und gab ihr das Geld, das sie sich verdient hatte, und auch den Rest, die Hälfte des Fehlschlags. Leute gingen durch den Patio, schlugen Türen zu und flüsterten, während alle Gerüche im Zimmer sich rasch verhärteten, ihr verworfenes und feindseliges Äußere zurückgewannen, mich verjagten, wie ein eiserner Stuhl den Armen verjagt, der auf ihm ausruhen möchte, um Mitleid zu erregen und sein Bedürfnis nach Trost oder Geld zu erklären.

7. KAPITEL

Eine Fährte

Vor einer Weile ging ich hin und her in der Werkstatt am
Alten Markt, und plötzlich fiel mir ein, daß ich sie zum
erstenmal sah. Da sind zwei Feldbetten, Stühle mit wackli-
gen Beinen und ohne Sitz, von der Sonne geröstete, monate-
alte, als Glasscheibenersatz ans Fenster genagelte Zeitungen.

Mit nacktem Oberkörper ging ich hin und her, seit zwölf
Uhr mittags überdrüssig herumzuliegen, schnaufte laut die
vermaledeite Hitze aus, die das Dach ansammelte und nun,
immer während der Nachmittage, in den Raum verströmte.

Ich wanderte, die Hände auf dem Rücken, hörte die Haus-
schuhe auf die Fliesen klatschen, beroch eine nach der
andern meine Achselhöhlen. Ich drehte den Kopf von einer
Seite zur andern, holte Luft, und das, fühlte ich, vertiefte
eine Grimasse des Ekels auf meinem Gesicht. Das unrasierte
Kinn kratzte mich an den Schultern.

Das kurze Abenteuer, die elfte Hoffnung, waren letzte
Nacht, und nicht für immer, zu Ende gegangen, und nicht
für immer, weil das Gedächtnis und das Vergessen fortfah-
ren würden, ohne Eile, ohne vorstellbare Regelmäßigkeit die
Erinnerung zu benagen, zu verändern, launisch und überraschend dem alten Mann und der alten Frau neue Reinheiten
zu verleihen, dem greisen Paar in dem schlecht beleuchteten
kleinen Raum, in dem kopfunter in dicken Büscheln Wildkräuter hingen, von Linné getauft, vorher oder nachher,
benannt, vorher oder nachher, von einem einsilbigen und
lange schon in ein Gürteltier oder einen Stein verwandelten
Indio, von einem schlauen Gaucho, von einer langsamen,
rauchenden, dunkelhäutigen Frau – einer Wäscherin, Hexe,
Hebamme, ahnt man.

Für jede Pflanze überdies der Name eines Organs, eines
Knochens, einer Nervenzerrüttung, eines Unvermögens oder

eines bloßen Mißgeschicks. Die Gesamtheit aller Mißge-
schicke – und ihre unfehlbare Behebung–, aus denen das
Leben und alle möglichen Schicksale bestehen, dachte ich
damals oder denke es heute und werde es denken, wer weiß
wie unbeschreiblich anders, mit welch neuartiger Verblüffung: morgen, nach Ablauf genau eines Sonnenjahres oder
am Vorabend meines Todes, Amen. Und Amen selbst für das
Paar zahnloser Alter, die, ach so sanft, immer noch das
Mysterium der Liebe nährten und unbekümmert meinem
lächerlichen Herumtappen im Irrtum zusahen, lächelnd,
ohne zu verstehen und – o Neid! – ohne das Bedürfnis,
die Fallen in meinen Sätzen, Gesten, Gehörgängen zu begreifen.
Und auch und vor allem, jetzt oder gestern abend Schlag
sieben, genau zur Stunde des Ladenschlusses und ihn verzö-
gernd, das Pärchen liebenswürdiger alter Leute im Kämmer-
lein, grün von Wildkräutern und möglichen Krankheiten,
gelb vom ärmlichen Schein der asthmatischen Laterne, den
die Regenfälle in Baigorria oder Rincón del Bonete verursa-
chen oder die Trockenheiten, die wir nennen müssen, und
warum nicht die unerbittlichen, unaufhörlichen Regenfälle.
Oder das Joch perverser und ausweichender Monster,
schmutzig vor Alter und vitalem Starrsinn, entschlossen, mir
nicht weiterzuhelfen, und sei es mit einem falschen Hinweis,
den ich so lange hätte hin und her drehen können, bis er in
meine Hoffnungen paßte. Hurenkinder, so fremd meinem
süchtigen Sehnen, die den schmalen Weg, der mich alterna-
tiv zu Brausen und nach Santa María hätte führen können,
umlenkten in eine Nacht und einen endlosen Urwald.
Im engen, von verschiedenen Gerüchen durchzogenen Zimmerchen jedenfalls Verblüffung, zaghaftes Erschrecken der
verwahrlosten, schweigenden Musikinstrumente, die hinter
dem Ladentisch fast eine Wand bildeten, andererseits meine
Schnüffelerfahrung, die im Dunkel der Schrankschubladen
mit den ehemals vergoldeten Griffen und den durch plumpe
Schriftzüge entstellten Schildchen Saiten für Gitarren, Violi-

nen, Violen, Violoncelli, Kontrabässe, Harfen, Banjos, Zithern, Psalter erahnte, Katzen-, Nylon-, Stahldärme, eingerollt mit der Absicht von Föten, Kreise, nicht Kreisimitationen bildend für immer, ohne Anfang und Ende.

Denn der Laden nannte sich nicht nur »Wildkräuterflora«, sondern auch, mit respektvollen Buchstaben kleineren Formats, »Casa Beethoven«.

Und begonnen hatte das kurze Abenteuer, der zehnte oder neunte Mißerfolg, wie beinahe üblich, im Zeichensaal der Werbeagentur, kaum eine Woche vorher, als der kleine Junge oder Zwerg, der die Botengänge besorgte, mich beim Entwerfen der Anzeige für Trevida-Stoffe, die ich aus einer alten Nummer Burda plagiierte, unterbrach.

»Ein Anruf für Sie«, sagte er zweimal.

An diesem Nachmittag hatte Quinteros am Telefon gesagt:

»Ich glaube, da ist eine Fährte für Sie. Nichts Sicheres. Nicht mal die genaue Adresse kann ich Ihnen geben. Ein Ehepaar, zwei alte Leutchen, die drüben in Palermo ein Geschäft haben, in der Nähe des Friedhofs. Sie verkaufen Kräuter, sie reparieren Gitarren. Die Straße heißt Dingsda Petrarca, nein, nur Petrarca. Kennen Sie? Schön, das Ganze ist eine Blumenseuche für die Toten und Kneipen zur Tröstung. Ich sage nochmals, ich stehe für nichts ein, probieren Sie es. Vielleicht sind es beide, der alte Mann und die alte Frau. Vielleicht nur einer von ihnen, vielleicht keiner von beiden. Wenn sie es sind oder einer es ist, dann sind sie aus der Schweizer Kolonie geflüchtet. Gringos auf jeden Fall.«

»Gut, man dankt«, sagte ich. Ich wollte ihm meine strapazierte und beharrliche Begeisterung nicht zeigen. Ich wollte weder glauben noch vertrauen, wollte die Verheißung nicht aufs Spiel setzen. »Und weiß man wenigstens, bestenfalls, läßt sich mutmaßen, welcher der fünf Sinne?«

»Nicht mal das, Genosse«, sagte Quinteros traurig, gedehnt. »Der sechste, aller Wahrscheinlichkeit nach. Klar, der sechste von Anfang an, von jetzt an und die ganze Zeit über, in der Sie die anderen fünf erproben. Darüber habe ich übrigens nachgedacht, und wir müssen das besprechen. Wenn Sie mich sehen, vergessen Sie nicht, mich auf die Konzentration anzusprechen. Das kann eine gute Technik sein, ist aber langwierig zu erklären. Alles in allem würde ich sagen: das Gehör.«

Die Stimme Quinteros' entschwand, und ich griff wieder nach den Pinseln. Das Anzeigenmännlein quälte sich falsch und ungeschickt, wollte einen nicht überzeugenden Kopf mit Playboylächeln heben. Ich dachte an die früheren Male, als man noch glauben konnte, daß einer der fünf der wahrscheinlichste sei, aber nie irgendwas, nichts, nur der sechste, der unentschlossen, nervös herumschwirrte und an Kräften verlor, weil er keinen Ruheplatz fand, keinen Anhaltspunkt.

In jener Nacht, noch nicht einer anderen, der Nacht des Anrufs von Quinteros, ging ich nach dem Essen in die Agentur zurück, stellte eine Flasche, Plastikbecher und ein Päckchen Zigaretten auf den Direktionstisch und suchte das teuerste Papier heraus, um an mich selbst einen Bericht über begangene Irrtümer zu schreiben.

Zeichner in einem Höllenkreis, wie jede Werbeagentur, Abteilung Kunst, einer ist. Auch dieses Leben hatten Frieda und Quinteros mir verschafft.

8. KAPITEL

Ausgerechnet der Einunddreißigste

Als die ganze Stadt wußte, daß endlich die Mitternacht
gekommen war, befand ich mich in Friedas Wohnung in
Gran Punta de las Carretas, allein und fast im Dunkeln,
schaute, während ich rauchte, vom kühlen Fenster aus auf
den Fluß und das Licht des Leuchtturms und suchte von
neuem angestrengt nach einer Erinnerung, die mir nahe-
ginge, nach einem Grund, mich zu bemitleiden und der Welt
Vorwürfe zu machen, die Lichter der Stadt, die sich zu
meiner Linken hinzogen, mit irgendeinem stimulierenden
Haß zu betrachten.

Ich war früh fertig geworden mit der Zeichnung der zwei
Kinder im Pyjama, die den Ansturm der Pferdchen, Puppen,
Autos und Roller auf ihre Schuhe und den Kamin morgend-
lich bestaunten. Abmachungsgemäß hatte ich die Figuren
aus einer Anzeige im *Companion* abgezeichnet. Das Schwie-
rigste war der dämliche Gesichtsausdruck der Eltern, die
hinter einem Vorhang hervorlugten, und – mich davon
abzuhalten, das Karminrot herzunehmen und quer über die
Zeichnung die haarigen, marderpinsligen Worte zu setzen:
Eß lewe das Glük.

Dafür konnte ich nun die vierzig Minuten, die mich vom
neuen Jahr, meinem Geburtstag und Friedas versprochener
Rückkehr trennten, dazu benutzen, in grünen Farben ein
neues Schild fürs Badezimmer zu malen. Das alte war ver-
waschen, bespritzt, mit Seife und Zahnpasta bekleckert.
Außerdem war es in schauriger Kursivschrift beschriftet, in
der gleichen Kalligraphie wie auf den Brettchen, die Kretins
sich in die gute Stube hängen: Kleines Haus, großes Glück,
Willkommen, Junges Schiff, alter Kapitän.

Ich hatte ein Geschenk für Frieda gekauft; in hellblaues
Seidenpapier eingewickelt, lag es neben dem Glas, der Flasche Zuckerrohrschnaps, dem Teller mit kandierten Früch-

ten, Turrón und Nüssen an dem Platz, den sie bei Tisch gewöhnlich einnahm. Ich hatte ihr auch eine Zigarre gekauft und ein Päckchen Rasierklingen, damit sie sich das Haar schneiden konnte. Obwohl wir erst wenige Monate zusammenlebten, waren solche Geschenke an Jahrestagen, die wir einhielten oder erfanden, Tradition. Sie bedankte sich dafür mit Beschimpfungen von erstaunlicher, manchmal überzeugender Obszönität, verhieß Rache, anerkannte zuletzt immer meinen guten Willen, meine Wertschätzung, mein rücksichtsloses Verständnis. Ihre Geschenke hingegen waren Anstellungen, Methoden, wenig Geld zu verdienen, Tricks, damit ich vergaß, daß ich ihr auf der Tasche lag.

An Samstagen, nachts, wenn viele Leute im Haus waren, wenn sie anfing, betrunken zu sein, ging Frieda sich aufs Klo setzen, saß da minuten- oder viertelstundenlang, solange keiner sie suchen kam, fast bewegungslos, die Pumphosen auf den Knien, und schnitt sich geizig mit einer Rasierklinge das Haar, das ihr in die Stirn fiel, den Blick ihrer wachsamen Vogelaugen auf das Schild gerichtet, das zwischen der Hausapotheke und dem Waschbecken hing, dasselbe, das ich nun, um sie zu überraschen, renovierte, auf den Satz Baudelaires: »Ich danke dir, Gott, daß du mich weder als Frau noch als Neger, noch als Juden, noch als Hund, noch als Zwerg geschaffen hast.« Niemand, der das Klo benutzte, konnte weggehen, ohne sie heruntergebetet zu haben.

Aber an jenem Silvesterabend hatten wir gewünscht – oder uns so lange in Lügen verwickelt, bis wir uns versprochen hatten –, allein zu bleiben und zu versuchen, uns glücklich zu fühlen. Sie hatte geschworen, alles abzuwimmeln, Ballettschülerinnen, Kundinnen der Schneiderwerkstatt, unerwartete Angebote, um noch vor Mitternacht mit mir allein zu sein. Ich hatte nicht viel abzuwimmeln, um die Abmachung einzuhalten.

Es war nicht die Seligkeit, aber es war die geringere Anstrengung. Frieda würde kommen, kam aber nicht vor dem neuen Jahr. Wir würden etwas essen, würden uns, Experten, die wir darin waren, die Dinge hinauszuzögern, um nichts kaputtzumachen, darauf konzentrieren, uns zu betrinken; ich würde mit fingiertem Interesse Fragen stellen, um sie zu animieren, den Monolog über ihre Kindheit und Jugend in Santa María zu wiederholen, die Geschichte ihrer Vertreibung, die willkürlichen, variablen Erinnerungen an das verlorene Paradies.

Vielleicht würden wir gegen Ende der Nacht im großen Bett, auf dem Teppich im vorderen Zimmer oder auf dem Balkon miteinander schlafen. Mir würde es einerlei sein, es zu tun oder zu lassen; aber ich habe nie eine Frau gekannt, die so fähig war, immer wieder zu überraschen, und so bereit zur Beichte. Wenn es ihr einfiel, mit mir zu schlafen, und der Rausch sie zum Reden zwang, dann war das, wie zehn Frauen zu besitzen und von ihnen zu wissen. Vielleicht würde sie sich zur Feier des Tages sogar mit dem Rücken auf den Boden oder die Matratze legen.

Ich stand am Fenster, rauchend, reichlich Verdünntes trinkend, als das Hupen und die Böllerschüsse einsetzten. Es war mir unmöglich, mich mit mir selbst zu befassen; also dachte ich an María und Seoane, meinen Sohn, gab mir alle Mühe, zu leiden und mich anzuklagen, besann mich auf Anekdoten, die letzten Endes doch nichts bedeuteten.

Alles war einfach so gewesen oder war so, auf diese Weise, obschon vielleicht auch auf eine andere, obschon jede denkbare Person eine andere Version davon geben konnte. Und ich war, endgültig, nicht nur nicht bemitleidenswert, ich war noch nicht einmal glaubhaft. Die anderen existierten, und ich schaute zu, wie sie lebten, und die Liebe, die ich ihnen entgegenbrachte, war nicht mehr als meine angewandte Liebe zum Leben.

In Lavanda hatte man die Mitternacht schon wieder vergessen. Die Lichter drüben in Ramírez wurden spärlich, und auf dem Ball im Park Hotel war das Kommen und Gehen der Paare auf der Tanzfläche vermutlich schon in vollem Gange, als das neue Jahr wirklich begann. In der Nähe der

Kaserne ertönte wieder eine Negertrommel tief, einsam, unbesiegt und machte die Worte undeutlich.

Aber ich erkannte Friedas Stimme, die unsicher klang, nachgab, an Kraft verlor. Sie schrie »Himmel!«, und ich rannte durch die Wohnung, lief lautlos im Dunkeln ein paar Absätze der gefliesten Treppe hinunter, die in den Garten und zur Eingangstür führte.

Dort war kein anderes Licht als der diffuse Schimmer, der aus dem Proa kam. Aber ich konnte sie sehen, fest aufgepflanzt zwischen zwei dürren Blumenbeeten, athletisch, ihre Kraft federnd, während eine Fehlgeburt tuberkulöser Eltern, dunkel von Haut und in Röcken, den Kopf phantastisch vergrößert durch die Tagesarbeit eines billigen Friseurs, zu ihr sagte: »Denn mich, du Bankert, denn wenn du meinst, du könntest mich für eure Sexorgien hernehmen, denn wenn du mit mir gehst, gehst du mit niemand sonst.« Sie schlug ihr mit der Hand ins Gesicht, und Frieda ließ es geschehen; dann begann das Biest, methodisch und ohne Pausen mit der Handtasche auf sie einzuschlagen.

Ich setzte mich auf einen Treppenabsatz und zündete mir eine Zigarette an. ›Frieda kann sie zu Mus machen, wenn sie nur einen Arm rührt‹, dachte ich. ›Mit einem einzigen Fußtritt kann Frieda sie bis an den Fluß befördern.‹

Aber Frieda hatte sich dafür entschieden, das Jahr so zu beginnen: die Hände auf den Hinterbacken, die Schulterbreite des Schneiderkostüms übertreibend, sich schlagen lassend und es genießend, die Handtaschenhiebe beantwortend mit ihrem heiseren »Himmel«, das klang, als bitte sie um weitere Schläge.

Als das Dreckstück vom Schlagen genug hatte, weinten alle beide und traten aus dem Garten auf die Straße. Ich sah, wie sie keuchend stehenblieben und umschlungen weitergingen. Da lief ich hinauf, um die Lichter anzuzünden und Frieda einen guten Neujahrsempfang zu bereiten.

Ich hatte sie neben mir unter dem hellen Licht der Stehlampe, oder sie allein saß dort im Sessel, das blonde Haar in der Stirn, den Mund lasterhaft und bitter verzerrt, die wie immer hochgezogene rechte Braue nun über ein blaues, geschwollenes Auge gewölbt. Mit den aufgerissenen und blutigen Lippen, die sie nicht behandeln wollte, zwang sie mich, das neue Jahr mit Geschichten aus Santa María zu beginnen. Seit ihrem vierzehnten Jahr war sie damit beschäftigt, sich zu betrinken und Skandale zu provozieren und zu schlafen mit allen von der göttlichen Weisheit vorgesehenen Geschlechtern.

Ich sage das ihr zu Ehren, die sich jeden Sonntag katholischer zeigte und jeden Samstag, jeden Samstag früh mir die – von ihr bezahlte – Wohnung mit jedesmal älteren, scheußlicheren und gemeineren Frauen vollstopfte. Sie sprach von ihrer Kindheit in der Provinz und von ihrer Junker-Familie, die absolut daran schuld war, daß ihr jetzt in Lavanda nichts anderes übrigblieb, als sich zu betrinken und den Skandal und die wüste Liebe zu wiederholen. Bis zum Tagesanbruch dieses ersten Januar sprach sie, betrunken, schon ehe sie heimkam, von mißlungenen Begegnungen und der Schuld anderer, dabei das fast gänzlich geschlossene Auge streichelnd, den Schmerz der aufgesprungenen und geschwollenen Lippen genießend.

»Mir war«, sagte sie lächelnd, »du wirst es nicht glauben, mir war, als hätte Seoane an der Ecke gestanden.«

»Um diese Zeit! Außerdem wäre er heraufgekommen, um mir guten Tag zu sagen.«

»Vielleicht ist er nicht gekommen, um dich zu sehen.«

»Ja, Liebste«, sagte ich.

»Nicht, um dich zu besuchen. Vielleicht um das Haus auszukundschaften, um zu sehen, ob du kommst oder gehst.«

»Möglich«, nickte ich, weil ich mit Frieda nicht gern über Seoane sprach und vielleicht auch mit niemandem sonst. Sie sprach, wie alle Frauen, von einer idealen Frieda, wunderte sich über den fortgesetzten Triumph der Ungerechtigkeit und Verständnislosigkeit, suchte und präsentierte Schuldige, ohne sie zu hassen.

Sie sagte nichts über das unerklärliche Ekel, das ihr mit der Handtasche ins Gesicht geschlagen hatte. Ich war schon gewöhnt an ihr Bedürfnis, Geliebte mitzubringen, die jedesmal schmutziger und billiger waren. Da die Zeit keine Bedeutung hat, da die Gleichzeitigkeit ein Detail ist, das von den Launen des Gedächtnisses abhängt, fiel es mir leicht, Nächte heraufzubeschwören, in denen die Wohnung, in der Frieda mir zu wohnen erlaubte, mit zahlreichen Frauen bevölkert war, die sie von der Straße, aus Hafenkneipen, aus dem Victoria Plaza mitgebracht hatte. Schöne und gut angezogene waren darunter, mit wenig Schmuck, mit Armbändern, in dunklen Kleidern, komplettiert mit Perlen.

Aber in letzter Zeit überwogen die frechen und schmutzigen Mestizinnen, die unanständigen Wörter, die angezündet im Mund hängenden Zigaretten. Oft ließen die erbitterten Wortgefechte mich nicht schlafen, und ich sprang aus dem Bett und lief durch die Wohnung, an einer Zigarette knabbernd wie an einem Ölzweig, mich mühsam fortbewegend zwischen Frauen, die auf dem Boden hockten, auf dem Tisch saßen, offen auf dem Diwan lagen, in der Küche knieten, sich im Badezimmer umzogen, auf dem rot gefliesten Balkon Sonne oder Mond auf sich scheinen ließen.

»Roa hat gezahlt«, sagte Frieda. »Das hat er fein gemacht, so fängt er das Jahr besser an, und vielleicht bringt es ihm Glück.«

Die Geldscheine waren von meiner Brust auf den Tisch gefallen. Ich hob sie auf, ohne das Gummiband abzunehmen; es waren Hundertpesoscheine.

»Hat er alles gezahlt?« fragte ich.

Frieda brach in Lachen aus und lutschte dann an der gespaltenen Lippe.

»Gib mir einen Schluck zu trinken und einen Glimmstengel. Diese arme Herumtreiberin. Aber es ist so schön, zuzulassen, daß sie mit dir machen, was sie wollen, daß sie nicht mal ahnen, wer du bist. Geschehen lassen, bis es einem irgendwann plötzlich einfällt, jetzt ist Schluß, und dann hört

71

man auf, geschehen zu lassen und am Geschehenlassen Spaß zu haben, und begeht mit der ganzen Lust und Glückseligkeit der Welt die größte Ungeheuerlichkeit. Als Retourkutsche; nicht aus Stolz, auch nicht aus Lust am Heimzahlen, sondern weil das Vergnügen plötzlich darin besteht, zu schlagen, und nicht mehr darin, sich schlagen zu lassen. Ja?«

»Verstehe«, sagte ich. Ich hörte, wie sie die Geldscheinröhre auf meiner Hand tanzen ließ.

»Wirst du mir helfen? Im richtigen Moment, meine ich, vorausgesetzt, er kommt?«

»Klar«; ich steckte das Geld in die Hosentasche, goß Zukkerrohrschnaps in ein Glas und gab es ihr, ich steckte ihr eine Zigarette in den Mund und hielt ihr ein Streichholz hin.

»Wann du willst. Hat er gezahlt oder nicht? Ich meine, hat er alles und für immer bezahlt?«

In einem Lachanfall richtete Frieda sich auf und ließ sich, den Boden mit Speichel bespritzend, auf die Seite fallen.

»Er hat es verdient, weil er so blöd ist. Am Tag seiner Mißheirat sah er im Geschenkezimmer das unanständige Porträt, das Bild der nackten Olga. Er hätte vor den Leuten ein erstauntes Gesicht, eine Was-weiß-ich- und Mir-egal-Miene aufsetzen können. Hat er vielleicht auch. Aber am Ende der Flitterwochen schreibt er an Olga. Das Übliche, armer Tropf. ›Einzige Liebe meines Lebens, und alles bleibt, wie es war.‹ Gib mir was zu trinken. Und schreibt noch Erinnerungen und Einzelheiten dazu. Olga kommt bei mir angerannt, halb zweifelnd, halb glücklich. Da sie dumm geboren ist, habe ich ihr den Brief mühelos gestohlen und mich aufs Photokopieren verlegt, um ihn zu erpressen. Armer Roa.«

Sie hielt sich die Rippen und setzte dann eine Kleinkindermiene auf, um zu horchen, was von der Nacht blieb. »Ich glaube, diese schmutzige Hündin hat mir ein Knie in den Bauch gerammt. Es ist nichts. Ja, er hat alles bezahlt. Und ich habe ihm gesagt, das sei die letzte Quote. Ich weiß nicht, ob es stimmt, ich weiß nicht, ob ich nicht in einer Woche, wenn er gerade mit den Kindern und den Heiligendreikönigsgeschenken spielt, wieder auftauche und mehr Geld von ihm verlange. Am Geld von Roa liegt mir nichts mehr. Du siehst ja, du hast es schon weggesteckt. Worauf es mir ankommt, ist, ihn fertigzumachen, das ist mein Verhältnis zu ihm, und so muß es wohl weitergehen.«

»Frieda«, sagte ich sehr laut. Sie fuhr im Sessel zusammen und hob schließlich den Kopf. Sie war betrunken, hatte ihr Kleinmädchenlächeln, die Tränen begannen zu fließen. Ich legte die Geldröhre auf den Tisch, sorgfältig, damit sie nicht rollte. »Die Sache mit Roa muß als abgeschlossen gelten.«

Sie zuckte die Achseln und schaute mich an, als ob sie mich liebte, mit einem tieftraurigen und erstaunten Lächeln, während sie faul die Zunge bewegte, um ihre Tränen aufzulecken.

»Wie du willst«, sagte sie. »Gib mir noch was zu trinken, wir wollen das neue Jahr feiern.«

9. KAPITEL

Juanina

Tot vor Schlaflosigkeit, unter Mißachtung der Müdigkeit
entfloh ich manchmal bei Tagesanbruch dem frühen Getüm-
mel auf dem Markt, nahm einen Omnibus und fuhr hinaus
zu Friedas abgelegenem, fast vom Wasser bespülten Haus in
den Dünen. Jedesmal riß ich mich aus einem prophetischen
Traum oder wurde von ihm getrieben.

Manchmal, aus List, mich selbst betrügend, indem ich mich
stellte, als ginge ich seitwärts, ließ ich mich vor der Fahrt
segnen für die Absicht, mir meinen Wasserfleck zu erobern,
einen Fleck Wasser im Rücklauf, sanft und übelriechend,
angeschwollen, faulend unter der unendlichen Herde gesun-
der und nutzloser Wellen.

Ich trat in die kühle, übergroße, fast menschenleere Kathedrale. Ich betete kniend, angestrengt die Ablenkung der fast
unbewegten, virilen Flammen auf dem Altar vermeidend.
Irgendwo würde, zu meiner Schande, das Porträt des Papstes
hängen, das ich in kindlichem Stolz gemalt hatte; überrollt
von der Zeit, einem XII., einem XXIII., einem VI. Zeichnung und Farbe ein Zahnschmerz, ein Brechmittel das Rot
und das Schwarz, Augen, die Gläubigkeit, Schicksalsergebenheit, nichtgewollte Opfer zeigen möchten. Nun wurden
die Augen glanzloser bei jedem Besuch, wie gedörrte Kir-
schen.

Immer waren der Alte, seine und meine Farce ein wenig
verbrauchter als das Kind, das gemalt hatte; als die Erinnerung an meine fanatische, naive und geizige Tante. Die
resolute und harte Alte, die es geschafft hatte, sich den
Himmel zu ergattern.

Ich will nun all jener Male gedenken, wo ich der Stadt
entfloh und den Schwur einhielt, weder Bleistift noch Papier
mitzunehmen. Sie hatten es mir versprochen: eine Sekunde

lang würde ich die Höhe und die Farbe der vollkommenen und unwiederholbaren Welle sehen. Eine solche Vision kann den Rest des Lebens aufwiegen.

Um sieben oder acht Uhr kam ich in Friedas spitzem Haus in den Dünen an, sah sie schlafen, akzeptierte das kümmerliche Frühstück, ranzigen Schinken, harten Reis. An Glücksmorgen ein rohes Ei. Aber Frieda ist nicht geizig, sie wird weder dick noch dünn; vielleicht existiert Hunger nicht für sie; vielleicht ist ihre Nahrung, sich mit der Adrenalinspritze das Asthma zu beruhigen.

An manchen, stets unvorhersehbaren Morgen begleitete sie mich auf dem immer gleichen Spaziergang entlang der Küste. Weder Winter noch gute Jahreszeit spielten dabei eine Rolle. Sie brauchte nur flüchtig mein Profil zu sehen, mich Worte sagen zu hören, weitab von uns und der Wahrheit, zerstreut meine Schritte zu betrachten und wußte, ohne daß ihr daran lag, ob ich Luste hatte, allein zu gehen oder mit ihr.

Hier, in diesen weit zurückliegenden Monaten, die ich nun heraufrufen möchte, taucht eine andere Frau auf, Juanina, eines kalten und nebligen Morgens, an dem Frieda es vorzog weiterzuschlafen und ich von neuem das Ufer ablief, nach rechts blickte und zu finden hoffte. Ich frühstückte bei Cristiani mit zwei Wacholderschnäpsen, die den Unmut des Hungers erhöhten. In der Tür der Kneipe versicherte mir Cristiani, das Wetter werde trüb bleiben, aber regnen werde es nicht. Im grauen Licht sah ich ihn altern: in Pluderhosen, mit kindlichem Blick auflächelnd zum Himmel, wie immer barfuß, um die Erdstrahlungen aufzufangen.

Eine Sekunde lang spürte ich die Gefahr, hatte aber keine Kraft, ihr zu entkommen. Und Cristiani sagte:

»Sie, der Sie malen. Warum machen Sie keine Bilder, die der Menschheit die Gefahr der Atombomben vor Augen führen... Ich meine, die Leute reden viel, machen sich aber überhaupt keine Vorstellung. Statt Kugeln Wasserstoff.«

Ich wollte ihn beschimpfen, erwiderte aber in aller Freundlichkeit, langsam:

»Sie haben recht, Cristiani; das wäre gut, wäre besser. Aber die Menschheit wird sich meine Bilder nicht ansehen. Seien Sie sicher. Und es ist möglich, daß nach den Bomben das Paradies anbricht. Aber uns, Sie und mich, beschäftigt das gleiche. Das muß man bedenken. Ich will jetzt eine Welle, ich möchte eine Welle malen. Sie überraschend entdecken. Es muß die erste und die letzte sein. Eine weiße, schmutzige, faulige Welle aus Schnee und Eiter und Milch, die bis an die Küste kommt und die Welt verschlingt. Deshalb gehe ich an den Strand.«

Eingeschüchtert stimmte er zu, als wiederholte er exakt eine oft gespielte Szene, die hellen Äuglein feucht, bestrebt, mich zurückzuhalten. Er verschränkte die Arme über der Brust, während er einen Fuß am anderen rieb.

»Vor einiger Zeit habe ich ein Buch gelesen...«, fing er an. »Es ging um das Problem der Reinheit, die Gefahr, daß die zarten Dinge, die sauberen Dinge in schmutzige Hände fallen.«

Ich wußte nicht, ob er es auf mich bezog oder auf die, die Herr waren über die Bomben. Jedenfalls war ich sicher, daß Cristiani – Vegetarier, Antialkoholiker, keusch – an meine Reinheit nicht glaubte.

»Geben Sie mir noch einen Wacholder«, sagte ich, an die Theke zurückkehrend. »Ich muß viel herumlaufen, und das ist die beste Zeit. Ich muß eine Welle entdecken, die der letzten Welle gleichsieht. Ich verlange nicht zuviel. Sie braucht ihr kaum so ähnlich zu sehen wie ein zwei Monate alter Fötus der Frau, die man liebt. Ich muß sie entdecken. Das sind sehr mysteriöse Dinge, Cristiani, Sie verstehen das.«

Er bediente mich, gab das Wechselgeld heraus, blickte mich schweigend an. Zwischen uns die Theke.

»Auch ich habe etwas entdeckt. Vor ein paar Monaten.«

Ich wollte ihn nicht hören. Freundschaftlich und zartfühlend sammelte ich die Münzen ein, lächelte ihm zu, als teilten wir dasselbe Geheimnis, und hob verheißungsvoll die Hand. Ich trat hinaus ins verhangene Licht, in die Kälte des fast verlorenen Morgens und wanderte zwischen Felsen und Tamarisken, bis ich die Strandnässe unter den Füßen hatte. Ich betrachtete das aufgewühlte Wasser, steckte die Pfeife an und nahm die nutzlose Wanderung wieder auf. Ich ging einen Kilometer weit, sah ein verfaultes Boot, den anbrandenden Schaum, der flach war, verteidigte die Pfeife gegen den allmählich einsetzenden Wind. Da sah ich den Hund, der ruhig dalag, zu nah an den Wellen.

Ich setzte mich in den Sand, ungefähr zwanzig Meter entfernt von dem regungslosen, gewaltigen gelben Tier. Der Wind verstärkte die Kälte, und plötzlich, betroffen, hellwach, begriff ich ein für allemal. Ich konnte malen, was ich wollte, und es gut machen. Bauern, Porträts, das Bild des Papstes, das vermutlich nach wie vor in der Kirche von Santa María hing. Aber niemals die Cristiani verheißene Welle, die Schaumkrone von schmutzigem Weiß, die alles sagen würde. Niemals das Leben und seine Kehrseite, den Streifen, den es uns zeigt, um uns zu täuschen.

Ich war am Ende, in Frieden, durchgefroren von der Morgenkälte, immer an der Grenze der vierzig Jahre.

Vergangene Nacht hatten wir eine dritte Version des Santa-Rosa-Gewitters erlebt – über den Aberglauben anderer läßt sich nicht streiten –, aber der Frühling hatte sich nur in den rachitischen Knospen der Bäume, in der Katzenbrunst, in menschlichen Sehnsüchten geäußert.

Es mochte, erinnere ich mich, gegen zehn Uhr vormittags gewesen sein; der Strand war nun sonnig, kalt, und ein aggressiver Wind blies den Sand auf. Ich stand auf, schritt langsam, ohne die Augen von der kleinen, zusammengekauerten Gestalt zu wenden.

Ich ging, bis der große gelbe Hund Mensch wurde, Frau wurde, eine mehr in dieser Geschichte, die niemandem zum Nutzen gereichen wird, sie mag noch so wahr sein. So, wiederhole ich, während ich eine unmögliche Welle suchte oder zu suchen vorgab, erschien Juanina, fügte sich in die Welt ein.

Ich sah sie am feuchten Strand, in der seichten, von den Wellen erneuerten Pfütze sitzen. Sie hatte einen abgetragenen hellbraunen Mantel an und hielt die Knie umschlungen; manchmal schüttelte und hob sie den Kopf, das Haar wie von einem Jungen, schwarz, kurz, mit Pinsel und Tusche gezeichnet.

Am Strand sitzend durchnäßte sie sich; die Feuchtigkeit, Schaum und Algen krochen ihre Kleider hoch, bemächtigten sich, leise schaukelnd, der dicken, flachen Schuhe.

Ich weiß auch, daß sie dazu verurteilt war, zu straucheln, und daß dieser Weg so gut, unglücklich und gefährlich sein konnte wie jeder andere. Ich trat näher, und sie sah mich an; vielleicht waren ihre langsamen Augen anfangs nicht an mein Gesicht, meinen Bart gelangt.

Aber vom ersten Moment an konnte ich die hochmütige und zynische, Schwiele gewordene Verzweiflung sehen, den anhaltenden und unpersönlichen Haß. Nicht einmal zwanzig Jahre, der Hals zu lang und traurig, das Gesicht knochig und kalt, die Nase geschwungen, klein und kurzatmig. Ich sah die Porträts, die von diesem Kopf entstehen konnten, die Zukunft erriet ich nicht.

Bewegungslos, breitbeinig, sie fast berührend, versuchte ich, die Pfeife anzustecken, wollte sie begrüßen, den magischen Satz finden, der sie in einen Hund, eine Täuschung, ein Nichts hätte zurückverwandeln können. Weil ich dieses Profil malen mußte, schwankte ich ratlos zwischen altmodischen Einleitungen, wünschte, sie nie gesehen zu haben.

»Hündin«, sagte ich lächelnd. Sie rührte sich kaum, um mich zum zweiten Mal anzuschauen, knurrend, ausdruckslos. Sie war sehr mager. Nun konnte ich ihr Alter nicht abschätzen.

»Gelbes Hündchen«, berichtigte ich mich.

Sie blieb still, die Haut an Gesicht und Händen blaurot vor

Kälte; manchmal, in regelmäßigen Abständen, verzerrte eine Grimasse ihr Lächeln. Ich zog eine Weile an der Pfeife, bückte mich, bis ich neben ihr in der Hocke saß, auch ich über der wandernden Pfütze. Wir schwiegen, schauten dem Wirbel der Möwen auf den Felsen zu, und eine Zeitlang war es, als kennte jeder das Leben des anderen. Aber diese Empfindung war oberflächlich und, wie immer, falsch.

Ein anderer Moment, und ich fragte unsicher, plump: »Was ist los? Alles läßt sich in Ordnung bringen, wenn auch ohne Garantie auf das Glück. Nicht mal darauf, daß der Ausweg besser ist als das Unglück.«

Sie hatte den Kopf auf die Knie gelegt und hob ihn endlich, um träge, desinteressiert das Wasser anzulächeln, als hätte sie meine Sätze schon oft gehört. Vielleicht war sie betrunken oder stand unter Drogen, vielleicht beides, oder vielleicht hatte alles in der Kindheit angefangen. An dem kleinen, abgemagerten Kopf wollte sich kein Alter abzeichnen. Andere Dinge strahlten aus: die beherrschte Trostlosigkeit, die alt gewordene Widersetzlichkeit, die Verweigerung der Hingabe. Ich mußte dieses Profil zeichnen.

»Was?« wiederholte ich ruhig.

»Alles?« fragte sie spöttisch, ohne zu lächeln, ohne mich anzusehen.

»Das geht nicht, wäre aber das beste.«

»Man kann nicht, es ist zu lang. Zu viele Geschichten. Diese fängt mit meiner Tante an.«

Sie schaute noch immer ins Wasser. Sie kam mir jede Minute magerer, blaugefrorener vor.

»Dann erzählen Sie mir von heute; wenn Sie wollen. Sie am Strand, mit dem Arsch im Wasser. Was war los heute nacht? Nachher reden wir von der Tante.«

»Heute nacht?« Sie schien nicht zu verstehen, schwankte.

»Oder heute früh, am Vormittag.«

»Da ist nichts für Sie, das habe ich gleich gesehen. Da ist nichts, außer einer Tante. Ein Geschenk. Sie heißt Mercedes.«

Mit kindlicher Ängstlichkeit befühlte sie sich unverhohlen die Hinterbacken.

»Wozu sind Sie hergekommen und was geht es Sie an? Nur eines: sie umbringen. Helfen Sie mir dabei?«

»Klar, kann sein, wenn Sie es sagen. Die Tante Mercedes umbringen. Aber Sie müssen mir sagen, warum. Oder wir erfinden gemeinsam einen Grund. Aber erzählen Sie mir von jetzt. Es ist gleich Mittag, und ich finde Sie hier, traurig, betrunken, den Arsch in einer Wasserpfütze.«

Später, stehend, war sie wie ein neugeborenes Kamel auf zwei Beinen, zynisch, spöttisch. Die Landschaft lag regungslos im Dunst, die Grün- und Blautöne des Wassers bestanden friedlich nebeneinander fort. Links und rechts am Strand kümmerliche Bäume. Vor allem weiter draußen lag das Wasser wieder ganz ruhig. Das und die neu entstehende Wärme kündigten das Schwülegewitter an, den langsamen Sommerregen. Wie immer eine weiße Jacht, unbeweglich, ein Quartett von Ruderbooten mit verschiedenen Farben, den Sieg probend, ein Dicker im Heck, der ins überflüssige Megaphon brüllte.

Nun bewegte sie doch den Kopf, um mich anzusehen und herauszufinden, wer ich war. Ungefähr da beginnt die Geschichte ohne Ende von Juanina. Ich strich ihr über die nasse Stirn und wiederholte:

»Von jetzt angefangen, von gestern nacht oder heute früh. Und Sie müssen Ihre Kleider ausziehen. Kommen Sie mit.«

Traurig schien sie eine Minute zu überlegen. Ich redete ihr zu wie einem Kind; ich mußte diese Nase zeichnen, die Brauen, die andeuteten, daß sie zusammenwachsen würden. Ich sah sie zittern, während sie lachte.

»Sind da Blumen?« fragte sie.

»Nein.«

»Ich meine nicht hier, klar. An der Landstraße. Zwischen den Ligusterbüschen.«

»Da auch nicht.«

»Macht nichts«, beruhigte sie mich. »Ich wußte es schon, es war ein Scherz, ich kenne den Ort, vielleicht nur zu gut. Ich heiße Juanina, aber auch das ist gelogen. Wollen Sie wirklich, daß ich Ihnen alles erzähle? Alles, was für ein blödes Wort. Und dann nehmen Sie mich mit nach Hause, damit ich mir die Kleider trockne. Denn ins Hotel kann ich nicht gehen.«

Ich legte eine weit offene Hand auf ihren Jungenkopf.

»Los«, sagte ich. »Lügen Sie nachher, wenn Sie trocken sind und in warmen Kleidern stecken.«

Mit einer Haß- und Ekelgebärde warf sie den Kopf zurück.

»Nein«, sagte sie, »ich will im voraus bezahlen. Das kommt am Ende immer billiger.«

Dann ließ sie sich wieder in den Sand fallen und schob sich auf Händen und Füßen so weit zurück, daß sie aus dem Wasser war; so blieb sie liegen, das Gesicht nach oben, die Augen geschlossen. Sie war weder klein noch groß, sie zeigte die Zähne, ohne zu lächeln.

»Wenn Sie wollen, daß ich Ihnen was erzähle, und das wollen alle, dann bücken Sie sich. Immer, seit Jahren, schon als kleines Mädchen, treffe ich auf Leute, die mir helfen wollen. Daß so viele gute Menschen frei herumlaufen. Seltsam, was? Aber ich bezahle immer den Preis. Letzte Nacht bin ich wieder mit den Fischern weg gewesen. Ich bin gern bei ihnen, nachts, frühmorgens und auf dem Fluß. Vier waren es. Ich habe bezahlt und beklage mich nicht. Die Männer sind so lächerlich. Darüber muß man eben hinwegsehen.«

Sie spottete mit den schmalen Lippen, der zitternden Nase, einen Augenblick sah sie mich an, blinzelte kurz in der Sonne.

»Aber da gibt's nichts zu diskutieren. Es waren vier und ich und ein Negerlein als Koch. Reicht Ihnen das? Mir hat es gereicht. Ich kann noch mehr Fischer und Negerlein dazutun.«

Sie lachte eine Weile über fernliegende Dinge und streckte sich.

»Gehen wir«, sagte ich und berührte die mageren Rippen mit einem Fuß. Der hellbraune Mantel war alt; aber die feuchten Schuhe, das Parfum, das mit der Sonne zurückkehrte, die langen weißen Finger und ihre Nägel nahmen Juaninas erster Geschichte das Überzeugende.

Sie stützte sich auf einen Ellenbogen, und es gelang ihr, sich aufzusetzen. Die dunkle Brille auf der Stirn, sah sie mich an, lachend, nun vielleicht über mich.

»Meine Tante«, sagte sie. »Das gefällt mir am besten. Bis gestern war ich im Hotel, da, wo sie die Pferde vermieten, und das Geld ist mir ausgegangen. Ich habe die Rechnung bezahlt und jetzt lebe ich hier im Sand. Ich habe denen ein Märchen erzählt und die Koffer dort gelassen. Aber als wir mit den vier Fischern und dem Negerlein zurückkamen, haben wir ein Feuerchen gemacht und Meerraben gebraten, und da kam von irgendwoher eine Korbflasche Wein.«

Die Sonne schien jetzt kräftiger; ich legte mich in den Sand, ein Stück von ihr entfernt, aus Angst, sie zu erschrecken und zu verlieren.

»Was noch«, sagte ich.

»Immer noch von heute?«

»Von Ihnen, gestern oder vergangenes Jahr.«

»Gut. Hören Sie zu. Wenn Sie den Beschützer spielen wollen... Ich komme ohne Hilfe aus. Sie wissen schon, wohin Sie sich Ihr Mitgefühl stecken können. Laufen Sie weiter am Strand herum. Sobald ich aufstehen kann, gehe ich. Meine Tante besuchen, klar.«

»Gehen wir«, sagte ich leise, ohne sie anzuschauen. Ich hatte schon den Anfang eines gefährlichen Plans. »Unterwegs erzählen Sie mir, wenn Sie wollen.«

Nun war sie es, die stand, und sie war mager und wirkte kleiner als vorher im Liegen; eine plötzliche Angst löschte für einen Moment ihren Zynismus und krümmte ihre Schultern. Ehe sie sich auf das Hotel zu in Bewegung setzte –

schwerfällig und angestrengt, aber unerbittlich aufrecht –
sprach sie, als spuckte sie mir ins waagrecht liegende Gesicht.

»Und danke für alles, für Ihre Neugier. Ich pfeife auf
Kavaliere. Seit über einer Woche habe ich Durchfall. Und da
ist außerdem eine Abtreibung, die nicht warten kann. Vielleicht schenke ich meiner Tante den Fötus. Ein Trost wenigstens, heute nacht im Boot, der Gedanke, daß es schon
passiert war, daß ich wieder schwanger war. Keine Gefahr,
wenigstens nicht diese. Und jetzt, gehn Sie zum...« Sie
schluckte, so mager und verlassen am Strand, mit dem
Rücken zum Fluß; ich konnte die Lider einen Spalt öffnen,
um die Tränen zu sehen, die ihr auf die Lippen, aufs Kinn
rollten. Aber das war kein Weinen. Nie habe ich bei ihr ein
richtiges Weinen gesehen oder gehört.

Sie sagte nicht, wohin. Ich hörte mir die Verabschiedung mit
geschlossenen Augen an, ließ einige Zeit vergehen, dann
drehte ich mich um und sah sie über den Strand torkeln.

Ich hatte Frieda, ich hatte fast zweitausend Eurodollars in
einer Ecke des Alten Marktes; eine Abtreibung und der erste
Trost kosten viel weniger, wenn man in Santa María wohnt.
Aber wir waren in Lavanda, Name eines afrikanischen
Stammes.

Ja, dachte ich, irgendwo habe ich gelesen, daß es gegen
Diarrhöe und gegen Schwangerschaft nichts Besseres gibt als
ein tüchtiges Sitzbad in einer kalten Pfütze.

10. KAPITEL
Die Eingeladene

Ich traf Juanina im Hotel, und wir aßen zu Mittag. Ich traf sie ist eine Redensart, und jeder wählt die, die er will. Ich hatte Frieda die Geschichte erzählt, zugeknöpft und ohne Druck auszuüben, meine Zärtlichkeit und meine Absichten unter Kontrolle haltend.

»Sie ist hübsch und jung. Wirkt aber wie ein Junge.«

»Das muß dir gefallen haben. Schwangere Jungen trifft man nicht alle Tage.«

Wahrscheinlich ist, daß ich ungläubiger war als Frieda; nicht einmal der inexistenten, der von mir erfundenen Juanina konnte ich ganz vertrauen. Vielleicht daraus sind einige Unglücke entstanden, ärgerlich die einen, das andere endgültig.

Juanina hatte mich am Strand und im Hotel angeschaut, von Angesicht zu Angesicht, aufrichtig und falsch. Eine der jüngsten Verlautbarungen der Regierung von Lavanda hatte unter Anführung plausibler Gründe und Erwägungen verboten, »mandelförmige Augen« oder »mandelfarbene Augen« zu schreiben. Wie es auch verboten ist, eine Form in ein weißes oder schwarzes Feld zu stellen, um sie hervorzuheben. Kluge Maler nehmen Kobaltblau oder ein unreines Grün, das an Windeln erinnert.

Aber der Leser verdient die Wahrheit, und außerdem wissen wir alle, daß die Wahrheit immer revolutionär ist. Juanina sah mich mit Mandelaugen an, ohne zu blinzeln, auch sie, ohne ganz an mich zu glauben.

Frieda und ich hörten in den Pausen Musik aus dem Radio. Es war, glaube ich, ein Deutscher vor Bach, und der Mann und seine Musik hatten immer recht. Sie sagten mir, daß nur das Malen wichtig war. Daß es schon aus Gründen der Seelenhygiene notwendig war, von Frauen, Freunden und Geld abzusehen, Landschaften und Ozeane links liegenzulassen, sich nie breitschlagen zu lassen, sich nicht einzulassen auf die Sinnlosigkeit einer Welt und eines Lebens, die ich nicht gemacht habe, die mir aufgezwungen worden sind, die bei jedem Erwachen unerbittlich da sind, außen und innen, ohne daß jemand so höflich gewesen wäre, mich zu Rate zu ziehen oder mich um meine Meinung zu fragen, und sei es nur über ein winziges und anscheinend unbedeutendes Detail.

Ich vergaß fast sofort meine Entgegnungen, meine Einwände. Der Mann mit seiner Musik im Radio wechselte von einem Satz zum andern, von einem Tempo zum andern und hatte immer recht und sagte es auf wunderwirkende Weise.

Frieda bat mich um ein Glas Wasser, um eine Pille zu nehmen. Ich rauchte mit gelangweilter und schläfriger Miene, ausgestreckt auf dem wellenförmigen Liegestuhl. Sie strickte eine Weile; dann fragte sie lächelnd, bei gesenkten Lidern:

»Muß es hier sein? Will sie nicht lieber zur Tante zurück, um sie umzubringen oder um ihr ihre Memoiren oder eine neue Geschichte zu erzählen? Hat die Tante nicht viel Geld für sie und den nächsten Großneffen?«

»Keine Angst. Ein paar Tage mehr oder weniger, und sie wird zur Tante gehen oder zum Teufel. Für mich ist das eine Frage der Geduld, des Mitleids.«

»Wie viele Tage?«

»Ich weiß nicht. Ich sagte dir schon. Das hängt von deiner Geduld ab, deinem Mitgefühl.«

»Dir hat sie schon gesagt, wohin du dir dein Mitgefühl stecken kannst. Vermutlich wird sie mir dasselbe raten.«

»Eine Woche, vierzehn Tage. Aber vielleicht ist sie schon gegangen.«

Der Deutsche im Radio insistierte.

»Soll sie kommen«, sagte Frieda. »Das Mißliche ist, daß du dann bei mir schlafen mußt und nicht mit ihr allein sein und diese plötzliche Güte nicht übertreiben darfst. Die ergreifend ist, ich schwöre es dir. Hätte ich nie vermutet. Wir können ruhig ein Nickerchen machen, nicht? Danach rennst du los und rettest sie.«

Ich begann mich auszuziehen, während ich an das Mädchen dachte, die Frau, Juanina, an das Regiment Fischer, an das Leben und an die Feigheit, die so viele Millionen zum Tode Verurteilter daran hindert, es zu leben.

Und nach den beinahe unveränderlichen Zeremonien, die mich daran hinderten, mir das Kreuz zu strapazieren, zündete ich mir eine Zigarette an; ich hörte Frieda schlafen, fühlte mich zufrieden und ergeben. Es ging schon nicht mehr um die Feigheit, sondern um die günstige Gelegenheit zu leben. Es geht nicht immer ums Bett, dachte ich, obgleich für die Frauen schon, selbst wenn sie Liebe fühlen und davon sprechen, an ihr leiden und darüber reden. Es ging darum, glaube ich mich zu erinnern, die Städte, die Bequemlichkeit zu meiden; sich selbst zu achten, hart, egoistisch und spöttisch zu sein, ein Schicksal oder eine Laune zu erfüllen. Und wenn es ein Schicksal oder eine Laune nicht gibt, gibt es keinen zwingenden Grund zur Unbarmherzigkeit, haben die Proteste einen Sinn und schmeidigen sich die Wehklagen zum Tonfall einer im Stimmengewirr des Jahrmarkts feilschenden Hausfrau.

Willkommen alles, was bei den armen Teufeln ankommt. Mögen sie es annehmen als verdienten Ersatz, wenn sie es begreifen können, wenn sie es zu nutzen lernen mit Hilfe ihrer angeborenen Dummheit, ihrer Naivität, ihrer Ohnmacht und durch Brausens Gnade. Er ist meine letzte Karte, und der Instinkt rät mir, sie ungezinkt zu lassen.

Langsam zog ich mich an und wußte, daß die Wärme zurückgekehrt war; ich fand das nötige Geld in Friedas Handtasche und schickte mich an, über die harte Strandfeuchtigkeit auf das gewaltige Rundblickfenster des Hotels zuzugehen.

Frieda und ich hatten recht, ohne es ausgesprochen zu haben. Dort saß sie in der Hotelbar, den Koffer auf dem

Tisch, trank Limonade und verdaute ruhig und gewohn-
heitsmäßig ihre alte Nacht, ihre vier Fischer. Der immer
noch nasse Mantel hing an einem Stuhl.

Ohne sie zu begrüßen, ging ich bis zur Theke durch – sie
erkannte, ausdruckslos, meinen kümmerlichen Bart –, um
einen Teller Sandwiches zu bestellen. Ich trug ihn an den
Tisch, und kurz danach brachte der Kellner mir das Soda,
den doppelten Zuckerrohrschnaps, die Zigaretten, die ich
rauche, wenn ich erregt bin. Ich saß bewegungslos und
schweigend da, während sie, mich anschauend, das schmut-
zigste Lachen wiederholte, das sie am Vormittag im Sand
gelacht hatte. Dann begann sie hungrig zu essen; da nahm
ich einen großen Schluck Schnaps und seufzte, fast in
Frieden.

Sie hatte die Hälfte der Sandwiches gegessen, als sie den
Kopf drehte, hinübersah zu dem Kübel mit dem riesigen
Farn, der in hellstem Grün, Jahre hindurch geschützt vor der
Kälte und den Winden der Küste, in einer Ecke des Speise-
saals stand. Das Mädchen erschien gesünder, fester und
authentischer, gefährlicher als bei der ersten Begegnung.

»Merde. Das bringt Glück«, sagte sie. »Warum hast du
zurückkommen müssen?«

Ich strich mir über den Bart, damit sie mein Lächeln nicht
interpretierte.

»Ich heiße Medina; ich weiß nicht, ob ich es dir schon gesagt
habe.«

»Danke. Ich heiße Juanina und sage es jedem.«

»Ich weiß nicht. Ich war sicher, daß ich dich treffen
würde.«

»Das kommt vor. Mit dem Hotel bin ich im reinen. In einer
halben Stunde habe ich einen Omnibus.«

Während ich das Glas hob, sah ich sie wieder und wieder an
und akzeptierte es, daß ich sie lieber umbringen würde, als
sie entkommen zu lassen, ohne ihr Profil gezeichnet zu
haben. ›Und wenn es nur ein einziges Mal ist und sie sich
dabei bewegt, und wenn es nur eine Linie ist, die sich in den

87

Schwanz beißt.‹ Ein Profil mit Augen, die jeder Polizist, lustlos, ungläubig, oder sicher und ohne Furcht, sich zu irren, als kastanienbraun bezeichnet hätte. Nun waren sie grün. Auch waren die Augen in dem schmalen Gesicht nicht beherrschend, sagten aber mehr über sie aus als ihre Worte und ihre Bewegungen; sie drohten sich zu Schlitzaugen zu verengen, taten es aber nicht, sie blickten ruhig und weit offen. Die Freundschaft, das Mitgefühl, das Begehren wurden nicht hervorgerufen von der Jugend oder der erfolglos vorgetäuschten Aufrichtigkeit, mit der sie mich nun ansah.

Alles kam von der seltsamen Form der Augen, ihrer eigenwilligen Stellung in den Höhlen, von einer Übereinstimmung mit den Jochbeinen. Sie hatten viel gesehen, ohne sich durch eingrenzende Falten zu verraten, ohne Abdankung der Haut. Jetzt wenigstens, nach den Worten, die zwecklos und näher an der Wahrheit waren, konnte sie mich so ansehen, mit diesen Augen, die zu malen, zwanzigmal zu malen ich mir so leicht vorstellte. Ruhigen und neuen Augen, gerötet von Schlaflosigkeit oder dem Wind am Strand. Während der Rest des Gesichts für die Lüge geschaffen und abgerichtet war, drückten die kaum vorspringenden Augen nichts aus. Sie waren einfach da, blickten ohne Furcht und ohne Hoffnung. So erschien zum erstenmal Juanina.

Mild, fast lustlos unterbrach ich sie:

»Es gibt keinen Omnibus, ich kann das gleich erklären. Ich bin ein wenig betrunken, fast an der Glücksgrenze. Aber bei mir macht das nichts, und ich kann mir noch ein Glas bestellen. Sie wissen ja, daß ich ein Kavalier bin.«

»Alter Knacker«, sagte sie. »Sie müssen über vierzig sein. Und alte Knacker sind leicht zu manipulieren, und es ist so schön, sie in dem Glauben zu lassen, daß *sie* manipulieren.«

»Ja«, sagte ich, »über vierzig. Es ist traurig, aber bei mir ist das nicht der Fall, und für Juanina wird das viel trauriger sein.«

»Scheiße«, übersetzte sie, während sie das letzte Sandwich vom Teller aß. »Sie sind noch keine Vierzig, weder mit diesem Bart noch mit anderen Lügenmethoden.«

»Und die Fischer? Waren, sind die jünger?«

»Manche. Aber das ist was anderes. Die sind zwar da, aber da ist auch die Nacht und das Meer.«

»Ich verstehe.«

»Nein. Können Sie nicht.«

»Wer weiß. Ich könnte Ihnen eine Geschichte erzählen. Als ich in einer Mittelschule Zeichenunterricht gab. Es war ein besonderer Tag, schulfrei, und ohne Streik. Ein Inspektor der Oberstufe war gestorben. Viel älter als ich, klar. Trauer wurde verordnet, der Unterricht fiel aus. Da hörte ich unter dem allgemeinen Freudengeschrei zwei Mädchen, vierzehn, die sich im Hof unterhielten, während sie sich schminkten. Ich weiß noch, daß sie unter einem Brettergerüst standen, weil die Maurer gerade eine baufällige Wand abstützten. Eine von den Gören sagte: So ein Glück, stell dir vor. Den ganzen Nachmittag machen wir Tschikitschiki und stopfen uns mit Geld voll.«

»Tschikitschiki?« fragte sie ohne Verstellung. »Kannte ich nicht, aber man braucht das Wort nur zu hören und weiß, was es bedeutet. Und Sie waren empört, verzichteten auf weiteren Unterricht, und jetzt haben wir einen fein angezogenen Kerl, der an ausländischen Buchten Strandgut raubt.«

»So ist es nicht«, sagte ich, nach der Pfeife suchend. »Überraschend war es schon, das ist richtig. Die zwei waren vierzehn, wir hatten sie als oberen Mittelstand eingestuft. Keinerlei echte Veranlassung, Prostituierte zu werden.«

»Bah. Vielleicht der Spaß.«

»Vielleicht. Aber ich ziehe das Märchen und die Diskussion zurück. Es ging mir nur darum, Sie nicht fortlaufen zu lassen. Wenigstens dieser Omnibus ist weg.«

»Danke. Ich habe die ganze Zeit auf die Uhr geschaut. Haben wir wieder Mitgefühl?«

»Nein. Mitgefühl war da nie. Vielleicht ist es eine einge-schlafene Krankheit, und Sie waren dazu bestimmt, sie zu wecken.«

Als sie aufhörte zu spotten, schaute ich mir wieder ihre fleischlosen Knochen, die scharf konturierte, vibrierende Nase an. Mangels Talent und einer wütenden weißen Welle, die für mich stillstand, war es das, dieser verwegene und lasterhafte Kopf, was ich malen mußte.

»Nein«, wiederholte ich geistesabwesend, »Mitleid war da nicht. Sie interessieren mich, weil meine Kollektion ausgefal-lener Typen heute spärlich bestückt ist.«

»Danke. Du.«

»Einverstanden. Es ist wie mit den Büchern. Man zeigt sie her, verleiht sie, und zuletzt ist die Bibliothek leer oder zahnlückig. Außerdem – es gibt immer ein Außerdem, das ich dir eingestehe, unter anderen, die ich für mich behalte – möchte ich deinen Kopf malen. Ihn aus der Erstarrung lösen – nicht zu sehr – und malen. Gott sagt mir, daß es ein Gewitter geben wird, trübes Wasser, Fischerprofit. Besser, Sie kommen zu mir nach Hause.«

Sie lächelte, blickte auf das widerliche Plastiktischtuch. Es war blau mit erhabenen Rosen; ich schauderte, wenn ich es nur berührte.

»Wissen Sie, daß Sie ein richtiger Hurensohn sind... Wissen Sie das?«

»Ja«, sagte ich – »aber nicht immer. Deshalb sind wir Geschwister. Deshalb sind wir hier.«

»Und dann bei Ihnen zu Hause. Wo eine fette Frau sein wird, die mich hereinläßt oder nicht, die mir helfen wird, Sie Pfeife rauchen zu sehen. Heute abend?«

»Sie ist nicht fett. Sie ist anders als Sie, aber ihr werdet euch verstehen. Ich bin sicher. Ich weiß nicht, auf welcher Ebene, aber ihr werdet euch verstehen. Heute abend, jetzt, nach einer Weile. Ich weiß nicht, wie es ausgehen wird. Am besten, du kommst und siehst selber. Sie muß schon ausge-schlafen haben.«

»Aber mir ist das egal. Dann geh ich eben und schau mir ihre gelben Hauer an und erdulde ihre Geduld. Ist es weit?«

Ich nahm von Friedas Geld heraus und rief den Kellner.

»Ich trinke das letzte Glas«, sagte ich zu ihr. »Geh du in den Waschraum oder den Abort. Je nach Gewohnheit oder Bedürfnis. Nimm dir die Zeit, die du brauchst; es wäre gut, wenn ich dich möglichst hübsch vorstellen könnte.«

Sie sah mich eine Weile an, als wäre *sie* dazu verurteilt, ein Profil zu malen; dann griff sie nach der Handtasche und verließ die Hotelbar.

Sie blieb so lange im Waschraum, daß alles nichts half und ich sie mir sitzend vorstellen mußte, und gleich danach fiel mir etwas Trauriges und Schönes ein, das eine Frau mir erzählt hatte, als ich ihr beichtete, ein Engel oder Juan María Brausen höchstpersönlich hätte mir den Befehl geflüstert, ein Bild zu malen mit einer Gasse, die durch die graue Zone einer aufgegebenen Stadt läuft, bis sie am Horizont bei einer zweideutigen Gestalt ankommt:

Ich verstehe ja nichts davon, aber malen, sich auf ein Bild einlassen und es durchstehen muß sein, wie auf eine umfassende Art zu fühlen und zu denken, mit dem ganzen Körper und ohne an den Körper zu denken. Ich erinnere mich, daß ich einmal in meiner frühesten Jugend, ich war fast noch ein Kind, auf dem freistehenden Abtritt eines Bauernhauses saß, sicher, allein zu sein, und Fetzen einer alten, zerrissenen, schmutzigen gelben Zeitung las. So war das, nichts und ich, alles und ich. Und wenn ein Kerzenstummel flackerte und zu erlöschen drohte, um so besser.

11. KAPITEL
Frieda sagt ja

Der erste Abend, die erste Nacht waren nicht schwierig. Frieda erwartete sie in einem gepflegten Frauenkleid, auf einem Liegestuhl in die Sonne getaucht, auf der Nordseite des Hauses, das immer ins Wasser zu laufen schien, strikkend, den Blick hinter dunklen Brillengläsern verborgen. Ich konnte nicht erraten, was sie strickte, und wahrscheinlich wußte sie es selber nicht. Sie war frisch gebadet und trug eine neue, strenge Frisur. Ich lächelte ihr zu, ohne Haß, berechnend.

»Hola«, rief Juanina, die sehr gerade, die Fäuste in die Nässe des gelben Mantels geballt, auf dem Vorplatz stand. »Ich bin die kleine Hure, die sich Ihr Mann vom Strand mitgebracht hat.«

»Er ist nicht mein Mann«, sagte Frieda sanft. »Wir sind ein bißchen verrückt, manchmal sehr, aber so verrückt sind wir nicht. Wir sind vorsichtige Irre.«

»Verzeihung«, sagte das Mädchen und schien zum erstenmal verblüfft zu sein. Frieda blieb liegen, friedlich und strickend; sie hatte keine gelben Zähne; sie akzeptierte die Anwesenheit des Mädchens wie ein uraltes und natürliches Ereignis. Sie sprach von den Pinien und den Ästen, die das Dach zudeckten und das Regenwasser nicht ablaufen ließen. Sie sagte vage, daß jemand da hinauf müsse, um sauberzumachen.

Nach dem Tee gingen wir an den Strand. Fischer, die sich zum Ausfahren bereitmachten, waren nicht da; die riesigen schwarzen Kähne schaukelten angekettet. Wir sprachen vom Wetter und von den obligatorischen Orten, die wir alle drei, jeder allein, zu verschiedenen Zeiten aufgesucht hatten. Als ich sah, daß Juanina grün wurde, schaute ich Frieda an, und wir kehrten um.

Frieda strickte schweigend, ich schichtete Holzscheite in den

Kamin, obwohl es kaum kalt war. Beide horchten wir auf die Donnerschläge eines abziehenden Gewitters und die Geräusche des Mädchens, das sich im Badezimmer übergab.

»Wird sie mit dir schlafen?« fragte Frieda gleichmütig. Sie strickte immer noch. Ich kannte sie.

»Ich dachte, ich hole die Roßhaarmatratze herunter und richte ihr ein Bett neben dem Feuer. Aber das macht möglicherweise viel Mühe. Ich kann mit ihr oder mit dir schlafen oder in der Hundehütte, wenn du einen Hund hättest. Wie du willst. Das Haus gehört dir, die Kleine gehört dir, ich gehöre dir.«

»Wenn du mit ihr schläfst, obwohl sie in der Hochzeitsnacht kotzt, dann ist es die wahre Liebe. Ich erinnere mich, daß du vor mir weggelaufen bist, wenn ich krank war, wenn eine Erkältung kam.«

»Nein, leider. Es ist nicht Liebe. Ich will nur ein Bild von ihr malen, wenigstens eine Skizze. Der Rest gehört dir, falls er dich interessiert.«

»Immer bist du vor der Krankheit weggelaufen. Nicht aus Angst vor Ansteckung, klar. Einfach aus Ekel. Aber was ist vorzuziehen? Die Matratze herunterzuholen, ihr einen jungfräulichen Alkoven zu fabrizieren oder sie die ganze Nacht zu riechen«, und strickte rastlos die grüne Wolle.

»Mir würde es nichts ausmachen, sie zu riechen. Alles kann sich als nützlich erweisen. Aber wenn du das jus primae noctis für deine Nase haben möchtest...«

»Scher dich zur Hure« – und strickte weiter.

»Ich sagte dir, daß ich nur diesen Kopf malen möchte. Das Mädchen hat in nicht mal einer Stunde einen Omnibus, und ich muß unbedingt schlafen.«

Ich wühlte in den Taschen und holte den Rest des Geldes heraus, das ich ihr gestohlen hatte. Ich legte es auf den Tisch.

»Sobald du willst, gib ihr das Geld und ab mit ihr.«

»Holst du nicht die Matratze herunter?«

»Nein, ich bin müde. Ich würde am liebsten einen ganzen Monat schlafen.«

»Das kann ich mir denken«, sagte Frieda und ging an die Badetür klopfen und mit Juanina tuscheln. Dann kehrte sie zum Sessel zurück und schaute mich eine Weile schweigend an. »Der Dümmere oder der Bessere«, sagte sie mit ihrem alten halben Lächeln.

Wir hörten das letzte, ungläubige Donnerrollen des Gewitters, das in Abständen an die Wände klatschende Wasser.

»Oder beides«, fügte sie hinzu. »Es wäre zwecklos, dich zu fragen, ob du dich an eine Zeit erinnerst, in der du mein Profil malen wolltest. Ja, meines und kein anderes. Aber bemüh dich nicht, ich bin sicher, daß du es wirklich wolltest.«

»Ich bin sicher, daß ich es mindestens sechsmal gemalt habe.«

»Mindestens zehnmal. Kann ich beschwören.« Sie legte das Strickzeug weg und blätterte in einem Buch. »Ich weiß nicht, ob sie gut oder schlecht waren. Die Leute sagen ja, sagen nein, und ich verstehe nichts davon. Aber, hör mir mal ruhig zu. Während ich mich steif machte, um mit dem Gesicht einer Schwachsinnigen zu posieren, war das einzige, worauf es mir ankam, etwas anderes.«

»Ja, das kennt man.«

»Nicht das, was du denkst. Du denkst in Wirklichkeit nur an das und ans Malen.«

Sie stand auf und legte das Strickzeug behutsam auf die Sessellehne, behielt das Buch in der Hand, einen Finger zwischen den Seiten. Sie sah glücklich aus, in Frieden, war, während sie nun ins Feuer schaute, jünger.

»Ich gehe schlafen«, sagte sie, »oben und allein. Ich bin sicher, daß du trotz Müdigkeit und Schlaf für alles sorgen wirst. Die Kleine duscht jetzt, und auf dem Toilettentisch sind Sprays und Desinfektionsmittel. Letzten Endes verdanke ich dir viel, auch wenn ich mir keine Gedanken darüber mache, ob ich es dir vergelte oder nicht. Viel mehr, als du vermuten oder ahnen kannst. Mach dir keine Sorgen wegen des Geldes oder des Geruchs. Morgen wecke ich sie in aller Frühe.«

Sie ging zum Schrank und brachte mir eine Flasche Zucker-rohrschnaps und Soda. Vor der Klangkulisse des Regens hörte ich das aufsteigende Klappern der Sandalen und das Plätschern des Wassers in der Badewanne.

12. KAPITEL
Carve-Blanco

Doch am folgenden Tag um zwölf, ohne Uhr, der Zeit sicher durch die Wärme und den Sonnenfleck auf dem Fußboden, fand ich Juanina neben mir in dem Bett, das ich improvisiert hatte: schlafend, nackt, bäuchlings. Die Krümmung, die deine Taille bildet, und die kurze Linie des Flaums zwischen den Hinterbacken, die du nicht siehst. Ich glitt, um sie nicht zu wecken, vertrieb mir den Schlaf und den Schnaps mit dem dicken Strahl der Dusche.

Frieda strickte im Liegestuhl, nun in Shorts, wenn auch verkleidet mit einer barocken Frauenbluse, mit dunkler Brille, jedoch an die Südseite des Hauses versetzt, dem Fluß gegenüber, den sie hier Meer nennen. Ich trug ein Glas Milch in der Hand, das im strahlenden Weiß des Tages die genaue Mitte bildete. Sie begrüßte mich mit einem Lächeln, dann saßen wir regungslos, ohne uns anzuschauen oder zu sprechen.

Eine gefaltete Zeitung wurde über den Gartenzaun geworfen. Ich las die Überschriften: anscheinend war gestern kein Student, kein Polizist umgebracht, war niemand entführt worden. Ich reichte ihr die Zeitung.

»Warst du heute nacht glücklich?« fragte sie.

»Ja, nicht sehr, sie kann nichts, sie ist gleich eingeschlafen. Ich glaube, daß sie wirklich krank ist.«

»Es wird dein Alter sein, Medina. Aber ich habe gehorcht und schwöre, daß du Gott von Angesicht gesehen hast.«

»Da bin ich nicht so sicher. Es gibt so viele kleine Götter. Mußt du unbedingt stricken? Ich weiß nicht, was und für wen; aber du mußt stricken. Ich begreife: es rundet das Bild ab. Ich begreife auch, warum das Mädchen noch schläft, warum du sie nicht in aller Frühe geweckt hast, warum du ihr nicht Geld gegeben hast, um sie aus deinem Leben zu entfernen. Für immer, klar.«

Sie setzte sich auf und ließ ihr Strickzeug achtlos auf das vom Wind verbrannte Gras fallen. Sie war nicht zornig.

»Medina«, sagte sie, »du kannst denken, was du willst. Du kannst sogar denken, daß letztendlich der Rest des Geldes, das du mir gestohlen hast, immer noch mir gehört. Ich dachte, daß sie mir leid tut, daß ich unmöglich zulassen kann, daß sie krank weggeht.«

Nun kopierte sie langsam ihre traurige Ich-verzeih-dir-ja-Miene.

»Aber auch etwas anderes ist möglich. Es nützt nichts, daß du es dir anhörst, es ist ein Teil der Wahrheit.«

»Schieß los«, sagte ich, während ich aus der gewaltleeren Zeitung einen Ball formte; die Hitze und der Hunger waren erträglich.

»Also. Ich hoffe, du hast gebadet. Während deine übelriechende Kleine anfängt, sich im Bett zu strecken, und nicht mal weiß, wo sie ist. Aber sie wird daran gewöhnt sein. Die Wahrheit, der Teil davon, den ich dir jetzt sagen werde, ist kurz.«

»Danke.«

»Ich bin um sechs aufgewacht und an den Strand gegangen. Ich weiß nicht, wann ich beschlossen habe, sie schlafen zu lassen, bis sie stirbt, dich rauszuwerfen, das Geld zu verstekken und weiter zu stricken an einem Mantel für ein Kind mit drei Beinen. Zu stricken, bis etwas Unvorhergesehenes, mir Unvorhersehbares geschieht.«

Sie stand lachend auf, und gleich danach hörte ich sie die Fliegengittertür der Küche zuschlagen. Ich legte mich ins Gras, blickte auf die weiße Kurve der anbrandenden Wellen. So daß ich also triefend vor Glück unter der Sonne lag und vor zwanzig bis dreißig Tagen nicht einen einzigen verdammten Eurodollar haben würde und das geschwängerte Kind nur die hagere Hoffnung hatte, aus einer hypothetischen Tante Geld herauszuholen, um es einer fetten, blutrünstigen Hebamme zu geben, die genügend Verständnis aufbringen würde, um aus ihr den kalziumfressenden Fötus herauszuholen.

Fast nackt lag ich im Gras, schläfrig vor Schwäche, zweifelnd an der Existenz der Tante, die ich mir nacheinander mager oder dick vorstellte, in Trauerkleidern und steif, oder drapiert in Stoffe mit schrillen, wild gewordenen Farben, mit weiten, spitzenbesetzten Ärmeln, dann wieder dürr, die kurzfingrigen Hände lahm vom Gewicht der Ringe und ein großes Kreuz aus massivem Gold halb verborgen zwischen den Brüsten.

Und falls wir ohne Tante dasaßen, war es so unmöglich nicht, das nötige Geld durch das Malen des Porträts des Mädchens aufzutreiben (vorausgesetzt, daß sie bereit war, sich bewegungslos zu langweilen, vorausgesetzt, daß ich fähig war, es zu tun). An demselben Strand, einige Kilometer östlich, wohnte Carve-Blanco, allein, betrunken, mit seiner Sammlung Gregorianischer Platten – für ihn war die Musik dort stehengeblieben und gestorben, eintausenddreihundert Jahre vor dem sonnigen Morgen, an dem ich leichtfertig über die Einführung von ein wenig Luft in Juaninas Uterus und über die seltsame letzte Nacht meditierte, als sie sagte, wie wenn sie einen Preis bezahlen sollte: »Tu mir, was du willst, aber tu's schnell, ich komme um vor Schlaf«, und ich es tat.

Meditierte über die drei bis vier wahrscheinlichen Reaktionen Friedas und meine Gegenangriffe, die schnell und entschlossen geführt werden mußten.

Carve-Blanco, das wußte ich, würde ausreichend zahlen und mich dabei immer noch bestehlen. Es war nicht das erste Mal, daß er mir für Ölbilder, Skizzen oder das, was er sich bemüßigt fühlte, Gouachen zu nennen, einen Scheck unterschrieb. Er war sehr reich, betrank sich aber nur mit dem kratzigen Wein, den Cristiani verkaufte und den er an Samstagnachmittagen, allein und zu Fuß, in Zehn-Liter-Korbflaschen aus der tristen Kneipe in sein Haus mit den Glaswänden schaffte: krumm und bucklig, in Sandalen, gleichgültig gegen die Leute. Fast ohne Verachtung zur Schau zu tragen, verschaffte er sich seine einsamen Nächte und Tagesanbrüche mit Gregorianischen Gesängen, nutzlosen und verzwickten Erinnerungen, wahnwitzigen Zukünften.

Er liebte im Grunde niemand, und das verhalf ihm zu einer respektablen Unparteilichkeit. Außer für die auf Platten aufgenommenen Gesänge und dann und wann einen streunenden Hund interessierte er sich für Malerei, für die Details irgendeines Bildes, die dem nahekamen, was er vor vielen Jahren selbst gern gemacht hätte, und die nun in den Augenblicken wachen Bewußtseins einen Teig von Fehlschlägen bildeten, die selten schmerzten.

Er mochte weder Frauen noch Männer, die über die erste Jugend hinaus waren. Aber ein gutes Bild konnte er erkennen, wenn er es auch nur flüchtig, geringschätzig, mit schielenden Augen ansah. Und wenn die Bilder in Einklang standen mit seiner verschwommenen Sehnsucht nach dem, was er selbst zu machen versucht hatte, war es möglich, daß er kritisierte, war es möglich, daß er grausam und spöttisch feilschte, um am Ende zu zahlen, den Scheck zu unterschreiben. Nie verwahrte er Geld im Haus.

Um sie zu segnen, um ihr Wärme und Fertigkeit zu verleihen, versteckte ich die rechte Hand, die, die Juaninas Kopf zeichnen sollte, zwischen dem Short und der Haut des Bauchs. Die Fliegen und eine Bremse weckten mich auf. Die Hand war fähig und geschmeidig.

Doch dieser zweite Anfang war schwierig. Ich traf die beiden in dem Zementkubus, den Frieda und die Freunde *living* nannten. Sie hatten zu Mittag gegessen, ohne mich einzuladen; sie hatten ihre Körper entspannt, Frieda in einem Sessel, Juanina auf drei orangefarbenen Polstern. Sie warteten, daß der Kaffee in dem bauchigen Glasbehälter fertig wurde, und unterdessen belogen sie sich mit Sympathie bekundendem Lächeln, mit Handgetätschel; imstande, ihre Schmuggelware über jede Grenze zu schaffen, liebevolle

Freundinnen ein Leben lang, endgültig geeint, ohne es aus-
sprechen zu müssen, gegen die Ungerechtigkeiten der Welt,
gegen das Männergezücht.

Ich nahm die Tasse an, die Frieda über den Tisch schob,
entzündete die Pfeife über meinem großen Hunger und blieb
eine Weile abseits, ertrug mühelos die unterschwellige Auf-
sässigkeit, die weibliche Kryptologie, mit der beide so taten,
als wären sie – und waren es vielleicht – allein. Ich fühlte
mich wach und amüsiert, erfüllt von dem Frieden und der
Unruhe, der schlechten Laune und der Freude, die nötig
sind, um gut zu malen. Ich wartete eine Pause zwischen zwei
alten Unwahrheiten ab.

»Eben habe ich festgestellt, daß wir alle drei Geld brauchen.
Die Überweisung von Frieda bleibt länger als üblich aus,
und ich kann ihr nicht, wie früher, das Geld stehlen, das sie
nicht hat.«

Das Wort Geld bewirkte, daß sie mich entdeckten; aber sie
sahen mich desinteressiert an.

»Carve-Blanco, unserem Privatanachoreten, hängt es sicher
zum Hals heraus, das Gesicht Friedas, ihre runden Titten,
einige ihrer Ärsche zu sehen. So erstaunlich sie durch ihr
Ausmaß sind. Außerdem dürften sie, wie wir wissen, den
Anachoreten nicht sonderlich inspirieren. Eines Tages wird
er sie mit Gewinn verkaufen, und dazu hat er sie erworben.
Nichts Geniales, aber ordentliches Handwerk, und er weiß
das. Mit den Landschaften und Stilleben bin ich fast immer
gescheitert. Das muß das Beste sein, aber sie interessieren
ihn nicht. Noch mehr Frieda, von vorn, im Profil, in Drei-
viertelansicht halten die Wände seines Hauses nicht aus. Das
Haus ist schön, aber dumm. Wir brauchen Geld, wir brauchen etwas Neues, damit der Typ kauft.«

»Ich sehe schon«, sagte Frieda. »Ein Mädchenakt wäre
erfrischend.«

»Geld«, wiederholte ich. »Nicht unter tausend Eurodollar,
nicht unter fünfhundert. Ihr müßtet wissen, wie stark die
unumgänglichen Abtreibungen ein Familienbudget belasten.

Außerdem nein: keine Spur von Akt. Ein Matrosentrikot, ein Fischerhut aus Ölzeug. Das ist das beste.«

»Und wenn ich nicht will?« sagte Juanina. »Wenn ich mich nicht porträtieren lasse?«

So daß ich mich noch in derselben Nacht an die Arbeit machte. Juanina in dem breitkrempigen Strohhut, den Cristiani mir ausgeliehen hatte, und einem Pullover von Frieda. Das Mädchen ertrug das schräge Licht einer Stehlampe, die sie fast berührte. Frieda strickte an dem Umhang für den Bernhardiner, ohne zu sprechen, kaum die Maschenzahlen murmelnd und leise eines ihrer Lieblingslieder, *Stormy Weather,* trällernd; ich, langsam und sicher, Erfinder und Herr des Halbdunkels. Aber das Mädchen hielt den Kopf ungerührt und herausfordernd, den Blick geradeaus, die Brauen schwarzbraun und zusammengezogen; den unbewegten Kopf von uns, vom Zimmer abgewandt, isoliert auf Höhe einer eigenen und unabhängigen Einsamkeit, wie neu geboren, wie neu gestorben.

Und es erstaunte mich – ich notiere es, um es nicht zu vergessen, da ich es nie mehr gesehen habe –, daß Juaninas Gesicht, nur Minuten nachdem ich mit dem Porträt angefangen hatte, sich frontal mit einem Dunst zu bedecken begann, der verschwand, sobald ich ihr laut einen Befehl, einen Rat erteilte. Ihr Gesicht und ihre Seele, weich geworden und flüchtig, so nah und in Nebel getaucht, sanft geworden und fast abwesend, beharrlich ihre schweigende Zwiesprache mit dem unsichtbaren Feind fortsetzend, mit Engeln, die darauf beharrten, nicht zu erscheinen, nicht zu sein.

13. KAPITEL
Der Weg

Und sie gingen weiter voran, ohne zu wissen, durch den Wein der ersten Messe, den Kampf um das tägliche Brot, die Unwissenheit und die Torheit.

Sie gingen fröhlich voran, zerstreut, selten zweifelnd; so unschuldig, entspannt oder steif, hin zur endlichen Grube und dem letzten Wort. So sicher, gewöhnlich, schweigend, deklamierend, dumm.

Die Grube hatte sie ohne echte Hoffnung noch Anteilnahme erwartet. Sie wanderten fröhlich dahin; einige stützten sich auf andere; manche gingen einsam und lächelnd, leise mit sich selber sprechend. Im allgemeinen erörterten sie Pläne und sprachen von der Zukunft und der Zukunft ihrer Kinder und von den kleinen und großen Revolutionen, die sie in fest unter die Achsel geklemmten Büchern verfochten. Einer schüttelte die Arme, während sie faselten von Erinnerungen an Geliebte und verwelkte Blumen, die denselben Namen trugen.

14. KAPITEL
Die Verabredung

Frieda interessierte sich nicht für die Fortschritte des Gemäldes. Ihr genügte es zu wissen, daß der Ocker und das Blau, mit denen ich die Leinwand beleckte, aus alten und mir gehörenden Farbtöpfen stammten, daß es nicht nötig war, mit ihrem Geld beizusteuern.

Vielleicht nur ein einziges Mal, eines kalten Frühmorgens mit viel billigem Wein, kommentierte sie gähnend:

»Bist du sicher, daß Carve dir das abkaufen wird? Das gleicht einem Modigliani aus den Zeiten, als er lernte, wie man Pinsel auswäscht. Oder Zeiten, als er schon tot und fast vermodert war. Schon immer schwante mir, daß das dabei herauskommen würde, seit ich sie sah, seit du sie mir ins Haus gebracht hast, damit ich sie füttere und ihr die Gedärme mit Thalipektin kuriere. Es ähnelt ihr, das stimmt. Es ähnelt irgend etwas Sonderbarem und Schmutzigem, das dir plötzlich eingefallen ist. Aber die Welt ist mit Modiglianis gesättigt. Warum einen weiteren hinzufügen?«

»Kann sein. Anders könnte ich sie nicht malen.«

In Wirklichkeit hatten wir keine Eile. Eine vierzehn oder fünfzehn Tage alte Schwangerschaft ist sehr jung. Frieda gab uns alles, ein Dach überm Kopf und das Essen, den Kaffee und die schlechten Korbflaschenweine, sie organisierte die kurzen Spaziergänge am Strand. Trotz des prahlerischen Frühlingshimmels war die milde Wärme noch nicht gekommen oder kam, um wieder zu gehen.

Aber ich arbeitete jeden Nachmittag wie wild an den drei Aktzeichnungen – es mußten drei sein – und an dem Porträt, dem Kopf mit dem verrenkten Hals, dem flachen Haar und der breiten gelblichen Linie, die es teilte.

Frieda beäugte sie verstohlen. Ich dachte, daß sie ihr trotz allem gefielen, und begann das Feuer und das Messer zu fürchten. Beide wußten wir, daß es nicht gut war, über

Bilder zu sprechen, ehe sie fertig und, vielleicht, verkauft waren. Ehe ich es leid war, Juanina zu sehen und zu malen, ehe ich von Carve Geld bekam, die Frauen maßvoll prellte und mir irgendeine Reise ausdachte, um vom Strand wegzukommen. Manchmal dachte ich sogar, daß sie eine Form finden würden, zusammenzuleben, ohne sich zu stören.

So daß ich, als der erste Teil meines Wirkens beendet war – der Kopf und die Flecken, die drei nackte Frauen darstellen sollten –, Frieda fragte, ob sie nicht Carve einen Besuch abstatten und erkennen wolle, inwieweit er an einem nächtlichen Interview interessiert sei. Sie übernahm es, fügsam und fröhlich, des Fehlschlags im voraus gewiß.

Als Frieda zurückkam, berichtete sie begeistert:

»Er hat ja gesagt, weil es nicht gut sei, Gras wachsen zu lassen auf den Wegen der Freundschaft; den ›Pfaden‹, hat er gesagt. Aber viele leere Korbflaschen standen herum, und es war erst fünf Uhr nachmittags und kein Mensch kann wissen, in welcher Stimmung er morgen abend um neun sein wird, denn das ist die festgesetzte Stunde, was bedeutet, daß er nicht die Absicht hat, uns zu füttern: anderen gegenüber war er schon immer frugal. Und noch etwas. Am großen Tisch saß, ordnete Platten und ertrug Gregorianische Gesänge, ohne Überdruß zu zeigen, oder täuschte vor, daß er ordnete und ertrug, Heriberto. Und Heriberto hatte schon immer was für dich übrig, und ich denke, daß es zu keinem An- und Verkauf kommen wird, falls du nicht besonders nett zu ihm bist. Wenn es um eine noble Sache geht, muß man sich opfern. Ich selber werde mir den Tod der hundert Rinder, den ich als Abschluß des Abends voraussehe, nicht entgehen lassen. Traurig ist nur, daß diese arme Unschuld, dein kleines Frühlingsmodell, derartigen Greueln beiwohnen muß; im Vergleich zu den Punkt-fünf-Uhr-Tees ihrer Tante werden sie ihr wie heimliche Klosterschülerküßchen vorkommen. Und dabei fällt mir ein, daß wir gar nicht wissen, ob diese Verwandte ledig, Witwe, verheiratet oder Kupplerin ist.«

15. KAPITEL
Ausbrüche

Die Porträtsitzungen mit Juanina endeten fast immer im Bett. Auf einer immerhin neuen, fast weichen Matratze, die uns Frieda im Erdgeschoß auf den Boden geworfen hatte. Den Lügen wie den Lustschreien und dem Verstummen war eine zahlreiche und seltsame Vergangenheit zu entnehmen. Jedenfalls schien niemand die Zeit genutzt zu haben, um das Mädchen zu erziehen. Oder *sie* nutzte ihre Zeit nicht, wenn sie bei mir war.

Einmal die Woche ging sie im Dunkeln in Friedas Schlafzimmer hinauf. Dort wurden die alten Gewohnheiten zurückgewonnen, wurden die runden Formen der Liebe zurückgewonnen, und ich schlief in Frieden.

Ich erinnere mich, daß ich mir vierzehn Tage Arbeit und Disziplin verordnet hatte, um die drei Bilder fertigzustellen. Der Kopf mußte Juanina so weit wie möglich angenähert sein. Die zwei Akte, Kleckse auf reinem, bis zur Sinnestäuschung obsessivem Weiß, mußten doppeldeutig sein.

Ich blickte auf den schmächtigen Körper, ich zwang sie, sich zu schließen oder zu öffnen. Sie gehorchte mit ihrem kindlichen Lächeln, zerstreut, so unbekümmert um mich, um die erprobbare Existenz der Welt. Am nächsten Tag mußte ich sie bitten, die Rache, den Spott, das Lächeln wieder zu verbergen. Ich fand sie jeden Tag magerer und verletzlicher. Manchmal stand sie ohne Vorankündigung auf, um sich eine Zigarette anzuzünden.

»Ein schönes Paar Hurenkinder seid ihr. Wie habt ihr eigentlich zusammengefunden?«

Was sie gab, anbot, herlieh, war allein die rührende Magerkeit ihres Körpers; und dieser Körper konnte angekleidet, mir für immer entzogen werden.

Wenn sie rauchte, sich dazu auf einen der von ihr bevorzugten unbequemen Küchenhocker setzte, die sie, den Fuß als

Angelhaken benutzend, heranzog, dann sprach sie von ihrer Tante mit so vielen Varianten, soviel Haß und Zärtlichkeit, so vielen widersprüchlichen Beschreibungen, daß ich fast sicher war, daß sie keine hatte und daß diese Abwesenheit für sie traurig war.

Ich konnte annehmen, daß von dem Terzett Frieda die am wenigsten Unglückliche war. Von dem Mädchen wußte ich nichts Glaubhaftes, und für mich war das Leben nicht Glück oder Unglück, sondern das, was die Tage brachten, was kommen oder nicht kommen würde. Aber es scheint unvermeidlich, daß das Wort Glück eine Bedeutung hat und daß zahlreiche Idioten ohne warnendes Vorgefühl und ohne Schrecksekunde sich rücklings hineinstürzen und sich ihm überlassen.

Frieda, zum Beispiel und ohne Selbstaufgabe, schien ihres Lebens und ihres Sieges sicher zu sein. Eine Sache der Jahre. Jede Nacht, wenn ich bei Juanina lag, brachte sie uns Heißwasserflaschen; wenn sich Wärme einschlich, kam sie kurz vor Tagesanbruch – nie klopfte sie, nie kümmerte sie, was sie überraschen könnte – und sprach uns vom Wetter, von kurz befristeter Zukunft, von Zwischenfällen beim Fischen. Ich spähte nach ihrem Lächeln und sah jedesmal, daß sie dem, was sie sagte, keine Bedeutung beimaß und sich über jede mütterliche Regung geduldig amüsierte. Ich sah zur Decke hinauf, und Juanina verfolgte haßerfüllt und respektvoll jede ihrer Bewegungen. Einmal fragte Frieda: »Habt ihr heute lange an den Bilderchen gearbeitet?«

Wir gaben ihr keine Antwort. Aber ein anderes, vielleicht das letzte Mal, traf Juanina mit ihrer kindlichsten und schläfrigsten Stimme ins Schwarze:

»Er hat mich nackt herumgehen lassen, kalt und beide lustlos. Dabei hat er die stinkende Pfeife geraucht. Er ist ein Ferkel, entschuldigen Sie das Wort. Dann hat er voll Haß eine Zeitlang gemalt und sich bei jedem Pinselstrich beschimpft. Dann haben wir Tschikitschiki gemacht bis zum Morgen, Señora. Entschuldigen Sie das Wort.«

16. KAPITEL

Das Mittagessen

Der Kopf, das Profil, die Nasenlinie kamen allmählich in solcher Fülle, wie wenn man sich auf einem Platz auf eine Bank setzt und Körner ausstreut, um die Tauben anzulocken.

Was die ambivalenten Akte betraf – zwei an der Zahl –, da lag die Sache anders. An dem Kopf konnte ich meine alte, ewige, jüngste Erfahrenheit zurückgewinnen und zelebrierte sie. Bei den nur angedeuteten Darstellungen des nackten Körpers spürte ich von neuem eine oft wiederholte Lüge: daß ich anders war, daß ich anders und besser malte. Aber wir handeln hier nicht von Bildern; allenfalls von einem Buch, einer Geschichte. Selbstdarstellung und Erklärungen lohnen sich nicht.

Viele Stunden lang schaute ich den ersten Akt an, wußte, daß er – durch ein Wunder, aus Mangel an Begreifen – für mich gemalt war und daß ich ihn niemandem verkaufen würde. Oder fast.

Ich schlief bis Mittag, verpackte das Bild und diejenigen Skizzen und Akte, die ohne größere Gefahr, ohne daß es darauf ankam, der Dummheit der Menschen ausgesetzt werden konnten. Nachmittags legte ich mich mit einer Flasche Wein in die Sonne und schlief. Ich wollte nicht mit den Frauen sprechen. Dann wanderte ich die Küste entlang wie ein abergläubischer Roulettspieler, der das Spielchen trieb: »Jeden Augenblick kann die ideale Welle erscheinen, und vielleicht verstehe ich sie.« Die Bedingung war, das Wasser ohne Interesse anzuschauen, zerstreut zu gehen.

Der Mittagessenshunger setzte ein, als ich von meinem Fehlschlag zurückkehrte und Carve traf, der auf einem dieser Sandstücke, die Cristiani Terrasse nannte, vor seinem Haus saß. Er trank Wein, und es war bei ihm schwierig festzustellen, ob er betrunken war oder nicht; oder ob er pendelte zwischen hellem Bewußtsein und getrübtem Geist. Ich bat ihn um ein Glas, während er zu mir sagte:

»Sie lassen sich nie blicken.«

»Ich laufe den ganzen Tag am Strand herum. Sie können mich aus jedem der zehn Fenster Ihres Hauses sehen, wann Sie wollen.«

»Die sind immer zu. Die Platten und ich. Sonst nichts. Mehr brauche ich nicht.«

Ich dachte an die vielen Liter Wein und den Heriberto vom Dienst. Enthielt mich eines Kommentars.

»Ich glaube, Frieda hat eine Einladung organisiert. Hier, morgen abend.«

Er legte ein Päckchen Zigaretten auf den Tisch.

»Stimmt; ich wußte nicht, daß Sie hier herumlaufen«, sagte er, nachdem er mir das Feuerzeug hingehalten hatte. »Aber bei Ihnen weiß man ja nie, wo Sie herumlaufen. Nicht mal intuitiv kann man es bei Ihnen wissen« – er nahm wieder einen Schluck –, »bei anderen Leuten passiert mir das. Sie können mit mir zu Mittag essen. Sie können hier wohnen, solange Sie wollen. Aber aus dem, was Sie unterm Arm haben, wird nichts; ich habe kein Geld, weder will ich noch kann ich kaufen.«

Ich steckte die Pfeife an und schaute auf den Springrhythmus der beiden Delphinpärchen.

»Ich habe kein Geld«, wiederholte er.

»Tatsächlich hatten Sie nie Geld«, sagte ich. »Hie und da einen Tausender. Ich habe das nur mitgebracht, damit Sie es sehen, ehe einer von uns stirbt. Es wäre schade. Sonst male ich nur Wellen, und die verkaufe ich nicht.«

Während ich auf den Stufen saß, hörte ich, wie er Rührei mit Schinken briet. Ich schaute aufs Meer, wartete, die Mappe unter den Füßen, auf die unmögliche Welle. Von Zeit zu Zeit kam er, schwitzend, um einen Schluck aus der Korbflasche zu nehmen und mir einen anzubieten.

»Nein«, sagte ich, die Delphine betrachtend, mit unbeteiligter Stimme: »Ich trinke nie, ehe es Nacht wird.«

»Immerhin, bei einer Gelegenheit«, sagte er. »Oder ist das ein neues Verfahren, Bilder zu verkaufen?«

»Schon möglich, bei einer Gelegenheit. Aber da, erinnere ich mich, waren Frauen zugegen, diese Welt war anders. Ich bin nicht gekommen, um Ihnen etwas zu verkaufen, ich bin gekommen, um Ihnen etwas zu zeigen. Nach dem Essen, es hat Zeit.« Ich hob die Korbflasche, um mir die Lippen anzufeuchten, aus Höflichkeit, um zu verhindern, daß er an diesem Strand ein einsamer armer Mittagsbetrunkener war; ich schlug den Korken ein und murmelte traurig: »Ich verkaufe nur Wellen, und die Welle, die ich Ihnen gern — oder ungern — verkaufen würde, ist noch nicht gemalt. Sie können sie nicht mal sehen, an dieser Küste hat sich noch nicht mal eine falsche Welle gebrochen, die mir eine Vorstellung von ihr geben, mir Gerüchte zutragen, mich der Wahrheit näherbringen könnte.«

»So früh am Morgen und schon betrunken«, sagte er lustig; er ging wieder ins Haus. Aber solche Wellen gab es nicht; und es gelang mir nicht, so sehr an ihre Abwesenheit zu glauben, daß ich angefangen hätte, sie zu malen. Es war keine Welle des Pazifik, es war keine japanische Welle, das sei hier deutlich gesagt. Vielleicht verdiente sie nicht einmal meine Signatur am unteren Bildrand. Es war eine flockige Welle, der Kamm von schmutzigem Weiß, opalfarben (aus Bescheidenheit hinzusetzen: wie ein anderer sagte): eine unreine Mischung aus Urin und ausgestochenen Augen. Elemente: Mullbinden, fleckig von Blut und Eiter, aber schon entfärbt, Korken mit verwischten Stempeln, Auswurf, den man mit Muscheln verwechseln konnte; Geifer eines Epileptikers; Gipsstücke ohne Kanten, Reste von Erbrochenem, Ränder von alten und störenden Möbeln, halb aufgelöste Damenbinden — aber alles, an welchem unserer Strände immer, aufgesaugt von der Welle und ihren Schaum bildend, ihre Höhe, ihr ehrwürdiges, zweifelhaftes Weiß. Ich betrachtete, schon weit draußen, das Hochschnellen und Eintauchen der Delphine. Ich hatte viele Dinge, um meine ideale Welle zu vervollständigen; aber ich würde sterben, ohne sie gesehen zu haben. Ich befeuchtete mir wieder die Zunge an der Korbflasche, die ich dann der Sonne überließ.

Wir aßen Schinken mit Eiern, während wir von vielen Dingen und Personen sprachen.

»Sie fürchten sich vor dem Gregorianischen Gesang«, sagte Carve. »Und dabei ist er der Anfang und das Ende. Vielleicht fürchten Sie sich deshalb davor. Wie die Goncourts sagen: Die Leute werden feinfühlig, intelligent, sobald sich in den Därmen Scheiße bildet. Deswegen spreche ich vom Gregorianischen Gesang.«

»Das kann schon sein«, sagte ich, »das habe ich selber oft gedacht. Aber was geht das mich an? Meine Manie ist das Malen. Soll die ganze Musik im Gregorianischen Gesang krepieren und sich einbalsamieren. Ich male.«

»Ich protestiere«, sagte er lachend, während er eine Zigarette anzündete. »Schön, Sie sind Blocks weit gelaufen, um mir die Mappe zu zeigen.«

»Ja, aber das Essen hat bei mir noch nicht gewirkt. Ich bin noch nicht vergeistigt. Reichen Sie mir bitte die Korbflasche.«

Es muß gegen fünf gewesen sein, als ich vorgab, betrunken zu sein, die Mappe unter dem Tisch hervorzog und auf den Diwan fliegen ließ.

»Sie können sich die Nase daran scheuern, solange Sie wollen. Hier beginnt nichts und endet nichts. Das ist kein Gregorianischer Gesang.«

Ich ging hinaus auf die Stufen, an den Strand; ich wollte nicht viel, aber der Gedanke, daß eine Abtreibung fünfhundert Piaster kostete, setzte mir Grenzen.

Eine halbe Stunde später kam er, setzte sich neben mich auf die Stufen, schaute wie ich aufs Wasser.

Alles war grün, und silberne Fische sprangen in die Luft und tauchten wieder ein. Fast verzweifelt dachte ich an Reste eines Schiffbruchs für meine Welle. Vielleicht eine Stunde verbrachten wir schweigend in der Sonne, in der Luft, die abzukühlen begann. Als es dunkel wurde, faßte er sich an den Schnurrbart und sagte ohne Begeisterung:

»Wieviel?«

»Alles?«

»Ein paar Sachen würde ich weglassen.«

Ich brach in lustvolles, lautloses Lachen aus.

»Weglassen? Nein, nein; alles oder nichts. Alles für tausend Maravedis.«

»Sie sind verrückt«, kommentierte er traurig.

»Seit langem. Wenn ich nicht verrückt wäre, würde ich Ihnen die Mappe nicht für tausend anbieten, schenken. Ich brauche das Geld. Haben Sie sich die Köpfe angeschaut und die Nasen der Köpfe?«

»Sehr gut. Ich habe mir das und anderes angeschaut.«

»Was anderes habe ich nicht gemacht. Weder für Sie noch für mich. Da sind nur feine und grobe Kartons.«

Er ließ einige Zeit, eine Zigarettenlänge, verstreichen.

»Wohnen Sie im Haus von Frieda?« fragte er.

»Ja, nur eine Zeitlang.«

Da entdeckte ich die Delphinpaare, die rhythmisch untertauchten und hochsprangen, ohne ihren Zug zu verändern.

17. KAPITEL
Der Fischfang

Ich trat ein, ohne sie zu beachten, und kniete vor dem Kamin nieder. Frieda strickte weiter an einem endlosen grünlichbräunlichen Pullover für einen noch ungeborenen Riesen. Juanina benagte ihre Fingernägel und hatte nichts von Glück oder Hoffnung. Ich ließ das Schweigen sich in die Länge ziehen, dann sagte ich:

»Wir haben das Geld. Oder werden es bekommen.«

»Ihr«, antwortete Frieda; sie besserte einen Fehler in ihrem Strickzeug aus, ehe sie bei gesenkten Lidern mit sanfter Stimme fragte:

»Wann geht ihr? Hast du bekommen, was du wolltest?«

»Nicht mehr als das.« Ich war sicher, daß sie über mich gesprochen hatten, bis sie mich kommen hörten. »Ich glaube, daß ich es morgen bekommen werde. Wir gehen. Juanina zieht zu ihrer Tante, ich in meine Werkstatt. Ich muß etwas Unbrauchbares erfinden.«

Frieda sagte nichts und strickte weiter an dem ungeheueren Pullover, der nicht für mich war.

Juanina sagte:

»Heute nachmittag war ich am Strand, mußte dableiben, es ging nicht anders. Die Fischer waren da. Morgen um fünf fahren wir aus.«

Frieda trank in kleinen Schlucken Zuckerrohrschnaps und zeigte wieder das geheimnisvolle Lächeln, während sie an dem endlosen Pullover strickte, dem Mantel, den kein Mann je würde tragen können.

Juanina trank ein halbes Glas auf einen Zug; ich wartete, bis ihr der Husten, das Brennen in der Brust vergangen waren.

»Was?« fragte sie dann laut.

Wir gaben ihr keine Antwort, Frieda strickte weiter, mit ihrem sanften, erfahrenen Lächeln, ich betrachtete den Rest eines aus dem Feuer gezogenen Holzscheits. Juanina schluckte die Hälfte, die im Glas geblieben war, und warf sich zurück, um zu lachen. Wir beachteten sie nicht. Schließlich sagte sie: »Mir ist kalt. Wer bringt mir die Wärmflasche ins Bett?«

Wir brachten sie ihr nicht. Der Morgen dämmerte herauf, und ich hatte alles von ihr erreicht, was ich wollte, und wußte, daß sie daran gewöhnt war, daß sie aus Hoffnung, aus Gleichgültigkeit mit sich geschehen ließ.

»Stört es dich, daß ich mit den Fischern weggehe?« fragte sie. »Du brauchst nur nein zu sagen, nur den Kopf zu schütteln.«

»Ich glaube aber nicht, daß du wirklich Lust dazu hast.« Ich zündete mir eine Zigarette an und dachte, daß ich den ganzen Vormittag nicht würde schlafen können.

»Wenn es die Tante nicht gibt, bringe ich dich um. Heute kannst du machen, was du willst, weil es eine hoffnungslose Liebe ist, auch wenn du es nicht gemerkt hast. Aber heute nacht waren wir, war ich, glücklich.«

Plötzlich stand sie auf und küßte mich auf die Stirn. Im schmutzigen Licht suchte sie nach warmen Kleidern. Geräuschlos ging sie hinaus. Ich zündete mir eine neue Zigarette an, und kurz darauf schlief ich wieder ein.

(Sie hatte ohne Spott gelacht; sie glaubte einfach nicht. Aber da ich verrückt war vor Liebe zu ihr und mir außerdem nichts an ihr lag, konnte ich sie mir im grauen Morgen träumen, wie sie am Rand des Wassers entlangging, klein, die Schultern eingezogen, fröstelnd, wie sie die Fischer suchte, die Welt zu verletzen suchte und nebenbei vielleicht auch mich, den Schlafenden, Abwesenden, warm Zugedeckten, der unfähig war, sie so zu lieben, wie sie sich die Liebe vorgestellt hatte.)

Um neun Uhr abends zog der Mond unsere drei Schatten lang, die bergauf und bergab stolpernd über die trügerischen Dünen schwankten. Gegen Osten zu das hart gewordene Flimmern der Sterne. Ich hatte die Rolle mit Juaninas Akt beiderlei Geschlechts geschultert, und Frieda trug im Ausschnitt ihres Kleides die Zeichnungen, die mehr oder weniger geglückten Skizzen. Das Mädchen lief, wälzte sich im Sand, sprang voraus oder ließ uns vorausgehen. Wir traten in das Licht auf Carves Veranda; eine Petroleumlampe an einem langen Eisenstab, eine alte, achteckige Lampe.

Der erste, der herauskam und uns begrüßte, war Heriberto; er schien leicht belustigt, schien den Rest der Nacht zu kennen und vorwegzunehmen.

»Wir haben auf Sie gewartet.«

»Es ist Punkt neun«, sagte ich, während die Frauen ihm die Hand gaben; ich trat ins Haus, sie vor mir herschiebend, sie umlenkend zum großen Sessel, in welchem Carve einen Bleistift über große Blätter Papier bewegte. Die Korbflasche an seiner Seite auf dem Boden. Fünf Gläser auf dem Tisch, zwei bis zum Rand gerötet.

»Pünktlichkeit ist die Höflichkeit der Idioten«, sagte Carve. »Derer, die nichts im Kopf haben als den Gedanken an die Verabredung. Ich kann nicht, ich komme immer zu spät. Sollen sie auf mich warten.«

Er war nicht betrunken; nur die Stimme mit den wehleidigen Schrilltönen, allenfalls die sehr langsamen Bewegungen der Hände, die jetzt in die Luft zeichneten, während der Bleistift wie eine Zigarette zwischen den Lippen steckte.

»Heriberto«, sagte Carve. »Schenk ein.«

Der Junge hob die fast volle Korbflasche mit nur einem Arm und bediente zuerst Carve, dann die Frauen. Als er mir mein Glas hinhielt, kniff er ein Auge zu:

»Ah«, sagte er, »Sie trinken ihn mit Wasser.«
Ich folgte ihm in die Küche, die mit leeren Flaschen voll-
stand. Er bückte sich über das Spülbecken und tauchte mit
einer halbvollen Flasche Haig wieder auf.
»Nehmen Sie rasch einen Schluck. Dieser Wein ist ein Wein
für Arme und Säufer.«
Ich tat einen langen und langsamen Schluck und gab ihm die
Flasche zurück, die sogleich klirrend, an anderes Glas sto-
ßend, verschwand.
Die Frauen hatten den Akt und die Zeichnungen auf dem
Tisch ausgebreitet, ich sah, daß Carve sich hastig die Brille
aufsetzte und den Kopf hob, um an die Decke zu schauen.
Dann sagte er:
»Das Ölbild. Halten Sie es hoch.«
Es geschah; eine Ecke für jede Frauenhand; er trat zurück
und setzte von neuem die Brille auf.
»Die gleiche Ware wie immer«, sagte er lächelnd.
»Fast«, sagte ich. »Aber schauen Sie länger hin. Nie habe ich
so etwas gemacht. Vielleicht ist es nicht gut oder es gefällt
Ihnen nicht. Aber es ist anders als alles Frühere, und ich
könnte nicht erklären, warum.«
»Musik«, sagte Carve, immer noch das Bild betrachtend,
und Heriberto ging durchs Zimmer, um zehn Platten Gregorianischen Gesang aufzulegen. »Es ist gut.« Er nahm die
Brille ab.
Die zwei Frauen ließen die Arme sinken, und das Bild rollte
sich auf dem Tisch wieder ein.
Da trank ich ein volles Glas aus, und der scheußliche Wein
mischte sich sofort mit dem Whisky.
»Sie hatten schon gestern Zeit, sie sich anzuschauen und
nochmals anzuschauen«, sagte ich. »Hier fängt nichts an
und endet nichts. Es ist kein Gregorianischer Gesang.«
Ich ging auf die Veranda und die Treppen hinunter, bis ich
auf Sand trat; ich zog mir die Schuhe aus und ging und kam
zurück. Ich mußte das Bild und die Zeichnungen verkaufen,
ich mußte an die fünfhundert Dukaten für eine aseptische

Abtreibung denken. Auf dem Meer zeigten sich Phosphores-zenzen, und mir fielen Reste eines Schiffbruchs für meine Welle ein. Die Alpargatas in der Hand, kehrte ich ins Haus zurück.

Die Personen waren dieselben, aber die Szene hatte gewech-selt. Heriberto saß vor einem Küchenmesser, das in den Tisch gerammt war. Er trank Whisky aus der Flasche. Carve, bleich und nervös, wandte den Kopf, um mich anzuschauen, als sähe er mich zum erstenmal, und sagte:

»Ah, Sie sind es.«

Frieda und Juanina saßen umschlungen, Wange an Wange auf einer langen unpolierten Bank. Die vier Gläser auf dem Tisch, mit Wein gefüllt, funkelten ihr durchsichtiges Rot. Carve schaute wieder auf den Tisch, und ich sah einen Blutstropfen an seinem Ohr. Frieda sagte eintönig, gelang-weilt:

»Jetzt reicht's. Ich gehe.«

Sogleich beruhigte sich die Szene wieder, und für ein paar Sekunden war mir, als besichtigte ich Puppen in einem Wachsfigurenkabinett.

»Gib ihm das Geld«, befahl Heriberto.

Ohne sich umzudrehen, streckte mir Carve die Hand mit dem Scheck über tausend Lei hin, den er vorbereitet hatte.

»Für alles«, bekräftigte er.

Heriberto brach in ein abstoßendes, langanhaltendes Betrunkenenlachen aus. Ich nahm den Scheck, während Frieda und Juanina von der Bank aufstanden. Da wandte ich den Kopf, um zum letzten Mal das Bild des nackten Mäd-chens anzusehen.

Draußen war der Mond gestiegen, und unsere Schatten waren klein und zittrig, als wir schweigend über die Dünen wanderten.

19. KAPITEL
Der Sommer stirbt

Als wir vom Strand zurückkehrten, brach ein Nachmittag mit Wind und Sand an; wir zogen die Köpfe ein, und mein Atem war etwas stärker, verlangender als der von Juanina. Wir kamen ans Haus und sahen, daß es geschlossen, stumm und blind war; wir sahen unsere Koffer oben auf der Eingangstreppe; wir sahen das an der Tür befestigte Schild mit der in allen Farben aus meinen Farbtöpfen gemalten Aufschrift: Der Sommer ist aus; wir sahen, zum erstenmal, eine rote Katze vor dem Haus sitzen, die ihre Verlassenheit vor sich hin maunzte.

Wir öffneten die Koffer, um uns auf dem Vorplatz hinter dem Haus anzuziehen, allein, unsichtbar vor dem Fluß. Juanina sagte ein dreckiges Wort bei jedem Kleidungsstück, das sie anzog. Ich überwachte gerade eine schwarze Wolke, als die ersten Tropfen fielen.

»Ich bin sicher, dieses Hurenweib hat gewußt, daß es regnen würde«, sagte Juanina fast schreiend, während sie resigniert ihre Gelber-Hund-Uniform zusammensuchte und anzog. »Und jetzt?«

»Jetzt gehen wir an die Omnibus-Ecke. Aber dein Geld! Hier bekomme ich den Scheck nicht ausgezahlt. Hat dir Frieda die Adresse der Wohnung gegeben?«

Juanina stellte ein Lächeln in den Regen.

»Klar. Die Adresse und das Angebot, mich aufzunehmen.«

»Es sind nur zwei Betten da. Sie wird mich rausschmeißen wollen.«

»Ich weiß nicht. Oder kombinieren«, sagte sie.

»Sie hat sich verliebt. Das ist möglich.«

»Mich ekelt vor Frauen. Und wie. Ich brauche eine Frau nur zu riechen und mir wird schlecht.« Ich wußte genau, daß sie log.

»Hast du ihr das gesagt?«

»Ich hatte keinen Anlaß.«

Nun standen wir an der Omnibus-Ecke, abgeschnitten von der Welt und ihren Erinnerungen durch einen wütenden und listigen Regen. Wasser fiel mir in die Augen, in den Mund. Der gelbe Hund schützte sich mit einer Bademütze.

»Sie hat es mir angeboten, damit ich mich nach der Abtreibung ausruhen kann. Falls meine Tante mich nicht bei sich haben will, hat sie gesagt. Gib mir einen Peso.«

Ich kramte in der Nässe der Hosentasche und fischte einen Geldschein heraus. Sie versteckte ihn in der Wasserrinne des Ausschnitts, zwischen den harten, fast neugeborenen Brüsten, lachte wieder:

»Du hast schon bezahlt« – auch sie spuckte Wasser–; »ich hab dir meine Tante verkauft.«

»Danke. Kein Bedarf. Ich kaufe nicht.«

»Es gibt keine Tante, hat nie eine gegeben. So eine Sauerei; die reinste Sintflut.«

»So hat es angefangen«, sagte ich, während ich mich bewegungslos in eine andere Zone der Kälte und der Enttäuschung zurückzog.

Sie wußte es und fragte:

»Stört dich die Lüge? Schön. Ich war schon die pure Lüge, als du mich am Strand gefunden hast. Und jetzt wirst du mir zwei Pesos geben. Einen für den Omnibus.«

Ich suchte einen Fünf-Peso-Schein und gab ihn ihr.

»Reicht dir das? Ist es genug?«

»Mehr als«, sagte sie und lachte nun zweifellos über mich.

Es donnerte, wetterleuchtete und blitzte; der Regen, hochmütig geworden, steigerte seine Kraft, seine Wut. Er schlug mir auf den Kopf, als wollte er mich blenden; er floß mir in die Nase.

Ich sagte: »Das macht nichts. Das geht vorbei. Sommergewitter«, und sie berichtigte: »Der Sommer ist aus.« Ohne Bitterkeit und ohne Spott.

Sie schob die Koffer mit dem Fuß an und versuchte sich in

die Wand eines Hauses zu verkriechen, in welchem eben Licht gemacht wurde. Aus ihrem Niemandsland heraus – wir standen allein an der Ecke – sagte sie:

»Ich habe verkauft und du hast gekauft und zuviel bezahlt. Du hast noch eine Lüge, noch eine Wahrheit gekauft. Ruhe, Geduld. Es gibt keine Abtreibung, ich war nie schwanger. Oder in anderen Umständen, wie die armen Leute sagen. Die Waschfrauenarbeit mußte ich machen, damit Frieda nichts merkte. Und jetzt eine Bitte, vielleicht die letzte. Der erste Omnibus ist meiner. Du fährst mit dem andern. Ich möchte allein sein und über vieles nachdenken.«

Ich ließ sie fahren und wartete weiter, während ich mich betrogen fühlte und sterbend vor Liebe.

20. KAPITEL
Das Abendessen

Ich kann lügen, will es hier aber nicht tun; denn es handelt sich um eine Erinnerung, und jeder Dummkopf kann die Drähte einer Erinnerung verbiegen, ihnen ansprechende Formen, geeignete Farben geben, sie auf ein Möbel oder in eine Unterhaltung stellen.

Ich sage, daß ich die Szene schon im Aufzug vorhersah, zwischen dem vierten und sechsten Stock, den Sakko über einer Schulter, die Krawatte lockernd bei der Heimkehr in die Wohnung, die heißer sein würde als die Straße. Frieda würde da sein, war da, lag halb nackt auf dem Diwan im Living; ein Stoß deutscher Illustrierter war auf den Boden geworfen; eine Flasche Gin, ein Glas, ein Topf mit Eisstükken standen auf dem runden Zwergtisch. Ich hatte es geahnt, und es war, als übertrüge Frieda die Sätze, die Haltung, die ich im Aufzug undeutlich gedacht hatte, ins reine, es war, als könnte jene besondere Form von weiblicher Mißlaunigkeit sich derart ausbreiten, daß sie nicht nur um sie war, sondern durch die Türritzen drang und an den holzverkleideten Wänden triumphierend in den Löchern der Nägel kratzte, an denen Bilder hingen.

Ich knöpfte das Hemd auf und ließ es fallen; ich schenkte mir das Glas voll und versenkte darin einen zweiten verformten Eiswürfel. Während ich trank, fing sie an: langsam und kehlig, nicht ahnend, daß sie wenigstens diese Nacht zum Mißerfolg verurteilt war. Durch die offene Fenstertür kam friedvoll die zunehmende Hitze des noch lichten Abends herein; gegenüber dem baufälligen Schuppen der verschwundenen Trambahnen der gelbe Rasen des Fußballplatzes, der geruhsame Fluß, durchzogen von einem riesigen Silberfleck, einem rautenförmigen Schiff aus gelähmten Fischen. Manchmal, je nachdem, kündigte der Fleck einen noch heißeren Tag an; andere Male ein Morgengewitter.

»Ein Sonntag«, fing sie an. »Und seit Freitag sehe ich dich nicht. Welch ein Leiden seit Freitag. Manche Typen haben merkwürdige Vorstellungen, wie sie einen Sonntagnachmittag verbringen. Heute, beispielsweise, seit dem Mittagessen eingeschlossen mit dieser alten Dreckschleuder, die dir einreden will, daß dieser Schwachkopf von einem Jungen dein Sohn ist. Oder hat sie es dir schon eingeredet? Durch eine Blutanalyse läßt sich das feststellen. Aber das Üble an diesem Hintertreppenroman ist, daß man nicht einmal weiß, ob es überhaupt ihr Sohn ist, ob nicht eine andere vergessen hat, ihn wegzukehren, oder ob sie ihn sich nicht ausgeborgt hat, um Monatszahlungen und die Geburtstags- und Weihnachtsgeschenke aus dir herauszuschlagen. Außerdem lebt sie mit dem Jungen in einem Zimmer. Schicken sie ihn ins Kino, bevor sie ins Bett steigen, oder wälzen sie sich vor ihm herum? The facts of life. Schließlich ist das deine Vaterpflicht; eines Tages muß er erfahren, wie diese Dinge gemacht werden, die er sieht, wenn er in den Spiegel schaut.«

Sie verschnaufte ein wenig, um aus der Flasche zu trinken, zerbiß ein Stück Eis.

»Aber vielleicht auch nicht. Vielleicht bist du schattige Gehsteige entlanggetrottet und hast mit hängender Zunge wie ein Hund nach einer durchbrochenen Mauer, einer angelehnten Tür, einer Ritze gesucht, um den großen Sprung zu tun und heimzukehren in dieses Santa María, das du dir mit Hilfe der anderen Stadtstreicher ausgedacht hast. Warum sagst du mir nicht die Wahrheit? Warst du bei der Schlampe oder auf der Suche nach der Stadt?«

Sie wiederholte sich, war schon ein wenig betrunken; vielleicht sähe sie sich gezwungen, wenn es dunkel wurde, wegzugehen und Frauen zu suchen. Ich trank das Glas aus und ging in die Küche, um mir ein zweites und ein wenig Eis zu holen. Dann setzte ich mich in einen Sessel an der Fenstertür; der Gin und der Haß drehten sich in der Hitze auf dem Balkon, verstärkten sie.

»Nichts«, sagte ich. »Manchmal habe ich Angst, ich könnte so weit kommen und dich lieben. Nicht diese Nacht, klar. Es sind Momente wie ein Schüttelfrost, wie ein Gewissensbiß; sie gehen gleich vorüber. Aber ich schwöre dir, es ist der reinste Terror. Dich lieben, ich weiß nicht, ob ein bißchen mehr oder auf andere Weise, und diese Liebe mischen mit dem Bedauern, mir selber glauben, daß du an meinem Unglück schuld bist. Ein Terror, weil ich sicher bin, daß ich dich töten könnte.«

Sie machte ein Geräusch mit der Nase und hob eine Zeitschrift, um ihr Gesicht zu verdecken. Sie trank, rauchte weiter; mir tropfte langsam und unverschämt der Schweiß herunter. Ich hörte das Schweigen der dicken Nachbarinnen, die auf dem Balkon nebenan horchten.

»Wenn du geglaubt hast, ich wäre eine von denen, die...«, sagte Frieda endlich. »Hast du in der Agentur dein Geld kassiert?«

»Heute ist Sonntag.«

»Gestern oder vorgestern, Dummkopf. Es ist nämlich kein Essen da, und ich habe nicht einen Peso.«

Seit Freitagabend war ich, wie immer, geblendet und korrekt in der Welt der Zwillingsschwestern umhergestolpert. Aber das war nichts, was man einem Menschen erzählen konnte, war etwas, das vorausgesetzt hätte, einen Hund zu haben und zu rauchen und nachzudenken, sich immer wieder angeblickt zu sehen von der Freundschaft aus Hundeaugen, die keine Fragen stellt. Und vielleicht nicht einmal dann. Und plötzlich – die Hitze blieb und war da – vergaß ich Frieda und die zweiunddreißigste Version ihrer Litanei und stellte mir vor, wie ich einem Mann, ein bißchen schamloser, zynischer und dümmer als ich selber, erzählte, daß meine Kindheit die klassische und letzten Endes frustrierende Kindheit des hundelosen, hundeberaubten Kindes gewesen war. Und sollte der Kretin hinter meinem Rücken insistieren, würde ich die Wahrheit sagen, hätte sie gesagt, hätte den unmöglichen Hund beschrieben – und daß mir in der

Abenddämmerung mit Gin Zwillingsschwestern und Frieda so notwendig zu sein schienen und fähig, mich dem runden Glück nahezubringen –, hätte bis ins einzelne und mit Überzeugung von einem Tier gesprochen, mir ähnlich und dazu verdammt, von Uneingeweihten als Polizeihund eingestuft zu werden, belgisch oder deutsch, das war einerlei, mit einer Spur Schäferhundblut und – für die Intelligenteren und Despektierlicheren – einem Schuß Blut vom Dobermann, einem undankbaren Tier, das nur ein einziges, ausschließliches Glück kennt.

Aber ich hatte, wir besaßen keinen Hund, und Frieda steigerte sich:

»Hast du kassiert oder nicht, Bankert und Erzeuger von Bankerten? Für deine unsterblichen Bilderchen zum Thema öffentlicher Gesundheitsdienst?«

Während ich mich an eine Auseinandersetzung erinnerte, drüben in Santa María, in der Kommandantur, zur Mittagszeit, zwischen einem riesenhaften Gauner und seinem kleinen, rachitischen Kollegen, der zweimal hintereinander dem andern riet:

»Und warum kaufst du dir nicht einen Hund, wenn du Angst hast?«

»Jünger mit jedem Tag« – ich sah mit Neid zu ihr hinüber. »Der Gesundheitsdienst war letzte Woche fällig, und ich habe das Geld kassiert. Es ist im Morini draufgegangen, weil du deinen Gefühlsdusel hattest und die Marktruinen besichtigen wolltest, das Fenster in dem Zimmer, der Werkstatt erraten wolltest, wo ich, man kann sagen, gelebt habe, ehe du dich entschlossen hast, mich auszuhalten, mich fast auszuhalten, ehe wir diese Gesellschaft gegründet haben, diese Vereinigung zur Begehung strafbarer Handlungen in kleinem Maßstab. Was ich am Freitag zu kassieren hatte und nicht kassiert habe« – log ich –, »war das Geld für die Zeichnung Milchbrot, Opus fünfhundertdreizehn. Aber ein bißchen Geld habe ich. Zum Essen reicht es, dazu, daß du dich betrinkst, leider nicht. Und auch nicht dazu, daß du

nach Santa María telegraphierst, um die Überweisung anzu-
mahnen.«

»Frecher mit jedem Tag«, murmelte sie, fast milde, nachdenklich, ein Lächeln für mich aufbauend.

Ich trocknete mir wieder die Brust mit dem Hemd und roch
daran, bevor ich es ihr ohne Heftigkeit ins Gesicht warf. Ich
blieb lange unter der lauen, knausrigen Dusche, suchte
saubere Wäsche in Friedas Schlafzimmer und entdeckte
unter dem Teppich, vom Bett fast verdeckt, eine Uhr, die
Gérard-Perrigaud, die ich vor einem Jahr Seoane geschenkt
hatte zu irgendeinem seiner Jahrestage, an dem ich beschlossen hatte, für immer zu akzeptieren, daß er mein Sohn war
oder nicht mein Sohn war und daß keine der beiden Möglichkeiten von Bedeutung war.

Schon angezogen, frischer, kehrte ich in den Living zurück
und saß da, rauchte und sah sie an, entschlossen, nicht mit
ihr über die Uhr zu sprechen, und dachte an die Liebesakte
mit befristeter Zeit, wenn man sich damit hilft, häufig auf
die Uhr zu sehen, um die Zeit zu verlangsamen, um die
Minuten zu messen, die während eines Eintauchens verstri-
chen sind, und zu wissen, daß man es noch einmal versuchen
kann. Vielleicht war Seoane mein Sohn und hatte diese
abergläubische Idee von mir geerbt, vielleicht war die Idee
Allgemeingut, ein Ritus, den alle von der Zeit bedrängten
Liebenden praktizieren.

Nun war Frieda nackt, das Gesicht unsichtbar durch die
Zeitschrift, die Beine kaum gespreizt. Dann also, dachte ich,
weiß sie oder glaubt viel mehr als ich daran, daß Seoane
mein Sohn ist; dann hätte sie gerne erreicht, daß nach dem
Jungen, womöglich gleich anschließend, ich mit ihr schlafe.
Warum hat sie dann aber die Verführung nicht eröffnet, als
ich kam, warum gab sie mir mit der törichten Diskussion
und den verlogenen Vorwürfen Zeit, mich zu duschen und
wieder anzuziehen. Ich dachte, daß sie jetzt, nach dem
Angriff, der nur eine Form der Abwehr gewesen war, erreichen wollte, daß ich nicht in der von Anfang an festgelegten

Position mit ihr schlafe, um sich lächelnd mit geschlossenen Augen zu bewegen, um rückblickend Vergleiche anzustellen, um ihre Lust zu steigern.

Dann – ich hörte auf, den winzigen Schauer zu betrachten, der in ihren Schenkeln einsetzte – war es auch möglich, daß beide die Uhr absichtlich unter dem Bett gelassen hatten, daß *sie* es suggeriert hatte, daß das falsche Vergessen eine Erfindung von Seoane war, damit ich es erführe, damit er seine herausfordernde Markierung hinterließe, sein Emblem für Groll und Rache. Nun war die Uhr in meiner Tasche, und ich berührte mit den Fingerspitzen die kurze, schwarze, verschwitzte Viper mit ihrem goldenen Kopf in der Mitte des Rückens, während ich Zigaretten herausholte und das Telefon läutete.

»Sind wir für den zu Hause?« fragte ich.

»Man muß sehen, wer es ist«, sagte sie, ohne die Zeitschrift zu senken. »Vielleicht hat er Dollars, vielleicht läuft er mit einem Teller Essen durch die Gegend.«

Es war die Stimme Quinteros'.

»Ich bin mit Mr. Wright zusammen. Oh, trostloser Sonntag. Wir haben Hunger, nicht einen Peso, und der Mister schleppt eine Flasche mit sich herum. Als ob – wenn ich seine Miene betrachte, sehe ich das – als ob das Kind eine Frucht der Sünde wäre, und die Eltern, die mutmaßlichen Eltern des Kindes hätten es ausgesetzt, und alles deutet darauf hin, daß ein Gewitter, Regen und Kälte im Anzug sind. Eine Frage von Minuten, und der arme Wright hier neben meinem Arm, mit seinem Gesicht wie ein abgeschlafftes Glied und die Brust strotzend vor Milch.«

»Pathetisch. Vortreffliche Neuigkeiten. Frieda wird verrückt vor Freude und wird auf der Stelle zu stricken anfangen. Nichts zu danken. So ist sie eben, weben und auftrennen. Einen Moment, bitte, ich weiß nicht, ob sie zu Hause ist.«

Frieda hatte die Zeitschrift fallen lassen und griff nach dem Glas.

»Brauchst mir nichts zu sagen«, sagte sie. »Das Komiker-

Duo Exilierte aus Santa María. Noch eine Nacht mit Erinnerungen und Langeweile, und ich, so spät, ohne heimgekehrt zu sein, und wer weiß, wohin es mit mir noch kommen wird.«

»Wie du willst. Aber ich habe geduscht, bin angezogen und habe Hunger. Richtig: Quinteros und der Engländer. Sie sind eben im Hippodrom reich geworden und laden uns in dieses Restaurant am Buceo ein, das du so gern hast, ich weiß nicht mehr, wie es heißt.«

Mit einem Schwung setzte sich Frieda auf dem Diwan auf, eine Hand hochgehoben, um zu trinken, die andere, um mich zu bitten, ich möge warten. Sie überschlug die Möglichkeiten der Nacht, ermaß die Hitze und die Müdigkeit, die sie Seoane verdankte; die Rache und den verzwickten Genuß aufzuschieben bedeutete keinen echten Aufschub. Sie hatte es begriffen, als sie mich sanft anlächelte, so stark und sicher, fast mütterlich, meine Geliebte.

»Wenn sie mir schwören, nicht von der verlorenen Stadt zu reden...«

»Quinteros? Noch da? Ja, ich habe Frieda gefunden, und sie weiß nicht, wie sie Ihnen danken soll. Also, wie gesagt, im Jacht-Klub am Buceo in einer halben Stunde.«

»Am Buceo?« lachte Quinteros; er war nicht betrunken, war es nie. »Nein, die junge Lady kann nicht Omnibus fahren, und Sie wissen, was es heißt, an einem Feiertag nachts in Lavanda ein Taxi zu finden. Genauso schwierig, wie das Geld aufzutreiben, um die Fahrt zu bezahlen.«

Frieda war schon ins Bad gegangen, und da dachte ich, fiel mir ein, war ich sicher...

»Wo sind Sie?«

»Im Alhambra. Aber eigentlich sind wir da gar nicht. Wir benutzen nur das Telefon. Und besser, Sie sagen uns gleich, wohin Sie uns einladen, denn da sind Leute, die Lust oder das physiologische Bedürfnis haben, durch dasselbe Telefon zu sprechen. Sie stehen noch nicht Schlange, vielleicht aus Respekt vor der ergreifenden gesellschaftlichen Lage und dem nicht minder bewegenden Gefühlszustand, in welche die Umstände Lady Wright versetzt haben. Wie gesagt, man braucht nur ihre Miene und die diskret in Papier gewickelte, an die Brust gepreßte Flasche zu sehen. Diese Art, sich nicht zu bewegen, sich anzulehnen und doch zu stehen. Da ist etwas, das sie verrät. Pardon. Sie sagt ja. Heute nacht sagt sie ja zu allem, ohne daß man Fragen zu stellen braucht. Gut, das kommt davon, daß sie vorher, vor neun Monaten und einer Woche, ja gesagt hat. Jetzt, mit dem kleinen Mädchen im Arm. Pardon zum zweitenmal: sie hat eine halbe Stunde lang eine Vernissage von Colts angeschaut. In der Auslage von Ferrando. Aber ich mache mir deswegen keine Sorgen und bitte Sie, es ebenso zu halten. Sie hat nur mit Neid und rein künstlerischer Bewunderung betrachtet. Stählernes Graublau und asketische, funktionale Formen. Später erkläre ich Ihnen das, Sie wissen das vielleicht, Sie, der geborene Maler. Zum letzten Mal Pardon: ich glaube mich zu erinnern, daß in einer so ganz anderen Nacht Frieda in einem Restaurant glücklich gewesen ist, das in der Nähe dieses Telefons liegt – nein, noch immer keine Schlange, aber wie sie schauen –, ein Restaurant, das sich Blaue Grotte oder sonst was Katastrophales nennt.«

»Ja, Quinteros«, antwortete ich träge. »Klar, daß ich Sie dieser Erinnerung wegen zum Teufel wünsche. Aber schön, Blaue Grotte und Heimweh nach diversen Vaterländern. In einer halben Stunde. Es wird wieder das gleiche passieren, prophezeie ich, und Sie wußten es im voraus.«

»Ohne Hintergedanken, glauben Sie mir, bis gleich«, sagte, die Silben dehnend, Quinteros. Im Geist sah ich ihn die Achseln zucken, während er einhängte.

Frieda war von der Dusche gekommen, und ich hörte sie im Schlafzimmer stöckeln, im Schrank Kleiderbügel verschieben, den Geruch von Sauberkeit und Parfum in den Living tragen. Ich setzte mich wieder vor den Balkon und das Gewitter, die ersten lautlosen Blitze. Ich trank den kalten, verdünnten Gin, versunken in die zarte Freude, auf sie zu warten, ihr Kleid, ihre Kette, ihre Armbänder zu erraten. Und, wieder amüsiert, dachte ich, fiel mir ein, war ich sicher, daß Frieda gezögert hatte, die falsche Einladung anzunehmen, um nicht mit Seife und Wasser die physischen Spuren zu vernichten, die ihre Vereinigung mit Seoane hinterlassen und die sie beschlossen hatte, mir anzubieten und aufzuzwingen. Die Idee kam nicht von mir, sondern von Frieda; es war fast unglaublich, fast grotesk, fast unangenehm. Ich beruhigte mich erst, als ich ein dem dreimaligen fast gleichwertiges Wort finden konnte: das Wort Durchfeuchtung.

21. KAPITEL
Krawatte

In Lavanda oder Santa María kann jeder jeden Augenblick Quinteros kennenlernen, und er ist mir nicht wichtig, weil er nicht mehr als sympathisch ist und sich nie ändern wird. Der Fall von Mr. Wright liegt anders, er ist mir wichtig, und undurchsichtige Loyalität zwingt mich zu sagen, was er einmal für mich gewesen ist, Jahre vor dieser Sonntags- und Gewitternacht in einem allgegenwärtigen Restaurant. Ich mag ihn nicht dick, ohne Anmut betrunken, schlau und voll egoistischer Geheimnisse. Ich habe so lange gelernt zu gehorchen, daß ich nun in den Details befehlen kann, ohne mich kundig gemacht zu haben.

Vor zwei oder drei Jahren, kann man sagen, wenn man die in Lavanda gelebte Zeit berücksichtigt und akzeptiert, die nichts ist, ein Heute ohne Gestern und Morgen, deren Ablauf ich jedoch aus obskurer Höflichkeit den anderen gegenüber annehmen muß. Ich stelle mir Mr. Wright vor in einem dunklen, zwischen Villen sich krümmenden, vom jeweiligen Bürgermeister unangetastet oder sogar dankbar erhaltenen Sträßchen, einer gewundenen Sackgasse in einem der reichen Viertel von Santa María; klein und sehr gerade, im Leinenanzug mit Panamahut, in ein und derselben Hand den Spazierstock und die dünne Nickelkette, welche die Unruhe seines Hundes Dick an die Leine nahm. In der Linken die stinkende Pfeife. Es muß in Santa María und in einem klebrigen Frühling gewesen sein. Mr. Wright mit seiner Kleidung aus Indien, den Geruch von scharfem Alkohol im Atem. Wie er mir zusammenhanglos von einer Reihe von mysteriösen Einbrüchen erzählte, die in dieser staubigen Gasse vorgekommen seien, der nämlichen, in der wir beide standen und schwitzten, ich in meiner grünen Uniform, den Stiefeln und der Schildmütze.

»Mysteriös allesamt, sage ich Ihnen, weil nie etwas gestohlen wird. Nichts, was sich lohnen würde. Sie brechen nachts in die Häuser ein. Ich gehe mit meinem Hund aus und suche, Dick sucht, Spuren. Noch immer nichts, er findet nichts.«

Wahrscheinlich empfinde ich für Quinteros mehr Freundschaft und Zutrauen als für Mr. Wright, wahrscheinlich verachte ich ihn mehr oder liebe ihn weniger. Aber zwischen dem gutgekleideten, fast geschniegelten Quinteros mit dem plattgedrückten kastanienbraunen Haar, der durchscheinenden Sauberkeit der Brillengläser und dem anderen Mann, dem in schmutziges Weiß gekleideten Dicken mit den Hängeschultern, der schwitzte und sich nicht ekelte vor den Tropfen, die ihm zwischen den Augenbrauen und über die kurze violette Nase liefen, erkor ich mir den Engländer. So daß ich, kaum saßen wir und hatten die ersten Gänge bestellt und mit Hilfe des Kellners ausgiebig die Weinmarken erörtert, mir Mr. Wright erkor, um ihn an die Theke einzuladen und ihm Whisky anzubieten, wohl wissend, daß er sagen würde:

»Sie wissen doch. Nein. Der Geruchssinn. Zuckerrohrschnaps.«

»Zuckerrohrschnaps Ombú gibt es hier nicht.«

»Weiß ich. Wir sind nicht dort. Auf jeden Fall, verzeihen Sie, Zuckerrohrschnaps.«

Ich hob mein Glas, bis es meinen Mund berührte. Warum ausgerechnet das Wort Geruchssinn, dieser Gringo. Quinteros ist ein Situationskünstler, ein wenig sadistisch, angemessen diskret und pervers, unfähig, seine beherrschende Rolle aufs Spiel zu setzen. Wie konnte der Engländer die Geschichte mit dem Geruchssinn kennen?

»Wir sprechen von Whisky, von Zuckerrohrschnaps. Was tut da der Geruchssinn?«

Das runde, verschwitzte, unschuldige Gesicht; die feuchten blauen Augen logen nicht. Eine unbestimmte Nostalgie, Verwirrung, sonst fast nichts.

»Was, bei allen süßen Fotzen, hat der Geruchssinn zwischen Whisky und Zuckerrohrschnaps zu suchen. Auch wenn es kein Ombú ist«, insistierte ich sanft, ihn freundschaftlich anblickend.

»Cold, Grippe«, sagte er langsam, kaum betroffen. »Eine böse Geschichte von einem abgebrannten Stall. Whisky hat für mich keinen Geruch und keinen Geschmack mehr. Geschichte aus Montreal, uralt, berittener Polizist, roter Rock. Oh, er kann sich *chief* nennen. In einer anderen Geschichte, später, Sahib.«

Nun in Frieden und ach, so dankbar. Denn schon immer hatte mir für seine mythische oder nur lügenhafte Saga ein so schöner Titel wie »Der rote Rock des Oberst Wright« vorgeschwebt.

Ich erkor ihn, das auszuführen, was ein unüberwindlicher Aberglaube mir verbot, direkt und persönlich zu tun, was einen Boten von mir verlangte, eine Trennung zwischen mir und der kleinen Gemeinheit.

»Später können wir eine Flasche Zuckerrohrschnaps an den Tisch bringen lassen, wenn Sie wollen. Oder sie einwickeln, damit Sie sie mitnehmen, oder nachts von einem kleinen Café zum andern ziehen, ein Laster, das Sie so sehr schätzen, eine Manie von Frieda. Pablito hat die ganze Nacht auf. Zwei Blocks weiter, hinter dem Solís. Ich habe Frieda gesagt, Sie würden uns einladen, Sie hätten im Hippodrom viel Geld gewonnen. Es ist eine Bitte, ich kann nicht zu Pablito gehen, wegen einer Geschichte mit einer Krawattennadel. Wie hieß das Pferd?«

Ich steckte ihm meine alte Uhr in die ausgebeulte Rocktasche, die offenstand, als hätte sie darauf gewartet.

»Krawatte.« Er bestellte einen zweiten Schnaps und rollte die tränenden Augen. »Das ist der Name. Ich hatte viele Hunde in meinem Leben, so viele, und alle waren sie der gleiche Hund, und einer war da, der hieß Krawatte.«

»Nicht verkaufen, Mr. Wright; nur versetzen. Wenn Sie die Marke sehen, werden Sie begreifen, daß Sie mehrere Tausender dafür verlangen können. Auch Pablo wird das begreifen.«

Der Mister ging, ohne zu schwanken.

Dann, als der Engländer und Frieda den Nachtisch aßen, Quinteros Kaffee trank und ich langsam, den Stuhl auf zwei Beinen an die Wand gelehnt, mit dem Wein weitermachte, fühlte ich mich heiter und traurig, erfüllt von etwas, das nicht Reue hieß, das einem Gefühl der Komplizenschaft sehr nahe kam, weil ich mich eingelassen hatte auf das Spiel und meine Spielweise.

»Also«, log Quinteros, der schon Bescheid wußte, »beschlossen wir, das wenige, was uns blieb, auf dieses eine zu setzen. Wir wußten, daß es nicht gewinnen würde, es war ausgeschlossen, ein altes, hartbeiniges *non placé*. Aber wenn das Glück... Sie, Frieda, werden das verstehen, Sie müssen uns verstehen, denn wir spielten wie Frauen.«

»Immer gleich unbelehrbar dumm«, nickte Frieda geduldig. Das Restaurant füllte sich, Theater- und Kinoschluß, Paare oder Vierergruppen, ein zahlreicher Familienhorror, angeführt von dicken Frauen, die kahlköpfigen Männer einen Schritt zurück, Kinder voraus und hinterdrein.

»Genau, Frieda, Sie verstehen uns«, fuhr Quinteros fort. Mit einem Glas Wein trank er sich Feuer an; unerbittlich, dachte ich amüsiert. »Als die Gelegenheit zur Revanche kam, war alles verloren, alles, außer den schmutzigen Scheinen, die John Bull und ich in den Taschen zusammenkratzten. Um es in Worten zu sagen, die nur eine Frau wahrhaft verstehen kann: alles verloren, außer der Hoffnung. Noch besser: außer dem geballten Willen, wider jede Hoffnung zu hoffen. Krawatte konnte nicht gewinnen, wie Sie wissen, also beschlossen wir, auf Krawatte zu setzen, alles auf den Gewinner. Und sehen Sie, Liebe, wie es so geht. Der Lancaster-Zögling legte allen Behinderungen zum Trotz eine ausgezeichnete Leistung hin. Stellen Sie sich vor: ein *handicap* über eintausendvierhundert.«

»Richtig, eine englische Meile oder fast«, warf Mr. Glaeson ein, fern vom Tischrand, zwischen Quinteros und Frieda, fast außerhalb unserer Runde.

»Eintausendvierhundert, nicht mehr und nicht weniger«, insistierte Quinteros. »Kaum gingen die Schranken hoch, setzte sich Jockey Lein mit dem Sohn von Resplandor an die Spitze, und es nutzte nichts, daß Negrito ihm das Messer gab. Der Gaul aus dem Gestüt Alequí rannte, was das Zeug hielt, und in der Zielgeraden löste er sich von Black Pansy. Dafür erschien von hinten, weil es von vorne nicht ging, der Favorit Distante in einem Spurt, als wollte er stehlen. Aber, Frieda, das Pferd aus dem Stall von Marino hatte kein Glück, denn Krawatte versteifte sich und hielt bis zum Ziel einen Vorsprung, einen kleinen zwar, aber doch einen Vorsprung.«

»Wollen Sie nicht ein bißchen zum Teufel gehen?« flehte Frieda, nach Zigaretten suchend. »Wieviel haben Sie gewonnen? Wir könnten woanders hingehen, das hier füllt sich mit Gesindel.« Ich suchte ihre Augen, die glänzten und mich nicht anschauen wollten; aber die mit einemmal asthmatische Stimme konnte mich nicht belügen. Ich musterte Gesichter und Körper an den umliegenden Tischen, ohne Motive zu finden.

Nicht mehr von Pferderennen, über beliebige Dinge redeten sie weiter, und die Sätze kamen und fielen, verschränkten sich wie zerstreute, flüchtige Finger. Mein Rücken im Winkel, fast genau eine Schulter an jeder Wand. Ich betrachtete meine Traurigkeit, die noch gesund und freundlich war. Das erste Pochen der Traurigkeit, der neue Fehlschlag und die andersartige Einsamkeit hatten mich eingeholt, kamen langsam mit dem Ticken eines Holzwurms, dem Knistern eines Feuers im Nieselregen, dem Kratzen eines jungen Hundes an der Tür. Nehme ich an. Denn als ich wußte, daß die Ferien zu Ende waren, das Fest aus, waren diese Dinge schon in mir und bauten eine geheime Krankheit auf, die mir gehörte und mich beherrschte, die schmerzlos, aber fühlbar nach Art eines Vorspiels geduldig die Knochen bearbeitete. Keine Spur: unsichtbarer Staub.

Abgeschlossen war, wer weiß in welchem nicht feststellbaren Augenblick, der absurde Jüngling des animalischen Glücks und der Auflehnung. Das Nein zu Santa María, zu Brausen, zum Masochismus der aufgezwungenen Verantwortungen.

Nun, unnütz und gealtert um eine Zeit, die sich nicht ermitteln läßt, oder ohne Vorwarnung meinem wahren Alter zurückgegeben, war ich es, der hier in Lavanda an den feindseligen Grenzen der Stadt kratzte, die ich verlassen und verloren hatte, dem fast jede Nacht, zur variablen Stunde des wachen Bewußtseins und des Zynismus, die Feuchtigkeit des Speichels über die Wangen glitt, den ich vor so vielen Monaten gespuckt hatte und der mir nun ohne Betrug und ohne Feilschen zurückerstattet wurde.

Auf zwei Stuhlbeinen in dem Winkel zwischen den Wänden schaute ich mir die Gebärden an, hörte die verworrenen Zeichnungen der Worte über dem Tisch, die von Anfang an jeden anständigen Sinn vermieden.

Ich rauchte lächelnd, trank langsam den hellroten Wein, sagte ja aus Gewohnheit, gab dem recht, der dessen am meisten bedurfte. Ich hielt mich am Rand, spöttisch und melancholisch, in Frieden, aber ich mußte mich einlassen, weil Frieda auf ihr Handgelenk schaute und sagte:

»Kein einziges Wort, Medi? Wie immer, wie manchmal, erhaben über die Torheiten und die Welt.«

»Über die Torheiten, aus denen die Welt besteht«, berichtigte Quinteros.

Mr. Wright, weiß und zerknittert, rutschte seinen Körper an den Tisch und stützte die Ellenbogen auf. Kindlicher und runder das Gesicht, das ergeben seinen fetten Schweiß ausschwitzte.

»Zuckerrohrschnaps war versprochen, eine Flasche. Hier oder an einem in puncto Hitze zivilisierteren Ort. Ich zahle natürlich«, sagte er.

»Es ist Mitternacht«, fuhr Frieda fort. »Die Stunde, in der hier der Stumpfsinn einzieht. Gehen wir irgendwohin.«

»Gehen wir; trefft ihr die Wahl«, stimmte ich zu. Aber die

Stimme hatte mich nicht getrogen, der dumpfe Asthmaton klang jetzt wie ein hart gewordenes Trommelfell.

Und nun stand es außer Zweifel, schlug doch das neue Symptom in fortgesetzten kleinen Sprüngen auf den Tischrand: Friedas breite Hand, sonst so weiß wie tot, geschützt vor allen Unbilden der Witterung und dem einfachen Gang der Zeit, tanzte mit ihren roten Fingernägeln, anscheinend unermüdlich, ungehemmt und frei, ihren Kosakentanz. Ich suchte wieder und wußte plötzlich. Er saß links von mir, zwei Tische weiter, riesig, dick, jung, im Profil, trank seinen Wein zwischen kurzen Lachsalven, die mit unvorhersehbarer hysterischer Heftigkeit abbrachen. In Hemdsärmeln, zur Glückseligkeit des Doppelkinns ohne Krawatte, der Bauch fast auf den Schenkeln eingeschlafen, hörte er sich Geschichten an, unfähig zu sprechen, verstärkte mit seinem begehrlichen Schnaufen die Unverschämtheit und Vulgarität des Lebens.

Das war normal, war uns schon mehr als zweimal begegnet. Ich erwartete entschlossen Friedas Augen, die Gründe erfanden, mich nicht anzusehen: das hellblaue Tischtuch, die Chiantiflaschen, wie am Galgen aufgehängt und fern, die Glanzlichter auf dem Papiermaché, mit dem die Wände der Blauen Grotte gefüttert waren, die zwanghafte Behendigkeit der Kellner, die starren Frisuren der Frauen. Ich wartete bewegungslos, als lauerte ich mit erhobener Hand auf die Rückkehr einer Fliege, bis Friedas Augen gezwungen waren, sich zu drehen, um mich anzuschauen, um angstvoll, Verzweiflung und Einverständnis übertreibend, ja zu sagen.

»Einverstanden, alles ist perfekt und unvermeidlich«, nickte ich. »Wir zahlen jetzt, während das Fräulein in die Toilette geht, und unterhalten uns über den möglichen Rest der Nacht, damit sie darüber befinden kann.«

Frieda ergriff die Handtasche und ging ohne Eile auf das Türchen mit dem weißen A zu, durchquerte unverändert die Zone der Unflätigkeit, die sich im Rücken der jungen, fett gewordenen Bestie gebildet hatte, das Gelächter und den nicht nachweisbaren Geruch des kleinen Abstiegs.

»Der Zuckerrohrschnaps«, sagte Mr. Wright.

»Das beste, schlage ich vor, fällt mir ein, wäre, in den Jachtklub am Buceo zu gehen und an der Mole den Tag zu erwarten«, schlug Quinteros vor.

»Was immer, was sie wählt und sagt, so lange, bis sie selbst von uns abfällt wie Einwickelpapier, ohne daß wir nachhelfen müßten.«

»Wenn Zuckerrohrschnaps da wäre«, begann Mr. Wright und berichtigte sich: »Sobald Zuckerrohrschnaps da ist, erzähle ich Ihnen.«

»*Afghanistan* oder den seltsamen Fall eines unfruchtbaren Dorfes«, stimmte Quinteros zu, indem er das geplättete braune Haar und die Brillengläser funkeln ließ. »Aber Sie, Medina, sind ein Kavalier. Sie haben recht, wir können Frieda den Buceo anbieten. Und wenn sie nicht will, etwas anderes.«

»Danke«, sagte ich. »Das Geld.«

»Ja, klar.« Immerfort lächelnd kramte Mr. Wright in seinen Hosentaschen und legte das Geld für die Uhr auf den Tisch. Ich deckte die Hand darüber und verlangte die Rechnung.

Aufgeregt, um die Lust am langsamen und eingehenden Erinnern gebracht, dachte ich an Frieda, die nun eingeschlossen war in dem Geheimnis, das der Buchstabe A in Bars, Restaurants, Hospitälern, Bahnhöfen und gemischten Schulen hütet. Ich dachte an Frieda, so unmittelbar nach Seoane. Ich dachte schwach an nicht stattgehabte Begegnungen und Aufschübe, dachte neidvoll an einen angenommenen Medina, verliebt in Frieda, und an eine Frieda, verliebt in Medina. Ich dachte, daß für sie beide die Liebkosungen Friedas in der Damentoilette, sitzend oder stehend ausgeführt zu Ehren der Sexualität, welche die ungewöhnliche Schmierigkeit des jungen Dicksacks in ihr geweckt hatte, für sie, die hypothetischen Liebenden, ein Akt der Vereinigung hätte sein können, eine geheime, unerklärliche, machtvolle Bereicherung der Liebe.

Als Frieda, die Tasche schwenkend, zurückkam, brachte sie im Gesicht die kurze Befriedigung mit; die Rechnung war beglichen, mit einem übertriebenen Trinkgeld, und die heiße Nacht verjüngte sich mit dem bei Mädchen üblichen Nachdruck.

In einer Sommernacht in Lavanda kann jeder eine Frau vom rechten Weg abbringen, ohne mehr aufzubieten als Zerstreutheit. Es genügt, ein Auto zu steuern, fixiert auf die Gefahren, den Blick mit vorgetäuschten Wutausbrüchen und scheinbarer Aufmerksamkeit nach vorne und auf beide Seiten der Kreuzungen gerichtet.

Ich weiß nicht, wo wir sie verloren haben. Lavanda bietet nur einige Quadratkilometer Oberfläche, und auf ihr, aber nicht überall, glänzen sanft einige wenige Kneipen und Eckchen, die einladend und verlogen bis zum Morgengrauen die unerbittliche Helligkeit des Tages vorspiegeln.

Quinteros steuerte den Impala mit solcher Unvorsichtigkeit und Fröhlichkeit, daß der Wagen ihm zu gehören schien oder endgültig der eines anderen war, auf der Durchfahrt, eingeschmuggelt aus Brasilien oder Paraguay, und mit zweifelhaftem Ziel. Neben ihm schnullte Mr. Wright die fast leere, schmurgelnde Pfeife und brachte Leichenhäuser und Pantheons in Vorschlag.

Auf dem Rücksitz hielten Frieda und ich uns umschlungen wie in dem Taxi, das uns zum erstenmal in eine *casa de citas* fuhr, die in Lavanda *amueblada,* Stundenhotel, heißt. Langsam, absichtsvoll seine Fehlkonstruktionen mit ergreifender Überraschtheit akzeptierend, verstärkte Mr. Wright seinen Akzent und offerierte ungerührt:

»Hübsche Nacht. Ich würde sagen, hübsche Nacht, um zu schauen, wir, ein wenig.«

Als der Verlust Friedas hingenommen werden mußte, stiegen wir aus und machten uns Vorwürfe, lau, die tiefen

Sprechtöne mit zarten sopranistischen Stimmabstiegen verhunzend. Der Posse müde, akzeptierten wir in Trauer Friedas Verschwinden. Wir plädierten einmütig für nicht schuldig und betraten eine hoffnungslose Kneipe irgendwo in La Mandiola, die Gesichter und Hände mit Neonlicht begrünte und mitfühlend schon auf dem Aushängeschild log: »Drei Bäume – Tag und Nacht.«

Wir setzten uns und bestellten die alten, schon einmal aufgewärmten, mit Essig oder Spezialsoße des Hauses über jeden Verdacht von Verwesung hinwegtäuschenden Kutteln. Einer von uns war betrunkener als die anderen, aber das war nicht nachweisbar und ist auch nicht wichtig. Mr. Wright bekam endlich seine halbe Flasche Zuckerrohrschnaps, damit er genußvoll trinken und explodieren konnte. Quinteros, Haar gelb, glänzend, plattgedrückt, hatte Wein mit Glauben bestellt, hatte auf Jahrgang 1952 bestanden, und es fiel mir schwer, ihn für so dumm zu halten und zu glauben, er glaube an Weine in Lavanda. Versteige sich bis zu touristischer Blödheit und bestehe auf Jahreszahlen auf dem Etikett des Giftes, das er mit Vorsicht trank. Ich bestellte Mineralwasser, und die Luftblasen täuschten mich mühelos, weil sie dumm oder betrügerisch waren, listig genug, mir ohne weiteres ein unmögliches, nicht existierendes Territorium zu verkaufen.

Da, in irgendeinem Da, erblickte ich das violette Licht in einem kleinen, hochgelegenen Fenster und haßte mit einemmal Quinteros' platten gelben Schädel und streckte einen Ellenbogen aus, um den Engländer anzustoßen.

»Ich spreche zu Ihnen, Quinteros, aber der, der wirklich zuhört, ist der Gringo. Bitte unterbrechen Sie mich nicht. Er weiß und schweigt; Sie glauben zu wissen und beschränken sich auf Andeutungen. Vielleicht irre ich mich, und alles ist umgekehrt. Das ist mir nicht wichtig in diesem Augenblick, in dieser toten Nacht, die Sie langsam ins Nichts, in die Helligkeit, in die Scheiße des Tages überführen. Sie haben mich angerufen, seit der telefonischen Prähistorie rufen Sie mich an, und haben mir eine ungefähre Adresse gegeben, haben unverbindlich angedeutet, die Stimme könnte die Spur sein.«·

»Ich habe nichts versprochen, ich vermutete und wollte helfen. Ohne Glauben, klar, natürlich, versteht sich.«

»Das Gehör und der sechste«, sagte ich zweimal langsam und dachte, daß von den dreien ich der am meisten betrunkene wäre, redete es mir ein, damit sie gezwungen waren, es zu glauben. Der Engländer verstärkte das Glänzen seines Gesichts und die Zerknitterung seines gelbweißen, übertrieben kolonialen Anzugs, während er frohlockend und resigniert den Zuckerrohrschnaps trank, der nicht Ombú hieß. Die Bestie, fast bewegungslos, verschwitzt und in sich gekehrt, wußte. Quinteros, artig und ganz Öffentlichkeitsarbeit, wußte gleichfalls, dasselbe oder etwas anderes. Sie würden es nicht sagen, nicht preisgeben, wenigstens nicht diese Nacht. Da, indem ich unmögliche Jetons vorschob auf ein mit siebenunddreißig Nullen gefälschtes Tableau, fuhr ich, die Lüge und die Bedeutung des Fehlschlags abstufend, fort:

»Das Gehör und der sechste. Das war, wortgetreu, was Sie mir gesagt haben: ein Paar alter Leute, Wildkräuter, Gitarren, die nie erklingen werden, andere Dinge, im Dunkeln hängende unmögliche Gegenstände. Die Zusammenfassung ist einfach: ich war dort, habe sie gehört und bin gescheitert. Unschuldige Leutchen oder schlauer als Sie beide. Und ich, aus Aberglauben oder wegen der Nähe des Friedhofs, habe geglaubt. Es würde mich Mühe kosten, es zu erklären, später sprechen wir oder spreche ich darüber. Jetzt bin ich, mit Ihrer gütigen Erlaubnis, der kleine Inquisitor, und ich halte es für sauber in einem Sinn, den Sie verstehen, daß wir eine Weile diskutieren, um klarzustellen.«

»Ich höre«, versprach Quinteros.

»Reden«, sagte der Engländer. »Sie reden, und ich weiß nicht, wozu. Ich meine, von den Mysterien. Manchmal mag ich sie, manchmal nicht, je nach dem Befinden der Leber, nehme ich an.«

Ich sah ihnen nicht einmal ins Gesicht; die so unterschiedlichen Körper stimmten in der Unbeweglichkeit und einer alten, unverletzlichen Verschwiegenheit überein. Ich füllte mein Glas Wein mit Soda auf und lächelte zur Decke hinauf, während ich eine unangezündete Zigarette über dem Tisch bewegte.

»Richtig.« Immer zur Decke hinauf und ohne Hoffnung. Es gibt einen Ort, eine Sache, einen Gedanken, der für uns alle Santa María heißt.

»Pardon«, sagte Quinteros; er besah seine polierten Fingernägel, das silberweiße Feuerzeug in seiner Hand. »Ich habe keine Eile bis morgen acht Uhr. Aber die Vorrede erscheint mir lang, mit Wiederholungen, und ist möglicherweise überflüssig. Sie sind hingegangen, haben gehört und sind sicher, daß Sie gescheitert sind.«

»Das ist es nicht. Sie wissen genau, ganz verteufelt genau, daß der kleine Inquisitor im Augenblick nicht von den kleinen Dingen sprechen will. Ich bin unterwegs in Fallen gestolpert oder auf Abwege geraten. Ich denke, daß eine Falle im Spiel ist, ich weiß nicht, wo und von wem angelegt.«

»Ich habe versucht, Ihnen zu helfen«, sagte Quinteros; der Engländer half mit dem Schmurgeln der Pfeife.

»Möglich. Es stimmt, daß ich Sie gebeten habe, mir zu helfen. Aber vielleicht kann keiner von uns beiden sagen, um welche Art von Hilfe es eigentlich ging...«

»Sie wollten suchen. Nicht ich.«

»Die Karten auf den Tisch. Frieda fehlt, aber alle heben wir ihr einen Platz auf. Zuerst ich. Flucht aus Santa María auf der Barkasse Manfredos, fahnenflüchtig, ohne Paß und ohne Genehmigung. Der Pibe Manfredo, genau der Mann, den ich verhaften oder abknallen sollte. Befehl von oben. Vergehen: Schmuggel. Ich, Medina. Und genau da, als ich ihn fand in der Erdhütte, deren Eingang verdeckt war von Bäumen oder Sträuchern, die es am Ufer dieses Flusses nie gab, in dem Augenblick, da ich ein Held bin, hingehe, allein, und die Hand mit der Pistole auf den Tisch lege, ehe er sich den Revolver langen kann (eifriger Ordnungshüter verhaftet gefährlichen Schmuggler), genau da. Bedenken Sie. Aber nie, weder an jenem Nachmittag noch später, fand ich eine Erklärung, die den Dummköpfen, Ihnen und mir, der schmerzlich vermißten Frieda, den Leuten, die ich kenne oder die ich mir vorstellen kann, begreiflich wäre. Ich habe die Erinnerung daran hin und her gedreht, bis sie verbraucht war, liebe sie aber noch immer. Genau da, genau als. Sie beide kennen die Küste, Sie, die Sie vor acht Uhr morgens keine Eile haben. Jenen Teil der Küste an der Bucht, wo der Sandboden senkrecht abfällt und das Wasser nach drei Schritten fünfzehn Meter tief ist und in den Sommernächten die Pärchen kommen, nackte Jungen, und die Männer Selbstmordabsicht spielen, damit die Mädchen sie mit Bitten bestürmen und sich erregen. Aber es war keine Sommernacht, es war ein Nachmittag im Herbst, und der Pibe Manfredo wartete auf den Sonnenuntergang, den Revolver und eine vom Schmuggel abgezweigte Flasche auf dem Tisch. Ich erkannte ihn: mager, hellbraune Augen, Alter um Vierzig, gebräunte weiße Haut, große Stirnwinkel im schwarzen Haar. Der Blick egoistisch und ruhig, das schwarze Seemannstrikot, die Admiralsmütze mit Anker.

›Sie machen mir Scherereien, Kommissar‹, sagte er, ohne mich zu duzen, ohne Fragen zu stellen oder sich geschlagen zu geben.

Da war es, genau da, als ich nach Monaten, nach falschen Fährten, nach ebenso kalten wie verlorenen frühen Morgen ihn packen konnte. Ich setzte mich ihm gegenüber, fortwährend auf der Hut vor seiner Verschlagenheit, und deckte meine Mütze über seinen Revolver. Bedenken Sie: er hatte drei in meinem Rücken, und ich auf dem Erdhügel zehn, mit Gewehren und der Anweisung, Pfiffe oder den ersten Schuß abzuwarten. Wenn Sie können, Quinteros, oder Sie, Mr. Wright, dann helfen Sie mir oder versuchen Sie Ihr Glück mit irgendeinem Unsinn. Vielleicht geht es Ihnen besser als mir. Ich verstehe es immer noch nicht.«

»Natürlich«, steuerte Quinteros geduldig bei, »gab es keine Schüsse. Nicht einmal Pfiffe.«

»Nein, nichts. No facts, Mr. Wright.«

Ich erzählte noch einmal, obwohl ich wußte, daß es zwecklos war, obwohl die Sache mehr Monate alt war, als ein Jahr zählt, das kurze Lachen, das Glas Wein, die neue Zigarette, das langsame Streicheln im zerzausten Haar. Die Pause, die ich ohne Mühe durchsetzte.

»Nichts, blöde Brüder. Der Pibe Manfredo hob einen Finger, und von hinten kam ein sauberes Glas. Er legte sich eine Hand auf den Mund und füllte die zwei Gläser, die nun auf dem Tisch standen, mit dem geschmuggelten, vielleicht gefälschten Martell. Wenn einer auf ein Mysterium stößt, Verzeihung, auf eine Handlung, die er begangen hat, ohne zu begreifen, und die Zeit vergeht und das Begreifen kommt nicht, dann sucht er Trost oder Halt bei großen Ereignissen im Leben anderer Menschen. Ich habe sogar lange danach auswendig die Worte des heiligen Paulus auf dem Weg wiederholt. Er füllte die Gläser ohne Rüpelei, und wir hoben sie ohne Klang, ohne auch nur die Spur einer Berührung, ich mit seinen drei Leibwächtern im Rücken und dem schwarzen Colt in der lahmgelegten rechten Hand, der Pibe Manfredo auf dem Stuhl, den Körper in plötzlicher Erschlaffung entspannt, die Augen halb geöffnet, Behagen und Langeweile heuchelnd. Wir tranken, und dann kam genau jener Moment, da war es, als. Wenn ich einen Menschen auf der Welt hätte, bei dem ich aufrichtig schwören könnte, würde ich schwören, denn wir, Sie beide und alle anderen und vielleicht ich selber, sind Menschen, die Schwüre nötig haben. Der Pibe nicht. Er brauchte kein Wort zu sagen oder zu hören; er wartete – und vielleicht nicht einmal das – auf Bewegungen und Geschehnisse.«

»Da war es, als«, brachte Quinteros in Erinnerung, ohne mich zur Eile zu drängen, nach einer Zigarette greifend.

»Da war es, als«, stimmte ich zu. »Das einzige, was ich beschwören kann, ist, daß ich keine Angst hatte; ich wußte, daß mir auf ein Blinzeln des Pibe der Nacken zerschmettert werden konnte, aber ich wußte, daß dies – die Oktobersonne ging schon unter – nicht das Wichtigste war.«

»Ja«, sagte Quinteros mit einem Lächeln, das der Freundschaft so sehr ähnelte. »Ich möchte Sie nicht unterbrechen, verstehen Sie. Wenn es nach mir ginge, würde ich einen blinden Stegreifsänger aus Ihnen machen, ich würde Ihnen zuhören, wenn Sie in den Baracken der Landarbeiter auf den Farmen und Gütern von Lavanda umherziehen und mit einer Gitarre ohne Baßsaite seltsame wahre Begebenheiten vortragen. Aber der Pibe Manfredo war damals schon Millionär und wächst immer noch. Der Pibe Manfredo arbeitet für die Patrioten, die in Santa María und in Lavanda das Sagen haben. Wenn es Ihnen an jenem Nachmittag im Herbst gelungen ist, ihn festzunehmen, dann, verzeihen Sie, muß es gewesen sein, weil die Sache ein abgekartetes Spiel war.«

»Aber die Barkasse legte ab.«

»Aber es gab weder Schüsse noch Pfiffe. Und glauben Sie nicht, daß ich Ihnen Ihre sandige Steilküste nicht abnehme, die getarnten Divisionen auf dem kleinen Erdhügel, den Einfluß der windstillen Abenddämmerung im Herbst. Nehmen wir friedvolle Lichter auf dem Wasser dazu und, wenn es Ihnen nichts ausmacht, ein Vorgefühl, das in eine andere Richtung gegangen ist. Würde ich wetten, dann würde ich, ohne mich zu berichtigen, sagen, daß der Kerl Ihnen anheimgegeben war. Das alles für Sie, Ihnen großmütig und ohne jeden Einwand zugestanden. Sie können es verwenden, wie Sie wollen. Mister Wright wird mir vermutlich zustimmen.«

»Oh, alles für ihn«, sagte der Engländer und zog an der frisch angezündeten Pfeife, bis Husten ihm das Lachen abschnitt.

»Alles, was Sie wollen. Aber Sie begreifen den Kommissar

Medina nicht, so wenig wie ich die Toten. Da waren keine Millionen, da war nur die Flasche Cognac und ein Päckchen Zigaretten. Geld anzunehmen wäre für mich dasselbe gewesen, wie in Santa María zu bleiben oder weiter ich zu sein. Und für den Fall, daß es Ihnen wichtig ist, füge ich hinzu, und es bleibt sich gleich, ob Sie es wissen oder nicht, ob es Ihnen wichtig ist oder nicht, ob Sie Lohn von einem oder von beiden Nachrichtendiensten beziehen, daß nämlich der Pibe Manfredo weiterhin über den Fluß fährt. Wenn wir uns irgendwann mal begegnen, ist da nicht mehr als ein Gruß mit hochgehobener Hand, ein Lächeln, ein Wegsehen. An jenem Nachmittag, wie Sie begreifen werden, wußten wir, daß wir Freunde waren; nicht sehr, aber für immer.«

»Und Sie hier, mit Frieda und allem übrigen. Und er hat Farmen da und dort und hat – oder hätte beinahe – die Insel Latorre gekauft, um bequemer arbeiten zu können.«

»Ich habe davon gehört. Und auf seinen Fahrten, seine Privatflugzeuge nicht eingerechnet, bringt er nicht nur ausländische Zigaretten oder ausländischen Whisky oder ausländische Ersatzteile für alles und jedes mit. Er bringt auch Männer mit, und die Männer bringen Maschinengewehre und Granaten mit und kommen und gehen. Das können Sie jedem erzählen; der Pibe und ich werden weiter lächeln, werden die Toten und die Millionen zählen, die die Militärs, mal unter-, mal übertreibend, bekanntgeben. Ich weiß, es gibt Vereinsamte und Verhungernde. Aber keiner der vier. Ich schließe Frieda mit ein. Alle mit demnächst zu verdienendem Geld, alle mit einem Ehrgeiz, der stinken würde, wenn er sich in die entsprechende Position gesetzt fände; alle mit einer Liebe oder ihrer abstoßenden Karikatur, alle mit einer Zukunft in Richtung Würmerversammlung. Alle mit einem Motiv, letztendlich, wenn Sie verstehen. Und genau da und als; da war es, liebe Tiere, daß ich ohne die Möglichkeit, jemals die Ursache zu erkennen, die idiotische Pistole einsteckte, den Revolver aufdeckte, weil sich die Kühle bemerkbar machte und ich mir den Kopf bedecken wollte.

Plötzlich, ohne Erleichterung und ohne Traurigkeit, fühlte ich, daß ich aufgehört hatte, ein Motiv zu haben. Ich schenkte mir noch ein Glas ein und fragte den Pibe Manfredo:

»Wann fahren wir über?«

22. KAPITEL

Noch eine Reise

Aufgrund stillschweigender Übereinkunft und nie formulier-
ten, aber mich bindenden Mannesworts war ich verpflichtet,
dem verblichenen Quinteros – der sich jetzt Osuna oder
sonstwie nach Art eines von den Katholischen Königen
bedrohten und konvertierten Juden nannte – war ich, sage
ich, verpflichtet, ihm meinen zweiten Fluchtversuch zu erzählen.

Vom sechsten Sinn abgesehen, lag die Möglichkeit – vielleicht – in den Gehörgängen, den Stimmen, den Worten, den
unbekannten kleinen Wahrheiten und großen Lügen.

Ich war nie ein Kavalier gegen Quinteros selig, Osuna,
Urenkel eines zeichnenden Mönchs, der durch die Stadt
Santiago de Chile gezogen war. Nie habe ich ihm die
Geschichte erzählt, die in einem Laden in Lavanda neben
dem Hauptfriedhof beginnt und endet, wo ein Paar, Asche
und Rose, ein Paar alter Leutchen mich mit beherrschter und
lächelnder Feindseligkeit ablenkte und hinhielt. Nichts. Es
stimmte: großes altes Haus, Marmortreppen, er oder sie in
einem sogenannten Schreibsalon mit Fenstern auf den Fluß,
und einer kommt und verlangt Saiten für Violine, Viola,
Violoncello, Gitarre und, aus Laune, wenn er will, für
Kontrabaß. Sie beide und die riesigen, verblüffenden Photographien an den Wänden: oval, sepiabraun, drei oder vier
Generationen, und ein Ausrutscher: neuer, grau in grau, mit
zwei winzigen Figuren links der unverwechselbaren Kathedrale von Santa María.

Und sie beide: einvernehmliches weißes Haar, Stutenkruppe
für die fast zwergenhafte Alte, die Honig ausschwitzte,
wenn ihre Hand deine berührte. Er, groß, schwer, rund und
gut, der sich aus eigenem Willen, kaum in scherzhafter
Absicht, mit der zweiten Rolle begnügt, der dich anspricht
mit einer Stimme in gewähltem tiefem Viola-C. Offenkundig

ist, daß er vertraut und sie nicht. Daß sie anfingen mit dem Geschlecht zu spielen, als sie vierzehn waren, und sich jetzt immer noch lieben, und ich sage fast Anbetung, sich lieben auf die im Alter von achtzig Jahren, bei fünfundsechzig oder sechzig gemeinsamen Lebensjahren einzig angemessene Weise: mit Ironie, Scherz, Spott, unvermeidlicher Zärtlichkeit.

Ja, Quinteros Osuna; sie waren in Santa María gewesen, sie haben die Kolonie nicht verlassen, seit ihre kleine, unmögliche und respektable Mayflower sie aus Europa herübergebracht hat. Sie verließen die Kolonie nicht, es sei denn (wenn das ein Verlassen ist) an den Sonntagen, an denen die erst gemietete, dann eigene Kutsche sie zur Messe in die Stadt fuhr. Worüber ich mir das erstemal Gedanken machte: warum, Katholiken, waren sie aus ihrer alemannischen und protestantischen Schweiz geflohen?

Aber da, jedenfalls, standen sie, umgeben von toten und frischen Sträußen, standen da, haben dagestanden, auf mich herabsehend in leutseliger Fröhlichkeit, spöttisch, gaben zu, in der Kolonie gelebt zu haben, und verweigerten, was das Mysterium ihrer zweiten Emigration betraf, jede Erklärung, die über die Habgier hinausginge. Sie hatten mit mir nichts zu schaffen, nichts mit dem gemutmaßten, verfluchten, aufmüpfigen, heimkehrsüchtigen Wir.

»Man konnte nicht mehr leben.«

Ohne das Bedürfnis, sich zu berühren, glücklich in der Gewißheit, daß sie die Körper nicht, jetzt nicht mehr, vereinen mußten, um das Geheiligte gegen jeden Versuch einer Einmischung zu verteidigen, gewiß, daß die Zeit, der Glaube und der Gott, zu dem sie beteten, nicht umsonst einen Wall errichtet hatten, der das Geheimnis trennte vom Schmutz. Fast bewegungslos standen sie da, unerforschlich, und das anscheinend für immer.

Vereint und lächelnd, armer Schwindler Osuna, sich gegenseitig stützend ohne Vorsatz – oder es war ein Vorsatz so alt wie das Vergessen–, um nicht zuzulassen, daß einer von beiden, er oder sie, ausrutschte, fiel, abstürzte in die immer selbstmörderische Falle des Todes. Sie oder er, die sich liebten seit ihren vierzehn Jahren, oberhalb oder unterhalb aller bekannten Worte und aller Worte, die ein Genie oder ein stammelnder Dummkopf zusammenfügen konnte, um das Unsagbare auszudrücken, um jene Reinheit von fünfundsechzig Jahren klein zu machen und zu bekleckern.

23. KAPITEL
Die Versuchung

In der Vorrede zu einer unglaubhaften Zeit hätte ich um ein Haar den unsagbaren Namen – Gurisa – vor Frieda ausgesprochen, die eben dabei war, ihre zwanzig Nägel mit Lack zu bepinseln. Eine ihrer Manien.

»Was ist aus Olga geworden«, fragte ich mit zerstreuter Stimme, »was ist aus Juanina geworden?«

Frieda sah mich an, beinahe lächelnd, blies sich auf die Finger.

»Juanina kommt manchmal. Immer noch genauso ordinär und mysteriös. Von Olga weiß ich nichts. Sie hat zwei- oder dreimal angerufen, und du warst nicht da. Oder sie hat angerufen, und auch ich war nicht da.«

Ich war für Juaninas Mysterium dankbar, denn ich hatte den Scheck von Carve eingelöst. Niemand wußte es, keiner fragte. Mir fiel ein, daß man begonnen hatte, den Alten Markt abzureißen, und ich beschloß hinzugehen und nachzusehen, in welchem Zustand sich meine Werkstatt befand und welche Dinge gerettet zu werden verdienten oder noch zu retten waren.

Zuerst sah ich den Brief auf dem Boden, dann wurde ich betäubt, begraben unter dem Abbruchgetöse. Spitzhackenschläge über meinem Kopf, Spitzhackenschläge in der Ferne – auf der Südseite des Marktes –, das Dröhnen der gewaltigen Kugel aus Stahl und Blei, die rastlos Fronten, Gesimse, Backsteinwände in Trümmer schlug. Aber die Staubwirbel waren nicht bis in mein Zimmer gedrungen, und der Brief lautete:

»Ich weiß nicht, wie lange ich schon nach dir suche, dich anrufe im Haus der warmen Schwester, und nichts. Ich weiß nicht, ob du hier bist oder noch am Leben. Wer weiß, ob sie dich nicht vor mir versteckt, sie bringt es fertig, obwohl sie früher anders war. Ruf mich nach fünf im Büro an, ehe alles in die Brüche geht, und sag, du seist mein Bruder, denn zur Zeit haben sie den Tick, alles zu kontrollieren. Ich habe viele Brüder. Tschau, Schatz, Olgurisa.«

Einen halben Monat oder zwanzig Tage lebten wir im Bett, und langsam fiel uns die Decke zerstäubt ins Zimmer; wir gingen aus, um zu essen, und wenn Gurisa zu schlafen versuchte, versuchte ich zu malen, mit weniger Glauben jeden Tag, gleichgültig gegen den Lärm der Zerstörung des Marktes, aber aufmerkend auf meine innere Apathie, den Ungehorsam meiner Hände, meine Augentäuschungen. Es gab kein elektrisches Licht mehr, wir kauften eine nach Kerosin stinkende Lampe, und die gefürchteten Schläge der gewaltigen Metallkugel kamen jeden Tag näher.

Bis wir eines Tages zu dritt im Werkstatt-Zimmer waren und der Eindringling sagte:

»Sie haben natürlich überhaupt nichts gemerkt. Das Zeug kommt jetzt runter, und wir müßten für Sie blechen, als wären Sie neuwertig. Wenn Sie meinen, rufe ich die Feuerwehr.«

Zu allem Glück lagen wir im Bett, getrennt, aber nackt. Hinter besagter Anzüglichkeit des Kerls stand der lichte Tag, eingerahmt von der komplizierten Geometrie der geborstenen Mauer. Die große mörderische Kugel des HErrn kreiste langsam auf dem blauen, schon herbstlich eingefärbten Grund.

Gleichgültig gegen die schmierige Anwesenheit des Mannes und seiner Sätze aus Hohn und Herrschaft, zog ich mich ohne Eile an, ließ die Halfter mit der Juan María Brausen gestohlenen Pistole in der Luft tanzen, zog einen großen Geldschein heraus und hielt ihn an einem Zipfel hoch.

»Schweigen Sie und gehen Sie. Oder ich schwöre Ihnen, daß Sie morgen nicht mehr hier arbeiten werden.«

Er zögerte und hörte zu grinsen auf, er redete nicht mehr, suchte meine Augen. Ich hatte in der Kommandantur von Santa María viel Gesindel dieser Art kennengelernt. Meine neuen Kleider oder die Pistole oder mein Bluff bewirkten, daß er still nach dem Geld langte und sich entfernte, indem er in die unbegreifliche Zeichnung der geborstenen Mauer eintrat.

Gurisa war durch ein Gewühl von Laken und Decken vollständig verborgen. Ich sagte zu ihr, sie solle sich anziehen, wir gingen ins Restaurant. Ich drehte die Farb- und Terpentinlappen um, bis ich die Geldscheinkugel fand.

»Also die kommt bestimmt in die Hölle«, zog Gurisa im müden Taxi vom Leder. »Mir ist es egal, ob sie Frauen mag oder nicht. Aber sie soll nicht neidisch sein und nicht meinen, du seist ihr Besitz. Aber du läßt es ja zu. Sooft ich nach dir gefragt habe, in der Wohnung, am Strand, am Markt, jedesmal hat sie mich auf eine falsche Fährte gelenkt, hat gesagt, sie wüßte nichts von dir. Seit Monaten hätte sie dich nicht gesehen. Und jetzt sagst du, alles sei Lüge gewesen.«

Wir waren in die Stille einer dunklen Gasse eingebogen. Der Chauffeur sah wie ich, daß eine quergelegte Holzschranke uns Verweigerung zeigte. Aber mit einem Glauben, den niemand teilte, ließ er dreimal kräftig die Hupe ertönen und sagte:

»Fahren wir zum Nostra oder geben wir's auf?«

»Zum Nostra«, antwortete ich. Als hätte ich Kuwait oder die Malvinen gesagt.

Die Fehlschläge hatten Gurisa aufgebracht, erfüllten mich mit Rachegedanken. Ich sagte:

»Ich habe ein Maskottchen, und das ist die einzige Hoffnung. Wenn du es dir an einen mageren Finger stecken möchtest.« Es war ein Ringlein aus Blei.

Sie hatte schon nein gesagt. Aber das hieß in der Vorhölle verharren, das Paradies entrückt in den Himmel und die Hölle der kurzgeschlossenen Koitusse. Aber die Zeit verging, und die Herbergen zogen an uns vorbei. Endlich, in einem undeutlichen Augenblick, nach angewiderter Ablehnung, tödlicher und nie verzeihender Gekränktheit im Profil, das in Abständen im traurigen Licht der Scheinwerfer hervortrat, nahm sie den Ring und sagte:

»Scheiße. Noch eine Hure.«

Das magische Maskottchen, das ich ihr angeboten hatte, zwei Medaillen, geschmückt mit einem Judas Thaddäus und einem heiligen Pankraz, verbunden mit einem roten Faden, war ein Geschenk Juaninas.

»Bei mir hat es nie versagt«, sagte ich.

Und während sie begierig und resigniert den Ring an der Wange rieb, fuhren wir an drei vollbesetzten Häusern vorbei, drei Absteigen, drei Orten der Unzucht und kurzen Glückseligkeit. Bis sie, offenen Mundes und krank, gestand:

»Sag dem Chauffeur, daß wir zum Luderer fahren. Sag ihm, du seist ein Freund vom Luderer. Larsen«, setzte sie fast weinend hinzu.

Ich schwankte und hatte Angst. Ich dachte, daß sie verrückt geworden sei, ein wenig, aber daß es vollauf genüge.

»Sag es ihm«, insistierte sie, die Stimme heiser und zittrig, als lägen wir schon im Bett.

Ich sagte es, und der Mann schimpfte:

»Hätten Sie früher sagen können.«

Das Auto nagelte ein boshaftes U in die Nacht, und wir fuhren zurück, fuhren in eine andere Dunkelheit, eine plausible Allee ein.

»Luderer«, erheiterte sich der Chauffeur erinnerungsselig, fast wie ein Freund.

Aber Gurisa, mit dem Ring aus Silber oder Blei am obersten Fingerglied, so entrückt in den Dunst im Fenster. Und das einzige, worauf es ankommt, dachte ich, ist ihr nackter Körper, ihr Geruch und altes Wissen.

Der Chauffeur und Luderer-Freund sprach mit einem Zimmerburschen und sagte zu mir: »Zimmer vierzehn.« Ich zahlte und suchte die eintönige Reihe der eisernen Falltüren ab. Gurisa war schon ausgestiegen und sprach mit einem anderen Zimmerburschen, der eine Schwulenstimme hatte; dann verlor ich sie in der Nacht.

Luderer war generös und spendierte Oktober-Heizung in Zimmer vierzehn mit Vorzimmer nebst nötigem Zubehör. Aber Gurisa war nicht da.

Ich warf mich rücklings aufs Bett, zündete eine Zigarette an; die Hände im Nacken, das Kinn kaum verbrannt von der Asche. Gurisa für immer verloren, oder es hat Gurisa nie gegeben. Bis ich zum Telefon griff und meine Einsamkeit darlegte.

»Das dauert nur einen Moment, Verzeihung. Verwechslung. Alles kommt in Ordnung.«

»Ja, alles kommt in Ordnung. Aber manchmal zu spät. Schicken Sie mir eine Flasche Whisky. Den am wenigsten giftigen.«

Es stimmt, daß meine Neugier, mein Heimweh sich mit verworrenen Rachegedanken mischten. Luderer, wer immer das sein mochte, war unschuldig daran, daß seine Angestellten vierzehn und sechzehn verwechselt hatten. Aber ich hatte gesagt: Freund von Luderer. Und seit der Kindheit. So daß ich unserer Freundschaft etwas Zeit widmen mußte. So daß ich mich damit zerstreute, einem alten und schwachen Motiv zum Haß nachzuforschen, der Erinnerung an einen schmutzigen Streich, den er mir in einer wahrscheinlichen und fernen Vergangenheit gespielt hatte, als wir uns vorsichtig in die anbrechende Dunkelheit eines der rings um eine Stadt liegenden Obstspeicher drückten, um unreifes Obst zu stehlen.

Ebenfalls bedachte ich, daß der Zimmerbursche, mit ausländischem Akzent und fast sicher invertiert, zu Gurisa eindeutig Zimmer sechzehn gesagt hatte. Es hilft nichts, als es zu erzählen, und manchmal finde ich Gefallen an Details und an dem, was das Unvorhergesehene auslöst.

Die Minuten vergingen, es kamen die Flasche und das dienstbeflissene Lächeln, und mir fiel ein – als ich aufstehen mußte, um die Zigarette ins WC zu werfen, weil keine Aschenbecher da sind, weil die Kunden sie mitnehmen, aus Kleptomanie oder aus Anhänglichkeit an das, was sie eine unvergeßliche Nacht nennen –, daß mein kleiner Haß auf den Luderer, den einzigen und unbekannten echten Freund, den das Leben mir gewährt hat, darauf beruhen konnte, was ein gewisser Marx Brothers mir einmal in Santa María zu erklären versucht hat. Es war ein ausgehaltener Mann mit Kommandantenbart, er sagte, alles sei eine Sache des Geldes.

Sollte Vorerwähnter recht haben anstelle eines anderen, ebenfalls, aber spärlicher bebarteten Sanmarianers, der Halt, wenngleich nicht Rast suchte bei den unvermeidlichen Anfechtungen in den Beziehungen, die einer zu seiner Großmutter unterhält, dann entsprang mein sanfter Haß auf den lieben Luderer nicht den Irrtümern seiner Männer oder seiner Computer, sondern dem schieren Neid, den ich früher nie gefühlt hatte: dem gesunden und ehrgeizigen Neid eines Armen gegenüber einem Reichen, eines armen – und jetzt ziellos umherirrenden – Mannes von bescheidenem Stande und ohne Beziehungen zur Satrapie von Lavanda: eines Armen ohne Großmutter.

Im Zwielicht des Bettes setzte ich mich auf und akzeptierte, daß meine in der Kindheit nie sich äußernde Abneigung gegen Luderer der einfachen Tatsache entsprang, daß er fünf Millionen aufgebracht hatte, um das Schmiergeld zu bezahlen, mit dem er sich die Genehmigung verschaffte, das generöse Haus in der Calle Iglesias zu führen. Ich hingegen hatte, unter anderen Mängeln, nicht einmal eine Frau in der Suite mit Wohnzimmer, Schlafzimmer und Bad.

Ich verzieh, glaubte Luderer für immer zu vergessen, als, schlecht angezogen, sich windend, mehr dumm als häßlich, die Verwechselte eintrat.

Ich stand auf, zeigte ihr die Innenfläche der Hand wie einen Gruß des Stammes der Nganska und legte einen Finger auf die Lippen.

»Wenn Sie schweigen, wenn Sie sich ruhig verhalten...«, sagte ich. »Machen Sie sich keine Sorgen, alles kommt in Ordnung.«

Sie akzeptierte es, im Wohnzimmer zu bleiben und, von mir durch die durchsichtigen Vorhänge getrennt, ihr besonderes Schicksal zu erwarten. Ich aber mußte mir, unter Tränen und Taschentüchlein für wäßrigen Rotz, ihre Lebensgeschichte anhören.

Nicht einmal Sie werden auch nur annähernd die Wut und das Glück oder bittersüße Unglück des Frauchens ermessen können, das – mit Hut – in Appartement vierzehn oder sechzehn meines Gevatters Luderer für immer verloren war.

Das Tierchen weinte, mir den Rücken kehrend; den Vorhang zwischen dem Wohnzimmerchen und dem Bett ließ es unangetastet. Gelangweilt, eines glücklichen Ausgangs gewiß, rauchte ich, beknabberte kaum den Whisky, lag in einem Sessel im Schatten.

»Der beste, der gutmütigste, der strammste Ehemann, den je eine Frau hatte. Und drei Kinderchen haben wir, so blond alle drei, daß es aussieht, als stammten sie weder von ihm noch von mir. Zwei, vier und fünfeinhalb. Gott verzeih mir und Sie auch und alle, die Steine auf mich werfen wollen. Ich weiß nicht, wie ich's nennen soll, Kopflosigkeit oder Fieberhitze, nämlich alle vier haben wir uns verirrt, und ich weiß nicht, ob ich mit dem eines Tages, hoffentlich nie, wieder zusammentreffe. Mit Ihnen, der Sie mein Gesicht gesehen haben, und mein Gesicht vergißt man nicht, nie im Leben. Es ist mir egal, ob Sie einen Bauch haben oder ein blonder Dünner sind, dem das Haar ausgefallen ist. Aber der andere, der sich wie ein Trottel hat irreführen lassen und an allem schuld ist, und da stehe ich und warte und weiß, daß ich nach zehn Uhr nicht mehr nach Hause kommen kann, bis um zehn Uhr nachts bleibt keine meiner Lügen frisch. Und alles, die drei Kleinen und mein Gatte, alles, weil dieser Idiot, der mich diese Nacht vielleicht nur zum Spaß zugrunde richtet, diese Nacht, schauen Sie sich den Kalender an, sollte die erste sein, und man malt sich das vorher aus und kann doch nicht mit Sicherheit sagen, ob es klappt oder nicht. Verstehen Sie, wenn man jemand so oft aus dem Büro nebenan kommen sieht, dieses Lächeln, diese Aufmerksamkeiten, Rosen, eine Einladung in die Konditorei, und ich schon naß und sage ja, mehr Neugier als Lust, auch wenn Sie's nicht glauben. Sieben Jahre Ehe, und nie das geringste, aber der Moment kommt, da macht man die Augen zu, und für mich ist dieser Moment jetzt gekommen, der auch der letzte ist, es ist rein zum Lachen.«

Sie weinte weiter oder tat als ob; als ich die zweite Zigarette an der Wand ausdrückte, klingelte das Telefon. Man erläuterte mir wieder die Gleichung vierzehn/sechzehn, Verzeihung, bitte, wir bringen das gleich in Ordnung. Aber als ich hinging, der verwechselten Gattin die frohe Botschaft zu überbringen, war keine Ehebrecherin mehr da, mit der ich hätte sprechen können. Nicht einmal der Geruch oder das Parfüm einer Frau auf der Suche nach einer neuen, unvorhergesehenen Adresse.

Ich ging wieder ins Bett, rauchte wieder. Ich begriff, daß es meine Pflicht war, unruhig zu sein, mich über Gurisas unbekanntes Geschick zu betrüben, das Photo auf dem Märzblatt des Kalenders – importierte hängende Lianen, gedunkelte Schafe auf zweifelhaftem Schnee- oder Sandweiß – danach zu befragen, wo sie sein mochte, in welchem Zimmer des »möblierten« Hauses, unter welchen Leuten, welche Worte verschweigend.

Gurisa, Gott hat gegeben, Gott hat genommen. Möglich war, daß sie das Labyrinth der Zimmer, Täuschungen und Telefonschnüre durchwanderte und zu mir zurückkehrte. Sie konnte mich vom Scheitel bis zur Sohle mit syphilitischen Wunden bedecken, oder vielleicht reichte es aus, sich auf der hart gewordenen Frische der Laken zu wälzen.

Aber Gurisa kam nicht, und als ich sicher war, als ich ihre veränderlichen Gesichter und die Biegungen ihrer Finger vergaß, zog ich mich nackt aus, um mich an den Laken zu scheuern, weiter zu rauchen und aufzumerken auf den Frieden, in dem andere Gedanken trieben, wichtiger als sie, älter als ich. Warum, dachte ich, lassen sie den geboren werden, der schon bei der Geburt müde ist und Bescheid weiß; warum wird der geboren, der mit lauem Geist geboren wird, der auf den Tod wartet, und Gurisa kommt nicht?

Vielleicht gab es eine Antwort, und eben, glaubte ich, kam sie bei mir an; aber eine Sekunde vorher klingelte das Telefon und ertönte die Stimme des jungen exotischen und päderastischen Zimmerburschen.

Ich sagte ja, verstehe, das fehlte noch, danke, und dachte an sein in schwarze Torerohosen gezwängtes Gesäß, sein schniekes Hemd, seine virile Entschlossenheit, den Hintern nicht zu schwenken, es sei denn, die Bewegung wäre unerläßlich.

»Geht in Ordnung, Manolete«, wiederholte ich meinen Dank.

»El Cordobés, wenn Sie nichts dagegen haben«, sagte er wütend und zärtlich und hängte ein.

Ich hatte nicht viel Geld in den Taschen, aber die Scheine waren schon zwischen Laken und Matratze geplättet; ich hatte Zigaretten, ein Glied, das anschwoll und dann violett herabfiel, ich hatte die Hoffnung auf eine Frau, die Gurisa genannt werden konnte.

Vielleicht waren wir für immer getrennt, würde ich nie mehr weder ihr Stöhnen auf dem Laken noch das Gespinst ihrer einfältigen Lügen hören. Ich war allein und traurig, die Flasche gehälftet. Ohne zu wissen warum, beschloß ich, einen Schiffbrüchigenbrief zu schreiben, den sie nun nie mehr lesen würde. Im Schreibtisch, Abklatsch eines *secrétaire,* fand ich gehämmertes Papier mit einem zarten, diskret in der linken Ecke untergebrachten Briefkopf: Luderer House.

Ich trank einen Schluck und arbeitete.

»Nein, Gurisa, da mußte nicht noch etwas anderes sein als das Bett und das Vergessen. Die Angst, in der Kindheit oder Jugend entstanden, einer Frau je etwas schuldig zu bleiben. Aber du bist verrückt geworden, und dein Verrücktsein stützte sich auf mich, auf meines, das du schufst und das deines sachte steigerte, nach und nach, bis du und ich, bis wir – irrigerweise – annahmen, daß Verrücktsein dem Verliebtsein anderer Leute gleichkäme. Ohne zu bedenken, Gurisa, daß unsere Wut ein wenig jenseits der Liebe lag, ohne zu bedenken, daß alle Leiden und Glückseligkeiten der wahrhaft Liebenden kaum heranreichten an unsere Angst, den verzweifelten und unerhörten Wunsch, uns ganz, Seele und Gedärme, kennenzulernen, eine hermaphroditische Einheit zu bilden, die natürlich und genußvoll vier Arme und vier Beine hätte, ein einziges Hirn, ein einziges, in Ekstase und Kommunion wütendes Geschlecht.

Wenn ich schwöre, wir, Gurisa, schwören, versprechen, ihre Wahrheit zu sagen, dann dauerte die Geschichte zweiundsiebzig Stunden, eine Zeit, passend für Armenproteste und Hungerstreiks. Aber ein Mann und eine Frau, entrückt durch unmögliche Ansprüche, durch die Illusion, die Sünde der Wollust für realisierbar zu halten – den einzigen Weg zum Absoluten, Ewigen und kleinen Glauben an wahre Kommunikation: wir, Gurisa und ich, waren nie in der Zeit. Wir gingen darin ein und aus, ohne daß jemand Verdacht schöpfte.«

Ich wollte eben den Brief unterschreiben, als abermals an die Tür geklopft wurde. Es war nicht Gurisa, es war ein Mann im Hut, mit einem angenehm wilden Geruch von feuchter Erde und weit zurückliegenden Räumen, ein Unbekannter. Aber er sagte:

»Tag, Kommissar«, und trat langsam, sich wiegend, näher, mager und klein, unscheinbar, anscheinend gezähmt.

Ich begann ihn zu erkennen, als er zum Spiegel ging, um sanft an den schwarzen Schmetterlingsflügeln zu ziehen, die er als Krawatte benutzte.

Ich war ein wenig betrunken, und jener Mann war vor Jahren gestorben. Er setzte sich auf den Stuhl, auf dem ich den Brief geschrieben hatte; er drehte sich, um mir das Profil zu zeigen.

»Larsen...? Larsen«, murmelte ich mit Begräbnisstimme.
»Warum nennen Sie mich nicht Leichensammler? Sammler.
Luderer. Aus Ihrem Mund kränkt mich das nicht.« In
seinem Sprechen lag ein sanfter, ferner Spott; mit einem
tiefen Atemzug bewegte er kaum die Luft.
Ich sah ihn zerstreut und resigniert nach den Würmern
greifen, die ihm von der Nase in den Mund rutschten; wenn
mehrere sich windend auf dem Parkett lagen, streckte er
einen Schuh vor, unter dem sie mit dem Geräusch eines
wiederholten kurzen Seufzers starben.
»Verzeihen Sie«, sagte er, »das ist die Krankheit. Er sprach,
ohne daß sein milchiges Gesicht sich bewegte. »Ich wollte Sie
nicht stören. Bei der Zimmerverwechslung habe ich ein wenig
nachgeholfen, der Rest: Pech. Im Grunde bin ich Ihr Schuldner, und ich bezahle gern, indem ich es Ihnen sage.«
»Mein Schuldner? So viele Jahre sind vergangen... Ich
begreife nicht.«
»Wenn Sie sich nicht erinnern, dann weil Sie es nicht
gemerkt haben. Und dadurch erhöht sich die Schuld und ich
muß mehr abbezahlen. Bedenken Sie: Sie waren Kommissar
und ich ein armer, gescheiterter Zuhälter, und ein schlimme-
res Scheitern gibt es für keinen Mann auf der Welt. Santa
María. Und nie, sooft wir uns begegnet sind, haben Sie mich
– nicht einmal das – geduzt.«
»Das kann stimmen, das war nicht meine Gewohnheit.«
»Ja, Sie waren anders. Wir verkehrten fast von gleich zu
gleich. So wie jetzt.«
Die Nacht wurde alt, und Gurisa war noch immer verloren.
Und was konnte dieser Auferstandene von mir wollen...
Nun benutzte er ein Taschentuch für die Würmer und
nickte, als wollte er ja sagen zu einer Erinnerung. Dann sah
er mich voll an und sagte mit veränderter, fast tonloser
Stimme:
»Machen Sie sich keine Gedanken, das Mädchen kommt
sofort. Sobald ich anrufe. Ich wußte, daß Sie kürzlich eines
Nachts hier waren. Mit einer anderen Frau. Damals wollte

ich Sie nicht stören, weil ich das noch nicht hatte, was ich Ihnen jetzt zeigen werde. Warum sind Sie aus Santa María fortgegangen?«

»Weil ich es satt hatte, weil ich erstickte, weil ich Brausen haßte.«

»Und laufen in Lavanda herum, habe ich sagen hören, ganz verrückt danach, heimzukehren.«

»Ja, jetzt vermisse ich es. Ich bin dort geboren.«

»Und mich hat Brausen auf die üble Tour hinausgeschmissen. Sagen die Leute. Aber mir ist es einerlei, auf welcher Seite des Planeten ich mich befinde. Jetzt lebe ich hier und habe mein Haus. Mit falschen Spiegeln in jedem Zimmer. Sogar mit Mikros. Aber es langweilt mich schon. Schauen Sie, alle machen das gleiche, und dabei glauben sie, sie erfinden. Und sagen dieselben Gemeinplätze und Lügen. Widerlich, aber sie zahlen. Gut, ich bin nicht gekommen, um von mir zu sprechen. Aber, Moment mal.«

Er stand auf und ging den Telefonhörer abnehmen. Er murmelte Unflätiges, und ich hörte ihn sagen:

»Sie soll raufkommen.«

Er kehrte zu seinem Stuhl zurück; ich saß auf dem Bett, das Whiskyglas in der Hand. Unten schlugen Autotüren. Er lächelte gönnerhaft.

»Sie können nach Santa María gehen, wann Sie wollen. Und ohne daß es Sie etwas kostet, sogar ohne zu reisen. Hören Sie zu: ich verpulvere mein Geld nicht für Bücher, also habe ich nicht mal eines von denen gekauft, die die Erfrorenen da drüben als heilige Bücher bezeichnen. Hab sie auch nicht gelesen. Ich kann das nicht, aber Sie können es. Ich meine, die Probe, die ich Ihnen mitgebracht habe. Denn meine Universität war die Straße, aber Sie sind ein belesener Mann. Denken Sie, ein Freund im Ausländer-Klub hat mir von diesen Büchern gesprochen. Und im Gespräch hat er mir ein Stück davon gezeigt. Warten Sie.«

Er beugte sich vor, um eine Hand in die Gesäßtasche seiner Hose zu stecken, und zog eine Brieftasche mit Monogramm und Chromverzierungen heraus. Er wühlte in den Scheinen, bis er ein zerknittertes und gefaltetes Papier fand.

»Lesen Sie«, sagte er.

»Außer dem Arzt Díaz Grey und der Frau hatte ich auch die Stadt, in der beide lebten. Nun hatte ich die Provinzstadt, auf deren Marktplatz die beiden Fenster von Díaz Greys Arztpraxis gingen. Ich lächelte, verwundert und dankbar, weil es so leicht gewesen war, ein neues Santa María in der Frühlingsnacht zu erkennen. Die Stadt mit ihrem Abhang und ihrem Fluß, dem nagelneuen Hotel und, auf den Straßen, den braungebrannten Männern, die ohne echten Antrieb Scherze und Lächeln austauschten.«

Ich reichte Larsen das Stück Papier, er aber hob die Hand:

»Nein«, sagte er, »das ist für Sie.«

Wieder ein Klopfen an der Tür, zaghaft, fast heimlich. Ich stand vom Bett auf und trat zur Seite, um Gurisa einzulassen. Sie hatte ein neues Lächeln, das ich, wer weiß wann und wo, auf dem Gesicht einer anderen Frau gesehen hatte. Sie kam herein und ging geradeaus, am Eigentümer vorbei, ohne ihn anzuschauen. Dieser lüftete kaum den Hut, aber ich hatte Zeit, das spärliche graue Haar zu sehen, das in die Stirne gekämmt war und eine dünne silberne Mütze bildete, die die Glatze verdecken sollte.

Ich setzte mich wieder, Gurisa warf sich hinter mir aufs Bett, und ich hörte, daß sie die Handtasche öffnete und sich eine Zigarette anzündete. Von da an war es, als ob sie Larsen weder sähe noch hörte, als ob er sich mit mir allein fühlte.

»Brausen. Der hat sich hingelegt, als wollte er Siesta halten, und dabei hat er Santa María und alle diese Geschichten erfunden. Das ist klar.«

»Aber ich war dort. Und Sie auch.«

»Das steht geschrieben, weiter nichts. Es gibt keine Beweise. Also sage ich Ihnen noch einmal: tun Sie das gleiche. Hauen Sie sich ins Bett, erfinden Sie auch. Fabrizieren Sie sich das Santa María, das Ihnen am besten gefällt, lügen Sie, träumen Sie Personen und Dinge, Ereignisse.«

»Du hast mich noch nicht mal gefragt, was zum Teufel mit mir passiert ist«, sagte Gurisa hinter meinem Rücken.

Larsen stand auf und zerquetschte mit Daumen und Zeigefinger den letzten Wurm auf der Nase.

»Überlegen Sie sich's. Für Sie ist es leicht. Sie können hier bleiben, solange Sie wollen. Kostenlos. Wir haben einen Restaurationsbetrieb, will sagen, kleine Gerichte.«

Ich stand auf, um ihn zur Tür zu begleiten, und trotz der Würmer ekelte ich mich nicht, ihm die kalte Hand zu drücken. Ich kehrte ins Bett zurück; Gurisa hatte aus einem Briefumschlag einen Aschenbecher gemacht, den sie zwischen den Brüsten hielt.

»Das werden unsere Flitterwochen«, sagte ich. »Wir werden mehrere Tage hier bleiben, bis zum Überdruß.«

Gurisa lächelte glücklich.

»Wirklich? Die ganze Zeit zusammen?«

Ich nickte, und sie fügte hinzu:

»Dann werde ich Mittel und Wege finden, die Vorhänge auszuwechseln. Sie sind grauenhaft.«

ZWEITER TEIL

24. KAPITEL
Fast tretend

Fast auf Bettler- und Diebshände tretend, erreichte Medina den Schatten der Arkaden am Alten Markt von Santa María und stand still, um den Strohhut abzunehmen und sich mit dem Taschentuch die Stirn abzuwischen. Das große, schlaffe und verblichene Spruchband verkündete: Von Brausen geschrieben. Er hatte oder hatte nicht den Schlüssel auf dem Armaturenbrett des Wagens liegenlassen, aber das war nicht wichtig. Schnaufend schaute er über die Schulter zurück auf das zerlumpte, mundtot gemachte, verräterische Gesindel.

Wie jeden Samstagnachmittag saßen die Männer hufeisenförmig auf dem Platz, barfuß oder in Alpargatas, den Hut auf dem Kopf, kratzten sich die Achselhöhlen oder steckten die Finger in Pakete mit fettigem Papier oder in ölige Büchsen mit Essensresten. Einige aufgeblähte nackte Kinderbäuche schlängelten sich dazwischen durch, den trägen Körpern und blitzschnellen Schlägen ausweichend. Einige wenige früh gealterte Frauen verstrickten knallig gefärbte Wolle. ›Bis es Nacht wird‹, dachte Medina; ›bis die Banden junger Männer und Frauen und Motorräder und Papas Autos kommen, die dieses Jahr den schmuddeligen Markt entdeckt haben.‹

(Um sich zu betrinken und halb erstickt in der Kneipe von Barrientos oder der des Deutschen zu tanzen, die Jungen in rotkarierten Hemden, mit Mähnen wie von schmutzigen Weibern; die Mädchen, solche, die drei oder vier Sommer lang glänzen, dann explodieren und erlöschen, in ihren engen Blue jeans und aufgeknöpften Blusen. Und wenn es Tag wird und die mit Obst und Gemüse beladenen Lastwagen aus der Kolonie kommen, brausen sie rasch ab zu den Sandfeldern von Villa Petrus, um Bäumchen wechsle dich zu spielen, ein Spiel mit Überraschungen. Sobald bei den Invasoren das grundlose Lachen einsetzt, wird die hingelagerte Herde der Stadtstreicher und Müßiggänger einmütig sich rekeln, sich bewegen, auseinandergehen und, ohne planen oder sich absprechen zu müssen, Stellung beziehen in den Schlupflöchern, die die Stadt ihnen bietet. Vielleicht verschwinden die Frauen mit den Kindern, oder sie legen nur die Kinder in der Hütte schlafen und kommen selbst, verstaubt, in anderen Kleidern und mit anderen Hoffnungen, zurück – nun auf den Hauptplatz –, um sich herumzutreiben, um die Männer aus der Kolonie abzupassen, die betrunken und übernächtigt herauskommen. Und morgen, Sonntag, oder wenn die schmerzhafte Bewußtheit des Montags anbricht, flattern die ersten Anzeigen in die Kommandantur, wo die Zelle ein verlotterter Raum ist, der früher ein Schlafzimmer war: die Anzeigen gegen Unbekannt.)

Er steckte das Taschentuch ein, setzte seinen altmodischen Hut auf und schaute offen in das schadhafte, unterwürfige Lächeln der Gesichter, die ihm zugewandt geblieben waren. Er stand vor dem Markt unter der wütenden weißen Sonne, um einen falschen und nutzlosen Akt der Barmherzigkeit auszuführen. Er steckte eine Hand in die Tasche des offenen Sakkos und streute da und dort, wo gerade die rotznäsigen Kinder umhersprangen, Münzen aus.

Auf seine Theke gestützt, hatte Barrientos ihn gesehen, seit der staubige, im hellen Licht dampfende Ford gehalten hatte. Unruhig und resigniert beobachtete er, wie er aus dem Auto stieg, durch die beginnende Mittagshitze ging, nachlässig und langsam die Schlangenlinie der schläfrigen Körper durchquerte. Bewegungslos, schwankend zwischen atavistischem Haß und einer dunklen, uneingestandenen Sympathie, seine Verstöße memorierend und sie übersetzend in Geldbußen, beharrend auf seinem Vorsatz, die geschmuggelte Flasche Zuckerrohrschnaps, die er einem Kunden auf den Tisch gestellt hatte, nicht verschwinden zu lassen, sah er den Kommissar im Schatten stehenbleiben, sich mit dem Taschentuch übers Gesicht fahren, einen kleinen Berg Münzen in den Wirbel zerlumpter Kinder werfen. Er erinnerte sich seiner größten, im Keller versteckten Schuld.

›Der Hurensohn‹, dachte er berufsmäßig leidenschaftslos. ›Zwei oder drei Pesos. Wenn man bedenkt, wie leicht er sie durch Schmiergelder wieder hereinbringt. Und jetzt muß er sich wie Gott vorkommen oder wenigstens frei von Sünde, wenn er die auf Rente gesetzten Prostituierten hört, die ‚danke, Herr Kommissar‘ zu ihm sagen und ihre Rüssel krausziehen und sich unnötigerweise die leeren Hängebrüste bedecken, und wenn er seine Güte widergespiegelt sieht in den dankbaren Gesichtern der Zuhälter, die ihm mit Vergnügen, und er weiß es, ein Messerchen in die Rippen rennen würden.‹

Barrientos sah ihn weitergehen im Schatten, weiß, hochgewachsen und mager, lächerlich sorgfältig in Weiß gekleidet, ohne andere dunkle Note als die gelockerte, aus dem Sakko hängende Krawatte und das von der Sonne gebräunte, harte, unerschütterliche Gesicht. Er sah ihn ein zweites Mal stehenbleiben, die Schultern ein wenig eingezogen, ein wenig breitbeinig, nun schon im feuchten und kühlen, an Gerüchen reichen Innenbezirk des Marktes und von einer Seite auf die andere schauen mit diesem schnellen, wachsamen, ehrgeizigen Dienstblick, den er sich zugelegt oder dankbar hatte akzeptieren müssen.

Er sah ihn, jung und alt, herzlich und niemandes Freund, erhobenen Kopfes die dunkle Fläche des leeren Marktes überqueren und näher kommen, auf den Tresen zu, wo er, Barrientos, wartete und sich Antworten zurechtlegte, regungslos, aus Schläue apathisch, eingerahmt von den bunten Schildern der Getränkewerbung.

Medina nahm wieder den Hut ab, ohne zu grüßen oder bevor er grüßte, und sein knochiges Gesicht wandte sich dem Tisch zu, dem einzigen besetzten, an dem ein Mann, alt, klein und frisch rasiert, eine Pfeife zwischen den Zähnen hielt und Daumen drehte vor einer Flasche Zuckerrohrschnaps, die keinen Zoll gezahlt hatte.

Barrientos richtete sich langsam auf und sagte lächelnd: »Tag, Kommissar.«

Er sah, wie er sich mit der Hand durch das harte, kurze, tiefschwarze Haar fuhr. Da, wie immer – monatelang jeden Samstagabend, anfangs, als Medina eben nach Santa María zurückgekehrt und vielleicht nur, um sich zu zerstreuen, in die Kneipen am Markt eingefallen war – wie jedesmal, wenn er Medina sich in unbewußter Wut über das anachronistisch junge und unbesiegbare Haar streichen sah, überschlug Barrientos ohne Hoffnung, es je herauszufinden, was und wieviel am Kommissar fremd war im Vergleich zu Santa María und allen Männern, die er gekannt hatte.

»Was darf es sein, Kommissar? Mit Gin, wie immer?«

»Nein, ich möchte von diesem Zuckerrohrschnaps und Soda.« Mit dem Kiefer deutete er auf den Mann mit der erloschenen Pfeife.

Barrientos ging an den Tisch und brachte die Flasche. Nachdem er sich bedient hatte, beugte sich Medina vor, um das Etikett anzusehen, und strich mit dem Fingernagel darüber.

»Ich bekomme ihn gratis. Aber lohnt sich das Risiko?«

»Es lohnt sich«, sagte Barrientos gleichgültig, während er den Korken mit der flachen Hand in die Flasche schlug. »Es gibt viele Kunden, und sie bezahlen ihn.«

»Ja. Die Schwulen und die kleinen Nutten?«

»Die auch. Aber nicht nur die.«

»Finden Sie nicht, daß Santa María eine widerliche Stadt ist? Manchmal denke ich das.«

»Ich weiß nicht, Kommissar. Ich habe nicht viel, womit ich es vergleichen könnte. Ich denke mir, es wird wie alle anderen Städte sein. Kann ich die Flasche an den Tisch zurückbringen? Es ist die einzige.«

Medina sah ihm eine Weile ins Gesicht und sagte ja. Er blieb allein an der Theke, und es war, wie auf dem menschenleeren Markt allein zu sein, wie auf eigenen Wunsch auf der Welt allein zu sein.

Er legte den Kopf schief, um auf die Straße zu blicken, wo sich das Würmergewimmel ohne begreifliches Ziel mit der Sonne bewegte und, schwitzend, kaum seine rachsüchtigen und jämmerlichen, wie Dinge steif gerösteten Gerüche in die Luft erhob. Die entfärbte, mit Schrift bedeckte Innenseite des Backsteinbogens schien träge und still im blauen Schatten zu verfallen. Dann betrachtete er seinen Strohhut auf der Theke und das Gesicht von Barrientos, das zurückgekehrt war und gleichgültig, schlecht rasiert, hinterlistig abwartete.

»Sie haben das Glas nicht mal angerührt, Kommissar«, sagte er langsam. »Ich habe vergessen, es Ihnen anzubieten. Ein Stücken Eis hab ich.«

Ohne hinzusehen, streckte Medina die Hand aus und legte sie um die zweifelhafte Kühle des Glases. Er prüfte die ruhigen Augen des Kneipenwirts, die dunkel und leer waren, blicklos, im Halbdunkel eingekreist von dem ekstatischen Funkeln der Flaschen und den bunten Verheißungen auf den von Fliegen verunreinigten Reklameschildern. Er fand nichts und fing an, sich abzulenken, sich der Wut über den Fehlschlag zu überlassen.

»Nicht nötig«, sagte er. »Das Soda ist kalt.« Er beherrschte sich und seufzte; schweigend, ohne Durst, trank er in kleinen Schlucken das Glas aus. Die Fliegen surrten unsichtbar, die Marktstände und die Pflastersteine begannen den jahrealten Geruch von Gemüse, Blut und Fisch auszuschwitzen.

»Noch einen, Kommissar?« fragte Barrientos.

»Nein. Wer ist der?«

Barrientos sah nicht hin zum Rücken des Mannes mit der Pfeife, der weiter vor sich hin murmelte und Daumen drehte und sich Schnaps einschenkte. Er schaute nach wie vor Medina an oder genauer, zeigte ihm ohne Frechheit seine blicklosen Augen.

»Ich weiß nicht«, sagte er. »Ich habe nie erfahren, wie er heißt. Wenn er Kredit haben will, unterschreibt er als ›der

Engländer‹. Er bezahlt immer vor dem zehnten. Ich glaube, er kriegt eine Pension von der Eisenbahn. Er legt sich mit niemandem an.«

»Da hat er Glück. Daß er das nicht tun muß.«

»Schicksal«, sagte Barrientos sanft.

Medina lächelte und seufzte wieder. Das Gefühl eines Spiels, die Gewißheit des gewohnten siegreichen Ausgangs, dieses bekannte Terrain mit seinen überwindbaren Risiken, die er mit Vorliebe übertrieben hoch ansetzte.

»Schicksal«, wiederholte er.

Von irgendwoher, hinter den Flaschenborden, den optimistischen Werbeschildern und dem Wuschelkopf von Barrientos, der sich nicht bewegte, der wartete auf etwas Unvermeidliches, das ihm nicht wirklich wichtig sein konnte, kam geräuschlos eine alte Frau hervor.

»Kommissar«, grüßte sie. Medina zeigte ihr die Zähne und strich sich über die harten Haarspitzen. Sie näherte ihren Mund dem seitlich geneigten Kopf von Barrientos, der sich nicht bewegen wollte.

Sie hatte graue Zöpfe, spöttisch funkelnde Augen, eine unreine Haut, wirkte eher schlampig als alt. Sie flüsterte in aller Ruhe, unbekümmert um das Ergebnis des langen, unterbrochenen, bettelnden Satzes.

Barrientos verneinte, indem er kaum merklich den Kopf schüttelte. Die Augen blieben weiter auf Medinas hartes Profil hin geöffnet, das sich vorgeneigt hatte und nun boshaft und hocherfreut funkelte. Barrientos verneinte zum zweiten Mal mit dem Kopf, und die Frau zog sich von ihm zurück, langsam, als fürchtete sie, ihn zu verletzen. »Kommissar«, wiederholte sie zum Abschied.

Als die Frau fort war, löste sich Barrientos vom Flaschenregal und legte die Hand auf die Theke.

»Noch einen, jetzt? Am Samstagmittag haben Sie uns schon lange nicht mehr besucht, Kommissar. Der Hund ist ein bißchen krank, und sie macht sich Sorgen. Sie hat nie ein Kind gehabt und kann keines bekommen.«

»Ja«, sagte Medina und drehte das Profil, um ihn fröhlich und wütend anzuschauen. »Diese Dinge versteht man. Bringen Sie bitte zwei, mit Traube. Ich zahle.«
Barrientos trat zurück, diesmal mit einem echten Blick, mit einer kleinen Enttäuschung, die sich rasch in anderen Sorgen auflöste. Er brachte die Flasche und zwei winzige Gläschen.
»Zum Wohl«, sagte er mit erhobenem Glas.
Medina wandte sich von neuem dem violetten Schatten des Backsteinbogens zu, jenem Bruchstück aus dem Fries der Jammergestalten, das er von der Theke aus sehen konnte. Ohne hinzuschauen, nahm er das kleine Likörglas mit zwei Fingern und leerte es auf einen Zug.
»Und was können Sie machen?« sagte er. »Sie einmal im Jahr zusammenrufen und Lebensmittel an sie verteilen, die nicht einmal ausreichen, ihnen den normalen Hunger eines Tages zu stillen, geschweige denn den aufgestauten Hunger der letzten dreihundertfünfundsechzig Tage. Sie im Hof der Kommandantur zusammenrufen oder, wenn sie da nicht reingehen, auf dem Platz mit diesem Renommisten aus Erz, der immer so tut, als wollte er lostraben, und sein Versprechen nicht hält. Einmal im Jahr, am Tag der Polizei. Und ihnen durch einen Geistlichen, eine häßliche Frau, einen Delegierten des Gouverneurs sagen zu lassen, daß stehlen, im Konkubinat leben, Alkohol trinken nicht gut ist. Und daß das Paket, das nicht einmal alle bekommen, dieses Päckchen in Seidenpapier mit den Landesfarben, das die Fräuleins von der Allianz lächelnd und ohne sich zu ekeln an sie verteilen, ihnen reichen muß, sich das Jahr über bis zum nächsten Gedenktag zu ernähren.«
Er hatte, während er sprach, mit dem Glas gespielt, das er wie einen Fingerhut auf einen Finger gestülpt hatte. Er stellte es behutsam auf die Theke zurück und betrachtete Barrientos mit einem sanften, fast kindlichen Lächeln. Aber der andere sah ihm in die Augen und begriff.
»Wo ist er?« fragte Medina in dem gleichen, ironisch bedau-

ernden Tonfall. »Ich habe schon so viel Zeit verloren, wie ich wollte.« Er nahm den Hut von der feuchten, schmutzigen Theke, setzte ihn auf und zog ihn bis an die Augen. »Gehen wir.«

Barrientos warf ihm einen Blick zu, in dem Haß, Verachtung, Traurigkeit lagen. Er räumte die Flasche und die zwei Gläschen weg und wischte sich die Hände an einem Lappen ab; er kam hinter der Theke hervor und blieb plötzlich dicht an den Schultern des Engländers stehen.

»Ich habe ihm mein Wort gegeben, daß ich es Ihnen nicht sagen werde.«

»Ja, aber er weiß nicht, was ihm zuträglich ist. So daß ich für ihn denken muß. Gehen wir«, sagte Medina; aufrecht, weiß, begann er hinter Barrientos herzugehen.

Sie durchquerten die Ansammlung leerer Tische, betraten dann eine breite, schlüpfrige Zone, in der sich die Dunkelheit staute, in der seine Füße wie Zungen schnalzten. Barrientos, sich wiegend, den Rücken leicht gekrümmt, den schweigenden Protest und die Verachtung nur durch den arroganten, unbeweglichen Kopf zeigend, führte ihn an eine Bretterwand, die sich plötzlich zu erheben schien. Über Barrientos' Schulter hinweg faßte Medina die Faust, die dieser gehoben hatte, um zu klopfen.

»Warten Sie«, flüsterte er. »Bedenken Sie, daß er betrunken ist. Ich weiß, wie er dann ist.« Barrientos zuckte die Achseln; Medina ging um ihn herum und tastete den Türspalt ab, den Draht, der die Tür zu halten schien. »Es ist gut. Sie gehen jetzt besser.«

Geräuschlos öffnete er die Tür auf die Dunkelheit und den abstoßenden Geruch; plötzlich kreischte die Tür wie eine Frau und drohte umzufallen. Links richtete jemand sich auf über einem Quietschen von Drähten, das weiterschwang, sich in der Stille verbrauchte. Medina wartete einen Augenblick, dann trat er nach der Tür, die schwach gegen die Bretterwand schlug, und suchte in seiner Hosentasche nach Streichhölzern.

»Ein Freund, Medina«, teilte er in fröhlichem Ton der
Dunkelheit mit. »Ein alter, treuer Freund, der dir nicht
nachträgt, daß du ihn verschmäht hast.«
Nun hörte er ein Keuchen der Erwartung, einen Atem,
dessen heftige Stöße vom Nachzittern der Sprungfedern
nicht zu übertönen waren. Er rieb ein Streichholz an und
hielt es in die Höhe. Er konnte den mageren, auf die Fäuste
gestützten Körper, das magere Gesicht kaum erkennen; er
suchte den Schalter für die Lampe, die in der Mitte des
kleinen Raums tief herabhing.
»Schön«, sagte Seoane vom Bett aus mit einer Stimme, die
glatt und schrill war, als sei sie ihm eben erst verliehen oder
zurückgegeben worden und er probiere sie aus, um wieder
sprechen zu lernen. »Schön.«
Medina entdeckte den Schalter auf halbem Weg zwischen
sich und dem Mann, der sich in einen schwachen, nackten
Jungen mit offenem Mund verwandelte, sobald das Licht
mit stummer Wut den kleinen Raum besetzte.
Medina lächelte, ließ das Streichholz fallen und trat einen
Schritt vor, ohne zum Bett zu schauen. Die Rückwand, wenn
es eine gab, war bis zur Decke mit leeren Flaschenkästen
und Kästen voll leerer Flaschen zugestellt. Auf dem Boden,
am Kopfende des Bettes, über das statt einer Matratze ein
blauer Fetzen gebreitet war, standen zwei Flaschen, ein Glas,
eine Kerze, daneben lagen Zigaretten, ein Paar Strümpfe, ein
Stoß Zeitungen. Besorgt, daß er nicht anstreifte und sich den
Anzug schmutzig machte, langsam und mit offenkundigem
Widerwillen, bemüht, dem Bett den Rücken zu kehren,
stellte Medina eine Kiste auf den Boden und breitete ein
paar Zeitungen darüber, um sich zu setzen.
Die Beine übereinandergeschlagen, den langen Körper eingezogen, holte er ein Päckchen Zigaretten aus der Tasche
und steckte sich eine in den Mund; fast ohne sich zu
bewegen, ließ er das Päckchen auf die schmale Brust des
Jungen fallen, griff sich den Berg grauer Kleidungsstücke am
Fußende des Bettes und warf ihn auf den flachen blonden

Bauch. Der dünne, alte Sommeranzug enthielt nicht das Gewicht einer Waffe. Als er seine Zigarette angezündet hatte, warf er dem anderen auch die Streichholzschachtel zu; nachdem er zwei Rauchwolken in die Luft geblasen hatte, lächelte er wieder und blickte nun offen und abwartend auf das kranke, verängstigte Profil, das von einer Seite zur andern schwankte, während der Junge die Hose an sich hochzerrte.

»Wie lange haben wir uns nicht gesehen, Jahre«, sagte Medina mit tiefer, gelassener Stimme, die sich in der Endbetonung jedes Satzes über sich selbst mokierte. »Eigentlich nur Monate, um die Wahrheit zu sagen. Aber guten Freunden wird die Abwesenheit lang, die Zeit verfliegt. Obwohl ich immer Nachrichten über dich bekam. Vielleicht habe ich sie gesucht, ohne es zu merken, vielleicht Zufall, Glück. Es geht nicht, daß zwei wahre Freunde sich gänzlich trennen. Wahre Freunde sind selten.«

»Schön«, wiederholte der Junge. Er hatte die Hose angezogen, und der Kopf, der von Schweiß glänzte und auf der Stirn von neuem zu schwitzen begann, keuchte, an die Holzwand gelehnt.

Er saß auf dem Bett, die bloßen Füße ängstlich verkrampft neben den glänzenden Schuhen Medinas. Die Stimme hatte gelernt, unbeholfen Ablehnung und schwachen Zynismus auszudrücken.

»Ich wußte, daß du in die Hauptstadt gefahren warst. Es war nicht schwer zu erraten. Zweitausendfünfhundertundein Pesos«, deklamierte er, »reichen kaum für mehr. Ich will damit sagen, ich wußte, daß du ein Auto gemietet hast, damit es dich via Werfthafen nach Norden bringt, erstaunlich schlau. Dort bist du in das Boot eines Obsthändlers gestiegen und nach El Rosario gefahren, zur Bahnstation. Von dort in die Hauptstadt. Ich wußte das, noch ehe es geschah, vielleicht ehe du beschlossen hattest, es zu tun. Und ich wollte dich nicht festnehmen, wer weiß weshalb. Das ist ein Problem. Vielleicht, weil die Freundschaft heilig ist und es wenig wahre Freunde gibt. Oder vielleicht, weil die Bewunderung deiner Klugheit, der Geschicklichkeit, mit der du die Spuren verwischt hast, mich gelähmt hat. Muß wohl eine Begabung sein.«

Er hatte, während er sprach, das Ende der Zigarette betrachtet, die ihm zwischen den Fingern verglühte, die fast geraden Linien des Rauchs, der in der traurigen, erstickenden Luft zur Wärme der Lampe aufstieg. Von einer Stelle des Marktes war ein Aufruhr im Hühnerstall zu hören; lustlos, langsam ging Medina zur Tür, um sie zu schließen und die künstliche Nacht des Zimmers zu erhalten. Er setzte sich wieder und sah den Jungen an, der, ohne sich zu bewegen, die im leicht geöffneten Mund hängende Zigarette rauchte.

»Ich rauche fertig, dann gehen wir«, schlug der an der Wand lehnende Kopf stammelnd vor.

Da, zum erstenmal während der Begegnung, schaute Medina ihn voll an. Fast bartlos das Gesicht mit dem wirren rotblonden Haar, glatt und weiß, aber, alles in allem, so jung nicht. Es war nicht möglich, einen Finger auf das Alter zu legen, eine Falte zu berühren, auf welke Partien der Haut zu zeigen; aber die Zeit und mehr noch der gierige Umgang mit dem Leben sahen Medina schamlos aus den erkalteten blauen Augen, dem schlaffen Mund an.

»Ich tauge nicht zum Mitleid«, warnte Medina. Er bückte sich über das Bett und zündete sich eine neue Zigarette an.

»Ich denke gar nicht an Mitleid«, stammelte der andere überrascht, mit leidenschaftsloser Unverschämtheit. »Das ist mir nicht wichtig, nichts ist mir wichtig. Nichts.«

»Oder fast nichts«, berichtigte Medina. Mit einem Lächeln blickte er auf den schwarzen Pistolengriff, der aus dem zusammengeballten Fetzen heraussah, den der Junge als Kopfkissen benutzt hatte; er schätzte das Zittern des Mundes, der kleinen, über dem Bauch gefalteten Hände ab. »Freundschaft war dir immer wichtig. Das muß es auch gewesen sein, dieses Gefühl für das Heilige, weshalb du die mir gestohlene Dienstpistole nie verkauft hast. Aus keinem anderen Grund, ich bin sicher. Jeder an deiner Stelle hätte sofort von ihr Gebrauch gemacht oder sie unverzüglich verkauft. Und die Liebe war dir auch wichtig, ist dir vielleicht noch immer wichtig, die Liebe oder das Bedürfnis, dich in einen Hund oder eine Hündin zu verwandeln. Stimmt's?«

Mit einem Satz sprang der Junge auf und stand schwankend auf den gegrätschten Beinen; die Magengrube, die unruhigen Rippen streiften fast Medinas Gesicht. Langsam, ohne etwas auszudrücken, zog sich das Gesicht des Jungen zusammen und spie die Zigarette gegen den Kopf Medinas, ohne ihn zu treffen. Der Junge hielt sich auf den Füßen, bewegte den Mund, dachte etwas, ohne es sagen zu können, die gleichgültigen Augen weit offen.

»Nein«, riet Medina. »Spuck mich nicht an.« Eine Weile blickte er den schwer Atmenden an, dann erhob er sich. Fast ohne ihn zu berühren, streckte er eine flache Hand gegen ihn aus und bewirkte, daß er sich aufs Bett setzte. Er ging einen Schritt nach rechts und holte eine Flasche Wein. »Trink einen Schluck. Das tut gut nach dem Aufwachen.«

Von oben herab sah er, wie er nach einem Moment des Mißtrauens und Schwankens durstig trank; er sah die halb geschlossenen Augen, den Mund, der wütend am Flaschenhals saugte, die zwei Bahnen Wein, die ihm über den Hals rannen, das krampfhafte Inbesitznehmen und Sichhingeben. Er setzte sich wieder und untersuchte seinen Leinenanzug, musterte auf beiden Seiten die weißen Socken. Der Junge ließ den Mund an der Flasche ruhen und schnaufte geräuschvoll, während er ein durchtriebenes Lächeln aufsetzte. Er warf den Kopf zurück und trank von neuem, langsam nun, sich einschläfernd.

»So war es«, spottete von neuem, träge, die Stimme Medinas. Er hatte aufgehört, ihn anzuschauen, stand mit dem Gesicht zur Tür, die wie durch ein Wunder hielt. »Und nach der Hauptstadt, nachdem es ihr dort langweilig geworden war oder nachdem sie gescheitert war trotz der Hoffnungen, die die Zeitungen weckten, wenigstens in uns, die wir uns für ihre künstlerische Karriere interessierten, und sie ihren Vertrag nicht verlängert bekam oder zu keinem der Bewunderer, die sie nach der Vorstellung zum Essen einluden, eine dauerhafte Beziehung anknüpfen konnte. Gleich nachdem sie den Mißerfolg akzeptiert hatte oder gedacht hatte, daß, wenn sie in der Hauptstadt bliebe, bald der Moment käme, wo sie ihn würde akzeptieren müssen. Sobald sie ohne Erinnerung an Niederlagen nach Santa María heimgekehrt war, sagen wir, eine Woche später, bist auch du in die Stadt zurückgekehrt, in die Höhle des Löwen; mit Schnurrbart und dunkler Brille bist du auf der Fähre von Salto übergesetzt. Sie haben mich von dort angerufen, aber ich konnte nichts machen, nicht einmal in den Hafen konnte ich gehen, um dich in Empfang zu nehmen oder dich von fern über den Laufsteg kommen zu sehen. Vielleicht war es wieder das Staunen, der Neid, die Bewunderung, die mich hinderten, mich von der Stelle zu rühren. Ich wußte die ganze Zeit, daß du in Santa María warst, versteckt, unauffindbar. Mir genügte es, zu wissen, daß deine falsche Gemahlin, Frieda oder Margot, wenn es erlaubt ist, ihren Namen auszusprechen, wieder im Casanova oder im Central sang. Aus Ekel wollte ich dich nicht aufsuchen.«

Der Junge hatte sich fertig angezogen; auf dem Bett sitzend, eine unangezündete Zigarette im Mund, fingerte er unter dem Kinn herum, um sich den Schlips zu binden. Mit einem raschen Blick prüfte Medina sein halbes, geduldiges Lächeln, das nun leicht gerötete, klebrige Gesicht; die schmutzigen, ausgetretenen Schuhe hielten die noch nicht ganz geleerte Flasche.

»Aus Ekel und aus Mitleid; aus einer merkwürdigen Schamhaftigkeit heraus, von der ich nicht weiß, ob du sie begreifen kannst. Ich war und bin nicht verpflichtet, nach dir zu suchen. Deine Schuld Santa María gegenüber – die Schuld mir gegenüber ist eine andere Sache – belief sich nur auf eine 45er Dienstpistole Colt, hundertdreiundvierzigtausend, null, null, sieben, die ich nach Lavanda mitgenommen hatte. Als Erinnerung, als Hommage an die Freundschaft, ohne böse Absicht. Du hast sie gestohlen. Eines Tages würdest du kommen und sie zurückbringen. Ich gab mir mein Wort darauf und blieb ruhig. Ich bin froh, daß du mein Wort gehalten hast. Ich war nicht verpflichtet, nach dir zu suchen, denn achtundvierzig Stunden nach deinem geheimnisvollen Verschwinden habe ich die zweitausendfünfhundertund-ein Pesos zurückgegeben. Heute wäre mir das ein leichtes; vor zehn Monaten, als du fortliefst, war es ziemlich schwierig.«

Der Junge bückte sich, um sich die Flasche zu holen; aufs Bett gelümmelt trank er den Rest in einem Zug. Behutsam stellte er die Flasche zurück, zündete die feuchte Zigarette an, die er mit den Lippen gehalten hatte, und stand auf.

»Schön«, sagte er. »Alles ist mir egal. Gehen wir. Nichts ist mir wichtig. Nichts.«

Medina hob den Kopf und blies den Rauch seiner Zigarette sanft gegen das junge, glatte Gesicht. Er lächelte, zeigte die Zähne.

»Oder fast nichts. Alles ist dir egal, ausgenommen deine Señora Seoane. Alles, ausgenommen diese arme schmutzige Hure Frieda Margot, wenn meine Lippen würdig sind, ihren Namen auszusprechen. Ich glaube, daß sie ihr Schicksal nicht geändert hat, nur den Namen. Es würde mich interessieren – ich stelle keine Fragen –, ob ihr Frauen noch immer lieber sind, ob sie sich wieder Frieda nennt.« Er lächelte schwach, plötzlich müde, und spuckte angewidert aus. »Es muß das Herz sein, was immer die Ärzte sagen.«

Er erhob sich langsam, trat die Zigarette aus und ging, den Jungen plump und provokativ streifend, zum Kopfende des Bettes. Mit zwei Fingern zog er aus dem zusammengeballten Stoff, der als Kissen gedient hatte, die schwarze Pistole heraus. »Sie ist es. Ich brauche gar nicht hinzusehen, hundertdreiundvierzigtausend, null, null, sieben«, murmelte er lächelnd. »Ich wußte, du würdest sie zurückgeben.«

»Schön. Gehen wir«, sagte der Junge mit Duldermiene, gelangweilt. Steif, ohne den Körper zu bewegen, mit hängenden Armen ließ er die Zigarette aus dem Mund auf den Boden fallen.

Medina schob eine Hand unter den Sakko und legte einen kleinen Haufen Geld aufs Bett.

»Wir gehen nirgends hin; niemand braucht dich. Heute, deinetwegen, obwohl du das nicht verstehst, fällt es mir leicht, mir Geld zu beschaffen; kauf dir Kleider, such dir eine anständige Unterkunft und besuche mich. Oder kaufe Frieda einen Strauß Orchideen, lade sie zum Abendessen ein, bezahl ihr eine Nacht, bring sie dazu, für dich allein zu singen ›Ich möchte, daß du es mir sagst‹. Obwohl du vielleicht noch nicht so verkommen bist, obwohl es dir vielleicht doch lieber ist, daß sie es dir nicht sagt.«

Der Junge stand steif und taub wie ein Soldat, das immer noch junge Gesicht unerschütterlich nach oben gewandt, der Lampe zu, die von der Bretterdecke herabhing. Im Vorübergehen streifte Medina ihn wieder und blieb stehen.

»Julián Seoane«, murmelte er spöttisch. Der andere bewegte das Gesicht nicht, schaute mit erweiterten Pupillen aus kalten Augen auf die an der Wand sich hochziehenden Reihen von Kisten mit leeren Flaschen. »Julián Seoane«, wiederholte Medina nutzlos.

Er wartete noch einen Augenblick; dann, ohne den Körper zu bewegen, schlug er mit der Faust gegen Juliáns erhobenen Kiefer, hörte den Schlag und sah, wie der Junge ruhig, mit gelösten Gliedern fiel. Behutsam band er ihm die Gérard-Perrigaud um das linke Handgelenk, die Uhr, die ein Geburtstagsgeschenk gewesen war.

Medina musterte seine Schuhe, bevor er sie vom Schreibtisch nahm, wo sie zwischen einem Stapel noch ungelesener Zeitungen und leeren Bierflaschen geruht hatten.

»Wenn's nicht der Staub ist, ist es der Lehm«, sagte er leise. Er zog eine Schublade auf, holte einen gelben Autowischlappen heraus und polierte gebückt seine Schuhe.

»Das kommt davon, daß Sie Gott weiß wo hinziehen, Kommissar«, sagte Valle und lachte einmal kurz sein übliches Lachen, das nie Freude ausdrückte, das nur den vorausgegangenen Satz unterstrich.

»Nicht jeder kann an der Küste wohnen, Chef«, sagte Martín sanft, ein wenig näselnd, lächelnd, um auf den Busch zu klopfen.

Die drei Männer waren in Hemdsärmeln, hockten aufgelöst auf den Stühlen, kurz getröstet, sooft ihnen die Luft aus dem kleinen Ventilator über die verschwitzten Gesichter strich. Es war sechs Uhr abends, die Stunde, zu der sie gewöhnlich in Medinas Zimmer zusammenkamen, um über die wenigen Mysterien des kriminellen Lebens in Santa María zu sprechen oder vom Fischen oder von schönen, anderswo begangenen Verbrechen – ein nahezu klassischer Fall, verkündete Medina –, von den Frauen anderer, vom Wetter, von den Entscheidungen der Stadtverwaltung, die täglich das schwache Anwachsen der Stadt markierten.

»Ich suche mir nicht aus, wo ich wohne, und ich versichere Ihnen, daß es, soviel ich sehe, auf Jahre hinaus einfacher ist, an der Küste unterzukommen als anderswo«, antwortete Medina, den Lappen betrachtend.

Er ging ans Fenster und hob den Vorhang, ohne auf den Platz zu schauen. Er sah nur, im Ausschnitt, das starre Gelb des beginnenden Sonnenuntergangs, das Zwielicht, das ein Gewitter ankündigte.

Ohne sich umzudrehen, breit und sanft, seine Intellektuel-
lenstirn, sein lockiges Haar, den immer ein wenig genußvoll
leidenden Gesichtsausdruck begierig dem Ventilator entge-
genhaltend, murmelte Martín:

»Sonderbar. Was Sie da sagen, Chef. Daß sich der Typ hat
erwischen lassen, während er Siesta hielt. Mit der Leiche der
Frau auf der Straße.«

»Na ja«, sagte Valle ungeduldig.

Am Fenster, in Betrachtung des ockergelben Dreiecks des
gerafften Vorhangs, dachte Medina: ›Sonderbar ist genau
das, was er sich nicht vorstellen kann, nicht einmal ahnt: er
selber. Daß er, diese Kreuzung aus Schoßhündchen und
dicker alter Jungfer, der fähigste Mann ist, den ich bei der
Polizei je kennengelernt habe, einer, der nie eine Fährte
aufgibt, ehe er nicht die Akte dem Gericht übergeben hat,
der es nie nötig gehabt hat, einen Gefangenen zu schlagen,
weder um ihn geständig zu machen oder sich selbst eine
Befriedigung oder eine persönliche Gerechtigkeit zu ver-
schaffen, noch um seine Nerven zu beruhigen.‹ Plötzlich ließ
er den Vorhang fallen, und ohne den Pferdeschwanz des
Reiterstandbildes zu betrachten, trat er langsam an seinen
Schreibtisch.

»Na ja«, sagte Valle. »Der Typ dachte nicht an Flucht. Ein
pervertiertes kriminelles Denken. Er hat sie über den Balkon
geschmissen, als brächte er eine Wanze um, die ihn nicht
schlafen läßt. Meinen Sie nicht auch, Kommissar?«

Medina ließ sich auf den Drehstuhl fallen und nickte gegen
Valles halb offenen Mund.

»Genau das, Unterkommissar Martín. Er muß so sein, wie
Leutnant Valle ihn schildert, einer, der Medaillen und freie
Tage scheffelt, der abonniert ist auf lobende Erwähnungen
und kleine Feiern im Hof für tapferes Vorgehen in Erfüllung
der Pflicht. Das. Der Mann hatte es satt, sie keifen zu hören,
und kippte sie einfach über den Balkon. Er hat sie beseitigt,
ohne sich eines Verbrechens bewußt zu sein.« Er zögerte,
visierte mit einem Auge den Flaschenhals an; dann zeigte er

die Zähne, den unpersönlichen Haß: »Unterkommissar Martín: wie lange sind Sie verheiratet?«

Alle drei lachten, und es schien, als nehme die Hitze ab. Medina sah, daß Martín die Augen abwandte und mit einer Kinderschnute die Reste des Lachens verhielt. Er war entschlossen, so zu antworten, wie er es immer tat, unabhängig von der Stimmung, der Situation, der Lächerlichkeit.

»Noch nicht mal ein Jahr«, sagte er bedächtig.

Medina senkte den Kopf und griff wahllos in den Stoß Zeitungen. Geräuschvoll schlug er eine auf, ohne Rücksicht auf die Unterhaltung der beiden anderen. ›Er hat recht, immer wird er mehr recht haben als ich, nicht weil er intelligenter ist, sondern weil er glaubt und davon nicht abweicht.‹

»So ist es, sagte ich«, sagte Medina. »Martín, mein Urlaub ist immer noch nicht genehmigt. Ertragen Sie es wie ich. Ich sagte, daß der Augenblick kommen kann, wo einer es satt hat, einfach so, auf einen Schlag; oder er weiß seit Wochen, daß er es satt hat, und weigert sich, es zu akzeptieren und zu platzen; daß er es satt hat, eine schmutzige, schlecht gemachte, schlecht geschriebene, schlecht gedruckte Zeitung aus der Hauptstadt aufzuschlagen und fast ausschließlich – so wie ein Student nur seine Lehrbücher liest – die Polizeiberichte zu lesen. Und das tut dieser Jemand aus Interesse und Liebe zur Arbeit. Nichts als diese Misere, bei Licht besehen: Liebe zur Arbeit. Ich würde ja gerne eine Berufung daraus machen, wenn auch nicht mehr für mich. Aber dieser hindiktierte Schund hilft mir nicht weiter.«

Er hob die Zeitung auf, um sie unter den Schreibtisch zu schleudern, ausschließlich besorgt um die Theatralik seiner Verlegenheitsgeste, weil er eben entdeckte, daß er nicht wußte, für wen er log.

Martín lächelte ohne Feindseligkeit, ohne ihn anzuschauen. Über dem weichen, dumpfen Aufklatschen der Zeitungen auf dem Boden breitete sich das gedämpfte Klingeln des Telefons aus:

»Na«, sagte Valle, »scheint, daß man Sie nicht mal am Tag vor dem Urlaub in Ruhe läßt.«

Medina beugte sich über den Schreibtisch, um den Hörer abzunehmen. Die Stimme des Telefonisten, eines Mestizen, grüßte und klang dann schrill und tückisch.

»Er sagt, er möchte Sie in einer persönlichen Angelegenheit sprechen. Es ist Barrientos, der vom Markt, obwohl er mir seinen Namen nicht gesagt hat. Ein Freund. Als ob ihn nicht jeder Hund kennen würde. Ich habe ihm nicht gesagt, ob Sie da sind oder nicht.«

»Schön«, sagte Medina, »ich wollte eben weggehen, aber es macht nichts. Ist er allein? Sagen Sie ihm, er soll heraufkommen.«

Er blickte auf die Männer wie auf Feinde; während er, ohne sich wieder zu setzen, Papiere ordnete, betrachtete er ihre unterschiedlichen Arten, dick zu werden: der korpulente Valle, das Skelett erdrückt vom Gewicht des Fleisches, ein reifer und kahlköpfiger Mann, der mit allem zurechtkam, ohne Fragen stellen zu müssen, der jeden Vorfall wiedererkannte wie einen Menschen, von dem er zumindest hatte reden hören. Martín, kleiner, runder, hellhäutig und jung, ganz Umsicht, Sicherheit und Ehrgeiz. ›Und ganz Geduld, überzeugt, daß er alles erreichen wird, was er will, wenn das Leben, der Tod ihm die Zeit dazu lassen, Baustein um Baustein, Lächeln um Lächeln, gutmütig von Berufs wegen und aus Berechnung. Wichtig ist nicht, wieweit er seine Frau verdächtigt: verblüffend muß sein, wieviel an Verdacht er akzeptiert, die genaue Dosierung, die es ihm erlaubt, sich nicht als Dummkopf und Hahnrei zu betrachten und seine Karriere, seine Beziehung zu mir und zu seiner Frau nicht aufs Spiel zu setzen.‹

Die zwei sprachen nun über Schmuggel; Valle erzählte eine unglaubliche Geschichte, und Martín nickte lächelnd, weich, nicht betroffen. Es dunkelte hinter dem Fenstervorhang, das gelbliche, violette, gewittrige Licht der Nacht würde hart und dicht sein um die Statue des Gründers, würde aus schlechter Gewohnheit den Rücken des Reiters, die grünlichen Flanken des Pferdes benagen. Jemand klopfte an die Tür, zwei Schläge in längerem Abstand: eine resignierte Wut.

»Meine Herren«, sagte Medina, »vielleicht bekommen wir etwas über den Schmuggel erklärt.« Er zeigte ihnen kurz ein mysteriöses Lächeln. »Sie lassen mich jetzt besser allein. Und warten Sie nicht auf mich. Diese Nacht hat Héctor Gähndienst. Sobald ich den hier abgefertigt habe, fahre ich an den Fluß.«

Er erwiderte ihren Gruß, sah sie hinausgehen und in der Tür den Mann kreuzen, der im trauerschwarzen Sonntagsanzug hereinkam.

Barrientos trat an den Schreibtisch, einen schwarzen Hut in der Hand, den er nie benutzt hatte. Aus zwei oder drei Metern Entfernung sah Medina seiner Miene die Abneigung und die Verbissenheit an, hörte dann die resignierte Wut des Anklopfens in der Stimme wiederholt.

»Setzen Sie sich«, sagte Medina. »Legen Sie Ihren Hut irgendwohin. Ich könnte Ihnen nur Kaffee anbieten; und zu dieser Stunde nicht einmal den. Ich kann einen der nächsten Abende auf den Markt kommen und Sie einladen, mit mir zu trinken, was Sie wollen.«

Er setzte sich hinter den Schreibtisch, vor sich den quadratischen Oberkörper des anderen, der den Hut auf die Schenkel gelegt hatte, um seine Hände unter Kontrolle zu halten. Medina legte die Füße auf den Schreibtisch und seufzte.

»Der Himmel sieht nach einem Gewitter aus«, sagte er, als stellte er eine Frage.

»Danke, ich möchte nichts«, erwiderte Barrientos. »Sie werden wissen, warum ich hier bin.«

»Ich weiß gar nichts. Es gibt Freunde, die kommen, nur um mich zu besuchen. Beim Hinausgehen meinte Valle im Scherz, Sie könnten uns etwas über den Schmuggel erzählen. Was es auch sei, ich freue mich, daß Sie gekommen sind.«

»Schmuggel«, sagte Barrientos langsam, seine Worte

wägend. »Es gibt viele, nehme ich an, die Ihnen darüber mehr sagen könnten als ich. Ich habe nur die eine oder andere Flasche, die ich gekauft oder geschenkt bekommen habe. Und die steht dort vor aller Augen.«

Plötzlich schien er müde und alt zu werden, so als hätte er unterwegs zur Kommandantur im heißen Nachmittag Oberhand über das Unglück gewonnen und als hätte ihn dieses nun, da er breitbeinig auf dem Stuhl saß, den nagelneuen Hut auf den Knien, am Kinn den lästigen Knoten der schwarzen Krawatte, am Ende doch noch eingeholt.

»Es war nur ein Scherz. Wie geht es dem Hund?«

Barrientos zog eine müde Hand aus dem Hut und hob sie, wie um etwas wegzuwischen.

»Ach, das... Alt, das Tier ist alt und stirbt seit Jahren vor sich hin. Für die Frau ist der Hund das Kind. Verstehen Sie. Alle fragen nach ihm und zeigen sich mitfühlend, und hinterher machen sie sich lustig. Ich will sagen, sie verstehen es nicht, und dabei ist es leicht. Es ist immer leicht zu verstehen, wenn es sich um den eigenen Hund handelt.«

»Ich habe mich nicht lustig gemacht, Barrientos«, sagte Medina sanft. »Was für eine Rasse ist er denn, ich habe ihn nie gesehen.«

»Ich weiß, ich nehme es an. Sie haben nicht gespottet, Kommissar, wenigstens nicht auf diese Weise. Ein Foxterrier. Jetzt ist er wer weiß was, dick, aufgebläht, rührt sich nicht.«

Er lächelte müde, akzeptierte das Unglück wie einen Weggenossen, wie ein gewohntes und erträgliches Klima.

»Kommissar, Sie haben mich nicht gerufen. Wenigstens haben Sie mich weder mündlich herbestellt noch mir einen Zettel geschickt, daß ich kommen soll. Sie wissen, wovon wir sprechen. Seit jenem Samstag waren Ihre Männer da, zwei, um Wache zu stehen, und manchmal sind sie hereingekommen, um ein Glas zu trinken und Fragen zu stellen. Ich hab ihnen zu trinken gegeben und gesagt, ja, der Junge ist noch immer in dem kleinen Verschlag. Nachdem Sie ihn besucht haben, zwei oder drei Tage später, ist er weggegan-

gen, und als er wiederkam, war er von Kopf bis Fuß neu
gekleidet. Er war vergnügt, und abends hat er mit uns
gegessen. Ohne sich zu betrinken. Ein hübscher Junge. Ich
weiß nicht, ob ich das Alter habe, aber den hätte ich gern
zum Sohn statt einem Hund. Am nächsten Morgen kam er
mich wecken, kaufte ein paar Flaschen, die er bar bezahlt
hat, und war den ganzen Tag über versteckt und betrunken.
Schön, als ich ihn das nächste Mal sah, ich weiß nicht, wie
viele Tage vergangen waren, war er wieder genauso schmutzig und abgerissen wie vorher. Ihre Männer haben intelligent gefragt, ohne zu zeigen, daß sie nachforschten, und ich
habe ihnen die Wahrheit gesagt: daß er dort im Verschlag
ist. Bis er mich gestern wieder in aller Frühe wecken kam. Es
war vier Uhr, kein Polizist war da. Er wollte sich umbringen,
hat er meiner Frau und mir versprochen, aber erst, nachdem
er ich weiß nicht wen umgebracht hätte. Er ist nicht zurückgekommen. Seit gestern früh vier Uhr. Am Nachmittag
dachte ich, es ist besser, ich komme her und sage es Ihnen. Es
wird schon seinen Grund haben, daß Ihre Männer wie die
Fliegen herumschwirren seit jenem Samstag, als Sie ihn
besuchen kamen und ihn mir mit einem Kinnhaken bewußt-
los liegenließen.« Er hob wieder die Hand, um gegen sie zu
husten, und sagte, sich überwindend: »Kommissar.«
Medina entspannte die Brustmuskeln und lächelte friedfer-
tig den Glanz seiner Schuhspitzen an.
»Ja? Zuerst hat er sich Kleider gekauft, sich dann wieder
betrunken, gestern hat er den Selbstmord angekündigt. Das
interessiert mich nicht. Ich danke Ihnen als Freund, daß Sie
gekommen sind, mir Bescheid zu sagen. Aber was er tut,
interessiert mich nicht. Vielleicht ist es gut, wenn er sich
umbringt.« Er nahm die Beine vom Schreibtisch und lächelte
wieder, die Achseln zuckend. »Ich habe getan, was ich
konnte. Ich kenne ihn seit Lavanda. Ich danke Ihnen, Barrientos.«
»Das, sonst nichts«, sagte Barrientos, während er, den Hut
an die Brust gedrückt, aufstand. »Ich wollte Ihnen auf jeden

Fall Bescheid sagen.« Plötzlich kniff er den Mund zusammen und suchte Medinas Augen. »Außerdem, Kommissar, habe ich ihn gestern schlagen müssen. Er wurde ausfällig gegen die Frau, sie hat ihn nicht beachtet. Aber dann wollte er den Hund in ein Faß Wasser stecken, um ihn zu kurieren. Auch ich habe ihn ohnmächtig liegenlassen, dann habe ich nicht aufgepaßt, und er ist verschwunden. Wenn ich gekommen bin, um es Ihnen zu sagen, dann in Wirklichkeit, weil ich diesmal sicher bin, daß er nicht zurückkommt. Und nicht nur betrunken, er war verrückt, irr vor Drogen.«

»Es ist gut, danke, das hat keine Bedeutung. Da ist nichts zu machen, Barrientos. Meine Leute werden jetzt nicht mehr mit Fragen zu Ihnen kommen.«

Er lächelte und legte dem Mann eine Hand auf die Schulter. Er ging ans Fenster und sah, daß sich das Gewitter zögernd ausbreitete über dem viereckigen Platz, der Gestalt des Reiters, die in der Dunkelheit verschwamm.

»Wenn Sie zu Fuß gekommen sind, bringe ich Sie zum Markt. Vergessen Sie die ganze Geschichte. Wir hatten beide kein Glück, weder Sie noch ich.«

Der Nieselregen setzte ein, sobald sie im Auto saßen. Noch stand ein wenig blaues Licht am Himmel, fern hinter Häusern und Baumkronen.

»Es ist nur eine Wolke«, sagte Barrientos, »vielleicht zieht sie gleich wieder ab.«

»Und vielleicht regnet es die ganze Nacht.« Er wartete, bis sich der alte, oft geflickte Motor warmlief.

»Jeden Morgen und jeden Abend, wenn ich nach Hause fahre, muß ich an diesen verdammten Weg denken, den sie total verkommen lassen.«

»Die Politik«, murmelte Barrientos.

Medina startete gegen den Regen und fuhr um den Platz herum. Um zum Markt zu gelangen, mußten sie jenen Teil der Stadt durchqueren, den er allen anderen vorzog. Er war nun erhellt von den ersten Straßenlampen, den Lichtern in den Geschäften und dem Widerschein des Wassers.

Ohne sich zu beeilen, fuhr das Auto eine graue, rutschige, schlecht gepflasterte Straße entlang; in der feuchten und schwülen Nacht, im unmerklich beginnenden Absterben des Sommers. Sanft nahm es die Kurven an den menschenleeren Straßenecken, wo der schräg fallende Regen die noch bleichen Lichtzonen der Straßenlampen aufhellte. Barrientos schwieg unbeholfen und verbissen, die langen Schnurrbartspitzen auf die beschlagenen Fensterscheiben gerichtet; möglichst weit von Medina entfernt, die großen schmutzigen Hände fest auf je ein Knie gelegt. Der Scheibenwischer schnitt kaum in die Zeit und das Schweigen ein. Vorsichtig fuhr das Auto durch jenen Teil der Stadt, wo trübselig und bemoost die letzten noch von Bäumen umstandenen Villen mit ihren einsamen und trotzigen Symbolen von Reichtum und Stolz nach und nach von Gestrüpp umzingelt wurden oder weggefegt von neuen weißen Geschäftshäusern mit immer gleichen glatten Fronten oder von neuen, protzigen Residenzen mit großen und unnötigen, schwarz gestrichenen Eisentoren und unnötigen, nie geöffneten Fenstern hinter eintönigem Eisengeschnörkel. Kutschertüren für Neureiche, die ihre Autos in der Shell-Garage unterstellten und ihre Häuser durch bescheidene, schamhafte, mit billigen Holzplanken verstärkte Türen betraten.

»Sehen Sie sich das an«, sagte Medina. »Diese Seite der Stadt. Als ich in Santa María noch neu war, als ich gerade erst angekommen war und noch ein Jahr oder mehr danach, solange ich mich noch nicht damit abgefunden hatte, daß ich gekommen war, um zu bleiben, als es mir noch möglich war, wirklich allein herumzugehen, da bin ich durch dieses Viertel gelaufen.« Aber nun war das Auto bereits in die Avenida Latorre eingefahren und glitt lautlos über den feuchten Asphalt, der nur von den bunten Lichtern der

Geschäfte durchlöchert war. »Es war wie diese Chroniken vor fünfundzwanzig Jahren, die *El Liberal* veröffentlicht. Haben Sie die mal gelesen? Schön, er druckt nach, was er vor vielen Jahren schon einmal publiziert hat, über Einweihungen, Feiern, irgendwas. Es war, als hätte man die Geschichte der Stadt vor Augen; man konnte sie geradezu berühren, sie nach vorwärts und rückwärts erraten, ohne sich zu irren. Das Viertel auf halbem Weg zwischen der Küste und der Eisenbahn; und man weiß nicht, warum die Stadt gerade hier angefangen hat. Da ist das Café *Confederación*, Sie kennen es, das früher einmal ein Wirtshaus gewesen sein soll, und da, heißt es, hat Latorre in den Monaten, in denen Santa María die Hauptstadt war, einen Ball gegeben. Ich bin ins Café *Confederación* gegangen und habe mir vom Fenster aus eine andere, mir viel interessantere Geschichte angeschaut: die Geschichte einiger Reicher, die von anderen Reichen verdrängt worden sind. Verstehen Sie? Diese Geschichte geht weiter. Ich spreche von den neuen Häusern und den Geschäften, die auf den Villengrundstücken in diesem Viertel errichtet werden.«

»Ich habe nicht gehört, entschuldigen Sie, was Sie am Anfang gesagt haben«, sagte Barrientos desinteressiert und traurig. »Ich muß an vieles denken, Kommissar. Aber eines versteh ich. Die Reichen in dieser Stadt sind mir nicht wichtig, weder die, die reich waren und pleite gegangen sind, noch die, die gekommen sind und noch kommen, um sie rauszuschmeißen. Keiner von denen hat wirklich gearbeitet; vielleicht, im einen oder andern Fall, die Väter oder die Großväter. Die Bälle, die Latorre gegeben hat, interessieren mich nicht, auch nicht sein Palast auf der Insel, auch nicht die Bilder von ihm, die man selbst noch im Suppenteller anschauen muß. Hier reden sogar die neu angekommenen Gringos von Latorre wie von einem Gott.«

»Stimmt«, sagte Medina und hielt den Wagen an. Sie hatten die Avenida Latorre verlassen und waren jetzt in einer schlecht erleuchteten Straße, die fast neben dem Markt endete. Es war eine Straße zwischen schmutzigen Häusern, hohen, alten Fronten mit kleinen Türen über zwei oder drei Steinstufen, ärmlichen, schmierigen Läden, Schenken, von denen manche noch die kleinen krummen Gabeln zum Anbinden der Pferde hatten.

»Entschuldigen Sie«, log er, während er den Anfang der Straße beobachtete. »Ich möchte mir eine Zigarette anzünden.«

Er hob das Päckchen hoch, und Barrientos wehrte mit einer Hand und dem Kopf ab. Medina drückte den Anzünder ein und führte dann die glühende Spirale an die Zigarette.

»Und Sie, Barrientos, glauben nicht«, sagte er langsam, vorgeblich damit beschäftigt, an seiner Zigarette zu ziehen. »Sie glauben nicht, daß Latorre Gott war oder doch beinahe? Oder vielleicht der modernere Brausen?«

»Ich glaube dasselbe wie Sie, Kommissar.« Die nicht ganz freigesetzte Empörung verjüngte seine Stimme und verstärkte das Zittern der Schnurrbartspitzen. »Sohn einer Hündin, das war Latorre, ein Dieb, ein viehischer Gaucho wie alle anderen auch. Sehen Sie sich das Vermögen an, das er hinterlassen hat, die Quadratmeilen Land, die er sich um ein paar Centavos oder aufgrund seiner Macht angeeignet hat, als er für Freiheit und Vaterland kämpfte. Sehen Sie sich die Liste der Leute an, die aus bloßer Willkür erschossen worden sind; und über hundert Gauchos. Alle waren sie gleich. Befehlen war alles.« Er seufzte und entspannte zum erstenmal während der Fahrt seinen Körper. »Ich sage das nicht gegen Sie, aber ich nehme es auch nicht zurück. Ich sage, daß ich das mit den Reichen, die gehen, und denen, die sie vertreiben, verstehe. Über Brausen sage ich nichts. Wenn Sie die Zigarette angezündet haben, Kommissar, möchte ich Sie bitten weiterzufahren. Die Frau, der Hund, das Geschäft.«

»Klar«, sagte Medina. »Ich bin stehengeblieben, um Ihnen zuzuhören.«

Er setzte den Wagen zurück und fuhr brüsk auf die Mitte der

Fahrbahn. Er hatte den blonden Kopf Julián Seoanes an dem schmutzigen Fenster einer Wirtschaft lehnen sehen, zwanzig Meter hinter der Stelle, an der er das Auto angehalten hatte. ›Nichts – und das nur für eine Sekunde – als das wirre, über die Augen fallende Haar, das bärtige Profil, das offene Hemd ohne Krawatte, einen zwischen zwei Flaschen auf dem Tisch ausgestreckten Arm. Ecke Gerifalte und Cucha Cucha, in der Kneipe des Türken; er muß betrunken sein, schmutzig, verblödet; möglich sogar, daß er hier wohnt, der Türke hat einen Verschlag für Kohlen, Holz und Kartoffeln; er hat sich nicht weit vom Markt entfernt; wenigstens hat er sich nicht dem Casanova genähert, wo sie jede Nacht, außer Montag, zwischen zehn und eins singt; von dem Geld, das ich ihm gegeben habe, wird er keinen Centavo mehr haben.‹

»Das mit den Leuten, die gehen, und denen, die kommen«, sagte Barrientos eben; zornig fuhr er sich mit der Hand über den Mund, als hätte er gerade getrunken und wollte sich abwischen. »Die einen schmeißen die andren raus. Manchmal mit den Ellenbogen, manchmal ohne selber hinlangen zu müssen. So haben sie mich oder meinen Vater aus der Kolonie rausgeschmissen. Das, wie gesagt, verstehe ich gut. Da kommen ein paar Kerle an, plötzlich oder nach und nach, und besetzen den Ort, und man muß fort. Der Unterschied zu dem, was Sie über die Villen im Viertel gesagt haben, ist der, daß wir gearbeitet haben. Wenigstens mein Vater und meine Mutter; vielleicht kann man das, was ich getan habe, nicht als Arbeit bezeichnen. Aber ich habe mitgeholfen und mitentbehrt, sobald ich konnte. Das verstehe ich, Kommissar. Ein Karren, eines Morgens in aller Frühe, beladen mit dem Kram, den niemand kaufen wollte oder den man selber nicht verkaufen wollte, weil er einem hilft, weiter daran zu glauben, daß man eine Familie ist, daß sie auch künftig ein Haus haben wird, daß wir wirklich, wie Menschen, einen Platz in der Welt haben. Sie brauchen nicht außen herumzufahren, es regnet ja kaum mehr. Heute, wie gesagt, mache ich mir die gleichen Illusionen mit anderem Kram; die Frau, der Hund, der nicht sterben will, die Sorgen mit dem Geschäft, Kommissar.«

»Nein«, sagte Medina, »ich bringe Sie bis vor die Tür.«

›Vielleicht ist ihm Frieda nicht mehr wichtig, vielleicht ist sie nur noch ein Vorwand, damit er sich betrinken und mit Drogen leben kann. Das wäre weniger schmutzig und in bezug auf das, worauf es ankommt, auch weniger schlimm.‹

Vor den schwarzen, verregneten Arkaden des Alten Marktes ließ er Barrientos aussteigen; es war, als wäre er an einem finsteren, menschenleeren Ort angekommen, am Rand eines Abgrunds, eines Meeres oder einer Wüste. Die Feuchtigkeit drang ungehemmt in den Wagen ein, schlug sich auf Fensterscheiben und Nickelteilen nieder.

»Ich danke Ihnen, Kommissar.« Er stand gebückt und hielt die Autotür offen, der Schnurrbart glänzend vom Regen, die Augen verquält und ohne Versöhnung.

»Warten Sie«, sagte Medina und lächelte, während er in seiner Hosentasche kramte. »Ich würde gern hereinkommen und mit Ihnen und Ihrer Frau ein Glas trinken, aber es wird mir zu spät.« ›Von welcher Schuld soll ich mich in seinen Augen reinwaschen?‹ »Sie wissen, Barrientos, daß ich nie auf den Gedanken käme, Ihnen... Sie wissen, daß ich Ihnen die wenigen Male, wo Sie mich haben bezahlen lassen, nie ein Trinkgeld gegeben habe. Nehmen Sie das, bitte, für den Hund. Ich weiß nicht was, einen Leckerbissen, eine Arznei.« Er streckte den Arm aus und öffnete die Faust mit den zerknüllten Scheinen.

Im schwachen Licht des Armaturenbretts suchte Barrientos die Augen Medinas und sah ihn einen Augenblick an. Dann schüttelte er enttäuscht den Kopf und lächelte schwach.

»Mit Geld ist dem Hund nicht mehr zu helfen, Kommissar. Er ist so aufgebläht, als wollte er platzen; er rührt sich nicht, stößt das Futter mit der Schnauze und den Zähnen an, aber frißt es nicht. Ihm bleibt nichts übrig, als zu sterben, und dann wird für die Frau und mich alles noch schwerer.«

»Verzeihen Sie. Schade. Ich verstehe«, sagte Medina und steckte das Geld wieder ein.

»Danke, Kommissar. Glauben Sie mir, daß ich herzlich gern zu Ihnen sagen würde, kommen Sie, wann Sie wollen; aber bekanntlich sind Sie der Kommissar und können kommen, ohne daß man Sie einlädt.« Er schloß fast geräuschlos die Autotür und verschwand rasch im Dunkel unter den Arkaden.

Medina zündete sich eine neue Zigarette an und flüsterte mehrmals zerstreut ein Schimpfwort. Er setzte den Wagen in Gang. ›Kommissar von Santa María. Das heißt, ich könnte alles zusammennehmen, das wenige, was mir an Güte und Gerechtigkeitssinn geblieben ist, und was ich an Mitgefühl und Selbstlosigkeit habe – und das nimmt zu und könnte unter geeigneten Umständen ins Endlose gehen. Und es wäre nie genug, reichte nie an die konventionelle Geste der Freundschaft eines der Ihren. Die einzige erträgliche Autorität ist die Gottes; und vielleicht nicht einmal für alle. Ich, Medina, Kommissar von Santa María.‹

Er parkte den Wagen am Gehsteig vor der Kneipe des Türken und betrachtete neugierig und lustlos durch die verschmierte Fensterscheibe und den dünnen Regen den Kopf Juliáns, der jetzt, eine Zigarette im Mund, verlangend und unternehmungslustig aufgerichtet war. Ihm gegenüber saß auch der Rote.

›Und nun werde ich aussteigen, werde, gleichgültig gegen den Nieselregen, die Wolken am Himmel prüfend, die Wagentür mit einem harten, genauen, entscheidenden Knall zuschlagen; ich werde drei Schritte gehen, um die Schwelle zu erreichen, werde mit einem besänftigenden Gut-Freund-Lächeln die Kneipe des Türken betreten in dem Bewußtsein, groß und breit und schwer zu sein, werde, während ich die Autoschlüssel um einen Finger kreisen lasse, in der nach Keller, nach feuchter Erde, nach Schmutz riechenden Luft die jähe Stille erkennen, das eilige, beflissene Grüßen, das Mißtrauen, den Respekt und die rasch gedachten Verfluchungen. Ich werde an den Tisch treten als Herr und Gebieter, und wir werden uns wieder anlächeln. Ich werde ihnen den Augenblick verderben, vielleicht die ganze Nacht; sie auf jeden Fall unterbrechen. Und dabei ist nicht ausgeschlossen, daß Seoane, wenn er eines Tages stirbt und da er geboren wurde, damit ihm vergeben werde, genau das als Paradies vorbehalten war: sich in Gesellschaft des Roten beim Türken zu betrinken, zwanzig oder dreißig Blocks weit vom Casanova – wo sie, ans mahagonifarbene Klavier gelehnt, singt: ‚Ich möchte, daß du es mir sagst‘ oder wo wenigstens zu beiden Seiten des schmutzigen Vorhangs am Eingang auf schräggestellten Kartons ihr Photo zu sehen ist, ihr riesiger, schlecht kolorierter Kopf über dem Künstlernamen, das ewig frisch einsetzende Lächeln in den Mundwinkeln, während unter dem lauen, ewigen Regen ihr erfahrener, nie irrender Blick prophetisch das Geschehen der Nacht um zwei oder drei Stunden vorwegnimmt – fünfzig oder sechzig Blöcke weit von dem kleinen Haus, das sie an der Küste, nahe dem meinem, gemietet hat und wo sie im Morgengrauen unbefangen und vertraulich mit den kleinen Freundinnen aus dem Casanova tanzen wird, während die Freunde Flaschen entkorken und Eßpakete auspacken; wo sie mit einem beliebigen Mann schlafen wird, von dem ihr, wenn überhaupt, nur die Vorlieben im Gedächtnis bleiben werden. Vielleicht ist das ihr Paradies, und ich werde sie daraus vertreiben.‹

Unter dem Nieselregen stieg er aus dem Wagen, schloß die Tür mit einem harten Knall, trat in das schäbige Licht, in den Weinkeller- und Latrinengeruch der Kneipe Chamúns ein, ermaß gleichgültig, während er lächelnd die Autoschlüssel um einen Finger tanzen ließ, die plötzliche Stille, das begeisterte Grüßen derer, die weiter entfernt standen, die nachfolgende Erwartung rund um den Billardtisch.

»Hola«, sagte Medina.

Blinzelnd nahm Seoane die erloschene Zigarette aus dem Mund und musterte ihn befremdet. Der Rote grüßte mehrmals hintereinander, als stimmte er zu. Medina war beinahe sicher, daß Seoane nicht den Anzug trug, den er ihn am Markt hatte anziehen sehen; dieser war braun, eng und schmutzig, mit einem Riß über der linken Schulter. Langsam streckte Seoane die Hand nach dem Streichholz aus und zündete sich die Zigarette an, die er sich wieder in den Mund gesteckt hatte. Durch Miene und Handbewegung bot er ihm einen Stuhl an.

»Hola«, sagte er und hob, um Schweigen bittend, eine Hand, während er das Gesicht in Falten legte.

Dann hob er die zweite Hand und schlug eine gegen die andere, um Bedienung herbeizurufen. Aber Chamún stand schon hinter Medina.

»Das gleiche«, bestellte Medina.

»Hola«, wiederholte Seoane. »Ich habe dich erwartet. Damit will ich sagen, daß ich immerzu fürchte, du könntest auftauchen. Überall, selbst wenn ich, wie das letzte Mal, schlafe. Das war doch das letzte Mal, oder? Ich fürchte mich nicht vor Schlägen.« Er zuckte die Achseln, und das magere, bärtige Gesicht kam über den Tisch nach vorn.

»Schön«, sagte Medina träge. Er nahm das Glas, das Chamún gebracht hatte, und schenkte sich aus den zwei Flaschen ein.

Der Rote trank sein Glas aus und schwenkte den Kopf.

»Gute Nacht«, sagte er. »Wir sehen uns.«

»Tschau«, erwiderte Seoane.

»Noch etwas, Kommissar?«

»Nichts. Lassen Sie mich in Ruhe.« Chamún entfernte sich.

»Schön, es war ein einziger Schlag. Und vielleicht habe ich ihn ohne echte Lust gegeben, nur um ein Versprechen einzulösen.«

»Ist nicht wichtig.« Seoane lächelte sehr langsam ein zerstreutes und feiges Lächeln und strich sich über das feuchte Kinn. »Es ist wunderbar. Genaugenommen gibt es auf der Welt nichts, was sich damit vergleichen läßt. Einen Augenblick.« Er hob die Hand, das bockige Gesicht, lächelte dann geduldig und geheimnisvoll. »Ich weiß nicht, wie spät es ist. Und es kümmert mich nicht. Kannst du dir das vorstellen? Einen Augenblick, sprich nicht.«

Er goß ein paar Tropfen Wermut in sein Glas und schenkte es aus der viereckigen Ginflasche voll. Mit zittriger Hand hielt er es auf Augenhöhe, während er die im nassen Fenster sich spiegelnde Landschaft betrachtete, ohne mit Lächeln aufzuhören. Dann nahm er überraschend den Körper vom Tischrand zurück und trank, bis sein Glas leer war. Eine Weile saß er mit geschlossenen Augen da und wartete; geräuschlos, sanft, stellte er das Glas neben die zwei Flaschen, näher zu Medina als zu sich selbst, und seufzte furios.

»Besser?« fragte Medina leise. Er betrachtete das abgemagerte weiße Gesicht, in dem nur kleine rötliche Zonen unter den Schläfen Platz ließen für Jugend und Noblesse. Der länger gewachsene Bart verlieh dem Mund Farbe und Frische; die langen kupferfarbenen Koteletten lockten sich neben den Ohrläppchen, die unschuldigen blauen Augen gewannen ihren Glanz, ihre komplizierte Fröhlichkeit zurück und prüften Medinas Gesichtsausdruck.

»Kommissar«, sagte Seoane, die Silben dehnend. »Neulich am Markt war ich nicht betrunken, ich schlief. Ich sagte, das hat keine Bedeutung. Ich fürchte mich nicht vor Schlägen. Seit langem, seit Monaten, kann man sagen, treffe ich jede Nacht auf Typen, die sich beschimpft fühlen und mich schlagen. Nein, ich fürchte mich vor den Predigten. Ich fürchte mich vor dem Rosenkranz gut gemeinter Dummheiten, die ich mir beispielsweise von einem Freund anhören muß, von jemandem, der bequem und dumm von außen spricht. Ich will dich nicht beleidigen, Kommissar. Manchmal spreche ich selbst von außen zu mir; ich erteile mir Ratschläge, entwerfe Lebenspläne, ich spotte über die Wahrheit. Aber das dauert nicht lang, das dauert im allgemeinen so lang, bis ich einschlafe. Und wenn ich aufwache, denke ich mitleidig an das, was ich zu mir gesagt habe; ich höre auf, gespalten zu sein, nichts von mir ist außer mir, und ich fühle mich ohne Hoffnungen, ich, Julián Seoane, und ertrage wieder. Glücklich nie, klar, und das für immer. Aber besser auf jeden Fall, als wenn ich mich zweiteile, über mich richte und mir Ratschläge erteile. Ich glaube, habe ich gesagt, daß das wunderbar und unvergleichlich ist. Die Gewißheit, am Ende angekommen zu sein, nichts zu besitzen, weder jetzt noch morgen. Absolut nichts«, sagte er mit einem staunenden Lächeln und bediente sich wieder aus den zwei Flaschen. »Nichts. Sie können mir nichts nehmen, außer das Leben. Und das Leben ist nur noch das; so wenig, nichts.«

»Ja«, sagte Medina, zur Theke hinüberschauend. »Möglich, daß du recht hast; möglich, daß du den ganzen Tag nicht aus dir herausgehst, nicht für eine Minute, oder nur für Minuten, die nicht zählen. Ein Mensch, der so ist, wird immer recht haben. Trotzdem gebe ich nicht auf, und jetzt weniger denn je. Als wir noch Freunde waren, hattest du viele Dinge, die du lieben oder bewundern konntest. Auch solche, die du achten konntest. Das Wichtigste letzten Endes, weil es letzten Endes das Wichtigste ist, war deine Intelligenz. Die Mutter aller Tugenden, bei Licht besehen.« Er schwieg, sich entschuldigend, liebevoll; die drei Männer im Hintergrund, vom Türken durch die Theke getrennt, zeigten verhaltene Aufmerksamkeit, agierten mit den Billardstöcken.

»Schon gut, Kommissar. Ein bißchen Gedächtnis habe ich noch. Ich spotte nicht, spotten interessiert mich nicht. Ich werde weiter trinken. Wichtig ist mir nur, daß man mich in Ruhe läßt. Aber ich kann auch weiter zuhören.«

»Danke. Ich sagte, das Wichtigste sei deine Intelligenz. Das einzige, was einen dazu bringen kann, nicht locker zu lassen, ist die Feststellung, daß deine Intelligenz noch nicht verschwunden, noch nicht verkrüppelt ist. Das ist es, weshalb ich entschlossen bin, alles zu tun, was nötig ist.«

»Es ist zwecklos, Medina. Wir sind verschieden, jeder Mensch ist anders, meine ich. Und keiner versteht den andern. Und vielleicht verstehen sogar die besser, die sich nicht vornehmen zu verstehen. Aber keiner ist besser als der andere, Kommissar. Jeder ist anders, keiner besser. Und man soll sich nicht darauf versteifen, einen anderen zu erlösen. Nur Gott, aus einer Laune heraus, könnte das tun. Und du...« Er lächelte und trank langsam, vorsichtig.

»Gott«, sagte Medina. Er leerte sein Glas und zündete sich eine Zigarette an. Von neuem war das Rauschen des Regens zu hören; ein Zug schrie zweimal auf, und ohne Eile kehrte das Geräusch des sommerlichen Wassers auf den Dächern und Straßen zurück.

»Und du«, fuhr Seoane fort, »warst, soviel ich weiß, nie mehr als Kommissar.«

Überrascht wandte sich Medina ihm zu, und eine Weile sahen sie sich mit dem Lächeln, den vergnügten und herausfordernden Augen früherer Jahre an.

»Schön«, sagte Medina. »Darf ich Fragen stellen?«

»Ja. Die Gelegenheit ist günstig. Ich habe nichts zu verteidigen, ich muß nicht lügen.«

»Bist du ihretwegen in Santa María?«

»Ja.«

»Siehst du sie?«

»Nie. Seit Monaten. Der letzte Versuch war... ein Fiasko.\ Will sagen, früher hat sie mich selber hinausgeworfen. In dieser letzten Nacht hat sie mich hinauswerfen lassen. Ich war im Casanova, ich wollte sie singen sehen. Alles das. Alles, was du dir denken kannst. Sie haben mich schon lange nicht mehr reingelassen, aber in dieser Nacht hatte ich Geld und konnte mich an einen Tisch setzen, der abseits an der Wand stand, weit weg vom Flügel und ihr. Ich habe mich betrunken, klar.«

»Was hat sie gesungen?« fragte Medina mit einem breiten Lächeln und hob einen Finger. »Ich möchte, daß du es mir sagst.«

»Stimmt. Genau das. Immer hat sie mir alles gesagt. Und ich an meinem Tisch im Schattenwinkel habe geglaubt, daß sie für mich singt. Daß sie weiß, ich sehe sie an und höre zu. Und gleichzeitig sicher ist, daß ich unmöglich ins Casanova gekommen sein kann. Oder denkt, daß ich ans Ende der Welt gelaufen bin oder mir eine Kugel durch den Kopf geschossen habe. Beides habe ich ihr oft versprochen. Jedenfalls war ich überzeugt, daß sie für mich singt, und ich habe ich weiß nicht wieviel dafür bezahlt, daß mich ein Auto bis zu dem Haus an der Küste bringt, das sie gemietet hat. Ich weiß nicht, ob sie noch dort wohnt. Manchmal, es ist unglaublich, arbeite ich ein paar Tage im Hafen. Und außerdem ist da ein Prozeß um ein Feld, das meiner Mutter gehört oder nicht gehört hat, und ein Rechtsanwalt, der auf einen guten Ausgang hofft und mir Geld gibt, wenn ich ihn erweichen kann. Ich will damit sagen, daß ich in dieser Nacht Geld hatte und hingefahren bin, um dort auf sie zu warten, mit ein paar Flaschen und einem Strauß Blumen, die ich zusammen mit dem Chauffeur geklaut hatte. Am frühen Morgen kam sie mit einem Typ und hat mich hinauswerfen lassen. Alte Geschichte. Ich bin hier, weil es egal ist, ob ich hier oder woanders wohne und weil ich lieber in ihrer Nähe bin. Noch was?«

»Wo wohnst du?«

»Nirgends, seit du mich vom Markt verjagt hast. Oder mich davon überzeugt hast, daß ich besser gehe. Barrientos mag dich nicht und hat mich aufgefordert zu bleiben. Davon abgesehen: niemand mag dich. Kann sein, daß du es selber gemerkt hast. Ich schlafe irgendwo, manche Nächte hier auf dem Billard, nach Ladenschluß. Manchmal gehe ich in die Hütte des Roten. Wozu das alles? Noch was?«

Medina hob den Finger mit den Autoschlüsseln, und der Türke kam hinter der Theke hervor.

»Wieviel? Das und das Vorherige«, fragte Medina.

»Nichts«, wunderte sich Chamún, die Serviette hebend.

»Nein«, sagte Medina. Er legte einen Geldschein auf den Tisch und sah eine Sekunde lang das spöttische Lächeln Seoanes.

»Kassieren Sie.« Gähnend steckte er das Wechselgeld ein und schlug mit einem Finger auf das Etikett einer Flasche. »Sonst nichts. Wenn es dir schon egal ist, hier oder anderswo zu sein, gehen wir doch nach Hause oder zu Campisciano. Ein Zimmer ist frei. Du mußt nicht da wohnen. Wenn du schlafen oder essen willst. Außerdem fängt in ein paar Wochen mein Urlaub an. Wir könnten fischen und uns gemeinsam langweilen. Ich habe Flaschen für ein Jahr. Ja, gehen wir an die Küste.«

»Und das alles zu Ehren meiner Intelligenz«, murmelte Seoane.

»Ja, hauptsächlich.«

»Und du wirst mir keine Predigten halten? Nicht viele?«

»Nein. Eine pro Woche, vielleicht. Wenn ich mich betrinke. Gehen wir?«

»Einen Moment. Ich würde gerne sagen: Ja, ich komme mit, es ist mir egal. Und ich möchte nicht unverschämt sein. Ich trinke jetzt das letzte Glas in der Altstadt von Santa María. Aber ich muß dir sagen, daß ich nicht weiß, für wie lange. Ohne Verpflichtung. Ich weiß nicht, ob es mich genauso glücklich macht – gut, das ist nur ein Wort –, mich dort zu betrinken, wie wenn ich mich in einer der finsteren Kneipen besaufe. Eines Tages, wenn es zu regnen aufhört, lege ich mich vielleicht am Strand in die Sonne. Ich weiß nicht, man kann nie wissen. Und ich muß dir noch zwei Dinge sagen. Zwei. Nacheinander. Erstens, daß niemand dich liebt. Ich habe dich geliebt, als du mein Vater warst, als ich einen brauchte. Drei Dinge; es kommt schon. Das zweite, wenn ich jetzt so zurückdenke, ist, daß du tot bist. Frieda hat gesagt, daß alles, was du getan hast, immer nur gespielt war. Du hättest es nie wirklich getan.«

»Margot?«

»Stimmt. Margot. Die Namen sind noch weniger als die Worte. Daß du essen, dich amüsieren, diskutieren immer nur gespielt hast. Ich habe ihr recht gegeben. Wir haben gesagt, das gleiche passiert alten Leuten, wenn sie sich jungen Leuten gegenüber liebenswürdig zeigen wollen. Wir haben gesagt, das ist die Angst vor dem Versagen. Aber sie, Margot, ist weitergegangen und hat noch etwas entdeckt. Sie hat entdeckt, daß du nicht anders sein konntest, daß du mehr warst als alt, daß du tot warst. Wenn aber – wir sind noch immer beim zweiten – der Neid und die Rachsucht eines alten Mannes gegenüber jungen Leuten zu fürchten sind, auch wenn sie verächtlich und traurig anzusehen sind, wie schrecklich müssen dann die Rachsucht und der Neid eines Toten sein. Das hat Frieda Margot gesagt, und ich habe zugestimmt. Sie ist sehr intelligent, du könntest versuchen, auch sie zu erlösen. Ich weiß nicht, wovon; aber ich denke, es wird dir nicht schwerfallen, dir etwas auszudenken. So ist das, Kommissar.«

»Ja«, sagte Medina. »Aber es waren drei Dinge.«

»Drei? Das dritte ist genau das. Die Erlösung. Der Kommissar, der Gott sein wollte.«

»Gott«, sagte Medina, während er aufstand. »Es scheint unmöglich, ist aber ganz leicht. Die Schwierigkeit ist nur, daß man weitermachen muß, wenn man einmal damit anfängt. Gehen wir?«

»Ja, es ist mir egal.«

27. KAPITEL
Die Versöhnung

Es war im Auto auf dem Weg zur Küste, unter dem milden, nächtlichen Regen, daß Seoane hustete, während er rauchte, und von der Pistole sprach.

»Der Colt. Hundertdreiundvierzigtausend und noch was. Hast du ihn zurückgegeben?«

Medina knurrte. Kann sein, daß er ja sagte; er hatte ihn aber unter dem Arm.

»Es ist seltsam«, fuhr Seoane fort. »Vielleicht verstehst du es, oder du kannst nicht. Um es zu verstehen, muß man eine Vergangenheit haben. Und du hast keine, trotz deines Alters und obwohl du viel erlebt oder miterlebt hast...« Er lachte, beugte sich vor, dem gewundenen Glanz der Straße zu. »Ich habe ein Fläschchen Cognac mitgenommen; ich trage es in derselben Tasche, in der ich nutzloserweise die Pistole herumgeschleppt habe. Darf ich einen Schluck nehmen? Oder zwei? Darf ich dich dazu einladen?«

»Nein«, sagte Medina. »Ich habe im Haus was Besseres.«

»Versteht sich. Deshalb komme ich mit.« Seoane trank aus der flachen Flasche und lachte wieder. »Zwei wunderbare Dinge, wenn man es schafft, sich daran zu gewöhnen, wenn man weiterleben kann. Wie gesagt: daß mir schon nichts mehr wichtig ist.«

»O ja. Oder fast nichts.«

»Und wenn man es schafft zu akzeptieren, daß begreifen nicht möglich ist. Oder mit dem zurechtkommt, was man begreift, ohne an dieses Begreifen zu glauben.«

»Ja«, sagte Medina. »Jetzt kommt das schlechte Stück Weg. Keiner der Stadträte wohnt in Villa Petrus oder hat dort ein Haus. Nichts ist wichtig und nichts läßt sich begreifen. Und man lebt weiter oder tut etwas Ähnliches. Und danach? Denn es ist gut, wenn man das früh lernt. Und leben ist auch eine gute Sache; übrigens die einzige Möglichkeit.«

»Ich weiß nicht.« Seoane steckte die kleine Flasche wieder ein. »Ich habe von der Pistole gesprochen. Komischer Gedanke, daß sie nun in der Halfter irgendeines Provinzpolizisten steckt. Diese Pistole... Für mich hat sie eine Bedeutung gehabt.«

»So geht es einem mit allem, Dingen und Menschen. War es nicht die Reue, daß du sie mir in Lavanda gestohlen hast? Noch dazu in Friedas Wohnung?«

»Nie. Für mich war sie Sicherheit und Liebe. Eine Lebensversicherung, eine Todesversicherung. Ich brauchte sie nur anzusehen und zu berühren; und es würde mir nie ganz schlecht gehen.«

»Das nicht«, sagte Medina. »Aber ich kann dir eine andere besorgen. Als Spielzeug.«

Er bog nach rechts ab, das Auto fuhr in einen schmalen, nicht asphaltierten Weg ein, schlug gegen die hängenden Zweige einiger Weidenbäume. Sie stiegen in den Regen aus, Medina führte über einen Gehweg, durch den Duft von Erde und Jasmin. Sie gingen die fünf Holzstufen hoch, und Medina stieß mit der Schulter die sperrige und knarrende Tür auf.

»Die Feuchtigkeit«, sagte er. Er zündete die Deckenbeleuchtung und die Lampe auf der Tischecke an. Er ging in die Küche und kam mit einer Flasche und zwei Gläsern zurück.

Seoane stand in der Mitte des Zimmers, sah sich um, schützte sich mit einem schiefen Lächeln.

»Kaum etwas hat sich verändert«, sagte er. »Das tröstet das Herz. Und die Flasche Zuckerrohrschnaps, wie ein fettes Kalb... Ist das der gleiche wie der, den Barrientos schwarz kauft und am Markt ausschenkt?«

»Der gleiche«, sagte Medina im Sessel neben dem schmutzigen Kamin, in dem noch Winterreste und Wintergerüche waren.

»Aber ich bezahle ihn nicht. Was noch über die Pistole?«

Seoane sah ihn vom Tisch aus an, das Glas in der Luft. Er

zuckte rasch die Achseln und hob ein gerötetes, spöttisches Gesicht, um zu trinken.

»Nichts«, sagte er. »Wenn du verstehen könntest, würde dir das genügen, was ich gesagt habe. Wenn du Phantasie hättest und dich erinnern könntest.«

»Ich kann, will aber nicht. Es führt zu nichts. Ich mag alles, ich bin gern mit allem glücklich. Das passiert, wenn man frühzeitig erfährt und wirklich erfährt, daß nichts wichtig ist und daß die Möglichkeiten des Begreifens unendlich und unsicher sind. Ich lebe gern. Wenn man das in der Jugend erfährt und damit aufhört, jung zu sein, sich zu täuschen und Unterschlupf und Schutz bei anderen zu suchen. Es ist auch gut, rechtzeitig über den Tod Bescheid zu wissen. Glückssache, klar; und außerdem eine Sache des Instinkts. Du dachtest an die 45er... Ich dachte, daß sie im Inventar der Kommandantur fünfhundert Pesos wert ist, den Preis, den man für sie und weitere hundertzwanzig oder zweihundert gleiche gezahlt hat an dem Tag, an dem sie gekauft wurde. Und es ist amüsant, daß fünfhundert Pesos immer noch fünfhundert Pesos sind. Ein Diebstahl im Wert von fünfhundert Pesos. Ich dachte daran, was fünfhundert Pesos bedeutet haben, als du die Pistole gestohlen hast. Und was fünfhundert Pesos jetzt bedeuten. Vielleicht müßte man soviel ausgeben, nur um Frieda an einen Tisch im Casanova und zu einem Essen am frühen Morgen einzuladen. Ich denke, daß das absurde Mißverhältnis zwischen diesem Betrag und dem, was man heute dafür bekommt, dem Delikt einen Stich ins Komische gibt. Nun handelt es sich um den Menschen, der für nichts gestohlen hat, der eine schmutzige Tat begangen hat, nur um die Frau, die er liebt, eine Nacht lang einzuladen. Nicht seines Glückes wegen, nicht um irgendeiner Zukunft willen, die länger als zehn oder zwölf Stunden dauerte. Also ist da gar kein Verbrechen; ein Scherz unter Freunden, fast die reine Unschuld. Ich denke, daß alles anders wäre, wenn die fünfhundert Pesos noch das wären, was sie einmal waren. Vielleicht wärst du nicht mit der

Pistole fortgelaufen oder du wärst überhaupt nicht fortgelaufen. Denn diese fünfhundert Pesos hätten dir zu einer
Reise, Fähre und Zug erster Klasse, zwei Mittagessen und
zwei Abendessen im Speisesaal gereicht, und mit dem Rest,
fünf oder hundert Pesos, hättest du nicht einmal für neunzig
Minuten ein Hotelzimmer in der Hauptstadt bezahlen können. Sie schon, klar. Sie war nie auf fünfhundert Pesos
angewiesen und ist es heute nicht. Heute hat sie Millionen.
Und dann hätte diese zehnte oder elfte Version der Idylle
vermutlich weniger lang gedauert oder hätte vielleicht gar
nicht erst angefangen. Der Schmutz, jedenfalls, wäre früher
auf die Dinge gefallen, und wahrscheinlich wärst du jetzt
nicht diese kuriose, außergewöhnliche, in eine bisexuelle
Hure verliebte Schweinerei.«
Seoane trank, am Tisch sitzend, schläfrig und einsam; der
Kopf mit der hängenden Zigarette war dem gedämpften,
lustlosen Rauschen des Regens am Fenster zugeneigt; eine
Hand kratzte die ganze Zeit über im schmutzigen, zerzausten, kupferfarbenen Haar.
»Inflation als deformierendes Element der Tragödie«, sagte
Medina gähnend. »Oder enthüllendes. Macht aus deinem
Diebstahl eine bloße Kinderei. Macht dieses Gefühl von
Stolz und Mut, das du zweifellos hattest, als du mit der Frau
und dem Colt auf und davon bist, unglaubhaft; macht es
unmöglich, daß man Julián Seoane ernst nimmt; daß man
an diesen blonden, schlecht rasierten und abgemagerten
feigen Abschaum, der den Betrunkenen und Verzweifelten
spielt, tatsächlich glaubt.«
Seoane wandte sich lächelnd ihm zu und wartete, während
er den Rauch gegen das Etikett der Flasche blies. Am Fenster
und auf dem Dach verlor der Regen an Kraft, zog, sich
krümmend, ab.
»Keine Predigten mehr, hast du versprochen, Kommissar«,
sagte er endlich. »Ich geh ins Bett. Ich werde mir nur noch
eine letzte Predigt anhören. Also wäre es gut, du überlegst
sie dir genau, damit es sich lohnt, sie anzuhören und dann in

den Verschlag des Türken zurückzukehren. Ich sehe sie seit langem nicht mehr. Ich meine Frieda. Ich suche auch nicht nach ihr. Wenn du den Mund hieltest, wäre es möglich, daß ich hier bleibe und von vorne anfange, oder auf andere Weise.«

»Ja.« Medina bückte sich zum Kamin und untersuchte die dicken Rußflecken auf den Ziegeln. »Man kann es immer probieren und nochmals probieren. Es gibt wenig Menschen, an denen mir lag oder liegt; deshalb habe ich die Manie, ihnen die Wahrheit zu sagen.«

28. KAPITEL

Ein Sohn

›Welche Lüge steht zwischen uns‹, dachte Medina, ›was zwingt mich, ihn auch jetzt noch gern zu haben und zu versuchen, ihm ein anderes Glück aufzudrängen als das, das er jetzt genießt und das ich mich bemüßigt fühle, Unglück zu nennen, und warum fühle ich mich dazu bemüßigt? Da ist eine Lüge, ein verfälschtes Gefühl; es geht nicht um Freundschaft, es handelt sich nicht bloß darum, daß ich ihn vor dem Suff und den Drogen retten möchte, die Frieda – ich bin sicher, daß sie es ist – ihm gibt oder verkauft. Ihn retten vor der Demütigung und dem Leiden. Tatsächlich habe ich nie jemanden wirklich geliebt. Man kommt nicht hinaus über das Bedürfnis, als Mensch unter Menschen zu handeln, es ist nicht möglich. Noch etwas kommt hinzu, das stärker ist und reiner als Zuneigung, Freundschaft und jede Art von Liebe; ich weiß nicht, was es ist, aber es muß etwas mit der Würde und dem Stolz zu tun haben.‹

Und vielleicht dachte der Junge an dasselbe. Zumal er viel Zeit hatte, nachzudenken und sich zu langweilen, eine Idee aufzugreifen oder zu akzeptieren, sie durchzukauen, wenn er auf dem Holzsteg saß, die primitive Angel, die er sich ausgesucht hatte, faul zwischen die Knie geklemmt, ohne Interesse dafür, ob die Fische anbissen oder nicht, gleichgültig gegen die Ratschläge und den Spott Medinas. Halbnackt, schwarzgebrannt von der Sonne, ging er vom Steg ins Haus, um zu essen und zu schlafen. Kaum daß er zum Mittagessen ein Glas Wein trank, und neugierig, ohne sich zu beruhigen, sah Medina, wie der Junge immer perfekter dem Seoane zu gleichen begann, den er vor Jahren zum erstenmal gesehen hatte. Die gleiche ruhige, liebenswürdig zynische gute Laune, das gleiche apathische Vertrauen, die gleiche nervöse Schnelligkeit der Bewegungen und des Denkens.

Nie verließ er das Haus oder das Grundstück des Hauses

oder den Streifen Sand und Gestrüpp an der Küste. Er wollte nicht in die Stadt fahren, schien sich nicht daran zu erinnern, daß der Bungalow von Frieda nur etwa zweihundert Meter entfernt war von dem Landesteg aus verwitterten Planken, auf dem er sich zum Angeln hinsetzte oder in die Sonne legte oder Anlauf nahm, um in den Fluß zu springen, der um diese Zeit wenig Schlamm führte und in der Mittagssonne tief und durchscheinend wurde. Er sagte nichts von eigenen Plänen, und die, die Medina sich ausdachte, um ihn zu erforschen, nahm er ohne Widerrede und ohne Begeisterung entgegen. Er lächelte, zeigte wie zur Entschuldigung die Zähne, die weißer geworden waren, fragte nach Anekdoten, nach dem Personal der Kommandantur.

»Sie ist noch im Casanova«, sagte Medina eines Nachts. »Ich hätte Lust hinzugehen und sie zu sehen, vielleicht mit ihr zu sprechen. Aber ich bin müde, die Stadt wird jeden Tag größer und macht mir mehr Arbeit. Sobald ich loskomme, werde ich mich schadlos halten. Vielleicht fängt nächste Woche der Urlaub an. Wir könnten wegfahren, ein Fracht-schiff nehmen und nach Norden fahren. Aber seit einem Monat soll ich nächste Woche Urlaub bekommen. Sie ist noch dort und singt, und weil man in der Kolonie gerade eine Ernte verkauft hat, jeden Monat verkaufen die Gringos irgendeine Ernte, füllt sich das Lokal. Sie singt immer noch ›Ich möchte, daß du es mir sagst‹. Ich will damit sagen, daß sich die Welt, die dir wichtig ist, nicht verändert hat. Die Erfolgsnummer, der große Schlager ist immer noch ›Ich möchte, daß du es mir sagst‹. Jetzt tritt sie jede Nacht in drei verschiedenen Kleidern auf, und man weiß nichts von einem festen Freund oder einer festen Freundin. Was sonst? Sie haben kürzlich eine Lichtreklame angebracht. Ich würde gern einmal nachts mit dir hingehen. Warum nicht heute, es ist noch früh, wenn du einverstanden bist. Und es heißt, daß sie das Casanova gekauft hat oder dabei ist, es zu kaufen. Was bedeutet, daß sie lange in Santa María bleiben wird. Ja, sicher.«

Seoane hatte ihm lächelnd zugehört, im Sessel zurückge-
lehnt, rauchend und mit einem aufmerksamen Funkeln im
Gesicht, so als wartete er darauf, etwas zu hören, das nicht
gesagt wurde.

»Ich bin nicht im Casanova gewesen«, ergänzte Medina.
›Vielleicht denkt er, daß diese ganze Probe nur erst eine
Vorrede ist, daß ich dort war und mit ihr gesprochen habe,
daß ich ihm eine Botschaft bringe, ein Bedauern, eine Bitte
um Verzeihung, ein Nie, irgendein Niemehr.‹

»Sie sagt, sie hätte kein Geld, um es zu kaufen. Aber ich
kenne sie«, sagte Seoane nach einer Weile. Sein Gesicht, jung
und ruhig, war über die Abendessensunordnung auf dem
Tisch gebeugt, das sehr lange, sommerfleckige Haar im
Nacken. Langsam nahm er eine Zigarette und rollte sie
zwischen den Fingern. Plötzlich lächelte er und wandte sich
Medina zu. »Obwohl es für eine Frau keine Grenzen gibt.
Wenn sie eine Frau ist, meine ich. Aber es stimmt, daß sie
jetzt Millionen hat.«

»Einverstanden«, sagte Medina vom Sessel aus, der am
Kamin stand; er betrachtete ihn mit gelangweilten Augen,
mit einer gutmütigen, dummen Miene. »Ich verstehe: nie
sind sie eindeutig dies oder jenes. Aber sie scheint das
Casanova tatsächlich zu kaufen. Auf der Lichtreklame über
dem Eingang erscheint schon jetzt abwechselnd der Name
des Lokals und ihrer. In Buchstaben von gleicher Höhe. Wir
können uns ins Auto setzen und nach Santa María fahren.
Ich habe ein halbes Dutzend Flaschen Zuckerrohrschnaps
mitgebracht, von dem, den Barrientos hat.«

»Ich nicht, ich trinke nicht«, sagte Seoane. »Ich habe keine
Lust, in die Stadt zu fahren. Es langweilt mich. Hier lang-
weile ich mich auf eine Weise, die mir gefällt. Ich glaube
nicht, daß sie das Casanova kauft, selbst wenn sie das Geld
dazu hat. Das ist nicht ihre Art. Sonderbar ist, daß du soviel
weißt, ohne dort gewesen zu sein.«

»Ich bin nicht hingegangen, vielleicht gehe ich heute nacht
hin.« Medina, die Beine auf der Armlehne des Sessels, die

Augen halb geschlossen, betrachtete den nackten braunen Rücken des Jungen. Er hätte gewünscht, nur noch eine Stimme zu sein, eine Herausforderung, eine vorsichtige Provokation. »Aber die Polizei war dort. Mehrere Nächte hintereinander waren die Burschen dort, Martín, Valle, Ruíz. Der Schlächter von Enduro ist in die Motorbootstation im Hafen eingebrochen, nachdem er seine Frau umgebracht hat. Er hat sich einen Anzug gekauft, Schuhe, ein seidenes Hemd, eine Krawatte. Im Frisiersalon von Ainsa hat er alles verlangt, was man ihm verkaufen konnte. Wenn ein Typ wie dieser nicht aus Santa María fliehen konnte, und wir waren so gut wie sicher, daß er noch da war, dann mußte er mit dem frischen Geld in der Tasche betrunken in einem der Nachtlokale enden. Er endete im Casanova. Ein Dicker mit Schnurrbart, noch keine Dreißig, der die Tat begangen hat aus Angst, nicht an sich glauben zu können. Gut, er hat einer Frau die Kehle durchgeschnitten. Nicht einmal das: dem Etwas, das er seit Jahren besessen und als seine Frau benutzt hat. Also waren die Burschen während einiger Nächte im Casanova und warteten. Als sie ihn abführten, war er betrunken und bat sie um Anerkennung irgendeines tausendjährigen, zwischen Männern geschlossenen Geheimpaktes. Sie sagten ja. Und am Morgen war er noch immer betrunken und heulte, als er sein konfuses Zeug vor mir aussagte und ihm beinahe die neuen Kleider platzten, die er schon wieder beschmutzt und zerknittert hatte und die mit Sicherheit fleckig waren vom gelben Schweiß der Dicken, die Angst haben. Ich hatte keine Veranlassung, ins Casanova zu gehen; vielleicht gehe ich heute nacht hin, auch ohne zwingenden Grund.«

»Ich geh schlafen«, sagte Seoane. »Ich hätte gern, daß du herausbekommst, ob sie gekauft hat oder kaufen wird. Ich würde wetten, daß nicht.«

Medina ging diese Nacht nicht ins Casanova. Und er hielt es für eine weitere Probe, am folgenden Samstag eine Platte mit »Ich möchte, daß du es mir sagst« mitzubringen, von Dina

Shore auf englisch gesungen, und sich nach dem Essen zu betrinken und mit der Sturheit eines Betrunkenen die Platte immer wieder aufzulegen, bis zum Morgengrauen, bis Seoane sie nicht mehr hören konnte und Witze riß und sich streckte und aufstand, um schlafen zu gehen.

»Ich erinnere mich schon nicht mehr«, sagte er. »Aber ich bin sicher, daß sie es besser singt. Oder anders, mit einer Absicht, die mir besser gefällt. Wäre kurios, wenn *du* dich in sie verliebtest, wenn du ein verdorbener, versoffener Kerl würdest, und ich müßte Pläne erfinden, wie ich dich erlöse.« Aber Medina war nicht wieder ins Casanova gegangen, er hatte Frieda nicht wiedergesehen. ›Warum?‹ dachte er. ›Ich liebe ihn nicht, und es ist so lange her, daß ich jemanden lieben konnte. Je mehr ich ihn von dem Bedürfnis nach dieser Hure befreit sehe, desto weniger interessiert er mich, desto mehr habe ich das Gefühl, daß er gewöhnlich und austauschbar ist. Es war nur eine Laune, ihn vor diesem Unglück retten zu wollen, eine Obsession, die nichts zu tun hat mit dem, was ich an mir kenne. Und letzten Endes hat er sich kuriert, weil er es wollte, ohne meine Hilfe, weil sich mysteriöserweise die Illusion von Liebe und Bedürfnis erschöpft hat. Nächste Woche fahren wir den Fluß hinauf, und wenn ich ihn überreden kann, daß er Santa María für immer verläßt, wird er mich schon nicht mehr interessieren. Nicht er war mir wichtig, sondern sein Unglück, seine Sklaverei.‹

Und vielleicht dachte Seoane in den Tagen, die er an der Küste verbrachte, über dieselben Dinge nach, in den einsamen Stunden, in denen er still am Wasser saß, wenn er den Angelhaken mit dem kleinen, leblosen Stück Fleisch ausgeworfen hatte. Denn da kam die Nacht, wo er ein Glas geschmuggelten Zuckerrohrschnaps – nur eines – annahm und eine beliebige Unterhaltung abbrach, um zu sagen – mit einem Schwung, in einem Ton, den er lange geprobt zu haben schien –, er wisse mehr von Medina als Medina von ihm; Medina wisse nichts und er alles.

»Wir haben mehr als einmal darüber gesprochen vor ich weiß nicht wie vielen Jahren. Du wolltest schon immer ein Kind haben, wahrscheinlich seitdem du zum ersten Mal mit einer Frau geschlafen hast. Das hast du selber gesagt, ich erinnere mich. Was du gefühlt hast, wenn du auf einer Frau lagst, sei dir so wichtig gewesen, so unvergleichbar mit jeder anderen möglichen Erfahrung, daß du das Bedürfnis hattest, das mit einem Kind ewig oder dauerhaft oder greifbar zu machen. Ich habe das nie verstanden; ich kann das nicht verstehen, wenigstens nicht bei einem Mann. Ich wollte nie ein Kind haben. Von Frieda noch weniger als von sonst jemandem. Und das ist wahr, obwohl auch wahr ist, daß Frieda die einzige Frau ist, die ich gehabt habe, von den Prostituierten im Hafen abgesehen. Auch sie wollte keines. Wir haben uns zu sehr geliebt, um das nötig zu haben, um auch nur zu akzeptieren, daß noch etwas dazukäme. Aber du hast immer ein Kind gebraucht. Vielleicht nicht nur wegen dem, was ich gesagt habe: Ewigkeit, Dauer, konkret gewordener Liebesakt, der eine Stelle im Raum einnimmt. Der noch dazu wächst. Vielleicht hast du ein Kind auch gebraucht, um damit zu rechtfertigen, daß du auf einer Frau liegst, um dich zu entschuldigen und Vergebung zu erlangen. Von wem? Das ist eine andere Frage. Ich bin letzten Endes besser, vor allem, weil ich zugebe, daß ich nichts verstehe, und weil ich alle Möglichkeiten, die ich nicht verstehe, gelten lasse. Vielleicht hat sich diese Tugend – im Grunde die Indifferenz, von der du meinst, du hättest sie, und die du sogar mit Verständnis und Toleranz verwechselst; die Indifferenz, zu der du nicht fähig bist – vielleicht hat sie sich bei mir an den Abenden auf dem Steg entwickelt, wo ich den Besuchen und dem Geschwätz dieses Schweins, deines Nachbarn, der sich Mr. Rey nennt, nicht ausweichen kann. Er kommt über den Laufsteg oder im Motorboot, immer dick und als ob er schliefe, immer weiß angezogen und frisch von der Dusche und der Nachmittagsrasur. Zu jeder beliebigen Stunde. Und aus dem konfusen Gerede, aus dem schau-

rigen Gestank des kaum stinkenden Gespensts, der mich aus der verblichenen Intelligenz des Mr. Rey anweht, konnte ich zwei Schmuckstücke der Weisheit absondern. Erstens: Es braucht viele verschiedene Typen, um eine Welt zu erschaffen, mein Freund. Zweitens: Gott hat seltsame Kostgänger, mein Freund. Schade, daß ich es nicht mit seinem Akzent, mit seiner Kurzatmigkeit sagen kann. Auf jeden Fall glaube ich an diese zwei Grundpfeiler der Philosophie des Mr. Rey; und halte mich an meinen Glauben. Davon haben wir nicht gesprochen. Wir sprachen von deinem alten, vielleicht angeborenen Bedürfnis nach einem Kind und von dem Pech, das dir verwehrt hat, eines zu haben. Also wolltest du, seit du mich kennenlerntest oder schon lange vorher, das Spiel spielen, ich wäre dein Sohn. In Wirklichkeit keine Spur von Liebe; die Lust am Herrschen, die arme, hochmütige Befriedigung, anderen Schicksale und Beziehungen aufzuzwingen. Und das sind keine Trugschlüsse; das hast du mir oft zu verstehen gegeben, hast es bekannt, ohne es zu wollen.«
Und dieser ganze Schwung von Sätzen, ohne Alkohol, ohne Heftigkeit gesprochen, ohne den Schatten eines Wunsches nach Rache. Es war an einem Samstag Ende Januar, und Medina hatte die Zusage, daß er am folgenden Samstag seinen Urlaub antreten könne.
»Mag sein, daß es so ist«, sagte er lächelnd, während er in Richtung Schnapsflasche zum Tisch ging. »Medina zu analysieren, über Medina Bescheid zu wissen, hat mich nie interessiert; ich lasse ihn leben und helfe ihm. Mit den anderen versuche ich dasselbe zu tun. Ohne einen Mr. Rey nötig zu haben, habe ich gelernt, mich nicht anzuschauen. Ich bin einfach; ich bin in der Welt und tue dies und das. In diesem Fall, im letzten Kapitel dieses Falles fand ich plötzlich, daß du zu intelligent bist, als daß der Preis der Vernichtung, den du zu zahlen im Begriff standest, gerecht wäre.«
Er leerte das Glas, stellte es sanft auf den Tisch und trat zu Seoane, der ihn im offenen Fenster vor dem Mond mit einem Ausdruck gezähmter Rebellion, mit einem ungläubigen

Lächeln ansah. Er ging zu ihm hin, bis er ihm sanft die Wange tätscheln konnte. »Was du in dieser Nacht gesagt hast, ob es stimmt oder nicht, beweist mir wenigstens, daß sich die Mühe gelohnt hat. Alles, was wir wissen, du und ich, beweist, daß es diese Hündin nicht wert ist, daß irgend jemand irgendeinen Preis für sie bezahlt. Diese Hure, habe ich gesagt.« Er wartete einen Augenblick, atmete die langsame Luft, die vom Fluß und von den Zitronenbäumen kam, ohne den Blick von den hellen, glänzenden Augen abzuwenden, die leer blickten, kaum neugierig, kaum anmaßend. »Und wenn du gehen willst...«

»Ich will nicht gehen«, sagte Seoane langsam, im matten blauen Schimmer den Kopf schüttelnd. »Wenigstens wird es, wenn ich gehe, nicht ihretwegen sein. Aber es ist ungerecht, sie zu beschimpfen, und nützt auch nichts. Ich kenne sie. Niemand außer mir kennt sie.«

»Das freut mich. Ja, so geht es immer. Genaugenommen müßte ich dich um Verzeihung bitten. Ich habe einfach geglaubt, daß...«

Seoane zog die Schultern hoch und hob die Hand. Das jünger gewordene Gesicht schien schmaler, ironischer, erfahrener zu werden.

»Ich habe viel geredet. Es ist nichts mehr zu sagen. Ich gehe an die Küste, nach den Ködern sehen, und dann ins Bett. Gute Nacht.«

Und am folgenden Morgen, als die Sonne schon hoch stand, als Medina das Auto aus der Laube holte, konnte er am Rande des Stegs den Jungen sitzen sehen, fast nackt, breitschultrig und feingliedrig, der nutzlos die gebogene Angel übers Wasser hielt.

Eine schwarze Barkasse fuhr schwerfällig den Fluß hinauf; am Beginn der unsichtbaren Schwüle, nach rechts zu, surrte der Motor von Mr. Reys Boot.

29. KAPITEL
Die Schlägerei

An jenem Morgen erhob sich Medina spät im kleinen Haus an der Küste, in dem Gurisa, aus Colón zurückgekehrt, gähnend frühstückte. Der Tag war mild und friedlich; Medina ging ohne Eile über die Grasfläche, in Gedanken fluchend auf die Kommandantur, auf Santa María, auf jedwede Heimkehr und ihre Nutzlosigkeit.

Vor dem Haus des Mr. Wright hörte er durch die schlecht geschlossene Tür Stöhnen und langes, stammelndes Wehklagen, artikuliert in dem schon verbrauchten Idiom des Mister. Er lauschte einen Augenblick und öffnete dann langsam und trat ein in das gelbliche Licht. Er wartete einen Moment und horchte auf Geräusche in den dunklen, geometrischen Schatten, in dem Geruch von Weinkeller und abgestandener Luft, in der Biegung der Zementtreppe. Ein Feldbett war da, an den Wänden Kisten und Flaschen, ein Schreibtisch, um den Polsterstühle mit geschwungenen Beinen standen. Er sah die weißen Schuhe, die weiße Hose, den dicken, sitzenden Körper, den kindlichen und reuigen Ausdruck des großen, runden Gesichts.

»Chef«, murmelte Mr. Wright, den Kopf wiegend, mit einem Lachen wie das Gackern einer erbosten Henne.

Allein, alle viere von sich gestreckt, auf dem Stuhl schwitzend, als wäre das eine gewissenhaft auszuführende Aufgabe, ein Augenlid hängend und violett, die kurze Nase geschwollen, die lächelnden Lippen aufgesprungen, hieß Mr. Wright, schwankend auf seinem quietschenden Sitz, ihn willkommen. Neben einigen aufgestapelten Büchern lagen sein Panamahut und ein Strauß Jasmin auf dem Tisch, daneben standen eine Flasche und ein Glas.

»Wie dem Auge und dem Arm des Gesetzes entkommen? Nicht mal in der stinkenden Tiefe dieser Katakombe. Ich bin bereit, zu gestehen, ohne Pressionen.« Er kniff das gesunde

Auge ein wenig zusammen, um über Medinas Schulter zur Treppe und dann zwischen seine Beine zu schauen. Er lachte wieder, vollführte abermals langsam dieses Geräusch wie aus einem Hühnerstall am frühen Morgen; er trank einen Schluck aus dem Glas und nahm die sehr kleinen weißen Hände auseinander. »Ich habe keinen zweiten Kelch, den ich Ihnen anbieten könnte, Chef. Weder Syphilis noch Karies seit vielen Jahren. Der Zuckerrohrschnaps ist echt; ob er Zoll gezahlt hat, weiß ich nicht.« Unter der Unerschütterlichkeit der kleinen himmelblauen Augen schien die Sopranflötenstimme zwischen Seufzern und unterdrücktem Husten zu lachen.

Medina zündete sich eine Zigarette an und setzte sich auf den Schreibtisch.

»Guten Tag. Ich bin vorbeigegangen und habe gehört. Aus welcher Schlacht kommen Sie?«

Mr. Wright hob das zusammengepreßte Taschentuch vom Hosenschlitz und nahm es in die andere Hand, um sich den Schweiß abzuwischen.

»Hat sie Sie geschickt, Chef?« Der Frage zuvorkommend, das Knurren einem Lachen ähnlich, der Gesichtsausdruck blöde und erschrocken, vertraulich.

»Niemand hat mir etwas gesagt. Ich habe häßliche Wörter gehört und bin hereingekommen.«

»In Erfüllung der Pflicht«, kommentierte der Dicke schaudernd. »Aber hier ist nichts. Und seit Stunden sitze ich in diesem Loch und verschlimmere dadurch mein Asthma. Trinken Sie einen Schluck, bitte. Ich bin nicht einmal aufgestanden, um Sie zu begrüßen. Aber auf diesem Boudoirstuhl ruhen einhundertzwanzig Kilo, Chef.« Das runde, rosige Gesicht wurde ernst, leicht wütend, blähte sich, um Luft abzulassen. Er füllte das Glas, trank ein Schlückchen, reichte Medina das Glas und sah mit rabiater Aufmerksamkeit zu, wie Medina trank. »Echter Zuckerrohrschnaps, Chef.« Er begann zu lachen und zu husten, knetete das Taschentuch zwischen den Händen. Dann wurde er plötzlich ernst und richtete mit gerunzelten Brauen den Blick auf Medinas Stirn. »Was soll ich Ihnen erzählen, Chef?«

»Sagen Sie mir, aus welcher Schlacht Sie kommen.« Medina stellte das Glas auf den Tisch, neben den linken Arm des gewaltigen, weiß gekleideten, betrunkenen Mannes. Er hob den Strauß Jasmin auf, der mit einem dünnen Zweig zusammengebunden war, und strich sich damit über Mund und Nase. ›Ich kann jede beliebige Erinnerung wählen und ihr diesen weißen Duft aufzwingen wie ein grelles Licht, in dem sie ihre letzte Falte zeigen wird.‹

»Ah«, sagte Mr. Wright. »Ich jammere nicht, weil ich nichts habe, worüber ich jammern könnte. Nur eben so. Ich jammere gern und gebe es zu. Ich gebe alles zu.« Er lachte wieder und betupfte sich das runde, verletzte Mündchen mit dem Taschentuch, das er mit beiden Händen hielt. »Chef. Wissen Sie, wer mich geschlagen hat?«

»Nein«, sagte Medina. »Jedenfalls muß es ein tüchtiger Bursche gewesen sein.« ›Aber welche Erinnerung ist mir wichtig? Der letzte echte Blumenduft war der in dem Zimmer, in dem Teresa lag, tot und unsichtbar, und die Blumen hatten Unbekannte geschenkt.‹ Er ließ die Zweige auf den Tisch fallen, goß lächelnd das Glas voll und schob es dem dicken, schwer atmenden Mann in die Hände, die das Taschentuch hielten.

»Man liebt mich und man haßt mich«, sagte Mr. Wright, rasch den Kopf schüttelnd, um jeden Einwand abzuwehren. »Ich tue nichts, ich lebe von einer Pension und ein paar Wertpapieren. Man mag mich, weil ich ein fröhlicher Dicker bin. Ich bin niemandes Rivale. Ich kenne persönlich niemanden, der mich haßt, aber zwangsläufig haßt man mich. Die Leute sind so, Chef.«

›Es ist der Sommer‹, dachte Medina, der Hochsommerhitze entzogen durch die kühle Luft im Zimmer, die nach eingesperrten Jahren roch. ›Sommer. Das Wiederauslegen verblichener Hoffnungen, die naive und listige Aufforderung, sich für drei Monate einen Glauben zuzulegen. Und einer, der aus Gewohnheit und Klarsicht nein sagt, ist deshalb nicht klüger als der, der akzeptiert und sich einläßt.‹

»Ein Gringo, dick und Junggeselle, der Enkel haben könnte, ein Eisenbahner im Ruhestand, der sich glücklich fühlt, ohne sich dessen zu schämen, Chef«, sagte Mr. Wright, sah ihn mit kurzer Verzweiflung an und gackerte wieder. »Hassen können sie mich nur, weil sie merken, daß ich glücklich bin; außerdem sage ich es jedem. Wie gesagt, die Hitze hat mich frühmorgens aufgeweckt, und ich war eine Weile auf dem Steg, spielte mit den Hunden, lachte, weil der Morgen für mich geschaffen war. Ich rasierte mich und nahm ein Bad, ich stieg ins Boot und wollte ihn besuchen, aber alles war abgeschlossen. Ich hatte Dutzende von Jasminzweigen für seine Señora dabei, und ich klatschte in die Hände, auf der Mole, auf dem Weg, bis er endlich kam, lächelnd, eine Angel über der Schulter, in der Badehose, noch ganz schläfrig und ungewaschen. Dann ging er eine Flasche holen, und wir saßen auf dem Steg unter den Weiden, hielten die Köder nur zum Spaß ins Wasser, denn in der Strömung, wie sie gestern war, würden wir, habe ich ihm erklärt, nicht einmal einen gelben Bagrewels fischen. Und wir sprachen über den Fluß, über Europa und Santa María und kamen auf Plätze zu sprechen, wo man sich betrinken und mit Frauen sein kann, bis wir aufs Casanova kamen, von dem er kühl behauptete, er habe es nie betreten. Und als wir so redeten, kamen wir auch auf sie zu sprechen, die *patrona*, Frieda. Und während ich faul, aus Gewohnheit, die Angel über dem Fluß bewegte, sicher, daß ich nichts fischen würde, sagte ich ihm, wie Frieda war und wieviel sie in barer Münze kostete. Obwohl sie mich gelegentlich nichts gekostet hätte oder nichts, was sofort hätte bezahlt werden müssen. Und als mir schien, daß mein Köder geschnappt wurde, fing ich an, die Angelschnur einzuholen, und da schrie er – es klang wie Lachen: ›Steh auf, Dicker, tu mir den Gefallen und steh auf.‹ Ich stand auf und sah, daß er mich erwartete, lachend, aber entschlossen, fast nackt, mit hängenden Armen, das Körpergewicht von einem Bein aufs andere verlagernd. Ich hob die Hände und fragte ihn, und da hat er angefangen, mich zu schlagen. Ich glaube, ich fiel auf den Steg, und als ich aufstehen konnte, um Erklärungen von ihm zu verlangen, war niemand da. Ich wusch mir das Gesicht – er hatte sich in das Haus von Frieda eingeschlossen –, und als ich es satt hatte, länger zu warten, bin ich ins Boot gestiegen. Sie lieben sich und alle wissen es. Aber das ist kein Grund. Das ist alles, Chef.«

»Ja«, sagte Medina. Ehe er vom Tisch aufstand, roch er noch einmal an den Jasminzweigen. »Es ist nicht von Bedeutung.«

Als er zur Tür ging, hatte er das Gefühl, daß etwas reif und faul geworden war; daß er mit Ekel jahrelang ein und dieselbe Sache hinuntergeschluckt hatte und daß er sie nun ausspucken mußte.

»Guten Tag, Mr. Rey. An der Mole, wie immer, an jedem Morgen, den Sie wollen.«

Er dachte an Mr. Wright zu seinen Füßen, an sein Lachen, das wie ein respektvolles Taubengurren zitterte.

30. KAPITEL
Santa María

Campisciano dachte, er müsse die Nachricht persönlich überbringen. Aber da es diese Nacht im Restaurant viel zu tun gab, beschloß er, daß einer der Kellner zur Kommandantur laufen sollte.

Es war ein kleiner, magerer Junge, Emigrant aus der Schweizer Kolonie, der durch die Straßen trabte und dabei fast laut die Botschaft wiederholte, die er überbringen sollte, aber nicht ganz begreifen konnte.

Er hatte sich eben die weiße Dienstjacke angezogen, die in der geruhsamen, noch lichterlosen Abenddämmerung von Santa María das Strahlen des Tages fortzusetzen schien.

Der Soldat, der an der Tür Wache stand – in Hausschuhen, beide Hände auf die Mündung des Mausergewehrs gestützt –, schüttelte ungeduldig den Kopf und befahl: »Durchgehen.«

Mit eingezogenen Schultern ging der Junge durch den Flur, bis er an das sogenannte Amtszimmer des Kommissars gelangte. Groß und schmutzig, mit seinen feuchten Wänden und abgerissenen Tapetenbahnen, erzählte es seine Geschichte als Salon einer reichen Familie. Empfangstage, aufgeputzte Frauen, den Duft der Parfüms verbreitend, die Barthé verkaufte, in der Mitte der Teetisch mit dem immer spiegelblanken Porzellangeschirr und der großen, von der Dame des Hauses gebackenen Torte. Und das ununterbrochene Geschnatter: Abtreibungen, Ehebrüche, echte oder vermeintliche, boshafte Prophezeiungen, Lebensmittelpreise, Neuheiten der Mode und Trikotagen.

Er sah Medina mit aufgeknöpfter Uniformjacke an dem Tisch sitzen, der nun als Schreibtisch diente, und eine von der Decke hängende, schwankende Lampe. Rechts, unsichtbar für den Jungen, sprachen ein paar Männer. Er wartete eine Weile, klatschte dann leise in die Hände.

»Herein«, sagte Medina, ohne zur Tür zu schauen.

Langsam, vorsichtig trat er ein und verbeugte sich. Da sah er die Männer, die gesprochen hatten, und zwei Hennen, die mit zusammengebundenen Beinen auf dem Boden lagen. Einer der Männer war ein Soldat; er trug eine lange Hose, eine Jacke, die einmal ein Uniformrock gewesen war, und hatte einen Revolver im Gürtel. Der andere, dünn und schmutzig, steckte in zu großen Kleidern und Schuhen von verschiedener Form und Farbe; die aufgerissenen Spitzen gähnten oder verlangten Futter. Um den Hals trug er ein schwarzes Trauertuch.

»Schon wieder du«, sagte Medina mit geheuchelter Trostlosigkeit.

»Man muß leben, Herr Kommissar«, sagte der mit dem schwarzen Halstuch mit überraschend lauter Stimme.

»Leben. Und warum mußt du leben?«

Die dunklen Augen aufschlagend, die er vor dem Schmutz, dem Unglück, seinem Leben hatte bewahren können, sah der Mann ihn erstaunt an. Er richtete den gebückten Körper auf.

»Nicht ich, Herr Kommissar. Ich meine die Familie.«

»Das kennt man. Für zwei Hennen gibt dir Barrientos oder der Italiener eine Korbflasche von dem sogenannten einheimischen Wein, der dir die Gedärme verbrennt. Der dir auch hilft, den Hunger der Familie zu vergessen.«

Der Kellner stand immer noch still da und überschlug ratlos, wieviel Zeit inzwischen vergangen war, weil er die Gefahr wachsen fühlte, daß er nicht zurück sein würde, bevor das Restaurant zum Abendessen aufmachte.

Medina schwenkte einen Bleistift wie ein Szepter: »Welche ist die fettere?«

Der Mann stupste mit dem gelben rechten Schuh die graue Henne an.

»Ist gut. Die andere nimmst du wieder mit. Und verschone mich einen Monat lang; so lange will ich dich nicht mehr sehen und riechen. Hau ab, tu mir den Gefallen.«

Der andere machte einen Satz, bückte sich gelenkig und stand von neuem gerade, die flatternde, an den Füßen zusammengebundene Henne unter dem Arm.

»Danke, Herr Kommissar. Wenn Sie mich hinauslassen.«

Medina betätigte eine heiser tönende Klingel, und der Mann verschwand. Medina deutete mit dem Bleistift auf den Soldaten in langer Hose und dann auf die fette Henne.

»Für dich, Héctor«, sagte er.

Der Wachtmeister – die Rangabzeichen waren noch vorhanden – versuchte lächelnd zu protestieren. »Aber, Kommissar...«

»Das ist ein Befehl. Ich lasse dich herumlaufen wie im Karneval, ich schulde dir zwei Löhnungen. Das nächste Mal nimmst du die magere Henne mit.«

Als der Kellner Medina allein gegenüberstand, fühlte er, wie die Botschaft in seinem Kopf verrutschte.

»Rede. Welchen Schwindel hat sich dein Arbeitgeber diesmal ausgedacht?«

»Er sagt, ich soll Ihnen sagen, daß heute nacht ein Bankett ist. Freundinnen von ihr. Das deutsche Fräulein hat sich mit einer Freundin betrunken. Das Bankett ist für Sie. Aber Sie müssen nicht hingehen.«

Nachdem der Kellner den Raum verlassen und sich wieder in Trab gesetzt hatte, resümierte oder übersetzte Medina die Botschaft.

›Frieda hat für Mitternacht ein Essen bestellt. Fünf oder sechs Frauen, die ihn aus Lavanda kannten. Ehrengast war er, Medina; aber sie wollten ihn nicht sehen. Ein Stuhl, allerdings, stünde am Kopfende der Tafel, auf den sich niemand setzen würde. Und alle Frauen müßten über Kommissar Medina reden. Schlecht, denn Spott war eine Erfindung Friedas, wenn sie betrunken war oder Drogen genommen hatte. Und Don Aldo Campisciano würde für die sechs Gedecke kassieren, und ihm gab er Bescheid, weil er nicht wußte, was das Frauensextett aushecken würde.‹

Kurz vor Mitternacht schritt Medina durch die Reste des

Plaza, die nun vom üppigen Geruch der italienischen Küche verpestet waren. Er betrat feuchte, durch Maurerarbeiten jüngsten Datums entstellte Gänge, lief durch nutzlose, leicht zu durchschauende Labyrinthe.

Es waren nicht die Ruinen einer von feindlichen Truppen geschleiften Stadt. Es war das Gerippe, die Armseligkeit, die ironische Hinterlassenschaft einer Generation, die in unerinnerten Autos ins Nichts entschwunden war.

Es blieben Spuren: der Staub auf einem in der Ecke abgestellten Ledersessel, dem ein Bein fehlte; mit Kalk bespritzte, in cremefarbenes Holz eingelassene Spiegel; kleine, unordentlich über die Wände verstreute Stuckrosen. Von Oregano und Knoblauch geleitet, kam er ins Restaurant.

Um neun hatte er mit Díaz Grey telefoniert. »Abend, Doktor. Klar, Medina, der mit der goldenen Stimme. Nein, kein Toter zur Zeit. Eine Bitte an Sie. Ich wage es, weil ich weiß, daß Sie erst schlafen gehen, wenn die Spatzen anfangen, Lärm zu machen. Eine Bitte. Einen Zeugen, der Zeugnis ablegen kann. Könnten Sie gegen zwölf bei Campisciano sein? Stimmt, wenn ich an diese Höhle denke, nenne ich sie immer noch das Plaza. Wahrscheinlich das Alter. Danke, Doktor.«

Medina passierte seitlich den lärmenden Tisch, an dem die drei Frauen saßen. Mehr waren es nicht. Fast ohne hinzusehen, grüßte er mit einer leichten Verbeugung und ging ans Ende des Saals, wo er sich mit dem Rücken zur Wand an einem einsamen Tisch niederließ. Er bestellte eine Flasche Zuckerrohrschnaps ›Presidente‹ und zwei Gläser, saß mit dem Profil zu den Frauen und begann, langsam trinkend und rauchend, auf Díaz Grey zu warten. ›Nur drei, und ich meine mich zu erinnern, daß ich mir dort im Süden etliche mehr zugezogen hatte.

Díaz Grey kam herein, mit Seoane plaudernd; sie blieben einen Augenblick stehen, dann ging der Junge und setzte sich zu den Frauen. Der Arzt hatte trotz der milden Nacht einen Hut auf (sicher ein Stetson, dachte Medina) und nahm ihn ab, um die Tischrunde unter dem Vorsitz Friedas zu grüßen. Medina empfing ihn mit einem breiten Lächeln, während er das magere Gesicht des Arztes, die Ringe unter den Augen, das spärliche blonde und weiße Haar betrachtete.

›Klar‹, dachte er, ›die Tochter von Petrus, zwanzig Jahre Unterschied; obgleich sie dumm ist, so mager, anämisch wirkt, eine Zaunlatte; aber bei Frauen weiß man nie im voraus. Wenn ich hundert Dollar bekäme für jedes Mal, wo ich mich geirrt habe.‹

Sie sprachen über die Hitze, die Fähre, den Niedergang des Plaza.

»Alles in dieser Stadt«, sagte der Arzt; seine Stimme klang dunkel und weicher als früher. »Wir leiden an Dermatitis, jeden Tag fällt ein Stück Haut, eine Erinnerung von uns ab. Oder ein Gesimse. Jeden Tag fühlen wir uns einsamer, wie im Exil. Und jeden Tag kaufen die Gringos ein neues Stück Stadt dazu. Es gibt kaum mehr ein Geschäft, das nicht in ihrer Hand wäre. Selbst Campisciano, trotz seines Namens, ist nur einer ihrer Mittelsmänner. Manchmal denke ich, daß sie ihm das Geld gegeben oder geliehen haben, damit er das Plaza kauft. Und es mit den vielen Zwischenwänden ruiniert und entstellt. Heute ist es eine Pension. Selbst der Speisesaal, wenn Sie sich erinnern, was er früher einmal war.«

»Ich weiß es. Ich wohne hier. Ich habe ein Zimmer mit Bad und Fenster. Wenn ich nicht in dem Häuschen am Strand bin.«

»Ja, alles traurig. Ich spiele nicht mal mehr Poker im Klub. Keiner ist mehr da aus meiner Zeit, aus unserer Zeit, meine ich. Zu Hause warte ich auf den Schlaf. Zwei einsame Leute und Schachpartien.«

(›Und hin und wieder eine kleine aphrodisische Spritze‹, dachte Medina ironisch und ungerührt.)

»Ich bin entschlossen, hier zu sterben. Obwohl mich nichts dazu zwingt«, lächelte Díaz Grey. »Aber Sie. Sie, der Sie sich von Gott und dem Teufel freimachen konnten. In aller

Offenheit, ich verstehe nicht, warum Sie zurückgekommen sind. Es sei denn, Ihre berühmte Vorliebe für den Schmutz hätte Sie hergelockt.«

Medina lehnte sich zurück, während er dem Arzt weiter in die Augen blickte.

»Ja«, sagte er, vorsichtige Zurückhaltung in der Stimme. »In einer Barkasse bin ich fortgefahren, in einer anderen zurückgekommen. Kommissar von Santa María. Ich bin auf Besuch gekommen, zur Inspektion. Wenigstens glaubte ich das. Später habe ich entdeckt, daß ich einiges zu tun hatte. Ohne große Überzeugung, versteht sich. Hier passiert nichts.«

Er holte den Oberkörper an den Tisch zurück, und während er von neuem die Gläser füllte, hörte er das Geräusch der Sätze und das Lachen der drei benachbarten Frauen; auch Seoane sprach. In einem Anfall von Wut trank er seinen Schnaps auf einen Zug aus. Dann lächelte er wieder, zeigte sich abermals herzlich. ›Nein, ich will ihn noch nicht fragen; mit allen seinen Schattenseiten ist er der anständigste Typ von Santa María. Ich will nicht, daß er glaubt, meine Einladung sei nicht uneigennützig gewesen.‹

»Wir haben uns lange nicht gesehen. Ich habe ganz vergessen, Ihnen zu Ihrer Heirat zu gratulieren.«

»Danke.« Díaz Grey ließ ein spöttisches Lächeln eine Zeitlang andauern. »Verzeihen Sie. Es ist fast ein Jahr her. Alle Gratulanten dachten, ich heirate die hypothetischen Millionen des alten Petrus und den durchaus nicht hypothetischen und hypothekenfreien Palast auf den Säulen. Aber ich war in Angelica Inés schon verliebt, als sie noch ein Kind war. Und da sie nicht erwachsen ist, es nie sein wird, bin ich immer noch verliebt. Später, mit der mysteriösen Hilfe Brausens, der überdies nicht existiert, gewann sie den Prozeß um die Eisenbahnen. Jetzt haben wir Millionen in einer Währung, die nicht viel wert ist. Und brauchen sie nicht. Ich würde lügen, wenn ich sagen würde, daß ich im Vertrauen zu Ihnen spreche. Die Wahrheit ist, daß ich vor niemandem etwas verberge, weder meine leicht perverse Liebe noch die Millionen, die später dazukamen.«

Nickend stimmte Medina zu und schwenkte mit nachdenklicher Miene die Flüssigkeit in seinem Glas.

»Danke für Ihr Vertrauen«, murmelte er in einem Ton wie bei einer Totenwache. »Ich bin ein Freund. Noch dazu einer, der versteht und respektiert. Deshalb sage ich Ihnen, auf Freundschaftsbasis, daß ich Ihnen eines Tages von Geld und einem Projekt sprechen werde. Aber denken Sie nicht an etwas Kommerzielles, ich werde nicht ein Geschäft eröffnen, um den Gringos Konkurrenz zu machen. Es geht nicht um Kaufen und Verkaufen. Es handelt sich nicht darum, irgendeinen Gewinn zu machen. Im Gegenteil. Deshalb könnte es sein, daß Sie mitmachen, nur ein Mensch wie Sie. Und ich schwöre Ihnen bei allem, was Sie wollen, daß ich Ihnen nicht schmeichle.«

Er hob den Kopf, um Frieda ins Gesicht zu schauen, die so nahe herangetreten war, daß sie mit ihren Schenkeln beinahe den kleinen Tisch verrückte. Der paraguayische Zuckerrohrschnaps tanzte eine Sekunde lang in den Gläsern und beruhigte sich wieder.

»Verzeihung, Doktor«, sagte sie lächelnd. »Ich wollte Sie nicht stören. Aber da der Kommissar, mein Freund, beschlossen hat, sich im Speisesaal niederzulassen, ohne daß ihn jemand dazu eingeladen hat. Die Kommandantur muß einen guten Spionagedienst haben.«

»Wollen Sie sich zu uns setzen?« bot Díaz Grey an. »Wir sprachen gerade von Santa María. Wir haben gesagt, daß hier nie etwas passiert.«

»Richtig«, sagte Medina. »Wir haben ungestört gesprochen. Aber nichts spricht dagegen, daß Sie, daß du an dem Gespräch teilnimmst.«

Frieda wandte das Lächeln, das sie nicht beendet hatte, Medina zu.

»Oh«, sagte sie; das Lächeln bildete nun in den Mundwinkeln abfallende Linien von Spott und Geringschätzung. Sie zog einen Stuhl heran und setzte sich; sie hatte ein schwarzes Kleid mit glänzenden Streifen zwischen den Rockfalten an. Medina bemerkte, daß sie keine Perlen trug, nur, auf der Brust, eine Brosche mit einer schwarzen, schwer zu deutenden Zeichnung, die sich auf dem Armband und dem Ring wiederholte.

›Früher trugen die Lesbierinnen Kettchen an den Fesseln, um sich ihren Artgenossinnen zu erkennen zu geben und die Männer abzuschrecken. Jetzt – ich bin in der Mode nicht mehr auf dem laufenden – muß das ihr Erkennungszeichen sein. Eine Göttin von Gomorrha, der Schild der Bilitis.‹

»Oh«, sagte sie. »Nur für ein Weilchen, ich bin gut erzogen; vor allem, seit die Verwandten, Vormünder, Ammen, Buchhalter ins Jenseits abberufen worden sind. Nun ist Schluß mit den schäbigen und verspäteten Überweisungen. Nun gehört alles mir. Und dank Brausen schämt sich auch keiner mehr, daß ich die Luft von Santa María geatmet habe und ins Bett gegangen bin mit wem ich wollte. Sie inbegriffen, Herr Kommissar, obwohl unsere illegale Ehe sich in Lavanda abgespielt hat.«

»Und wo du weiter herumliebst«, sagte Medina von oben herab und brutal.

»Störe ich?« fragte Díaz Grey sanft mit der liebevollen Miene eines Großvaters.

»Sie stört«, sagte Medina und reichte Frieda ihr volles Glas.

Sie trank und zog danach angewidert die Lippen hoch: »Das schmeckt ordinär und brennt. Ich habe mir immer sagen lassen, die Polizisten mit ihren Schmiergeldern lebten wie reiche Leute. Und lüden auch ein wie die Reichen.«

»Absolut richtig. In Lavanda habe ich ziemlich lange auf Kosten einer schönen Frau gelebt, die manchmal gesagt hat, sie liebt mich. Das war ein Schmiergeld. Sie hat sogar die arme Juanina geduldet, die du hast importieren können, wie ich sehe. Aber das Spiel mit Gurisa gefällt mir nicht. Gurisa für mich. Für die anderen Olga. Hier könnte ich leider nur von Campisciano Schmiergelder nehmen. Und darauf ist so wenig zu hoffen wie auf Kredit und Preisnachlaß.«

»Bleiben Sie, Doktor«, sagte Frieda.

»Ganz recht. Ich habe ihn hergebeten als Zeugen so vieler vorhersehbarer Dummheiten. Frauen und der junge Seoane.«

Plötzlich hörte Díaz Grey auf, Großvater zu sein. Er richtete sich auf dem Stuhl auf und sagte, als stellte er eine Diagnose:

»Hier entschuldigt sich jeder, daß er stört. Ich werde stören, ohne mich zu entschuldigen. Dieser Junge war nun schon dreimal auf der Toilette und kam jedesmal, wie er glaubte oder fühlte, glücklich, mit glänzenden Augen zurück. Er ist betrunken und steht obendrein unter Drogen. Sie, Medina, müssen wissen, wo man in Santa María Kokain bekommt.«

Medina parodierte den Ton des Kommissars von Santa María, als er sagte:

»Sie haben welches in Ihrer Praxis.«

»Soviel wie unbedingt nötig, vielleicht auch weniger.«

»Danke. Ich muß herausfinden, wo es herkommt. Wenigstens den Jungen würde ich gerne retten.«

Er lehnte sich wieder zurück, und nach einer Weile schüttelte er den Kopf. Er sah in die Luft, während er sagte, als ob er rezitierte:

»Zwei Stellen. Eine von beiden ist es. Vielleicht, Doktor, hätten Sie nicht mich fragen sollen.« Ohne Frieda anzusehen, sagte er lustig: »Und jetzt, wenn du erlaubst, werde ich mir Gurisa holen.«

»Mehrere Bücher früher hätte ich Ihnen interessante Dinge über Alkaloide erzählen können«, sagte der Arzt, eine Hand hebend. »Jetzt nicht mehr.«

»Ja, einiges habe ich erfahren«, kommentierte Medina, während er aufstand. ›Meinetwegen‹, dachte er, ›können sie alle so viel Drogen nehmen, bis sie ihnen zu den Ohren wieder herauskommen. Wer ist mir wichtig?‹

wie er sich steif und schwankend entfernte, wie er, breiter und kürzer mit jedem Schritt, seinen Schatten den länger werdenden bläulichen Schatten der Bäume näherte.

Als sie bei Anbruch der Nacht den Gerbereigestank erreichten, der El Rosario einschloß, hustete der dicke Mann und sagte:

»So ist das eben. An die zehn Jahre und kein böses Wort. Gab mir nie einen Anlaß. Den Anlaß brachte ich von draußen mit oder habe ihn zu Unrecht erfunden. Der Schnaps, vielleicht. Aber nein: davon bin ich kuriert. Ich habe mir in den Kopf gesetzt, sie hätte mit Tabárez geschlafen, und sie hat gelacht, aber in ihrem Blick habe ich den Beweis zu finden geglaubt.«

»Scheiße«, artikulierte Medina träge. »Das habe ich schon oft gehört.«

›Um acht Uhr morgens hat er sie umgebracht und hat dagestanden und sie angeschaut oder ist im Zimmer hin und her gelaufen und hat ihr die mit Stoff umwickelten Hölzchen in die Kehle gestopft. Er muß betrunken und nackt herumgelaufen sein, mit klatschenden Hinterbacken, lächerlich fett.‹

Er lieferte ihn ab; die Kollegen schmeichelten ihm, weil er ihn allein und ohne Handschellen gebracht hatte; sie luden ihn ein, sich mit ihnen zu besaufen und zu essen. Nach Tisch, als eine Belohnung, die sie ihm während des Essens vorenthielten, um sie nicht zu verschwenden oder zu schmälern, erteilten sie ihm das Recht, seinen Urlaub am Tag seiner Wahl anzutreten.

»Danke«, sagte er, überzeugt, daß sie ihm einen Gefallen erwiesen. »Ab sofort. In Santa María passiert nichts. Hin und wieder ein Diebstahl, ein Pferd, das einen Zaun umrennt, ein Junge, der an einem Sonntag ins Wasser geht, Trunkenheit und Ruhestörung, aber Betrunkene, die morden, gibt es nicht viele. Ich freue mich, denn der Fischfang soll prächtig sein. Und ich freue mich für Martín, der nun vierzehn Tage lang Kommissar spielen kann.«

Er entzog sich der Tischrunde im Restaurant mit der Lüge, er habe in Santa María noch einiges zu erledigen, und in dem Gedanken, mit irgendeiner Frau, die er in El Rosario auftreiben konnte, seinen Urlaub auf der Stelle anzutreten. Er schaute in ein paar Nachtlokale hinein und wählte im zweiten eine magere Frau, die ihn von der Theke aus anlächelte. Sie trug ihr rotes Haar in einer Frisur, die ihrem Lächeln eine Ähnlichkeit mit dem Lächeln Teresas verlieh.

»Na, Hübscher... zum Wohl«, sagte sie und trank die Hälfte des sirupartigen Getränks im Glas.

Sie zeigte von neuem die jugendlichen Zähne, und Medina musterte den Schwung des leicht geöffneten Mundes, das Farbenspiel des kupferfarbenen Haars, das ihr über die Ohren fiel.

›Eine kaum rekonstruierbare Ähnlichkeit, die jede Minute abnimmt. Eine Ähnlichkeit, wie ich sie für die Masken erfinde, die sie benutzt, um mich im Traum, von der anderen Seite des Todes her, anzuschauen.‹

»Wie heißt du?«

»Maruja.«

»Gut«, billigte Medina ihr zu. »Ich muß vor Mitternacht in Santa María sein. Du kannst noch ein Glas trinken; du kannst es auch kassieren, ohne es zu trinken.«

Den Kopf schüttelnd, zeigte sie rasch ein aufmunterndes Lächeln und hatte für eine Sekunde wieder die Ähnlichkeit; vielleicht nicht mit ihr, vielleicht nur mit einer Stimmung Teresas, mit Augenblicken, in denen sie das Kinn hob, mit der Stimme, mit der sie sagte: »Wenn wir schon auf dem Ball sind...«

»Ich trinke noch eins«, murmelte die Frau, die ihm über dem Tisch ihr Gesicht näherte, ohne Möglichkeit zu Reue und Beichte.

»Ich nicht«, sagte Medina. »Maruja.« Jetzt, mit gleichgültigem Gesicht, war die Frau nur noch eine blonde, magere Hure, die eine professionell langsame und schamlose Zunge in das dicke grüne Getränk steckte. »Maruja.« Er rief den

Kellner und zahlte; er lachte, um Vergebung zu erlangen von dem Gespenst Teresas. ›Echter in der Farbe und ähnlicher ist das Haar von Frieda, wenn ich mich recht erinnere. Aber ähnlicher aufgrund des Unterschieds ist auch das Haar von einem halben Dutzend Frauen, die mich heute nacht im Casanova erwarten werden. Genau dort.‹

Noch nackt, verwahrte sie die zwei Geldscheine in ihrer Handtasche, nahm einen runden Spiegel heraus und schminkte sich. Dann lächelte sie, während sie die Falten ihrer Bluse glattstrich.

»Kleiner Fetzen«, sagte Medina schüchtern und lächelnd.

33. KAPITEL

Das Casanova

Ohne Müdigkeit und ohne Gedächtnis fuhr Medina, zurück in Santa María, durch die heiße und staubige Nacht, wiederholte in der Dunkelheit die einfachen Kurven der Straße, bergab und bergauf. Es war Viertel nach zwölf, als er zwei Blöcke vor dem Casanova aus dem Wagen stieg, um die Calle América hinaufzugehen, und eintauchte in den Hochsommer, den er mit wohltuender unterschwelliger Wut witterte und aus halbgeschlossenen Augen betrachtete.

Die Leuchtschrift ›Casanova‹ – die zwei letzten Buchstaben waren erloschen – flimmerte krank, mit diesem resignierten und zugleich aufdringlichen, fast violetten Blau der Schilder von Bestattungsinstituten, und surrte wie ein waagrecht aufgespießter Leuchtkäfer über der schmalen, feuchten Gasse. Man hatte ein kleines Schaufenster improvisiert, eine Nische in die Wand gegraben und eine Glasscheibe davor angebracht, um zwei – vermutlich leere – Flaschen und die Großaufnahme von Frieda darin auszustellen. Während er energisch und gereizt die Krawatte lockerte, betrachtete Medina einen Augenblick das schräg gestellte Gesicht im Goldrahmen, das im Nacken zusammengefaßte weiße Haar, die Lider, die die Trostlosigkeit des Blicks fast gänzlich verdeckten, den leicht tragischen, leicht spöttischen Mund. ›Sie ist immer sie. Es gibt solche Frauen: sie können in zehn Jahren zehn verschiedene Frauen sein, wenn einer die Geduld hat, sich seine Neugier zu erhalten; aber immer bleiben sie hoffnungslos dieselbe Person. Sie können die Augen, den Mund, die Nase verändern; nicht verändern läßt sich die Art und Weise, der Stil, in dem diese Dinge sich kombinieren, um ein Gesicht zu bilden.‹

Er schob den neuen grünen Plüschvorhang beiseite und übersah den dicken, zwergenhaften, rot gekleideten Neger, der ihn anlächelte, die Schultern fallen ließ und eine Begrüßung murmelte, die mit dem Wort Kommissar endete. Im Halbdunkel ging er auf den hell beleuchteten Kreis zu, wo ein Mann Klavier spielte und ein anderer ihn faul mit dem Schlagzeug begleitete. Am Rand blieb er stehen, sich plötzlich bewußt, daß er den Hut auf hatte, die Hände in den Taschen und hereingekommen war mit den langen Schritten eines Besitzers. Er nahm den Hut ab und ging nach rechts, am Lichtkreis entlang, ohne ihn zu betreten. Er wählte einen Tisch an der Wand und wartete, daß die Musik aufhörte, um sich im Saal umzusehen. Er zündete sich eine Zigarette an und verbeugte sich gegen das Gesicht der Frau, das ihm zugewandt war.

Dann kamen aus der weißen, kreisförmigen Stille, um die nun Sprechen und leises Lachen einsetzten, der weiße Smoking und die herablassende, servile Stimme des Kellners.

»Das Übliche, nicht?«

»Ja«, sagte Medina. »Ich war so lange nicht mehr hier, daß ›das Übliche‹ eine Überraschung sein wird. Aber ich möchte nicht allein sein.«

»Ich will sehen, Kommissar. Es ist schon ein bißchen spät.«

»Es ist das Casanova, es ist Samstag, es ist Sommer.«

Der Klavierspieler begann zu spielen, suchte langsam, mit einem Finger, Tasten mit gläsernem Klang. Eine Frau stand neben dem Klavier, und der Mann stützte seinen gewaltigen Mulattenkopf in eine Hand. Jenseits des Lichtrondells sang eine betrunkene Frau gefühlsselig und falsch einen kriegerischen spanischen Marsch. Ungeachtet der Stunde waren Frühmorgengerüche zu riechen, war die Luft dünn und wehrlos.

»Das Übliche«, sagte der Kellner. Er stellte das Glas hin und öffnete die Flaschen und bediente mit freundschaftlicher und triumphierender Miene. »Hier ist keine. Aber ich habe ins Sevilla geschickt und nach Trini fragen lassen.«

»Der Name ist unwichtig. Gin und Ginger Ale. Singt Frieda nicht mehr?«

»Ich glaube nicht, Kommissar. Eine Minute bevor Sie kamen, hat sie aufgehört.«

»›Ich möchte, daß du es mir sagst?‹«

»Sie mußte es wiederholen. Es gefällt noch immer.«

»Also Trini, wenn es geht.«

»Sofort.«

Nun spielte der Mulatte einen Bolero, und der dicke, gemütliche Fünfziger, der mit einem oder zwei Jazzbesen die Batterietrommel geschlagen hatte, zupfte die tiefen Saiten einer gewaltigen Gitarre und begleitete sich mit dem Kopf und einem Fuß. Die Frau im Hintergrund sang schläfrig; die Klarheit der Töne, die vervielfacht wiederkehrenden Echos nahmen den Tagesanbruch vorweg. Medina trank und ließ die Streichholzschachtel tanzen. ›Ich kann diese Nacht ohne Frau auskommen, diese Nacht lohnt es nicht, als Preis für eine Frau ihr Geschwätz zu ertragen, ihre Parfüms, ihre Anwesenheit vorher und nachher.‹

Er sah sie kommen, geradeaus gehen, dann sich drehen und abbiegen in das andere Halbdunkel, drüben bei der Theke, das von seinem getrennt war durch den weißen Lichtkreis, der die zwei Musiker und die Hälfte jedes privilegierten Tisches in sich schloß. Er sah ihr weiß gefärbtes Haar und das eng anliegende schwarze Kleid, erkannte – aus einem anderen, jahrealten Abstand – die ruhigen Bewegungen des Kopfes, jenes langsame Heben der Hände, die in Bitte und Hoffnung lang ausgehaltene Bewegungslosigkeit. Er sah, wie sie, mit dem Rücken zu ihm, den Kopf übertrieben zurückwarf, hörte sie mit dem Barmann lachen und dieses Lachen durchhalten auch für den Geschirrwäscher, der hinter der Theke auftauchte. Der Kellner, an eine Säule gelehnt, dick und fahlweiß, schien die Suche nach Trini aufgegeben zu haben.

Frieda drehte sich um; ihr blieb nur noch eines zu tun, sie konnte keine neuen Vorwände oder Aufschübe erfinden. Sie drehte sich dem Lichtrondell zu, das der wahrscheinliche Tagesanbruch hatte schrumpfen lassen, dem korpulenten

Klavierspieler und dem phlegmatischen, runden, gealterten Schlagzeuger. Sie drehte sich um mit dem Rest des zwanghaften Lachens, das sie an den Barmann und den Lehrling gerichtet hatte; sie hatte die Ellenbogen auf die Theke gestützt, und unterhalb der funkelnden goldenen Halskette und des Lächelns, das nicht sterben wollte, traten die schwarzen Brüste hervor. Sie sagte etwas, und der Kellner ließ träge den Rücken die Säule entlangrutschen, um mitfühlend und vergebungheischend in den Schatten Medinas zu blicken. Er täuschte aufrechtes Stehen vor, als er den Befehl an die Musiker wiederholte. Der Mulatte preßte die Ellenbogen an die Rippen und begann leise zu spielen; der dicke Alte, seine Unlust überwindend, schickte sich an, auf seiner Trommel »Ich möchte, daß du es mir sagst« zu entstauben.

Langsam, vorsichtig lehnte sich Medina an die Wand und lächelte eine Sekunde lang der Frau zu, von gleich zu gleich. Dann drückte er die Zigarette aus und ließ sie kommen, sah, wie sie den Körper von der Theke löste, unbeteiligt oder unschuldig das Halbdunkel durchquerte, mit vorgetäuschter Unbeholfenheit durch das Lichtrund und die Musik ging und eintrat in den halb schützenden Schatten auf seiner Seite. Er sah sie stehenbleiben und aufwachsen und war sicher, ihr Lächeln erraten zu haben, ehe er es sah.

»Guten Abend, Medina«, sagte sie; sie stützte die Hände leicht auf das hellblaue Tischtuch, um sie zu zeigen, um Frieden anzubieten.

»Ja«, sagte Medina. »Setz dich, bitte.«

Sie bückte sich, während sie ihren Rock raffte, während sie ihrem Gesicht einen Ausdruck von Geduld und Nüchternheit verlieh.

Der Kellner füllte Medinas Glas. Die Musiker vertropften die letzten Töne von »Ich möchte, daß du es mir sagst«, ließen einige Zeit verstreichen – die Dauer eines Gähnens – und begannen dasselbe von vorn zu spielen, noch einmal, vorsichtig und respektvoll, wohl wissend, daß sie gezwungen werden könnten, es bis zum Mittag zu spielen.

»Du«, sagte Medina.

»Nein. Ich habe schon gesungen und auch schon getrunken. Für heute ist es genug.«

»Um so besser.« Er schüttelte das Glas, um die Getränke zu mischen, und das Begehren und die Verachtung stiegen träge in ihm auf, bis sie sein Zwerchfell berührten.

Sie blickte zur Eingangstür, wo eine Bewegung entstanden war, und wandte sich dann gebieterisch dem Klavier zu; der Mulatte spielte nun, sehr leise, »Ich möchte, daß du es mir sagst«.

»Ich«, sagte sie. »Warum ich mich an diesen Tisch gesetzt habe. Und was mit Seoane los ist. Und warum und vor allem wie ich das Casanova gekauft habe oder dabei bin, es zu kaufen. Und warum Seoane ein armer Junge ist. Und warum ich nie ein Kind gehabt habe. Und warum du heute nacht gekommen bist und dich wichtig machst und warum ich Zeit damit verlieren sollte, auf irgendwelche Fragen zu antworten. Aber sprechen Sie, Kommissar.«

Medina trank in aller Ruhe und langsam, nahm sich Dutzende von Sekunden Zeit, als säße er allein am Tisch und allein im Casanova: er zündete sich eine Zigarette an und begann zu rauchen. Er entrang sich, zu der Frau hin, zu der Stelle hin, wo die Frau, wie er nicht leugnen konnte, saß, ein Lächeln und einen müden Seufzer.

»Etwas ist los«, sagte er sanft, neidisch auf die volle und rauhe Stimme des Klavier spielenden Mulatten, der nun englisch mit den Tasten sprach. »Etwas ist los, sonst wärest du nicht gekommen und hättest dich zu mir gesetzt und so lange gesprochen, um nichts zu sagen, um Themen vorzuschlagen, sie vor mir auszubreiten, damit ich wähle. Irgend etwas brauchst du, sonst würdest du mich nicht aufsuchen, anstatt von weitem das Gesicht zu verziehen. Sag, was du willst, und wir werden sehen, ich werde sehen. Eine Schwierigkeit beim Kauf des Geschäfts oder ein bißchen Hysterie, die verborgen war und sich bis zu dieser Sommernacht gesteigert hat, oder irgendein Freundschafts- und Versöh-

nungsplan. Rede. Ich habe dich nicht an meinen Tisch
gebeten. Warum bist du gekommen?«
Er sprach, ohne sie anzusehen und ohne Haß, sich ablen-
kend, träge an Seoane und an die Reise mit dem dicken
Schlächter denkend, auch daran, wie gut es wäre, wirklich
allein zu sein in dieser toten Mitternacht im Hochsommer,
die verstreuten, tiefen, klangvollen, hohlen, endlosen Noten
zu hören, ohne die Musiker zu sehen oder an sie zu denken.
Plötzlich sah er, daß sie die Achseln zuckte und sich nicht
einmal ein Lächeln abnötigte, um Verachtung und Stärke zu
zeigen. Er sah den noblen Schwung ihrer Nase, die unzweifelhafte Intelligenz ihrer Augen, die höfliche, geduldige und
spöttische Gebärde, mit der sie einen Augenblick die Lippen
vorschob.
»Was?« insistierte er, über sein Glas gebeugt; was sich nun
in sein Begehren mischte, war Wut.
»Nichts, Chef«, sagte sie. »Jedenfalls nichts dieser Art. Es
stimmt, daß wir törichterweise und ohne es auszusprechen
uns einig waren, besser nicht miteinander zu reden. Es
stimmt, daß ich an deinen Tisch gekommen bin, ohne daß
du mich darum gebeten hast. Aber mach dir keine Sorgen,
das Haus zahlt. Ich habe nicht die Absicht, dich um etwas zu
bitten, was nach einer Gefälligkeit aussieht. Nur...«
Medina schaute sie an, und während er den Körper bewegte,
um sich an die mit Bambusmatten und Photographien deko-
rierte Wand zu lehnen und die Beine übereinanderzuschla-
gen, nahm er sein Begehren offen an. Sie kam ihm nicht
entgegen; das kalte und schöne Gesicht, das fast männlich
wirkte, wenn sie die herausfordernden Blicke wählte, verän-
derte sich kaum, war streng und traurig. Aber er zog es vor,
ungerecht zu sein, er zog die Treue – nicht zu sich selbst,
sondern zu alten Entschlüssen – vor. Klar würde sie mich
gerne zwingen, sie aufs Kreuz zu legen, vor allem sähe sie
gern, wie ich mich abmühe, sie zu verführen, wie ich erst
meine eigenen Einwände über den Haufen renne, dann die
immer schwächeren, aber mit wachsender Kraft geäußerten,

die sie vorbringt. Das hätte sie gern und darauf ist sie aus und deshalb ist sie an meinen Tisch gekommen; sie würde gern meine Wut und meine Ohnmacht auf ihrem Körper fühlen, spüren, daß ich von Seoane getrennt bin, mit ihr verbündet oder doch wenigstens neutral.‹

»Ich glaube nicht, daß du aus Sympathie an meinen Tisch gekommen bist. Es gab eine Zeit, da war ich mit Seoane befreundet, ich war sein einziger Freund und mehr oder weniger der Vater. Ich war der Verantwortliche, meine ich. Als es dann anfing schiefzugehen, als ich ihn davon überzeugen mußte, daß du alles das bist, was du bist, und obendrein das Unglück von Seoane, da habe ich dich gehaßt und wäre froh gewesen, dich tot zu wissen. Jetzt ist die Sache die...«

Frieda lächelte, als hätte sie ein Lob gehört, winkte dem Kellner und tuschelte an der eingefallenen Wange, die der Mann ihr hinhielt.

›Es wäre möglich, warum sollte es nicht möglich sein? Daß ich morgen mit Seoane schwimmen gehe und ihm, während wir uns auf dem Brettersteg abtrocknen, erzähle, ich hätte mit ihr geschlafen, und so mit einem Satz seine Freundschaft und seine Liebe auslösche und frei werde von diesem nun schon Jahre dauernden blöden Zwang. Es ist möglich.‹

»Die Sache ist die, und das kannst du nicht wissen«, sagte er, während der Kellner die Getränke auf den Tisch stellte, »daß man sich in der Freundschaft nicht dazu aufrafft, bis zum Letzten zu gehen. In der Liebe tut man das und ist dazu fähig, vielleicht weil wir alle wissen, daß es in der Liebe ein Letztes geben kann und in der Freundschaft nicht. Wenn es möglich wäre, Freund zu sein bis zum Letzten, dann hätte ich dich längst zerquetscht. Oder hätte es wenigstens tun sollen.«

Er hörte auf, sich ihr unbesiegbares und mütterliches Lächeln anzusehen, und mischte die zwei Getränke. Eine Gruppe von fünf Leuten kam schüchtern herein, blieb stehen, um leise zu diskutieren, und steuerte dann entschlossen einen Tisch nahe am Klavier an, jenseits des Lichtkreises. Die Musik ging von Geflüster zu Leidenschaft über. Jeder konnte, hinter ihrem Rücken, die weißen Zähne des Klavierspielers und die eifrige Geduld des Schlagzeugers sehen.

»Kümmere dich um die Kunden«, sagte Medina. »Und sag mir, warum du mich sprechen wolltest. Ich bin müde. Und da du dem Kellner verboten hast, mir irgendein Mädchen aus dem Sevilla zu holen...«

»Ja«, nickte Frieda begeistert und melancholisch, als hätte sie eine Musik gehört, wehmütiger und ferner als die des Klaviers und des Schlagzeugs. »Ich habe dem Kellner gesagt, er soll nicht hingehen, weil ich mit dir sprechen will. Außerdem hat das Sevilla eine Genehmigung, erst um drei zu schließen. Du kannst hingehen und dir aussuchen, was du willst, Kommissar. Wir hier sind anständig; uns erlaubt die Polizei den Betrieb nur bis eins.«

»Das weiß ich nicht«, murmelte Medina. »Ich kümmere mich nicht um die Korruption von Santa María, mich interessiert nur meine eigene. Du wolltest mich sprechen. Sag, was du willst, und wir werden sehen. Ich weiß, daß du an diesem Tisch sitzt, weil du etwas von mir willst. Ich kenne die Frauen, als hätte ich sie zur Welt gebracht; wenn mein Körper nicht mehr der eines Zwanzigjährigen ist, dann kommt es daher, daß ich sie alle zur Welt gebracht habe. Rede.«

»Ja, Kommissar«, sagte sie unterwürfig; und man konnte sagen, daß der Spott nur in den metallisch weißen Lichtreflexen des Haars und in den verblüffend kurzen Fingern lag, die das Glas hoben, bis es leer getrunken war. »Weißt du, daß wir Nachbarn sind? Wir sind ein bißchen weit auseinander, aber der Weg hat denselben Namen.«

»Rede«, wiederholte Medina. »Ich kann dich hinfahren; obwohl ich am Einschlafen bin. Seoane, nehme ich an, weiß, daß wir Nachbarn sind, und vermutlich kennt jeder seiner Räusche den Weg zu deinem Haus auswendig und findet ihn blind. Armer Kerl.«

»Nein, auch das nicht. Weder bin ich gekommen, dich um etwas zu bitten, noch kommt Seoane je in mein Haus. Du« – die zwei Frauen und die drei Männer, die sich an den Tisch nahe dem Klavier gesetzt hatten, nachdem sie an der Eingangstür stehengeblieben waren, um murmelnd Rat zu halten, nachdem sie allzu verwegen und rasch einen weiten Raum aus Linoleum und leeren Tischen durchquert hatten, warfen nun die Köpfe zurück und lachten, als hätten sie Wetten abgeschlossen, wer das geblendete Lachen am längsten zur Zimmerdecke hinaufschicken konnte, auf die perspektivisch ungeschickt eine Kuppel aus undefinierbaren Blättern, Früchten und straffen, geschwungenen Bambusstengeln gemalt war; und in ihren Haaren und Kleidern hatten sie die Hitze und feine Feuchtigkeit des anbrechenden Hochsommertags mitgebracht, Sommererinnerungen und -verheißungen, die sich zusammen mit der übertriebenen Vulgarität ihres Lachens über das entvölkerte und schläfrige Lokal verbreiteten; das Musikerpaar insistierte auf den tiefen Noten, um eine schwankende Mauer aufzurichten gegen das Zittern der Luft, die still von der Straße hereindrängte und gleichmütig das Ende der Samstagnacht, die Verwundbarkeit des Vergessens und neuen Auftriebs ankündigte.
»Du, der du uns Frauen sämtlich geboren hast, wirst sterben, ohne mit Sicherheit zu wissen, ob eine Frau mit dir Lust empfunden hat oder es dich glauben machte; ohne zu wissen, ob dein Sohn deiner ist; ohne auch nur zu wissen, warum sie dich anlügen oder ob die Frau, die dich anlügt, weiß, warum sie es tut.«
Sie verhärtete ihr Gesicht, wandte sich zischelnd dem Klavier und den Musikern zu, die nun den »Dschungelbolero« zu spielen begannen; sie blickte zum Tisch der fünf, und als sie ihr Gesicht Medina näherte, zeigte es ein entschlossenes und geheimnisvolles Lächeln.
»Ich wollte dich nicht um eine Gefälligkeit bitten, Kommissar. Dir lediglich eine Frage stellen. Ich trage mich mit dem Gedanken, das Casanova zu kaufen. Du haßt mich jetzt;

wenn du gegen mich bist, werde ich nicht weit kommen. Ich
wollte dich fragen: Kaufe ich es, oder gehe ich weg.«
›Das ist seltsam, das ist gut. Die gleiche Miene, die gleiche
Art, sich nicht zu einem Lächeln zu entschließen und mich
nicht anzusehen, die gleiche schwere und erträgliche Macht
des Schicksals in den geschwollenen Lidern; ein identischer
Stil, Kindheits- und Pubertätserinnerungen, die sie für
ergreifend hält, auf die Mundwinkel zu verteilen. So hat sie
mich angesehen, wenn wir in Lavanda allein waren. Damals
hat sie vielleicht mit mir geschlafen, um ihre Vereinigung mit
Seoane, mit der Welt von Seoane, zu festigen. Heute nacht
würde sie es tun – wenn nicht aus einer alten, fast unbewuß-
ten Laune heraus –, um mich von Seoane zu trennen, um
mich davon zu überzeugen, daß sie es ist, die recht hat, um
es mir unmöglich zu machen, ihr nicht recht zu geben.‹
»Geh«, sagte Medina und ließ die Zigarette im Glas auf-
stöhnen. »Es ist besser, du gehst, falls du erreichen kannst,
daß Seoane deiner Spur nicht folgt. Aber wenn du dich
entschließt, dieses schüchterne Bordell zu kaufen und hier zu
bleiben, wirst du auch nicht mehr Geldstrafen bekommen,
als du verdient hast. Andererseits: es gibt da einen Mann,
der am Alten Markt eine Kneipe hat, viel schmutziger als
diese. Er heißt Barrientos. Er hat eine alte Frau, er hat einen
alten Hund; oder vielmehr die Frau hat einen Hund. Du und
ich, dachte ich eben, und vor allem du, wir müßten uns bei
ihm dafür bedanken, daß wir ein Glas mit ihm trinken
dürfen, und für das Privileg, ihm die Hand zu geben. Und
nicht einmal ihm erlaube ich, daß er, der Gastwirt, mir, dem
Polizisten, ein Glas umsonst anbietet. Folglich zahlt nicht
das Haus. Folglich solltest du, wenn du wirklich nichts hast,
worum du mich bitten willst, den Kassenabschluß machen
und mir den Kellner schicken.«
Sie zuckte abermals die Achseln und lächelte geduldig, als
sei sie die Reifere, als errate sie gelassen jede einzelne der
leidvollen Erfahrungen, die Medina gemacht hatte.
»Dann zahle«, sagte sie aufstehend, »wenn es dir Spaß

macht. Ich habe dir eine Frage gestellt, und du hast sie nicht beantwortet. Daß ich bleiben oder gehen kann, wußte ich selber. Wir sind Nachbarn; vielleicht tut es dir leid und du kommst mich besuchen und sagst mir, ob ich bleiben oder gehen soll. Weißt du, was?« – sie schien sich vorzubeugen, um ihn besser sehen zu können und ihm ihr Lächeln zu nähern; ohne die Augen abzuwenden, anders als Teresa, aber ihr vergleichbar durch die zerstreute Art und Weise, wie sie, groß, mit kleinen und harten Brüsten, sich unentbehrlich machte, scharrte sie mit den langen Fingernägeln an dem Päckchen Zigaretten. Der zwergenhafte Neger, der aussah, als lehnte er an dem grünen Vorhang, kämpfte gegen den Schlaf, den Rücken dem langsamen, frischen, vom Fluß kommenden Wind zugekehrt, der beharrlich hereindrängte in das beschämende Ende der Provinznacht.

»Weißt du, was?« Sie rauchte die schon feuchte, fleckige Zigarette, die ihr aus den Lippen hing, begleitete die Musik mit der Hand und dem goldenen Feuerzeug. »Ich werde tun, was du sagst. Gehen oder bleiben. Was dir gerade einfällt. Wie wenn man eine Münze hochwirft. Aber auf jeden Fall schwöre ich dir, daß Seoane mich seit Monaten nicht besucht hat; und falls ich fortgehe, wird er nicht erfahren, wohin.«

»Das freut mich«, sagte Medina. »Sag bitte dem Kellner, er soll kommen.«

›Und dabei lebt er mit ihr zusammen, wenn man das leben nennen kann, den ganzen Tag betrunken und mit Drogen. Obwohl es sein kann, daß Frieda ihn aufweckt, wenn sie vom Geschäft nach Hause kommt.‹

Sie lächelte – nach unten, fast nicht mehr auf den Tisch – ein leicht verändertes Lächeln, in welchem das Geheimnis sich auflöste in Spott und Geduld.

»Gute Nacht, Chef«, sagte sie laut, und die beiden Musiker verstummten wie auf einen Schlag.

»Ich kann dich mitnehmen. Heute nacht schlafe ich an der Küste, weil ich einiges zu erledigen habe. Gurisa lasse ich im

Plaza, weil ich in aller Frühe fortfahre. Für zwei Wochen in die Hauptstadt.«

»Ich habe meinen Wagen«, antwortete Frieda. »Bei der Fahrt zu zweit könntest du womöglich vergessen oder dich erinnern. Bis wir eines Tages wieder Freunde sind. Außerdem ist Vollmond; ich werde mir den Kopf im Fluß waschen. Süßwasser. Ein andermal.«

Fast ohne sich zu bewegen, sah Medina ihrem Nacken, ihrem Gesäß, ihren Fesseln nach. ›Aber so, wie ich meine eigene Freude nicht begreifen kann, können die anderen sie nicht zerstören, sie nicht einmal sehen. Vielleicht fahre ich jetzt gleich in die Kommandantur und verabschiede mich (ich höre schon Martíns ölige Stimme, spüre, wie er mir mit dieser komischen Feierlichkeit, die unserer Beziehung Stil verleiht, den Rücken klopft, wie er mich als Chef rühmt) und heuchle Interesse für eine neue Fährte im Schmuggel, für einen schlafenden Besoffenen, einen kläglichen Desperado. Oder vielleicht lasse ich das für morgen und setze mich mit einer Flasche auf den Steg und lasse am äußersten Rand dieser Sommernacht, die wir für endlos halten werden, die Beine in den schwarzen, fast menschenleeren Fluß hängen. Vielleicht fühle ich mich schlaff und faul und verlange im stillen Rechenschaft für die verheißenen Dinge, die keine Bedeutung haben, weil es einerlei ist, ob sie hinter einem liegen oder vor einem.‹

Der Kellner hob den Geldschein hoch und zählte das Wechselgeld ab. In Abständen und ernst ertönten das Klavier und das Schlagzeug.

»Ja?« sagte Medina.

Der Kellner steckte die Geldtasche ein und schüttelte die Arme gegen die Decke und den grünen Vorhang, an dem noch immer der Zwerg in der feuchten Nacht verzweifelt Wache stand. Dann, noch immer kopfschüttelnd, beugte er sich vor, um Bewunderung auszudrücken für den Witz, den Medina nicht gesagt hatte.

»Er ist kein richtiger Portier«, erklärte er. »Sie, die Musiker, lassen sich mit dem Zwerg anheuern. Wenn der Zwerg keine Arbeit bekommt, unterschreiben sie keinen Vertrag.«

»Aber warum muß der Zwerg mit übernommen werden? Ist er der Sohn des Schlagzeugs oder des Klaviers?«

»Man weiß es nicht«, sagte der Kellner traurig. »Ich glaube, er ist der Bruder des Schlagzeugers, aber sicher bin ich nicht. Sie lieben ihn sehr, sprechen aber kaum mit ihm. Sie passen auf ihn auf, das beste Essen kriegt der Zwerg, und fast jeden Samstag, wenn sie fertig sind, darf er sich betrinken. Sie gehen ins Baviera, das jetzt überhaupt nicht mehr schließt. Vielen Dank, Chef.«

Der Kellner ging, sich wiegend, und lehnte sich an eine Säule nahe dem Tisch, an dem die drei Männer und die zwei Frauen saßen. Eine von ihnen sang wieder, unbekümmert um die Musik: ihre Stimme war rein, stand im Widerspruch zu ihrem trockenen, rachsüchtigen Gesicht, ihrer männlichen Frisur. Das Lied, ein sehr altes, spielte auf Dinge an, die sie erst in dem Jahr, in dem sie es singen lernte, zu ahnen begann und die sie nie erfahren hatte. ›Es war nicht Liebe, es war mehr oder weniger, es war ich selber‹, dachte Medina, um Zeit verstreichen zu lassen. ›Und manchmal glaubte Teresa, es sei Lieblosigkeit, sie konnte die Wonne nicht verstehen, mit der ich mich aufgab, den Genuß, mit dem ich das Vorspiel ausdehnte, sie konnte nicht begreifen, daß ich sie, die ich begehrte, sich ausziehen ließ und dabei weiter trank und rauchte und sie verstohlen ansah und von ernsten und albernen Dingen zu ihr sprach, weil ich besser atmen konnte, wenn ich den Mund aufmachte. Sie verstand es nicht und mißtraute, sie fühlte sich belästigt und schamlos. Aber es war nicht Liebe; es war, wie jetzt, die Lust am Verlängern der Erwartung jener seltenen und wichtigen Sicherheiten, die mir das Leben gibt.‹

Die Frau hörte zu singen auf, und die andere schrie: »Bravissimo«, während die Männer lachend applaudierten. Medina drehte sich um, sah das Lächeln der zwei Musiker, den farbenprächtigen Tisch am Rand des weißen Lichtkreises, die Gruppe der drei an der Theke, die neben der Kasse standen und abrechneten.

›Seit Monaten sieht sie ihn nicht. Und dabei hält sie ihn neben dem Abort des Hauses versteckt, betrunken, vollgestopft mit Drogen, verfügbar, unterworfen, wo er auf einem Klappbett liegt und schnarcht und mit offenem Mund den Geruch von ungelüftetem Zimmer und Ammoniak einatmet.‹

Er erhob sich und setzte den Hut auf; er ging auf die Tür, den grünen Plüsch, den Zwerg zu, der angestrengt den runden, lächelnden Kopf drehte. Er blieb stehen und kehrte um zum Tisch, ging, die Arme schwenkend, den Hut im Nacken, den Enthusiasmus der Augen verhaltend, vorbei an den nun ruhenden Musikern, dem mit Flaschen bestandenen Tisch der fünf, an Frieda, die auf einem Barhocker saß und mit schläfrigem Gesicht aus einer langen, durchsichtigen Zigarettenspitze rauchte.

34. KAPITEL

Eine Kindheit für Seoane

Medina wußte nicht, wann Seoane geboren worden war. Aber in einer einsamen Nacht vor langer Zeit, horizontal und allein in seinem Zimmer im Ex-Plaza, sich langweilend, im Ohr das beharrliche Rauschen des Regens, eine Flasche Zuckerrohrschnaps ›El Presidente‹ und einen Karton schwarzer, bronchienraspelnder Zigaretten neben sich, erinnerte er sich des unfehlbaren Rezepts und ließ den Jungen in der Kälte eines frühen Morgens in der Schweizer Kolonie geboren werden: an einem 16. Juli. Er hatte ihn gesehen, und er war so blond gewesen, daß es ihm gelungen war, sich zu überzeugen, dies sei nicht sein Sohn. Er hieß weiterhin Julián Seoane, María Seoane war der Name seiner Mutter; aber der Vater war ein Schweizer Gringo. Es war gut, Seoane zu seinem Geburtstag eine Kindheit zu schenken.

Er war also im Juli in der Kolonie geboren worden, vor zwanzig Jahren, in einer (mysteriösen) Nacht, umgeben von einer (mysteriösen) Landschaft, die von (mysteriösen) Wesen bevölkert wurde. Mehr konnte er in Wahrheit nicht wissen. Später übermittelte man ihm – die Mutter mit der sanften und überlegenen Miene einer Person, die Märchen erfindet – abgeschwächte Versionen von höchster Gefahr und Schrecken, Wörter, die anspielten auf Stoßgebete, Hilfe in der Not, Schicksalsergebenheit und große Ruhe, ein männliches und noch geschlechtsloses Akzeptieren. Sie und die Wesen, die die Landschaft bewohnten, waren Einwanderer, Pioniere, habgierige und räuberische Kolonisatoren; die Frauen konnten außerdem gebären und säugen; sonst aber unterschieden sie sich durch fast nichts Wichtiges. Die Tage, nicht wirklich gelebt, fremd, einer vom andern getrennt wie zum Bauen aufeinandergeschichtete Ziegelsteine. Über die Angst und die angelernte Geduld, über die peitschenknallende Fahrt des schon betagten Arztes im Tilbury stellte die

Legende einen leicht mit Genauigkeit vorstellbaren und der Wirklichkeit angenäherten, aber schon toten, fast unsichtbaren Mondschein. Eine andere Sorte von Mond, unbegreifliche und phantastische Menschen, mechanisch und schwerfällig sich bewegend in dieser variablen Landschaft von vor zwanzig Jahren, einer vereisten Landschaft, nun für immer zerstört von der Zeit und der komischen, blinden Betriebsamkeit der Menschen.

Dergestalt, daß es manchmal genug war mit dem gewaltigen, blutigen Bett, dem Licht der Kerosinlampe, den Kerzen vor den Farbdrucken auf dem Bord, das an drei Wänden des Zimmers entlanglief; und ihm, der mit schwindelerregender Weichheit aus seiner Mutter hervorkroch. Gelegentlich zitterte der alte Arzt bei seinen Hilfeleistungen, andere Male trabte er weiter unter dem sterbenden Mond, ohne je rechtzeitig anzukommen.

Dann der Vater im Standesamt von Santa María, mit dem Peitschenstiel auf den Schreibtisch schlagend, so sicher und starrsinnig, daß er von Gewalttätigkeit absehen konnte, so sicher, für die Wahrheit oder wenigstens eine einzelne und unbesiegliche Wahrheit zu kämpfen, daß er nicht einmal Ergriffenheit zeigte, als er das Papier zweifach faltete, in welchem ihm das Recht zuerkannt wurde, den Sohn, den anzumelden er gekommen war, Julius und nicht Julián zu nennen.

Dann ein weiteres Nichts, eine glückliche, menschlich warme und glaubhafte Annahme: ein paar Jahre, die zu Ende gingen mit der Entdeckung von Riten und Gesetzen, eines bejahrten und schweigsamen, mageren und sehr aufrechten, nie sich irrenden Vaters mit spärlichem graumeliertem Bart und einer fülligen, enttäuschten, nun phlegmatischen und nach billigem Parfüm riechenden Mutter.

Dann der Bund mit der Frau, instinktiv und für immer geschlossen; und nicht zu Angriffszwecken, sondern zu bloßer Verteidigung; und zwar gegen und im Hinblick auf die Welt, die Menschen und Tiere, die Hitze und den Wind, die

Traurigkeit, die undefinierbare Bedrohlichkeit einiger Stunden; nicht gegen den hochgewachsenen und zurückhaltenden bärtigen Mann und die Welt der Pflichten, die er jeden Abend schweigend auferlegte, wenn er vom Feld kam: hochgewachsen, aber sich fortbewegend mit den lächerlich kurzen Schritten, die den kleinen Stiefeln entsprachen, den Schäften, die fast verschwanden unter den weißen Pumphosen, die am Morgen wieder fleckenlos strahlen würden. Die Weste fremdländisch, gestickt; das Halstuch trauerschwarz.

Dann, oberflächlicher, die Komplizenschaft im Ungehorsam, den die Frau lächelnd deckte oder anregte: die Leckereien, die Nachmittagsschläfchen, die im Hühner- oder Hasenstall vertrödelten Stunden, die Samtanzüge mit Spitzen, heimlich genäht und verstohlen, in Abwesenheit des Vaters, getragen. Das Lachen und die erstickenden Küsse, die lastende und schützende Schönheit der Frau: seine Verbündete, seine Glückseligkeit.

Dann – obgleich er vielleicht nie davon erfuhr – der Kampf, der einsetzte, als sechs von den zwanzig Jahren aufgebraucht waren. Schwindeleien und offener Widerstand, um zu verhindern, daß der schweigsame, graubärtige Mann das Kind in die Kutsche oder den eben gekauften Lastwagen hob – mit den zur Vervollständigung der Trennungsängste unerläßlichen Requisiten: einem neuen Koffer, einem Korb Obst, einem Paar Hennen mit zusammengebundenen Füßen – und ohne Eile die Straße nach Santa María hochfuhr, ohne Rast und ohne Neugier den Ort durchquerte, der damals täglich ein Haus gebar, um am Ende des Nachmittags, nach einer Fahrt von vier oder sechs Stunden, alles dem Oberen des Jesuitenkollegs in Colón zu übergeben. Die Vorwände, die berechneten Tränen, das theatralische und gemessene Schluchzen, bei dem die dicken dunklen Zöpfe, nun jünger als die Frau, aus eigenem Antrieb aufhörten, sich um den Kopf zu legen, und herabfielen und sich auflösten. Und die Morgen, an denen der Knabe, verdutzt und gesund, ins Bett gesteckt wurde und die Frau im Zimmer nicht von der Stelle wich, unruhig und mit kühnem Lächeln, bereit, so lange zu weinen wie nötig.

Bis der Mann mit dem kleinen weißen Bart eines Nachts nach dem Essen sagte: »Morgen« und die Frau einen Landarbeiter bestach, damit er den alten Arzt holen ging, und sie es einzurichten verstand, daß sie, als er kam, sich just in der Allee krummer junger Bäume aufhielt, die kurz zuvor zwischen dem Haus und dem Erd- oder Lehmweg gepflanzt worden waren. Und sie auch den alten Arzt bestach, denselben, der bei der Geburt des Knaben mitgeholfen hatte oder nicht, je nach den Launen der falschen Erinnerung. Bis sie in der Nacht dieses selben Tages in die Bodenkammer hinaufging und in der Stille ungestört die traurigen Dinge, die kleinen Geschichten auspackte, die die Koffer füllten, und darunter ein vergilbtes europäisches Dokument fand, einen Rechtstitel, der sie in vagen Formulierungen berechtigte, die Kinder zu erziehen.

»Aber nicht auf spanisch«, sagte bald nach Tagesanbruch der magere, hochgewachsene Mann während des Frühstücks, der Mann, der den Knaben Julius genannt hatte und deshalb glaubte, ein Recht auf ihn zu haben.

Sie lächelte. Der Mann mit dem weißen Bart hatte das Papier nicht ins Kaminfeuer geworfen. Sie stellte den Kaffee auf den Tisch und verschränkte die Arme über den noch harten Brüsten.

»Die Kinder, die Sachen, das ist immer und überall alles eins.«

Sie begleitete den Mann, der ihr Vater hätte sein können, lächelte ihm mütterlich zu, als er den Kopf wandte, bevor er dem Pferd die Sporen gab.

Dann die Farce, pünktlich alle Tage, und hier die auf die Winterabenddämmerung beschränkten Erinnerungen: die durchscheinende Porzellanlampe über der Tischdecke aus rotem Plüsch mit den dicken, goldenen S-Buchstaben und Kleeblättern, die langsame, heitere Stimme Marías – manchmal sprach sie mit geschlossenen Augen, und es war, als erzählte sie ungläubig einen Traum –, der Geruch des haut-warmen Lavendels im Ausschnitt. Die Farce, rasch mit um so mehr Schnelligkeit, Gelassenheit und Wahrscheinlichkeit inszeniert, je mehr sie sich dem Verbrechen näherte. Das Geschrei der Spatzen, die verrückt spielten im Himmel und im Garten, die Nacht fürchteten, als wäre es die erste, und den Baum suchten. Die Spiele, die Verkleidungen und die Märchen gingen zu Ende. Sie reifte, ohne zu leiden, sie wurde die einzige Frau auf Erden, je weiter sie ihre starken Hüften, ihre mädchenhaften Fesseln zum Fenster hin ent-fernte. Sie legte die Stirn, vielleicht das Ende der kurzen Nase an die Scheiben und vergaß für einen Augenblick das Kind, versenkte sich in die Reinheit eines Wesens ohne Gedächtnis und ohne Vorahnungen.

Dann ließ sie den Vorhang über das orangefarbene Ende eines weiteren kurzen und austauschbaren Tages fallen; sie zündete die Lampe an, verteilte die Hefte, die Bücher, ihre beringten Hände auf dem besänftigten Blut der Tischdecke. Der Mann mit dem kleinen weißen Bart wurde durch abschiednehmende Stimmen und klappernde Pferdehufe angekündigt. Er ging an den zweien vorbei, ohne hinsehen zu wollen, er sah das Lächeln der Frau und trat ins Schlaf-zimmer, um sich umzuziehen.

Dann der Abend, der, ohne daß ihn etwas angekündigt hätte, einen anderen Ausgang nahm, der Abend, zehn Jahre nach der nicht nachweisbaren Fahrt des alten Arztes in der Kutsche unter dem Licht des Mondes, das vielleicht existiert hatte, der Abend, an dem der hochgewachsene, magere, stocksteife Mann zur gewohnten Stunde kam, diesmal im Einspänner, begleitet von einem nicht sehr dicken, nicht sehr überzeugenden Pfarrer.

Das Abendessen, an dem der Pfarrer nach einem eiligen Segen teilnahm und das er mit Geschichten und Witzen belebte, zu reichlich für die drei anderen, die ohne Traurig-keit an schweigsame Mahlzeiten gewöhnt waren. Und als der Tisch abgedeckt und der Kaffee gebracht wurde, wollte der Pfarrer wissen, was das Kind gelernt habe seit jenem Tag, an welchem die Frau den absurden Rechtstitel mit den gotischen Anfangsbuchstaben ausgegraben hatte. Der Mann mit dem Spitzbart rauchte geduldig seine Bauernpfeife, entschlossen, seine Vorurteile nicht auszusprechen. Die Frau, errötend und mit Tränen in den Augen, hörte zu, als beträfe die Demütigung den Knaben. Wütend, alter Motive zum Groll sich erinnernd wegen des plötzlichen Verrats, wegen all der Jahre, in denen der alte Mann ihr erlaubt, ja durch Indifferenz und Schweigen sie angestachelt hatte, die Komödie des Unterrichts zu spielen, der Vermittlung eines Wissens, das sie nicht weitergeben konnte, das sie vielleicht gehabt, aber angesichts der Dinge, die im Leben zählen, leicht und lächelnd vergessen hatte. Nicht aus Zartgefühl, sondern weil Teilsiege ihm nicht wichtig waren, gab der alte Mann keinerlei Kommentar ab, nachdem er den Pfarrer ins Seminar zurückgebracht hatte und gegen Mitternacht wieder heimgekehrt war. Er legte sich neben sie ins Bett, ohne auf ihre spitzfindigen Rechtfertigungen zu hören, und schlief mit dem gleichen lauten, unverwechselbaren Schnarchen wie immer ein, nachdem er sie auf die Stirn geküßt hatte.

»Am Montag bringe ich ihn ins Seminar«, sagte der Alte bei einem anderen Frühstück. Am Fenster, in der offenen Tür, durch die unruhig die Hunde liefen, vielleicht sogar in dem dunklen, nach Rauch und zerschlissenem Plüsch riechenden Wohnzimmer stand, erfahren und gelassen, der Herbst. »Seine Sachen müssen hergerichtet werden.«

Er aß das magere Fleisch zu Ende und saugte schweigend den Mate, zeigte ihr damit an, daß er nicht höre, obgleich sie kam und ging, ohne etwas zu sagen. Von der Tür aus, von den Hunden umringt, weiß und hochgewachsen, wandte er halb den Kopf; er hatte sie schon geküßt, war schon fertig mit ihr bis zum Mittag oder Abend, weil er nun Drahtzäune ziehen ging.

»Ins Seminar dir zuliebe. Wenn es nach mir ginge, würde ich

ihn morgen aufs Feld mitnehmen. Es reicht, wenn er schreiben und buchführen kann.«

Er, der Knabe, ohne es zu sagen, zog das Seminar vor: Freunde, Überraschungen, Verfehlungen. Aber sie sprach nicht von Wahl. Sie behauptete nur, während sie ihm ihre Tränen verbarg und zeigte, während sie ihn an jenem Nachmittag auf ihre Knie zog, daß er, nicht wahr? sich nie von seiner Mutter trennen wolle. Dann führte sie ihn hinauf in die Bodenkammer, hin zu dem Durcheinander aus Staub und Spinnweben, aus Reisetaschen und Überseekoffern, die, seit vielen Jahren und endgültig in Möbel verwandelt, nicht mehr auf Reisen gehen würden.

Von der Tür aus, die fast an das schräge Dach reichte, abgehalten von der Feuchtigkeit und dem wahrscheinlichen Geruch von Rattenunrat, sah er die Frau sich bücken und strahlend und jung werden vor den Koffern mit den schweren, gewölbten Deckeln, die mit braunen, modrigen Tüchern zugedeckt waren. Er sah sie die Koffer öffnen und für einen Augenblick, stürmisch und absichtslos, den Kopf nach ihm wenden, der wieder den Glanz der Tränen zeigte und eines Lächelns, das weder das Kind noch der alte Mann je gesehen hatten. Golden und mild kam die Sonne durch das einzige, schmutzige Fenster herein, um sich genau über die hochgesteckten Zöpfe der Frau, die weißen Schultern, die gegen den Boden gestemmten Lackschuhe zu breiten.

»Wie ich«, sagte sie mit gleichmütiger Stimme, vorsichtig und listig, als näherte sie sich einem Vogel. Doch sie bewegte sich nicht von der Stelle, stand über dem Echo des mühsam geöffneten, knarrenden Koffers und hob ein rosa Mädchenkleid mit Bändern und Stickereien hoch: »Wie ich, als ich ein so kleines Mädchen war und ein Fest stand bevor.«

Verschämt und ohne Protest ließ er sich ankleiden, stellte sich sogar, als tanzte er in einem Paar ausgeleierter, hochhackiger Schuhe im Halbkreis vor der Frau, die nun auf dem Koffer saß und, ohne zu weinen, unverständliche Worte sang und mit den Händen schläfrig den Takt klatschte.

Dann kam der Morgen, als sie den Knaben aus dem Bett holten und er begeistert den Bauernanzug und die Männerstiefel anzog. Im großen Zimmer gesellte er sein Schweigen der verheißungslosen Ruhe des Vaters, und beide wurden, unparteiisch, von der Frau bedient, die kam und ging, sich fügend in das Alter, das Aufprallen an der Mauer, den Mangel an Liebe für die Zukunft.

35. KAPITEL

Eine Kindheit für Seoane II

Da begann die Arbeit auf dem Gut, die Entdeckung einer Welt, von der er ausgeschlossen gewesen war, von der er bisher nicht mehr als Echos, Reflexe, leere — oder absurd ausgefüllte — Formen kennengelernt hatte, obwohl er sie neben und rings um sich gehabt hatte. Anfangs haßte er die Verpflanzung und die Fehlschläge und übertrieb sein Bedürfnis nach Trost. Vor dem alten Mann sagte er kein Sterbenswort; er suchte die Augen der Mutter, und nichts war leichter zu finden oder schwerer zu übersehen; sie sahen sich an und waren verabredet. Sie zog aus dem gewaltigen, ächzenden und vielleicht schon ewigen Bett aus; sie entfernte sich von dem in genau acht Stunden Schlaf so gut wie nie unterbrochenen Schnarchen und ließ das Zimmer des Knaben offen, um es weiter zu hören und ungestört ihre Tränen in die des Sohnes zu mischen. Sie wenigstens haßte den alten Mann nicht, machte ihn nicht verantwortlich für die Leiden des Bübchens, das Aufstehen vor Tagesanbruch im Winter, die Stürze vom Pferd, den von der Dreschmaschine erfaßten und zerfetzten Ärmel. Sie küßte und heilte die Quetschungen; sie lernte geradeaus zu schauen, sich darein zu schicken, daß sie nur das Leben, den Gang der Jahre, die unterschiedlichen Schicksale hassen durfte.

So daß die Veränderung des Knaben sie nicht überraschen konnte. Sie wußte, daß etwas geschah, lange bevor er selber es merkte, früher, als sie Veränderungen am Körper und in den Bewegungen des Jungen entdecken konnte. Es muß Ende des zweiten Jahres gewesen sein; seit einem zahlte der Vater dem Jungen den halben Lohn eines Landarbeiters; mit dunklem Groll, der sich erneuerte, sooft er die an jedem letzten des Monats auf den Tisch hingeblätterten schmutzigen Scheine sah, nahm der Junge das Geld und steckte es nicht ein, schob es einfach in die Tonsparbüchse, schaffte es beiseite.

Und es war nicht so, daß er aufgehört hätte, mit den Augen um die nächtlichen Besuche zu bitten. Die Tatsachen schienen weiter dieselben zu sein, und darüber hinaus wollte sie nicht denken, lehnte es ab, sich andere als die alltäglichen Vorgänge als möglich vorzustellen. Etwas war im Gange, sie konnte nicht wissen, was, und war auf der Hut. Der Junge war etwa zwölf Jahre alt und sehr gewachsen, aber immer noch schwach, weich und schön. Und es muß eine kurze Zeitspanne gegeben haben, einen Augenblick, einen Blitz zwischen dem Moment, in welchem sie die Veränderung erahnte, und dem viel späteren Moment, in welchem sie sie zu sehen begann. Einen Augenblick, einen Blitz, in welchem sie alles begriff, als röche sie mit dem, was ihr an weiblichem Instinkt verblieben war, mit dem in ihren zweiunddreißig Jahren so zögerlich verbrauchten Frausein: etwas wie einen Schmerz.

Sie war vorbereitet, auf dies und auf alles; vorbereitet, es zu erdulden, weil sie andere als passive Lösungen, Tröstungen, Heilmittel schon nicht mehr planen konnte. So daß sie, als sie die Veränderung sah, danach, gleichzeitig etwas sehr Altes, Animalisches und eine ihrer mißtrauischen Ahnungen wiedererkannte.

Sie sah, daß bei den fast schweigend eingenommenen Mahlzeiten etwas zu dem Respekt und der Furcht des Kindes vor dem alten Mann hinzutrat. Es war eine schwüle Nacht, und sie ging von der Küche aus, der Dienerin, einer Mulattin, voran, auf den Tisch zu, als sie hörte, daß der Alte, während er geschickt einen großen Laib Brot in der Luft anschnitt, liebenswürdig, zerstreut, wie zu sich selbst, zu ihm sagte:

»Ziemlich wild, die braune Stute. Aber wir werden sie schon zähmen.«

Und sie sah, daß das Kind, staunend und schwankend, sich einfangen ließ von der Magie des Plurals und dem Vater zulächelte, der es nicht ansah. Sie sah es lächeln, ohne die Lippen zu trennen, kaum sie aufwerfend, in einer erfahrenen und anmaßenden, vielleicht einem Landarbeiter abgesehenen Geste. Sie verstand: es ist gut, den Frauen die Zähne zu zeigen; aber unter Männern, unter Kumpeln ist das auch genug.

Sie wagte es nicht, ihm in die Augen zu schauen, bis die Dienerin den Kamillentee brachte, mit dem die Mahlzeiten abgeschlossen wurden. Nun fand sie sie nicht; sie sah, was sie vorausgeahnt und gerochen hatte: den schmutzigen blonden, vom Nachdenken und Hüten der Geheimnisse schwer gewordenen Kopf des Jungen; die Brauen, dunkler als das Haar und fast sich berührend, den Mund mit einer fremden Festigkeit und darüber den glänzenden Schweiß und die schüchternen Schatten des ersten Schnurrbarts.

Endlich, nach Tisch, fand sie die wohlüberlegte Bitte in den Augen des Knaben, der in Ausübung einer Pflicht oder eines Akts der Barmherzigkeit nach ihr rief. In dieser Nacht ging sie ihn nicht besuchen. Sie blieb in ihrem Bett, lag auf dem Rücken neben dem Schnarchen, weinte ohne Verzweiflung, stellte sich ihr Gesicht im lange vergangenen Sommermond vor, versuchte das Kitzeln der Tränen auszuhalten, ohne zu zucken, entschlossen, nicht zu denken, und überwachte bis zum Morgengrauen die unregelmäßigen Schläge der Mühle.

Dann begriff sie, daß sie der Rachsucht unfähig war, und ihr fiel wieder ein, was sie seit je gewußt hatte, seit jenem eindrucksvollen, schweigenden ersten Familienrat, als sie in die Pubertät kam und das geheimnisvolle Getue, die neugierigen Augen, die steifen Zärtlichkeiten sie intuitiv begreifen ließen, daß sie unrein und heilig geworden war, während ein Onkel oder Großonkel, riesig und ernst, laut und mit langen Pausen aus der Bibel vorlas und ihre Mutter und die Cousinen der Mutter ihre Kinderkleider mit Rüschen verlängerten. Sie erinnerte sich, daß sie geboren worden war für die blinde und dumme Erwartung, für einen kurzen Sommer, für eine Reihe pünktlich eintreffender Enttäuschungen, aus denen man sich ein Leben bauen mußte.

Deswegen, der frühen Einsicht wegen war sie unfähig, den

Groll andauern zu lassen, unfähig vor allem, darunter zu leiden. Aber von dem Tag an, der auf diese Erinnerung folgte, wurden das Kind und der alte Mann für ihre geschäftige und respektvolle Gleichgültigkeit eins. Sie suchte nicht mehr die Augen des Knaben, sie beobachtete sie lange und neugierig, sooft sie der verbrauchten kindlichen Bitte in ihrem Blick begegnete.

Medina, betrunken, hörte das Prasseln des Hagels, das ihn langsam hinüberschob in einen stumpfsinnigen Schlaf, und, kurz davor, das Aufschlagen der Flasche, die zu Boden fiel.

36. KAPITEL

Auf der Lauer

Am Fenstersims die wachsende Müdigkeit seiner Beine abstützend, hielt Medina das Fernglas unverrückt auf das Licht in Friedas Haus und den gewundenen, erdigen, vom aufgehenden Mond weiß schimmernden Weg gerichtet. Der Mond stieg höher, wie ein Ballon, der Gas abläßt, und verlor rasch seine Orangenfarbe.

Er entspannte sich, als für einen Augenblick das rechteckige Licht der Haustür auf die Straße fiel und er danach die Silhouette der Frau sah, die sich im Badeanzug durch den bläulichen Morgen bewegte und träge zum Saum des Wassers ging. Er sah sie sich anlehnen an einen Weidenbaum, und nach einer Weile drang das Geräusch eines Kopfsprungs zu ihm. Medina legte das Fernglas auf den Tisch, setzte sich aufs Bett und beschloß zu warten, er wußte nicht, wie lange, aus Furcht, zu früh oder zu spät zu kommen. Er brachte es fertig zu zählen, eine aufsteigende Skala von Zahlen zu denken, tausend, zweitausend Zahlen.

›Ich warte aus reinem, idiotischem Aberglauben. In welchem Augenblick ich mich entschließe hinzugehen, immer wird sie mich mit einer falschen lustigen Begrüßung empfangen. Einem kleinen Aufschrei, einem Lachen, irgendeinem der Vergangenheit, dem Schlafzimmer, dem Bett entnommenen Kosenamen. Aber da sitze ich und warte, daß alles zusammentrifft, daß der Augenblick meiner Ankunft genau mit dem Moment übereinstimmt, den ich mir vorgestellt habe, den ich durchspiele und wiederhole, als wäre er schon einmal dagewesen, als ginge es darum, mit einer nicht sehr alten, ein wenig verblaßten, aber noch deutlichen Erinnerung zu manövrieren, die aus früher gesehenem Licht bestünde und sich ihre Kanten und Rundungen erhalten hätte.‹

Medina erhob sich, lächelnd, weil er zitterte; noch ein Warten, und er trat in den weißen Glanz hinaus, unbekümmert darum, daß seine Schritte Erdklumpen und sterbendes Laub zertraten. Ohne Eile, ohne Zögern ging er durch die sanfte Wärme. Und entdeckte, daß alles eine perfekte Reproduktion der erfundenen Erinnerung war.

Frieda – er erkannte den Körper und die Lieblingsposition – lag bäuchlings auf dem Boden, ohne sichtbaren Kopf, im rechten Winkel zum Ufer des Bachs, der leise rauschend dahinströmte, den Fluß zu vergrößern. Medina pfiff, um die Überraschung zu mildern, wünschte eine gute Nacht, obwohl der Tagesanbruch nicht länger ausbleiben konnte, und ließ sich fallen, bis er neben ihr lag und gleich ihr auf das Wasser und seinen zerbrochenen Mond blickte.

»Nervös«, gestand Medina. Er begann die Fläschchen zu unterscheiden, die Bademütze, das Handtuch.

»Ich wäre nicht nervös. Mich interessiert die Hauptstadt nicht mehr.« Die Stimme schien aus dem Wasser zu kommen; die Frau begoß ein übers andere Mal ihr kurz geschnittenes Haar.

»Das nehme ich an«, sagte Medina. »Du wirst die Reise von Margot in keiner guten Erinnerung haben. Ich sage es nicht, um dich zu ärgern. Die Sache ist nur, daß ich immer noch nicht begreife, warum du gefahren bist, warum du dir in den Kopf gesetzt hast, du könntest singen. Schön, wenigstens in Gedanken an die dortige Konkurrenz. Und warum du Seoane mitgenommen hast, der keine Weiberröcke trägt. Es sei denn, du hättest dich geändert. Was in einer Nacht wie dieser nicht übel wäre.«

»Immer brutal, immer ohne irgendwas zu begreifen. Wenn ich den Jungen mitgenommen habe, dann aus purem Mitleid.«

»Ja. Du konntest nicht schlafen bei dem Gedanken, daß er nicht betrunken war und ohne Drogen lebte. Schwere oder leichte?«

»Idiot«, murmelte Frieda, hob den Kopf aus dem Wasser und schüttelte ihn, als leugnete sie wütend etwas ab. Sie bespritzte das spöttische Gesicht Medinas.

»Nein«, sagte er. »Es ist mir nicht mehr wichtig. Es gab eine Zeit, da dachte ich, die Geschichte mit den Drogen hätte etwas mit deiner Boîte, deinem Nachtlokal oder was immer zu tun. Sogar den armen Barrientos hatte ich im Verdacht. Aber jetzt gehe ich, und alles bleibt zurück, und vielleicht finde ich eine Möglichkeit, nicht wiederzukommen. Kann sein, daß ich in der Hauptstadt diese oder jene günstige Gelegenheit entdecke. Medina, Privatdetektiv. Wie klingt das?«

»Wie? Das klingt wie eine der Arbeiten, die Quinteros und ich uns ausgedacht haben, um dich nicht verhungern zu lassen. Und ein wenig auch, um dich zu demütigen. Die Schuld lag bei dir: es gefiel dir nicht, von mir ausgehalten zu werden.«

»Ja, das war alles ziemlich kompliziert. Aber um eines muß ich dankbar sein. In Lavanda konnte ich immer malen, schlecht oder gut, ganz akademisch. Hier in Santa María ist ein Kommissar mit einer Staffelei unvorstellbar.«

Sie trocknete sich den Kopf mit dem Handtuch. Dann bückte sie sich, um den Mond anzuschauen. Und mit dem vor Nässe am Kopf klebenden Haar zeigte sie einen Augenblick lang das Gesicht eines Epheben, eines jungen Homosexuellen, den Medina vor Jahren gekannt hatte. ›Diese Mischung von herausfordernder Sanftmut und aus Stolz geborener Härte. Der so dünne und gerade Mund, die kaum geschwungene Nase vollenden den Ausdruck von Hochmut, von falscher Kälte, der zu ihr gehört wie eine Gewohnheit, eine Manie.‹

»Nervös, als wäre ich nie in der Hauptstadt gewesen. Und wozu auch schlafen, wenn das Ferry um fünf Uhr abfährt.«

Er legte die Hand auf einen vorspringenden Rückenwirbel und ließ sie unter den knappen Stoff des Bikinis gleiten.

»Ruhe, Kommissar«, kam gedehnt, mit einemmal mädchenhaft und fröhlich, ihre Altstimme.

37. KAPITEL

Der Rote

Medinas Beziehungen zum Roten waren ähnlich wie manche Frühlingstage gewesen: dunstiger Himmel, die Sonne hinter Wolken versteckt, um plötzlich für Augenblicke wütend zu strahlen.

»Ich weiß nicht, warum zum Teufel Sie auf diesen Besprechungen in Ihrem Büro bestehen«, sagte der Rote. »Es ist gefährlich, und Sie kompromittieren sich.«

Der Rote ließ die Schultern hängen, als wollte er sich einen vorzeitigen Buckel zulegen; beim Sprechen zeigte er eine Reihe Zähne, die klein waren wie Kinderzähne.

»Das ist das beste. Die Leute werden denken, ich halte dich wegen Landstreicherei fest.«

»Und das Geld?« sagte der Rote. »Wir brauchen viel.«

»Ich weiß, es kommt schon. Damit du fürs erste leben kannst.« Medina ließ ein paar Scheine auf dem Tisch, zwei Brausens, Echos eines falschen Lachens, und trat zurück, bis sein Rücken die Wand berührte.

Andere Male löste sich Medina von der Wand, in die er minutenlang eingelassen zu sein schien, und ging los auf die Unverschämtheit des Roten am zerkratzten und schmutzigen Schreibtisch, der Reliquie, um zu befehlen:

»Stillgestanden!«

Der Rote erhob sich mit einem müden Lächeln und tat ihm den Gefallen. Medina setzte sich auf seinen Stuhl, und der andere machte einige schlaffe Schritte, um ihm gegenüberzustehen.

»Wieviel ungefähr?« fragte der Kommissar überflüssigerweise. Er dachte an die Pakete ausländischen Banknotenpapiers, die er in seinem Zimmer im ehemaligen Plaza und in seinem Häuschen am Strand versteckt hielt. Er dachte an die Geschichte von Rom, London, San Francisco.

Der Rote antwortete mit einer Gegenfrage:

»Wie lange ist es her, daß ich Ihnen einen Kostenvoranschlag gebracht habe? Selbst die Extras waren angegeben.«

»Eben deshalb. Den Kostenvoranschlag habe ich in meiner Aktentasche, er ist gut. Das meteorologische Institut, das Elektrizitätswerk, die Telefonzentralen. Ich halte das für zuviel. Er ist gut, keine Frage, auf dem Papier erscheint er perfekt. Aber ich denke an einen Kostenvoranschlag für Arme, für uns. Wo doch manchmal eine Zigarette oder ein Radio in schlechtem Zustand genügen. Wieviel?«

»Aber ich will«, argumentierte der Rote, ein Lächeln wiegend, zwei fanatisch funkelnde Punkte in den Augen, »ich will mich der Unschuld versichern. Sie geben das Geld, das stimmt, aber der, der seinen Kopf hinhält, bin ich.«

Medina feilschte, um sich zu decken, um seinerseits seine Unschuld zu schützen, diese besondere Unschuld – oder Angst –, eine unter so vielen anderen, die er an so vielen Tagen, in so vielen Kontakten mit längst vergessenen oder in Augenblicken der Erinnerung und Melancholie wieder gegenwärtigen Menschen gleichgültig oder jubelnd verloren hätte.

Ebensogut – und es gab Begegnungen zu geheimgehaltener Stunde im Häuschen am Strand, so nahe dem von Frieda – konnte der Rote, halb betrunken von dem paraguayischen Zuckerrohrschnaps, die Haltung eines interviewten Gelehrten annehmen.

Dann entblätterte er die Windrose, sprach von geeigneten und hilfreichen und von anderen, widerspenstigen und unzuverlässigen Materialien. Das alles nuanciert durch Erinnerungen an triumphale und voll geglückte sowie andere, weniger gelungene Großtaten. Er sprach von Überraschungen, von negativen Imponderabilien, von fast unglaublichen Fluchten, von Schlägen, ausgeteilt und erhalten, zahlreicher die ersteren. Und er wiederholte: »Ich sage das nicht, um mich zu rühmen.« Und wiederholte die Namen von Orten (denn er hatte Spanisch-Amerika bereist), als wären es die

Namen von Schlachten und schon für alle Zeiten in die Geschichte eingeschrieben.

Von einem bestimmten Flaschenpegelstand an sagte er nicht mehr ich, sondern erzählte in der dritten Person: »Dann merkte der Rote, daß die Sache doch nicht so einfach war, wie er gedacht hatte.« Oder: »Drei Stunden hat der Rote in seinem Versteck ausgehalten, ohne sich zu rühren.«

»Ich will aber nicht, daß die Sache in den Armenvierteln, bei den Hundehütten aus Blech und Pappkarton beginnt«, trumpfte Medina jedesmal unerbittlich auf.

»Ich habe Ihnen das schon erklärt. Es ist, als redete ich gegen eine Wand. So muß es sein, aus hundert Gründen, die ich Ihnen genannt habe. Entweder wir fangen so an, oder es geht nicht. Vielleicht vergeudet der Rote in Santa María nur seine Zeit. Besser, denke ich, er versucht sein Glück in der Kolonie. Oder geht noch viel weiter. Über diese Sache ist schon zuviel geredet worden.«

»Aber diese Unglücklichen haben doch keinerlei Schuld.«

»Wie der Rote und der Kommissar. Alle, Reiche wie Arme, sind das gleiche Geschmeiß. Und bedenken Sie: Womöglich werden sie dabei gewinnen. Womöglich läßt Brausen ihnen Paläste bauen.«

38. KAPITEL

Frieda auf der Wiese, im Altenheim, in der Schule

Vom Fenster aus, das der Sonne und der Mittagshitze offenstand, warf Díaz Grey eine Handvoll Vogelfutter in die Tauben- und Spatzenschlacht auf der Terrasse.

Medina, bewegungslos im großen Sessel, registrierte Gegenstände: an der Holzwand einen Rettungsring mit unleserlichen Buchstaben, darunter einen riesigen Kompaß, ein glänzendes, frisch gestrichenes Steuerruder. Zwei dünne Ruder waren kreuzweise über dem Kamin befestigt, der noch schwarz war von den Feuern des vergangenen Winters. ›Einiges von dem, was der alte Petrus aus dem Schiffbruch gerettet hat.‹

Díaz Grey kam, sich die Hände reibend, zurück und setzte sich wieder an den Schreibtisch.

»Ich konnte nicht viel tun, Kommissar. Dies muß ein dienstliches Gespräch sein. In den Armenvierteln habe ich im Lauf der Jahre viele Betrunkene mit aufgeschlitzten Bäuchen gesehen, zu Tode geprügelte Frauen, Kinder mit aufgeblähten Bäuchen, abgemagert bis auf die Knochen, auch tote Kinder. Manchmal haben Nachbarn mich rufen lassen, dann kamen barfüßige, rotznasige Jungen und klatschten in die Hände. Als ich amtlicher Gerichtsarzt war, achtzig Rupien im Monat, wurde ich im Jeep der Kommandantur abgeholt oder telefonisch beordert. Sie werden sich daran erinnern.«

»Klar«, sagte Medina. »Der Jeep mußte verkauft werden.«

Mit dem Licht im Rücken wirkte Díaz Grey älter und müder, ein kranker Mann mit langsamer, wütender Stimme. Er sah Medina nicht in die Augen, schien auf der Schreibtischplatte vergeblich etwas zu suchen, das es nicht gab.

»Sie kennen die ganze Geschichte besser als ich. Sie waren in der Hauptstadt, mußten aber gleich wieder umkehren, und die Leute, die Ihnen geblieben sind, werden Sie über alle Einzelheiten, alle Greuel unterrichtet haben. Sie wissen, daß es das Krankenhaus nicht mehr gibt. Doktor Rius hat verzweifelt gekämpft, um wenigstens einen Teil zu erhalten. Er ist gescheitert und fortgezogen, ich weiß nicht, wohin. Heute ist es ein Heim für die alten Schweizer aus der Kolonie. Sie versorgen sich gegenseitig. Ein Krankenpfleger oder etwas Ähnliches ist, glaube ich, noch da. Vor längerer Zeit war ich einmal dort, und jetzt mußte ich wieder hin. Unterbrechen Sie mich und stellen Sie Fragen, wann Sie wollen. Aber ich will mich erleichtern, indem ich alles beichte, als hätte ich die Schuld. Alles, was ich durchmachen, was ich wohl oder übel mitansehen mußte.«

»Klar. Ich bin hier, um Ihnen zuzuhören. Vielleicht sagen Sie mir, ohne es zu wissen, etwas Neues, das mir von Nutzen sein kann.«

»Schon möglich«, sagte der Arzt. »Die Gruselgeschichte begann damit, daß Martín mich wecken kam. Zwischen sieben und acht Uhr morgens. Er kam mit dem Auto, das Sie zurückgelassen hatten. Vergessen Sie das mit dem Auto nicht, ich werde oft darauf zurückkommen. Martín klingelte oder, besser gesagt, drückte so lange auf den Klingelknopf, bis sich das Dienstmädchen entschloß, aufzustehen und an die Tür zu gehen. Ich machte mir das Gesicht naß, trank zwei Tassen Kaffee und ging hinaus, stieg in den Wagen. Während der Fahrt sagte mir Martín, dieses Mädchen, Olga, Ihre Freundin, hätte Frieda tot am Fluß aufgefunden.«

»Ja. Sie ist festgenommen worden. Ich nenne sie Gurisa.«

»Und Frieda war Frieda von Kliestein. Ihr Mädchen sagte, sie sei in Ihr Haus am Strand gegangen, um sauberzumachen. Und unterwegs habe sie den Körper von Frieda gesehen. Nun lag der Körper auf dem Rücken – Olga hatte ihn in umgekehrter Position gefunden – und eine Ihrer Bestien, Valle, saß rittlings darauf, um der Frau zu helfen, das Wasser auszuspucken. Das jedenfalls hat mir das Vieh erklärt.«

»Ja, blöd sind sie nun mal. Aber im Grund gute Menschen. Und viele werden mir nicht bleiben. Sie gehen lieber in die Ernte.«

»Einige werden dort bleiben. Aber das ist nicht wichtig. Die Bestie auf dem Bauch oder der Brust. Und mit ernster, wichtiger Miene, überzeugt, daß ich als Arzt ihn dazu beglückwünschen würde.«

Er streckte den linken Arm aus, fischte ein Papiermesser aus dem Durcheinander auf dem Schreibtisch; kurz darauf lächelte er leicht und nickte ohne Überzeugung, als zweifle er selbst an dem Bericht, den Medina schon kannte.

»Der Rest: unglaublich, wie von einem verrückt gewordenen Sadisten erfunden. Es gibt, wie Sie wissen, Sadisten, die als normal gelten. Wir gingen in das Häuschen, um den Richter anzurufen, und dort lag der Junge auf einem Bett, angezogen, halb tot, betäubt von Drogen. Klar, ich hatte mein klassisches schwarzes Köfferchen mit und gab ihm eine Coraminspritze. Ein kleines Risiko, weil ich nicht wußte, was er genommen hatte.«

»Ja«, sagte Medina, »den habe ich auch verhaftet. Bisher sagt er, daß er sich an die Nacht nicht erinnert.«

»Schön, das ist nicht wichtig. Wenigstens bis jetzt nicht. Der Richter. Und dieser Hurensohn läßt sich *usía*, Euer Gnaden, anreden. Jetzt wohnt er in einem Herrenhaus in der Kolonie. Und kam nicht mal ans Telefon. Es muß schon fast neun Uhr gewesen sein; aber er blieb im Bett, bequemte sich nicht, uns zu antworten. Martín sprach, ich sprach. Nichts. Er ließ uns ausrichten, er genehmige die Überführung der Leiche, aber nicht in das neue Krankenhaus, das die Gringos in der Kolonie haben. Die Sache müsse in Santa María bleiben. Die Sache war Frieda. Und jetzt beginnt der Alptraum. Ich möchte annehmen, daß alles nicht geschehen wäre, wenn es nicht in Ihren Urlaub gefallen wäre.« Auch jetzt sah er Medina nicht in die Augen, sprach manchmal die bunt gemusterte, in der Hauptstadt gekaufte Krawatte an, andere Male hob er den Blick zum frisch gekämmten Haar des

Kommissars. »Denn Martín sagt, Frieda muß erst photographiert werden, ehe wir sie mitnehmen können. Mindestens aus drei verschiedenen Winkeln, und seine Kamera sei leider kaputt. Ich habe zu Hause drei, besser gesagt, sie gehören meiner Frau. Aber ich will an dieser Gruselgeschichte nicht beteiligt sein und schweige. Offenbar, um sie noch schauriger zu machen, denn Martín tuschelt mit einer der Bestien, die springt auf, salutiert und braust mit dem Auto, das Sie an der Ferry-Station zurückgelassen haben, in die Stadt. Da stehen wir, die übrigen, und schauen den Körper von Frieda von Kliestein an, das Handtuch, das Shampoo, die Toilettenfläschchen. Und zwischen und über dem riesigen Weidenbaum stieg die Sonne höher und kroch schon Friedas Beine hinauf, die naß waren, vielleicht vom Tau auf den Wiesen, der so spät noch verdunstete. Und drinnen der Junge auf dem Bett, ein bewegungsloser Haufen. Und ich, der ich mir so viele Dummheiten anhören mußte, daß ich mich gefragt habe, warum Brausen den Gebrauch des Worts ohne Unterschiede zugelassen hat; ich habe mir aber auch die Frau angesehen, die Zyanose der Lippen, das eingetrocknete Blut an ihrer Nase. Und so bis zum komischen Beginn des Wahnsinns. Wir hörten das Auto, das mit Höchstgeschwindigkeit ankam und im Sand die Reifen verbrannte. Die Bestie hatte den armen hinkenden Alten mitgebracht, der mit seinem Apparat auf dem Dreifuß auf dem Hauptplatz steht und Liebespärchen anbietet, sie zu photographieren. Die Kamera, rundum dekoriert, fast zugedeckt von grauen und gelben Ansichtskarten. Und der Alte, zitternd, fast weißer als die Tote, schwitzend, kam angehumpelt und schaffte schließlich die drei Winkel, von denen Martín gesprochen hatte. Das war, am Fluß, der Anfang des Endspiels. Ich vergaß Ihnen zu sagen, daß Usía, Euer Gnaden, auch eine – hören Sie gut zu – eine sofortige Obduktion befohlen hatte. Und der einzige, der sie ausführen konnte, war ich, und ich war dazu weder verpflichtet, noch hatte ich die Gewißheit, daß der Bericht, den ich abfassen würde, ich, in diesem Fall ein gewöhnlicher Privatmann, in die Akte aufgenommen würde oder nicht. Ob er vor Gericht anerkannt werden würde. Aber ich nahm an, weil es in dem sogenannten Rechtsbezirk Santa María keinen anderen Arzt gibt. Und außerdem, weil ich äußerst neugierig war. Jetzt, wo der einzige für eine Obduktion geeignete Ort unser Altenheim war.«

»Verzeihen Sie, Doktor«, sagte Medina mit klarer Stimme, »hatten Sie schon die Todesstunde berechnet? Ich habe mich ins Flugzeug gesetzt, sobald ich das Telegramm hatte.«

»Durch bloßes Anschauen? Nein, die habe ich später berechnet. Aber dieses Datum ist im Bericht nicht enthalten. Wegen der dramatischen Ereignisse, über die ich, wenn Sie erlauben, nun berichten werde. Ich kann sagen, daß der Magen voll Wasser war, ebenso die Lungen, aber niemand konnte mir sagen, um welche Zeit sie in dieser Nacht gegessen hatte. Ich fahre fort; ich halte es für notwendig, daß Sie hören, was Sie nicht sehen konnten. Stellen Sie sich die Fahrt vor. Martín und ich mit der Frau im Auto, sie noch nicht ganz steif, mit einem Bein, das wie ein Ast aus einem der Fenster stand. Halbtot vor Hitze kamen wir endlich am Heim an. Die meisten, nehme ich an, der Alten und Irren, denn auch Irre waren darunter, standen auf dem gelben Gras im Garten. Einer hatte auf einem Stuhl ein riesiges Buch aufgeschlagen. Dicke Brillengläser vor den Augen, so gebückt, daß man hätte meinen können, er liest mit dem Geruchssinn, schlug er zittrig den Takt, und alle sangen, falsch und brüllend, deutsche, wahrscheinlich religiöse Lieder. Die Gestalten zerlumpt, in Leinwandkitteln, barfuß oder in Alpargatas, schlecht genährt oder aufgedunsen. Alte, uralte Leute, durch eine unsichtbare Nabelschnur am Leben festgehalten. Es müssen Landarbeiter aus der Kolonie sein oder gewesen sein, Arme, die außer zum Betteln zu nichts mehr zu gebrauchen sind. Hier, glaube ich, ist die Mutter von Meursault gestorben, obwohl es unmöglich ist. Und es ist so; diese Unglücklichen müssen mit der ersten Einwanderung gekommen sein; arme Verwandte, für jede Arbeit gut...

Martín, ich glaube, ich sagte es Ihnen, hatte seine Uniform an; er muß sie als Pyjama benutzen, nie habe ich ihn in Kleidern eines Christenmenschen durch die Stadt gehen sehen. Er stieg aus, sie sahen die Uniform, Martín, der auf sie zuging, und mit dem Singen war Schluß. Alle standen wie erstarrt, blickten auf das Gitter, einige mit aufgerissenen Mündern. Martín sprach, ich weiß nicht in welchem Idiom, mit dem Chorleiter. Ein blonder Hüne, der einmal Athlet gewesen sein muß und der nun den Kopf schüttelte, nickte, dann einen Blick auf die unbeweglich im Halbkreis stehenden Mummelgreise warf und sich endlich entschloß, der Obrigkeit zu gehorchen und ans Gitter zu treten, an das Auto, das mit einem Rad auf dem Gehsteig stand. Ich weiß nicht, ob er durch die Worte Martíns vorbereitet war oder nicht. Ich erinnere mich nur, daß der Mann zuerst Frieda sah, dann nach beiden Seiten spähte, als wollte er sich vor dem Umstelltwerden schützen, dann »eine Tote« schrie und versuchte, sich mit den langen Armen die Augen zuzuhalten. Hinten im Garten, neben der Treppe, ein unverständliches Gebrabbel, das anschwoll, als der Schreckensmann zu laufen anfing, Staub aufwirbelnd, stolpernd über nichts, über den Schrecken, den er mit seinen Riesenschritten vor sich her schob. Als Martín ins Haus gehen wollte, wurde ich fast taub von dem Geschrei, und die armen Teufel rannten wild durcheinander die Treppe hinauf, hinein ins Heim und schlossen die schwere Tür mit einem Schlag, der noch Sekunden später in der Hitze nachzitterte. Vor der Tür stand einsam Martín, schlug mit Knöcheln und Ellenbogen, befahl, drohte, fluchte dem Schweigen drinnen, das die Alten und Schwachsinnigen ihm entgegensetzten. Endlich entschloß er sich, aufzugeben, requirierte das große schwarze Buch, eine deutsche Bibel einschließlich Liedtexten und Noten auf den letzten Seiten, und kam zum Auto zurück.«

»Ja; sie liegt in der Kommandantur.«

»Alle beide fragten wir uns laut, ›wohin nun?‹, und dann standen wir eine Weile schweigend und schauten auf den Kühler und die in der Sonne vibrierende Luft. Ich hatte immer geglaubt, dieses Beinhaus sei gemischt, ein Kurzzeitwartesaal für Männer und Frauen. Aber wir haben weder Frau noch Hexe gesehen. Sie werden drinnen sein, dachte ich, das Essen zubereiten oder die Klappbetten oder Schlafcouchen umdrehen. Oder vielleicht ist dieses Ritual des Liedersingens auf Männer beschränkt. Die Gringos haben solche Sachen.«

»Ja«, sagte Medina; er bewegte sich im Sessel, bis er ein Paket Zigaretten herausgeholt und sich eine angezündet hatte. Und, während er den Rauch wegschob: »Die Autopsie fand in der Schule statt.«

»In der Schule«, bestätigte Díaz Grey; er stand auf, um in der Bibliothek eine Flasche Whisky und zwei Gläser zu holen.

»Verzeihung, aber ich habe hier kein Wasser.«

»Wir brauchen keines, Doktor.«

Sie tranken schweigend, in kleinen Schlucken, beide aufmerksam, als lauschten sie selbstvergessen dem verworrenen und herausfordernden Gezwitscher der Vögel im Garten.

»In der Schule«, fuhr Díaz Grey fort. »Martín schlug das vor, und ich dachte, er wäre von der Hitze verrückt geworden. Aber er blieb dabei. Abgesehen von der Kirche sei das der einzige Ort, wo wir einen großen Tisch vorfinden würden. Den im Eßsaal; in Wirklichkeit seien es mehrere kleine Tische, aber man könne sie zusammenrücken. Er werde das der Schulleiterin erklären.

Als wir an die Schule kamen, fuhr ich im Bogen um sie herum und parkte das Auto mühsam zwischen Bäumen und Büschen. Später dachte ich, daß man ein Auto nicht ungeschickter verstecken kann. Ich wartete, sah mich von Zeit zu Zeit nach der Leiche Friedas um; dann entschloß ich mich, sie zu verrücken, und so konnte ich sie im Wagen unterbrin-

gen, zwar nicht sitzend, aber doch der ganzen Länge nach.
Unterdessen sprach Martín, unsichtbar und endlos, mit der
Leiterin und den Lehrerinnen. Endlich kam er aus dem
Schulhaus heraus und suchte mich, ohne nach mir zu rufen.
Es war ihm gelungen, die Frauen zu überreden, und sie
gaben den Kindern schulfrei. Wir warteten, bis sie herauska-
men, Dutzende und Aberdutzende, kleinere und größere,
hinter ihnen das halbe Dutzend Frauen, die miteinander
sprachen, einträchtig Arme und Münder bewegten und von
Zeit zu Zeit auf dem kleinen Ziegelstaubweg stehenblieben,
um besser diskutieren zu können.

Als wir drei allein waren, ging Martín die Unterlage vorbe-
reiten. Diesmal blieb er nicht lange aus, und zu zweit trugen
wir Frieda auf den aus vier kleinen Tischen gebildeten
großen Tisch. Ich öffnete meine Arzttasche und holte Skalpell, Watte, Kompressen heraus. Ich war auf die Obduktion
nicht vorbereitet gewesen, hatte also weder Säge noch
Schere, noch Zangen bei mir.

›Wir brauchen eine Säge‹, sagte ich zu Martín und hätte am
liebsten aufgegeben und alles stehen und liegen lassen. Sollte
der Teufel das machen.

›In der Abstellkammer muß eine sein‹ – und ging hinaus.
Ich hob das Skalpell, um es in die Vertiefung über dem
Brustbein einzustechen, genau da, wo Sie den Krawatten-
knoten haben, knapp über dem Rand des Schlüsselbeins. Da
sah ich den Buben, der still hereingekommen war und zu
Füßen der Toten stillstand. Er war bewegungslos wie ich,
wie sie, mit seinem weißen Kittel und der großen blauen
Schleife am Hals. Unter dem linken Arm trug er Bücher und
Hefte. Er schaute nicht auf die harten Brüste Friedas, war
nicht interessiert an den weinroten, plattgedrückten Brust-
warzen. Er mochte sechs oder sieben Jahre alt sein, war
blond und sehr blaß, der Mund stand ihm offen. Fasziniert,
krank. Langsam streckte er den freien Arm aus, bis er das
Überraschende berührte, das Schamhaar. Und legte sanft
und schützend die Hand darauf, als wollte er einen Vogel

streicheln und hätte Angst, ihm weh zu tun oder ihn zu erschrecken.

›Raus‹, schrie von der Tür aus Martín und ließ das Blatt einer großen, verrosteten, zum Bäumeschneiden geeigneten Säge vibrieren.

Und das ist alles, Kommissar. Tod durch Ertrinken; ich denke, daß man sie geschlagen und ihr den Kopf lange unter Wasser gehalten hat. Der Schlag hat keine Spuren hinterlassen. Ein Bluterguß im Nacken: die Hand, die sie festhielt, und zwei im Rücken. Meiner Ansicht nach die Druckspuren zweier Knie. Und vielleicht ist sie zwischen fünf und sieben Uhr morgens gestorben. Wenn meine Berechnung Ihnen zusagt... Ihr Mädchen hat sie gegen acht gefunden.« Nun blickte er dem Kommissar fest in die Augen.

»Olga Aramburu.«

»Die Feuchtigkeit vom Fluß, der Schatten der Bäume, der Tau, die Sonne. Mit Sicherheit kann man es nicht sagen. Aber um sieben ist schon heller Tag. Ah, keine Spur einer Vergewaltigung. Obwohl ich sicher bin, daß es ein Mann war. Und vielleicht ein Bekannter oder ein Freund, sonst hätte sie ihn um diese Zeit nicht so nah an sich herankommen lassen.«

Medina erhob sich, nahm seinen Hut und murmelte: »Danke.«

»Einen Augenblick, Kommissar«, sagte Díaz Grey. »Für dieses wohltätige Werk, das Sie vollbringen wollen. Hier in diesem dunklen Schrank, in der ersten Schublade, liegen ein paar Geldscheine. Nehmen Sie, was Sie brauchen.«

Medina zog die Schublade auf, die fast bis zum Rand mit Zehn-, Zwanzig- und Hundert-Brausen-Scheinen angefüllt war.

39. KAPITEL

Ein treuer Sohn

Was weiterhin die Kommandantur hieß, nach der echten, mit ihrem zu Beginn der Geschichte so strahlenden Weiß, mit der Fahne in Brausens Farben, Rot und Schwarz, die jedweden Grau- oder Blauton des sanmarianischen Himmels herausforderten oder beschämten.

Und was nun ein großes, wegen Einsturzgefahr aufgegebenes Haus war und an irgendeinem der Tage, in denen wir leben, einer der Super-Neureichen der Kolonie mit Genehmigung der höchsten Instanzen kaufen wird, um es einzureißen und einen weiteren modernen, zwischen unserer von den spanischen Gründern übernommenen weiß-rosa Architektur exotisch wirkenden Palast zu errichten.

Übrig bleiben werden die Kirche und das Standbild in der Mitte des Platzes, mit dem Pferd, das nach Süden davonzulaufen droht, während der Reiter unermüdlich mit blankem Degen die Richtung weist.

In dem neuen und so alten Gebäude der Kommandantur wird die Fahne noch gehißt und eingeholt; sie ist verblaßt durch Sonne und Regen, durch die Zeit, von der einige glaubten, sie stehe still; sie ist noch nicht zum Fetzen geworden, aber doch zerschlissen von wütenden und eng begrenzten Gewitterstürmen, die Schlachten ohne Pulver gewesen sind. Das Schwarz ist jetzt marineblau, das Rot ein kräftiges Rosa. Und keine Trompete ist da, sie zu begrüßen und ihr die Reverenz zu erweisen, wenn die Sonne aufgeht, wenn die Sonne untergeht.

Medina, in Hemdsärmeln und sich mit zusammengeknülltem Taschentuch den Schweiß abwischend, saß in dem Raum, der einmal Empfangssalon und zum Tee für geladene Gäste bestimmt gewesen war, und hatte sich soeben den Bericht Martíns angehört.

»Es ist gut. Nichts, was uns weiterbringt.«

»Er sagt bloß nein, und er habe geschlafen, betrunken und mit Drogen vollgestopft, bestätigt Díaz Grey; er habe nichts gemerkt, bis ihn die Kollegen mit Wassergüssen aufgeweckt hätten.«

»Mit Wassergüssen und mit Schlägen. Sie hätten ihn umbringen können. Und so sitzen wir ohne Aussage da und haben nichts. Unter der Anklage, er habe geschlafen, können wir ihn nicht in die Hauptstadt überstellen. Lassen Sie ihn eine halbe Stunde ausruhen und machen Sie dann weiter. Danach bin ich an der Reihe.«

»Wie Sie befehlen«, sagte Martín betreten. »Hoffentlich haben Sie mehr Glück.«

»Das ist keine Frage von Glück oder Pech. Außerdem müssen auch Sie sich ausruhen. Sie sind seit vielen Stunden auf den Beinen. Sagen Sie bitte Héctor, er soll den Zuckerrohrschnaps und zwei Gläser bringen. Ein ordentlicher Schluck wird Ihnen nicht schaden. Ah, und wo ist die Frau?«

»In der großen Küche. Wir haben keinen Raum, wo wir sie sonst hätten unterbringen können. Wir haben den Korbsessel hineingestellt. Sie wissen, Kommissar, daß wir trotz der tausend Anträge, die wir gestellt haben, noch immer ohne Möbel sind.«

»Ich weiß. Ich trinke ein Glas, dann verhöre ich die Frau. Obwohl ich sie kenne. Sie hat weder den Mut noch die Kraft, noch die Intelligenz, um so zu töten. Auch keine Motive. Aber holen Sie sie heraus; sie soll sich auf die Bank in der Pferdewiese setzen, die wir Garten nennen. Es besteht keine Gefahr, daß sie wegläuft.«

Héctor brachte die Flasche und zwei Gläser.

»Gestatten«, sagte er und stellte die Gläser auf den ausziehbaren Tisch, der nie ausgezogen wurde.

»Drei«, befahl Medina. »Oder haben sie dich umgedreht?«

Héctor lächelte; die geflickte Uniform, das Knallen der rissigen Stiefel entfernten sich.

Während er wartete, sagte Medina zu Martín: »Rühren,

Mann«, und drehte den Kopf, um durch das vorhang- und jalousienlose Fenster auf den Drei-Uhr-Nachmittag, die fernen Eukalyptuswipfel, ihre von der Sonne verbrannten, bewegungslosen Blätter zu schauen.

Martín hatte sich gesetzt, das eingefallene Gesicht von einem Bart eingerahmt, der dunkler war als das blonde, gut gekämmte, von Brillantine glänzende Haar; er fuhr sich mehrmals mit zwei Fingern über die Stirn, um sich den Schweiß abzuwischen.

Héctor kam zurück, und die drei Männer hoben die Gläser und sagten: »Zum Wohl.«

»Und wenn ich denke, daß der Eisschrank noch immer kaputt ist«, kommentierte Medina, als dächte er laut.

»Ich habe getan, was ich konnte«, sagte Martín. »Ich habe einen Vetter, der Elektriker ist, aber er ist nicht in Santa María. Ich weiß nicht, wo er sich aufhält.«

»Er wird an einem zivilisierten Ort arbeiten«, sagte Medina.

Das Mädchen, Olga, Gurisa, flocht ein Sträußchen aus kleinen, wilden Blumen, deren Blätter hart und fasrig waren wie Pappkarton.

»Das sind keine Blumen«, sagte Medina leise. »Ich kann dir keinen Kuß geben, dir nicht mal in die Augen sehen. Das sind Friedhofsblumen, und davon haben wir schon genug.«

»War er es?«

»Man weiß es nicht, er will nicht reden. Aber hier bin ich der, der die Fragen stellt. Und mir fällt nichts ein, was ich dich fragen könnte.«

»Aber was kann ich für den verdammten Zufall, daß ich auf Frieda gestoßen bin?«

»Erstens«, sagte Medina, schob die vor Schreck infantile Frau auf die Bank und setzte sich neben sie. »Erstens, warum mußtest du um acht Uhr dort vorbeigehen?«

»Aber du hast mir doch gesagt, ehe du wegfuhrst...«

»Das ist unwichtig, daran erinnere ich mich nicht mehr. Wir müssen viel reden, müssen uns wiederholen, daß wir uns lieben, ohne es je zu sagen. Obwohl es jedermann weiß. Vergiß nicht, daß dies ein polizeiliches Verhör ist. Sehr ernst, sehr lang. Ich muß in Erfahrung bringen, was ich auswendig weiß. Aber es muß von dir gesagt sein. Warum um acht Uhr morgens? Damit fängt die Sache an. Um welche Zeit wachen Sie gewöhnlich auf?«

»Ich habe keinen festen Stundenplan. Alles hängt von der Nacht davor ab. Wenn wir bis spät spielen, du und ich...«

»Nein«, unterbrach Medina. »Mit dem Kommissar wird sich nicht geduzt.«

Sie hob die Hände, um ein kleines Lachen zu ersticken, senkte sie dann langsam und wandte die Augen von Medinas gerunzelten Brauen ab. Sie blickte auf das ferne, flache Stück Erde mit den kleinen Inseln vertrockneter Grasbüschel jenseits des schlaffen Stacheldrahtzauns, der auf einer Seite die Kommandantur begrenzte. Mit lustigen Augen rezitierte sie:

»Ja, Kommissar. Ich muß bis gegen Mitternacht in dem Zimmer im Plaza mit dem Herrn Kommissar gespielt haben«, log sie. »Und der Kommissar sagte zu mir, er führe um fünf Uhr morgens mit dem Fährboot in die Hauptstadt. Der Kommissar bat mich, und er ist immer gut, wenn er um etwas bittet oder etwas braucht, er bat mich, im Häuschen an der Küste vorbeizugehen, um ein bißchen Ordnung zu machen und zu kehren, wenn nötig. Wenn ich als Frau es für nötig halte. Und ich sollte auch nachsehen, ob die Bilder, die der Herr Kommissar heimlich malt, er malt sie immer im Morgengrauen bei künstlichem Licht, ob die alle in dem verschlossenen Schrank wären. Ich habe ihm den Schlüssel zum Häuschen und auch den zum Schrank schon zurückgegeben. Und dabei habe ich ein großes, auf Karton gemaltes Bild gesehen, das eine riesige Welle darstellt, die ganz aus kleinen Stückchen von verschiedenem Weiß besteht: Papierweiß, Milchweiß, Hautweiß. In diesem Fluß gab es nie und konnte nie jemand eine solche Welle sehen. So daß ich mir dachte, die hat der Kommissar sich ausgedacht, oder es ist eine Erinnerung an ein anderes Land, einen anderen Fluß oder ein anderes Meer, das ich nie gesehen habe.«

Sie schluckte Speichel und neigte Medina ein leicht betrübtes Gesicht zu.

»Rede ich weiter?«

Medina sah auf seine Armbanduhr.

»Noch ein bißchen, und die Farce ist aus. Woher wußten Sie, als Sie Frieda sahen, daß sie tot war? Aus Ihrer ersten Aussage geht nicht hervor, daß Sie medizinische Kenntnisse haben.«

»Ach«, sagte sie und zitterte an Medinas Schulter. »Ich habe es schon gesagt, und es macht mich krank, sooft ich daran denke. Ich sehe sie wieder, so still, als hätte sie nie eine Bewegung gemacht. Der Kopf steckte im Wasser, der Hals schien gebrochen zu sein, und aus dem Wasser stiegen keine Bläschen auf.«

»Einleuchtend. Sehr gescheit.« Er lächelte, als spräche er zu einem Kind, das die richtige Antwort getroffen hat; er behielt sein Lächeln bei, zündete sich eine Zigarette an und fragte sorglos: »Wenn sie auf dem Bauch lag und fast nackt war, wie konntest du wissen, daß es Frieda war?«

»Ja«, murmelte sie. »Diese Frau war immer stärker als ich. Und ist es noch im Tod. Ich wußte nie, auf wen du eigentlich eifersüchtig warst. Aber ich bin nicht wie deine Juanina, die zu dir gesagt hat, sie brauche eine Frau nur zu riechen, um sich zu Tode zu ekeln. Und du hast es geglaubt.«

»Nein«, sagte Medina, die Stimme dämpfend. »Aber es stimmt, daß ich den Wunsch, ja geradezu das Bedürfnis hatte, ihr zu glauben. Wenigstens damals.«

»Ich habe dir das nie gesagt und sage es dir auch jetzt nicht, es sei denn, du schwörst mir, daß es weder im Ermittlungsbericht noch sonstwo erscheint. Daß du es niemandem sagen wirst. Es hat nichts mit diesem Tod zu tun.«

Medina senkte den Kopf.

»Ich schwöre«, sagte er. »Aber was es sein mag, ich begreife nicht, warum du es mir nicht gesagt hast. Es gab zwischen uns viele Augenblicke, in denen wir glaubten, wir wären nur ein Mensch. Wenigstens ich habe das geglaubt, und du hast gesagt, es sei wahr.«

»Stimmt, und jetzt erkläre ich es dir. Es war eben so, daß Juanina und Seoane monatelang im Haus von Frieda wohnten. Ich sah sie manchmal am Fluß oder im Casanova, und ich bin nicht so blöd, daß ich nicht gemerkt hätte, was da passierte.«

»Was konnte denn so Erstaunliches passieren? Warum hast du mir nie etwas davon gesagt?«

»Weil es viele Medinas gibt. Weil ich nicht wußte, wie du reagieren würdest. Möglicherweise hättest du etwas Verrücktes angestellt. Und die Sache hatte nichts mit uns zu tun, und ich habe jede Nacht gebetet, daß die drei aus deinem Gedächtnis verschwinden, daß sie dich nicht mehr interessieren.«

»Ja, und wenigstens eine...«, begann Medina und bereute sogleich seine Dummheit.

»Bah, dafür ist es unwichtig, ob sie lebt oder tot ist. Für deine Erinnerung, deinen Haß und vielleicht deinen Zorn. Juanina ist vor gut einem Monat nach Lavanda zurückgekehrt. Sie hat mir eine Botschaft an dich aufgetragen. Lachend sagte sie, sie gehe eine Tante besuchen.«

»Ich verstehe.«

»Und sie sagte, genauso zynisch wie immer, im Haus von Frieda sei alles passiert, was passieren könne. Und sagte auch noch, eine Schwangerschaft sei diesmal nicht zu befürchten. Klar, sie hat oft deinen Freund Díaz Grey aufgesucht. Nichts davon ist wichtig. Ich möchte wissen, was mit Frieda nach dem Gemetzel geschehen ist. Mit dem, was von Frieda übriggeblieben ist.«

»Sie ist in der Hauptstadt.«

»Bei dieser Hitze.«

Martín erschien im ersten, schmalen Schatten an der Ecke des Hauses. Er sah schlechter als vorher aus, müder und magerer.

»Kommissar«, schrie er.

Medina stand auf, erst langsam, dann mit einem einzigen Ruck. Er begriff: etwas Undefinierbares, Unaufschiebbares.

»Führen Sie diese Frau in ihre Zelle zurück. Schön, in die Küche, das ist einerlei. Ich habe durch das Verhör etwas sehr Wichtiges erreicht.«

Martín pfiff, und Héctor erschien.

»Bringen Sie die Gefangene in ihre Zelle«, befahl Martín.

Als die beiden verschwanden, nahm Martín Haltung an, salutierte, maß die Statur des Kommissars mit den Augen.

»Rühren, und sprechen Sie«, brüllte dieser.

»Der Verhaftete, der am stärksten Belastete. Tot, meiner Ansicht nach, als ich in die Zelle zurückkam.«

Die Zelle war ein Raum, in dem außer einem Bett mit verklumpter Matratze und einem hochlehnigen Stuhl keine Möbel standen. Tapeten in verdorbenen Rosa- und Goldtönen lösten sich gemächlich von den Wänden, des Endsieges sicher. Ein kleines, noch mit Disney-Figuren beklebtes Fenster erinnerte schattenhaft an eine Nursery, an Kinder, die mit Puppen, Bleisoldaten, Bällen, bunten Buchstabenklötzchen spielten; Kinder, die vielleicht schon tot waren oder die noch atmeten, aber gleichwohl tot waren mit ihren dicken Bäuchen und graumelierten Bärten, ihrer Selbstgefälligkeit, ihrem bläßlichen, rückfälligen Glauben an ein zukünftiges Leben oder die Ewigkeit der von ihnen gelebten Zeit.

Vielleicht unter dem Einfluß all dieses Unbeweisbaren lästerte Medina Brausen und wollte sich nicht bücken, sondern von oben herab den Körper betrachten, der auf dem besudelten Boden lag, so friedlich in seiner Fötenhaltung, die fast bis an das schmutzige weiße Polohemd hochgezogenen Knie, den auf die Brust gesenkten Kopf, die kraftlos geschlossenen Fäuste, die Andeutung eines Lächelns der

Erwartung vor der Geburt und dem Leben, das beginnen würde.

»Tot, kein Zweifel«, sagte Martín, das Schweigen und die widersprüchlichen, flüchtigen, rasch wechselnden Gedanken unterbrechend. »Tot, als ich zurückkam, um laut mündlichem Befehl das Verhör fortzusetzen. Ich habe sofort im Haus von Doktor Díaz Grey angerufen, aber niemand hat abgehoben. Obwohl dort fünf oder sechs Personen wohnen, wenn man die Dienerschaft mitzählt.«

›Als ob nicht auch wir Dienerschaft wären‹, dachte Medina. Dann sagte er, ohne es zu wollen:

»Warum, zum Teufel, sterben die Toten?« Er berichtigte sich: »Haben Sie ihm nicht alles abgenommen, Gürtel, Schnürsenkel?«

»Alles«, sagte Martín. »Ich kann Ihnen das Paket sofort herbringen. Aber an so etwas, Kommissar, ist er nicht gestorben. Dazu braucht man nur sein Gesicht anzusehen: er hat sich weder erhängt noch geschnitten.«

»Ja, er ist ganz gelöst. So habe ich ihn nie gesehen. Aber wie ist das Heroin, das Kokain, oder welche Droge es war, hier hereingekommen?«

»Er hat sich nichts gespritzt, Kommissar. Da, sehen Sie die Papierchen. Sieben sind es, ohne die, die vielleicht unter dem Körper liegen.«

Ohne Begeisterung sahen sie sich an, jeder in seiner Verstellung.

»Aber wie ist es hereingekommen. Niemand hat ihn besucht, und euch werde ich nicht verdächtigen.«

»Wenn Sie mich fragen, Kommissar, dann hat es der Tote selber mitgebracht.«

»Sie haben mir doch gesagt, er sei durchsucht worden und an den Kleidern sei nichts mehr gewesen.«

Sie hörten überrascht das Bremsen eines großen schweren Autos. Langsam gingen sie in das sogenannte Amtszimmer. Sie warteten, Medina hinter dem Schreibtisch sitzend, Martín stehend; beide blickten zur Tür, in der noch Sonne lag.

Leicht und hart, in den Augen und an den Gesichtsknochen zeigend, daß er zu Ewigkeit entschlossen war, warf ein Körper einen kurzen Schatten in den Eingang zur Kommandantur. Fast lächelnd kam er näher und sagte, als ob er etwas definierte: »Medina, Martín. Ich bin, was Sie wollen, aber hier und jetzt bin ich der Richter, der Mann, den die Leichtgläubigen Euer Gnaden nennen müssen.«

Der Unbekannte trat ein paar Schritte vor, während die beiden anderen einen Gruß nickten und mißtrauten; er schob einen Stuhl in die Ecke und setzte sich Medina gegenüber.

»Sprechen Sie, Kommissar«, sagte Martín.

Und Medina sagte langsam, die Worte suchend:

»Herr Richter. Seit mehreren Tagen rufen wir Sie an, rief Sargento Martín in Ihrem Haus in der Kolonie an. Wir haben Sie verzweifelt angerufen, weil der Anlaß verzweifelt war.«

»Ja. Und jemand gab zur Antwort, Santa María falle nicht unter meine Rechtsprechung. Aber das ist nicht wichtig; jetzt, kraft eigenen Erlasses, fällt es darunter. Von nun an ist Santa María wieder Usía-Gebiet, obwohl man nicht wissen kann, für wie lange. Und um gleich zu beginnen: Wer war verzweifelt?«

Er sah nur Medina an, und dieser begriff und erinnerte sich, daß er diesen Mann haßte, ohne ihn je gesehen zu haben, vom ersten Tag seines Lebens an, vielleicht schon seit seiner Geburt. Es war kein Haß von Mensch zu Mensch; es war wie der Haß auf etwas Unausweichliches, Haß auf alle Leiden — große oder kleine, ineinander gemischt wie eine Welle in die andere —, die ihm die Kindheit, die erste Frau, der pflichtmäßige Beginn der Reife beschert hatten. Als hätte jener Mann seine alten Hoffnungen fast bis zur Unglaubwürdigkeit geschwächt, als hätte er sich eifrig bemüht, seine Antriebskräfte und sein Aufbegehren zu bremsen, als hätte er unablässig darauf hingearbeitet, aus ihm nichts weiter als den Polizisten eines vergessenen Orts zu machen, als hätte er, der kaum spöttische und trotz der sommerlichen Hitze schwarz gekleidete Mann, ihn beharrlich und geduldig hingelenkt zu der Begegnung mit zwei Toten, die er, der Mann in Schwarz, seit langer, langer Zeit vorausgesehen und befohlen hätte.

Jetzt saß er ihm gegenüber, und Medina erinnerte sich an das flüchtige Bild eines Menschen, den er gesehen oder von dem er gelesen hatte, vielleicht eines Amtskollegen, der nicht lächelte: ein Mann mit gelangweiltem Gesicht, der mit einer Silbe grüßte und ihr ein vages Vibrieren von Wohlwollen, von unpersönlichem Spott unterlegte.

»Ich habe mit der Torwache gesprochen«, sagte der Richter, nachdenklich in die Stille lächelnd. »Schön, niemand ist hier verzweifelt. Oder ist es wenigstens jetzt nicht mehr. Und die Torwache sagte mir, es gebe einen zweiten, obgleich anscheinend nicht ermordeten Toten. Auf jeden Fall eine für Santa María unglaubliche Zahl. Kann ich, können wir die zweite Leiche sehen?«

Medina, der nun stand, erwartete, der Richter werde ihm die Hand reichen. Aber der Mann ging neben Martín her, ohne wirklich zu erwarten, daß dieser ihn führe, so als sei ihm das Haus bestens bekannt, bis sie in dem Zimmer mit dem Bett, dem Stuhl und dem Toten ankamen.

Medina blieb an der Tür stehen; ein wenig Sonne schien jetzt durch das erwärmte Fenster und bewegte sich auf dem fleckigen Boden, suchte Seoane zu berühren, Julián, dessen Kennkarte eine symmetrische Zahl hatte, ein Glückszeichen, und ihn auswies als vor zwanzig Jahren in der Kolonie geboren.

»Bewegen Sie ihn«, sagte der Richter zu Martín. Einen Augenblick lag der Körper unentschlossen auf dem Rücken, die Knie unter dem ausgewaschenen Blau und den zwei gleichen Flicken angewinkelt, um dann auf die andere Seite zu fallen. Nichts störte den friedlichen Schlaf des sonnengebräunten Gesichts. Ein kleiner weißer Zettel erschien nun auf dem Boden. Er war unter dem linken Arm versteckt gewesen. Der Richter bückte sich, um ihn aufzuheben; er schien die Knie nicht gebeugt zu haben. Er las ihn, reichte ihn Medina, und dieser betrachtete ihn lange, als wäre er ein Rätsel, ehe er ihn an Martín weitergab.

»Damit«, sagte der Richter und deutete auf einen Bleistiftstummel neben dem Schuh des Toten.

»Das verstehe ich nicht«, protestierte Martín, als wäre es ein Trick des Richters. »Wir haben ihm alles abgenommen, was er bei sich hatte, ehe wir ihn einsperrten.«

»Ja«, lächelte der Richter nachsichtig. »Alles, außer dem da und dem da und dem da.«

Er deutete auf die weißen Papierchen, deren Falzung zeigte, daß sie als Umschlag benutzt worden waren. »Sehen Sie nicht? Blue jeans mit riesigen Seitentaschen. Allein damit hätte er einen Umzug bewerkstelligen können.«

Medina dachte an die zittrigen Buchstaben der Botschaft, an die Hand, die gelogen hatte, ehe sie sank, an die zweideutige und schreckliche Absicht, die das Geständnis hervorgerufen hatte:

›Sohn einer Hure mach dir keine Sorgen mehr ich habe Frieda getötet. Julián Seoane.‹

»Ich hatte recht«, sagte Martín. »Ich hatte ihn von Anfang an im Verdacht. Aber es war nicht möglich, ein Wort aus ihm herauszubringen.«

Der Richter nahm ihm ohne Heftigkeit den Zettel aus der Hand und gab ihn Medina.

»Legen Sie ihn in die Akte, Kommissar. Das ist ein guter Abschluß. Dann schicken Sie sie mir. Und einen Bericht über sämtliche Vorgänge. Vom Zeitpunkt der Entdeckung der Frau am Fluß bis zu dem da.« Er deutete auf den Zettel und den Körper des Jungen, über den nun träg die Sonne leckte.

»Die Leiche schicken Sie ins Krankenhaus von Colón. Mir ist, als läse ich schon: Überdosis von irgendeiner Schweinerei. Einige wenige vielleicht ausgenommen, sollten alle sogenannten Drogensüchtigen so enden, und je eher, desto besser. Doktor Díaz Grey will von diesen Dingen nichts mehr wissen. Ich war den ganzen Vormittag bei ihm, bei abgestelltem Telefon, damit niemand uns störte. Wir sprachen über vieles; es war wie eine Geschichte der Stadt. Ich weiß nicht, wie alt er ist. Aber ich liebe ihn noch immer, als wäre er mein Sohn. Ein treuer Sohn.«

40. KAPITEL

Ein Vorabend

Im Häuschen an der Küste, in weitem Abstand flankiert vom Haus des Mr. Wright und dem größeren, das Frieda gehört hatte, hatte Medina in einer großen, bauchigen Kerosinlampe Licht gemacht.

Er saß auf dem Bett, und der Rote ging mit hängendem Kopf, die Hände in den Hosentaschen, auf und ab. Er schien ohne Heftigkeit von einer Wand an die andere zu prallen.

»Und nun?« fragte Medina. »Reicht es oder nicht?«

Der Rote blieb stehen und näherte sein Gesicht dem Lampenlicht. Das Gesicht war nun von Sommersprossen übersät.

»Das ist es nicht«, sagte er nach einer Weile. »Es ist schwer zu begreifen.«

»Schwer zu erklären«, berichtigte der Kommissar. »Wir haben die ganze Nacht. Ich höre.«

Der Rote betrachtete die auf dem Tisch verteilten niedrigen Stapel von Brausens. Auch die Scheine waren rot.

»Sagen Sie, was los ist«, beharrte Medina. »Genügt das Geld nicht? Das ist alles, was ich bekommen konnte. Mehr gibt es nicht. Und ich habe es bekommen, indem ich die Wahrheit gesagt habe.«

»Sie haben die Wahrheit gesagt? Sie sind verrückt. Wem haben Sie sie gesagt? Ich war sicher, daß ich Ihnen vertrauen könnte.« Er ging auf das Bett los, nutzloserweise; Medina lächelte ihn ein wenig mitleidig an.

»Ich habe die Wahrheit gesagt. Ich habe nur gesagt, es handele sich um eine Säuberungsaktion. Eine Wohltat für alle. Jetzt sind Sie an der Reihe. Sagen Sie mir, was los ist, sagen Sie mir, ob das Geld hier reicht.«

Der Rote zündete sich eine Zigarette an und setzte sich, mit dem Gesäß die Geldscheinstapel zurückschiebend, auf den Tisch.

»Hören Sie mich an, als wäre ich in der Beichte. Und versuchen Sie zu verstehen. Geld haben wir mehr als genug für das, was wir machen werden. Oder machen wollen. Oder ich machen werde. Ich will nichts für mich behalten. Das Ticket für die Fähre, den Bus oder den Zug. Was mit mir los ist: Ich habe so lange an diese Sache gedacht, sie mir so sehr gewünscht, daß ich mich jetzt, wo sie ausgeführt werden kann, wo sie sicher ist, krank und schwach fühle. Was man eine Depression nennt.«

»Trinken Sie ein paar Schluck Zuckerrohrschnaps und Sie werden sich besser fühlen. Mir geht es ähnlich. Aber das ist nur am Anfang, später vergeht es.«

»Und außerdem denke ich jetzt an den Wind. Während wir vor Hitze ersticken, kommt der Santa-Rosa-Tag mit seinem Gewitter. Es kann nicht mehr lange ausbleiben. Aber wer sagt uns, woher der Wind weht?«

41. KAPITEL

Endlich der Wind

Wie eine jungfräuliche Hirtin in Erwartung der Göttlichen
Erscheinung oder des nie vernommenen Klangs von Stimmen wartete Medina drei Nächte lang an seinem Fenster im
Plaza auf die donnernde Ankunft der heiligen Rosa. Er
erwartete sie im Dunkeln, weil er am Nachmittag nur
vereinzelte, im Tageslicht verschwimmende Blitze gesehen
und weit entfernten Donner gehört hatte und weil die
großen Träume sich nachts verwirklichen.
Bevor Gurisa eingeschlafen war, glücklich mit der von
Medina ihr verabreichten doppelten Ration Seconal, die sie
ahnungslos getrunken hatte, hatten sie sich geliebt: sie mit
ihrer natürlichen Mischung aus Unschuld und Perversion; er
mit jener erstaunlichen Männlichkeit, die ihm jedesmal
fremd und krankhaft erschien.
Sie atmete in der Dunkelheit im Bett, er haftete an der
unveränderten Landschaft im Fenster.
In der dritten Nacht endlich kamen von fern Belohnungen.
Das Wetterleuchten und die krachenden, sarkastischen
Blitze, der reichliche und kurze Regen, ein entfesselter Wind,
der die Bäume von links nach rechts wehte und auf dem
Platz, einen Augenblick lang, hastig und respektlos das
Standbild, Sockel, Pferd und Reiter, umtanzte.
Aus Angst, sich Illusionen zu machen, aus Angst vor der fast
sicheren Enttäuschung ging Medina ins Bad und zog sich
einen warmen, kratzenden Bademantel an. Im Schrank hin-
gen seine wenig gebrauchte Uniform und die Pistolenhalfter.
Er steckte die schwere, unbequeme Waffe in die Tasche des
Bademantels und konnte Schweigen bewahren, als er durchs
Zimmer lief und sich von neuem vor das Schwarz im Fenster
stellte. Auf der Straße konnte er nur den Schimmer einiger
Pfützen erkennen, in denen sich das schwache Licht der
Hotelreklame spiegelte.

Vergebens versuchte er auf seiner Armbanduhr die Stunde abzulesen, das Ablaufen der Minuten zu messen. Die Zeit verging – er spürte sie auf seinen Schultern, am Schweiß auf seiner Brust –, ohne Spuren zu hinterlassen, ohne zu erlauben, daß jemand sie einfing und maß. Plötzlich ein neuer Ermüdungsschmerz in den Waden und – schwach und fern am linken Ende der Stadt – eine Ankündigung von Helligkeit.

›Westen‹, dachte Medina, ›es kann kein vorzeitiger Tagesanbruch sein. Und ich habe ihm gesagt, an dieser Stelle nicht.‹

Gurisa bewegte sich im großen Bett, mit einem unverständlichen, aufgebrachten Murmeln; gleich darauf kehrte der schwache Laut ihrer kindlichen Atmung zurück.

Das Licht, immer noch links, begann sich zu bewegen und zu wachsen. Schon ziemlich hoch, rückte es gegen die Stadt vor, verdrängte heftig das nächtliche Dunkel, duckte sich ein wenig, um sich von neuem, nun schon mit dem Knattern eines großen, vom Wind geschüttelten Tuchs, zu erheben.

Medina fühlte sein Gesicht angestrahlt und spürte die fast unerträglich zunehmende Hitze an der Fensterscheibe. Er zitterte, ohne daß er versucht hätte, es zu hindern, Opfer einer seltsamen Angst vor dem immer enttäuschenden Ende eines Abenteuers. ›Das habe ich seit Jahren gewollt, deshalb bin ich zurückgekehrt.‹

Er hörte das Bersten einer Fensterscheibe an der Stelle der Wohnung, die sie die Küche nannten. Mit der Pistole in der Hand näherte er sich dem Bett. Er fühlte das fast unwiderstehliche Verlangen, Gurisa zu küssen, fürchtete jedoch, sie aufzuwecken, ehe das Geschrei einsetzte, das nun von der Straße, aus dem Hotel, von der Decke und vom Himmel zu kommen begann.

Madrid, 23. Februar 1979

INHALT

Erster Teil

Zweiter Teil